"在新疆"丛书

· 第一辑 ·

—小说七星—

刘亮程　主编

# 其满

阿拉提·阿斯木　著

新疆人民出版社

（新疆少数民族出版基地）

新疆人民卫生出版社

**图书在版编目（CIP）数据**

其满 / 阿拉提·阿斯木著. -- 乌鲁木齐：新疆人民出版社（新疆少数民族出版基地）：新疆人民卫生出版社，2024.12. --（"在新疆"丛书 / 刘亮程主编）.
ISBN 978-7-228-21396-2

Ⅰ. I247.7

中国国家版本馆CIP数据核字第2024V7T576号

# 其 满
QIMAN

| 出 版 人 | 李翠玲 | 策　　划 | 李翠玲　可　木 |
| 出版统筹 | 陶小红 | 责任编辑 | 赵艳霞 |
| 装帧设计 | 王　洋 | 责任技术编辑 | 杨　爽 |
| 责任校对 | 朱梦瑶 | 封面绘画 | 孙黎明 |

出版发行　新疆人民出版社（新疆少数民族出版基地）
　　　　　新疆人民卫生出版社

| 地　　址 | 乌鲁木齐市解放南路348号 |
| 邮　　编 | 830001 |
| 电　　话 | 0991-2825887（总编室）　0991-2837939（营销发行部） |
| 制　　作 | 天畅图文设计工作室 |
| 印　　刷 | 北京富诚彩色印刷有限公司 |

| 开　　本 | 880mm×1230mm　1/32 |
| 印　　张 | 11.125 |
| 字　　数 | 230千字 |
| 版　　次 | 2024年12月第1版 |
| 印　　次 | 2025年1月第1次印刷 |
| 定　　价 | 68.00元 |

# 序

　　新疆是我们博大的故乡。它的博大不仅体现在山川、河流、沙漠、戈壁、绿洲，还体现在生活在这里的五十六个民族以及多元一体的文化形态。

　　新疆，是多民族共居的美好家园。生活在这里的各族儿女密切交往、相互依存、休戚与共。在中华文明怀抱中孕育的新疆各民族文化包容互鉴，共同成为多元一体中华文化的一部分。

　　在新疆，普普通通的一场雪，会落在不同的语言里。每个阳光明媚的早晨，"太阳"这个词会在这些语言里发光。人们用许多种语言在述说我们共同生活的地方。这正是新疆的丰富与博大。

　　每个人都有自己的家乡。家乡可以是一个很大的地方，也可以是我们心里默念的一个小小的地名。有时候家乡可能就是我们小时候生活的一个地方，当我们越来越远地离开家乡的时候，这个地方就变成了一个地名。但是，往往是那些细小的家乡之物，承载了我们对家乡所有的思念，比如家乡的一种非常简易的餐食。我每次到外地超过三天就会怀念拌面。

当人们热爱自己家乡的时候，想念自己家乡的时候，文学是我们表达以及读懂家乡的途径。我认为文学是不分民族的，作家面对的是在这块土地上共同生活的不同民族，当我们用文学来呈现这块土地上各民族人民共同的生活的时候，我们面对的是人的心灵。

那些远处的生活是看不见的，只有文学能呈现这块大地深处的脉搏，只有文学在叙述这块土地上人们共有的情感。每个人生活中的悲欢离合、快乐忧伤，一起汇聚出这块土地上人们共同的命运和共同的情感。

各民族共同生活，大家的情感交融在一起，这可能就是新疆文学最大的魅力。新疆文学给我们提供了一个多民族和睦生活的样板。用不同的语言表述一件事，用同一种语言描述不同的生活，这就是新疆文学作品的精华所在。

新疆的自然风光、传说故事、地域风情等先天具有文学气质的素材，容易孕育出各民族的众多写作者，也引起了无数读者的阅读关注，使当代新疆文学成为具有独特地域内涵和文化内涵的审美对象。

各族作家们用全部身心去发现和感受新疆日常生活的温度与深度，坚守家园热爱和文学梦想，以其独具特色的文化风貌与美学意蕴，记录和呈现各族人民的生活、梦想与奋斗。

此次推出"在新疆"丛书，是铸牢中华民族共同体意识的一次文学出版实践，通过各民族作家的文字，把新疆这块土地上各族人民共同的生活呈现给新疆的读者，呈现给全国的读者，用文学观照人心，用文学观照生活。希望读者多看新疆作家的书，因为从他们的文学作品中，可以读到熟悉的土地，熟悉的山川、河流，读到发生在身边的故事，或者发生在不远处的历史中的故事。除此之外，借此机会，我们还向读者推介已经在新疆文学界乃至全国文学界成绩斐然、广有影响的各族中青年作家，他们如天上点点繁星，照亮文学的星空。

我们想把新疆最好的文学献给读者，把优秀的作家介绍给读者，希望读者喜欢。

郭文程

2024 年 11 月

# 目　录

# 岁月的穗穗

母亲是在子夜的时候走的，她最后的一句话是："关灯，把煤油灯点上。"那声音非常虚弱，像是从坟墓里溜出来的一股寒气，听着让人浑身发冷，心慌，顿时有一种窒息的恐惧感。母亲右手落在被面上的时候，妻子古丽格娜麻利地走过去，点着了小方桌上爷爷那个时代留下的煤油灯。家里好多年都不用这东西了，是母亲叫我从杂物间里找出来的。那日，妻子擦了大半天，算是有点儿从前的样子了。陈旧的灯罩，像老矿工疲惫的眼睛，失去了往昔的光亮。

妻子安好灯罩，回头的时候，母亲示意她坐在床边。母亲用微弱的力气伸出右手，抓住妻子的手腕。从母亲的这个动作，我可以读懂她许多隐藏的心思：她想在最后的时刻，表达内心的善意，求儿媳原谅从前的一些误会。母亲把视线移向我，有气无力地说："孩子们，我的时间已经到了。我的气数，已经有限了。麦子一样漂亮的人间，谁没有最后的留恋呢？这世间，有三样东西是需要我们虔诚跪拜的：一是馕，二是时间，三是哲学。馕是我们的元气，是我们的救星，是夜莺在人间的昼夜歌唱。有了馕，我们才能站立，感谢东方的太阳，让我们可以看到前行的路，可以播种子嗣们需要的粮食。时间是我们的尊严和光荣。当我们有了自己的时间，明白了时间的启示，我们才能对得起那些哺育我们的镶和水，留下我们的血脉。而哲学，可以让我们的灵魂长久地歌唱。有了哲学，我们离开人世以后，我们的爱才能在人间繁衍。这是让我们最后能闭眼长眠的要素，也是时间给我们的礼物。这三样东西，它们是兄弟姐妹，根紧紧地连在一起，携手跨越彩虹与河谷，支撑着家族的薪火相传。遗嘱，我给你们准备好了，在萨迪克律师那儿。我活了八十八年了，这么长的时间里，生活是多么照顾我啊！我本来不该有遗嘱，漫长的日子里，我还有什么放不下的呢？但是人心是不喜欢闭眼睡觉的东西，总是想促使你留下心田的旋律。时间不是炫耀的四季，而是人世间过规矩日子的启示，是我们永恒的尊客，是帮我们选择朋友的导师。请你们把这些话，也告诉我的朋友和院门前的小河，让它们把我这心声带到遥远的村庄，献给众多的河流和花草，并请它们接受我的致敬。我刚才突然想起你们爷爷在最后的时刻留下的那句话：我们都是命运的棋子，不要奢望太多。我提醒你们这句话，也是在向你们爷爷打招呼，我就要去找他了。你们瞧，我看见我最后的时间了，它飘过来了，是蓝色的，满身都是眼睛。它已经浮在我眼睫毛上了。孩子们，我爱你们，也请你们接受我的爱……"

那天，从母亲的表情看，她的话还没有说完，但是气不够用了，喘得很厉害。大约也就过了十分钟的样子，她永远地闭上了眼睛。我跪在母亲床前，抓着她的右手，把前额放在上面，默默地流泪。妻子哭出了声音，悲凉中透着一种少有的恐惧。她学着我，也跪在了母亲的床前。我明白，没有了母亲的人，比旱田里的艾蒿还可怜。前年，朋友鲍里斯的父亲病危的时候，他最后说了一句话："我的孩子们，我的朋友们，请你们原谅我的懵懂无知而造成的过失。"更多的人在死亡来临的时候，总是要忏悔几句的。亲戚、朋友们听到噩耗的时候，祈福几句，而后就小声打听亡者最后留下了什么话。在病床上琢磨生和死的时间长了，自然能想到人生是有遗憾、愧疚的。从而我想，生命像一场没有四季轮回的游戏，又像一个有头无尾的故事，燎原之火熄灭的时候，那个故事还不曾拥有自己的句号。忏悔好像是另一种开始，过往的折腾，像没有孔的锁子，打不开。许多秘密藏在日子的夹缝里，混迹于墓穴中，继续遥控那些懵懂的灵魂。

母亲从病倒后就不喜欢点灯了。她说，你们要好好保存这个煤油灯，你们爷爷和爸爸的故事都在里面。人活到最后，剩下的价值也就是那些喂养我们的故事，钱财都是过家家的游戏。实际上，母亲是在看着近处的煤油灯回忆她的往事。那些往事缓慢地聚集在煤油灯周围的时候，她会长时间地沉默，梳理使用过的针线，反复计算那些岁月，企图重新装扮自己的形象。

母亲躺在床上，双目紧闭，走得很安详，和她生病时的面目比，遗容显得更加从容。疲惫的眼睫毛，似乎是在罗列她留给人间家族孩子们心里的哲学。母亲健在的时候，眼睛是她的另一个嘴巴。她用温馨的眼神关心朋友、热爱生活、拿捏日子，像水一样亲切。有的时候她手里根本没有馕，但是她的言辞比馕更漂亮。母亲长相富态，看着像民俗画上的有福之人，因而在巷子里、家族里，她说话的时候，就连那些正在洗碗的人，也会放下碗，用右手抚胸致敬。那种自豪，是母亲收获威信、尊严的资本。此刻，母亲的前额还残留着她可爱的生命刚刚留下的温热。她的辛酸，她的奋斗，在死亡的嘴里，继续巧妙又固执地复述着她的哲学。

　　此刻，我想起了母亲那年送我读大学时在客运站流下的眼泪。在拥挤的人群里，母亲向我挥手致意，默默地流泪，那神态镶嵌在我的记忆里，支撑着我的生命，给我力量和信心。母亲在晚年，尤其是在她的朋友和我们的邻居一个个地走了以后，在她额头的皱纹里，在她坚毅的眼神里，也出现过对死亡的恐惧。在闲聊的时候，或是饭后在葡萄架下边喝茶边忧愁地谈论她某一位新过世的朋友时，她忧伤地说，希望自己能有一个非常简单的死法。实际上，这就是我们常说的：晚年告别生命的时候，祈求没有疾病、没有痛苦，有一个比较利索的了断。这个心愿，实际上是不希望给亲人带来看护的麻烦。不中用了，该死的时候，一口气上不来，走的人便告别难舍的人世。实际上，无论是时间还是那个叫命运的东西，都没有赐给母亲最轻松的死法，而是通过慢性病蹂躏她的意志和对生活的爱，吞噬她许多绚烂的记忆，一次次地逼近她生命的煤油灯，企图残酷地掐灭那微弱的灯火，又一次次给她生的希望，残忍地记录她最后的遗言，这才恩赐她永恒的安息。在荒凉的墓地，她把生命献给了温热的沃土。

一块床位那么大的土地，却永久地埋葬了心有千万朵鲜花的母亲。

屋子里静下来的时候，妻子古丽格娜问我要不要给亲友们打电话报丧。我摇了摇头说，黎明的时候吧，半夜不好喊人，可以给邻居们讲一声，过来帮着准备后事。我坐在母亲身边，看着她苍白的脸，感觉心里什么滋味都有。残酷的是，那种感觉是说不出来的。血脉这个东西，在更多的时候，是一种无声的声音。母亲的时间结束了，我也会有这样的一天。在最后的遗憾中，人人都会放下抓在手里的那些时间。人衰老的时候，时间无情地收走人全部的美好和曾经的光荣，扰乱人活着的意念。这生活，就是一个没有把手的门，要自己摸索着开启。

树上的鸟儿不知道人间死人的事情，它们照样欢唱。春天的早晨，微风馈赠最好的香草味，丢在人们的心坎上。妻子古丽格娜在黎明时开始给亲戚和朋友们打电话，我负责给哥哥和姐姐报丧。接着，朋友们都前来吊唁。其实，送别逝者也很简单，墓穴挖好，悲伤一时的亲友们帮忙走一趟坟地，在路上或埋葬的过程中友好地评价亡人几句，大家都长长地叹一口气，便完成了一次送葬的任务。而剩下的活着的我们，仍旧要一日三餐，计较晚饭菜的咸淡。

清晨，哥哥吐尔洪和姐姐莱提帕一起到了。哥哥和姐姐抱着我大哭，家里的其他人也跟着大哭，院子里顿时哭声四起，一派悲凉。在哥哥和姐姐的哭声里，也隐藏着他们的遗憾和悔恨。遗憾的是没有亲耳聆听母亲最后的遗言；悔恨的是最后一天没有守在母亲身边，感谢母亲的养育之恩。当然，还有其他的意思。姐姐作为老大，哥哥作为老二，他们无论从哪一个方面来讲，都应该在最后一刻守在母亲身边。妻子说过，要姐姐和哥哥轮流住在我们家里，一是照顾母亲，二是可以和母亲聊天，重要的是，可以聆听母亲的遗言和嘱托。妻子的心思，是另一片海洋，她默默地躲得远远的，不同意母亲把遗嘱交给那个过于严肃的萨迪克律师处理，应该交给哥哥，由他掌舵对母亲的身后事进行处理。从最后的结果来看，无论是妻子还是我，都没有读懂母亲的心思。严肃地说，这是我们的孽债。

母亲主要是血压高。那天，最后一次带她住院，刘医生做了诊断。在那个晴朗的早晨，他通知我说，兄弟，就这样了，母亲八十八岁了，出院吧，回家好好照顾就行了。实际上，这是民间的说法，所谓好好照顾，就是想吃什么就给做什么，生命已经没有多少天了。这一个多月以来，姐姐和哥哥先是轮流看护母亲，后来就几天或一周来一次，白天看护母亲，晚上就回家睡觉。昨天，他们同时不在的时候，母亲就走了。他们的遗憾，不仅仅是没能见到母亲最后一面，更重要的是没有听到母亲的遗言。后来我想，如果不是母亲早早交代过遗嘱已交萨迪克律师，哥哥和姐姐在母亲病危的日子里，是不会离开母亲的病床边的。其缘由，我们大家心里都很清楚。

母亲的墓穴是在她出院的时候备好的。她的密友迪娜大妈提议说，好日子里面也有坏日子，把母亲的墓准备好，到了那个时候，死亡是眼睛和眼睫毛之间的事情。我们来到墓地，天上也有许多野鸟跟着我们来了。一旦有一群人出现在墓地，它们就知道人间死人了。埋过人后，我们会在坟包上撒几把玉米，让野鸟们享用。掘墓人是一个驼背老汉，眼神锐利，可以看透墓穴里的一切似的。他老练地指挥着那些围在墓穴边愿意帮忙的人。掘墓人看着哥哥，说，一切都准备好了，可以下葬了。哥哥抓着掘墓人的手，在表示感谢的同时，问了一句墓穴里的土质。掘墓人说，土质松软，没有石子儿，老太太是一个心肠柔软的人。我帮好几个朋友送过亡人，都是他们的父母。无论在什么样的情况下，掘墓人都是选择好听的话说，也是一种顺着人家情绪的艺术。送葬的人们三五成群，小声交流着。就是在死亡的台阶上，人们也不会忘记对亡灵做最后的评价。对于我来说，最残酷的是听不得众多唁客对母亲一生的评语。真实的东西，对于需要的那个人来说，永远是墓穴里的秘密。当然，最后亡人入土的时候，老人们会用亘古不变的话语来安慰你："您母亲是一个善良的人。"然而，人人敬畏生命、敬爱生活，都是拿祖辈的善良做资本的。那些野鸟，像人类祖先时代的神鸟，优雅地落在那些高低不平的墓碑上，耐心地等待我们安葬好母亲走人，它们好飞过来品尝金黄的玉米粒，饱餐一顿，然后飞到更加秘密的领地，窥视更加残酷的游戏。人和野鸟是不能对话的，但是在看不见的地方，在我们的心海和它们小小的脑海里，二者的把戏和思路都一样。

　　从墓地回来，吊唁的人们都走了以后，哥哥吐尔洪就把话挑明了。当着姐姐和我妻子的面，他质问我说，妈妈没有留下其他的遗嘱吗？妻子古丽格娜看到情况不妙，悄悄地溜了。我明白她的意思，她是外人，遗嘱的事和她无关。我说，不是在萨迪克律师那里吗？哥哥说，妈妈没有把副本给你吗？我说，没有，就是上次咱们都在的时候，妈妈说遗嘱在萨迪克律师那里。她走了以后，萨迪克律师会来找我们的。在遗嘱的问题上，姐姐和哥哥似乎认为我在里面做了什么手脚，最后的遗嘱对他们不利。但是姐姐又显得无所谓，而哥哥的心思则在爸爸留下的八层酒楼上。按照他的算计，河边的千亩度假村归我；姐姐那边，我们两准备一些钱，安慰一下就行了。这些话，都是嫂子阿瓦古丽在亲友圈里聚餐的时候散布的，从一个人的耳朵到另一个人的耳朵，最后传进我的耳朵。我知道，这是哥哥的一个试探，想摸摸我的想法，看看我的反应，再继续谋划他的对策。实际上，我想要的也是酒楼，好管理，承包出去也是哗啦啦的现钱，是美妙的摇钱树。比较起来，河边的度假村不好管理，事多。这些年来，两处产业的利润，母亲分成四份，我们三个孩子和她平分，也是非常妥帖的事情。而现在，随着母亲的去世，新的矛盾产生了。

爸爸留给我们的这两处产业，是当年爷爷夏吾东巴依积攒下来的产业。那个年代的人们和他们喜欢旧事的后裔们，都知道爷爷的外号叫"慷慨"。实际上，这是反话，爷爷是一个非常吝啬的人，他的那些朋友故意用"慷慨"一词来贬损他。这很有戏剧效果，大家听着来劲儿、有情绪，可以继续发挥，用不同的词语鞭打他的"吝啬"。据说，巷子里的妇女们骂他是"虱子眼"，说他不像巴依。邻居们反而喜欢帕夏汗奶奶，说她大方、友好，资助巷子里有难处的人家，背着爷爷给人家送面、送茶叶，能和大家打成一片。实际上，是奶奶的努力挽回了爷爷失去的那些面子，给家里多挣了几分福气，也和邻居们把关系搞好了。爷爷的钱也是他拼命干出来的。那个时候，他白手起家，第一褡裢银子是帮着老板从精河贩盐赚的，后来他自己贩盐，几年下来，脸蛋就红彤彤的了，然后开始在汉人街建水磨。

几年下来，他挣了一笔可以炫耀的钱。和城里的巴依们做朋友，参加聚餐或民间婚宴使他渐渐地开了眼，明白了挣钱的道儿，心里又萌生了建造第二盘水磨的念头。半年时间，他就把水磨建起来了。又过了一年，爷爷在水门西北方向的巴依湖一带，修建了第三盘水磨。他主要是利用了汉人街的那条河，修建了自己的三盘水磨，靠磨面挣钱。加上一直在做贩盐的生意，挣了不少钱。后来，父亲给我们讲过爷爷的故事，说他根据从那些老牌的巴依们那里学来的经验，把水磨每年的利润换成金条秘密储存起来，夯实自己的基础，以备不时之需。爷爷的吝啬是出了名的，后来远近的人都知道他的外号。父亲虽然不是个吝啬的人，但也继承了这个外号。至今说到我的时候，老一辈还说我是当年那个曾经风光一时的夏吾东巴依慷慨的孙子。但是这个外号没有叫响，我还是自己的名字——艾孜买提，后面没有任何附加的东西。

不只是爷爷，从老一辈那里也听到过许多关于父亲的故事。父亲走了以后，每三个月，夏天在我们的河边度假村，冬天在酒楼，我都会邀请他们吃一次饭，怀念父亲。父亲的朋友阿若夫大叔曾开我的玩笑说，你爸爸是不会这样每几个月就请我们吃一次饭的，他是可以用石头榨出油来的人，钢铁一样吝啬。这里面就有一个奥秘，如果这些产业是你自己赚下的，你也不会这样频繁地请我们吃饭。不是用自己的血汗挣来的财富，花起来心不疼。民间有说法，你在巷子里、圈子里放出消息，说要出售宅院，人家的第一个反应是，那宅院是他自己建造的还是他父亲留下的？如果是自己建造的，人家就会认为不好谈价钱，因为建房的人自知雨淋日炙的辛苦，不会贱卖。要是父亲留下的，就容易出手成交。

关于爷爷，有太多的故事。朋友、邻居和亲戚们，还有其他一些人，找他借钱也不难，但利息会越滚越高。在水磨坊里借给人家面粉，也是有利息的。比如借钱，说好还期是一个月，或是半年，利息算得非常清楚，实际上就是高利贷。一旦到期不还，他就骑着他高大的枣红马闹到人家的家里，在巷子里把人家的名声搞臭，责令几日内还钱。借给人家面粉，也是算计好的。一布袋面二十公斤，一麻袋面八十公斤，一个月以内没有利息；到了第二个月，以十公斤为一个单位，利息是五十克，逼着你想办法还清。有的时候，一些有脸面的老人说他，他就翻脸，说，我吃苦耐劳的时候，您帮我擦过汗吗？这样的日子延续下来，爷爷聚集的钱财，连奶奶也不知道到底有多少。而奶奶有自己的活法，经常想着法子从爷爷那里折腾出一笔钱，把该做的事情做好、做足，也借机资助巷子里的朋友、邻居们，加深和姐妹们的友谊。

抗美援朝时期，老百姓响应政府的号召，捐钱、捐物，支持抗美援朝，有钱的人捐钱，有马牛羊的人捐马牛羊，有粮食的人捐粮食，有的老太太捐金项链……全社会热血沸腾。这时候，我奶奶也作出了一个大胆的决定，把自己的金镯子捐出去了。一时间，奶奶成了巷子里的新闻人物。大家在夸奖奶奶的基础上，把话题转移到了爷爷身上。

居委会的娜迪热大妈是一个爽快人，女儿身，男人的胸襟，说话像金驼铃一样叮当响，大家都认她。母亲曾说她是十个男人也不换的女汉子。那天，娜迪热大妈找到爷爷，说，尊敬的夏吾东巴依，你是我们巷子里最了不起的汉子，走到什么地方，都冒金子味道。你应该知道，现在国家在打仗，有钱的人都在捐银子。我想，你也应该展现一下男子汉的气概了。你这辈子昼夜奋斗，眼睛、嘴巴、耳朵、前额和鼻子都用劲儿，给大家办了许多好事。你在汉人街的那个水磨，宫殿一样漂亮，河水哗啦啦地昼夜为你歌唱。晚上，你数银子的时候，你的眼睛也享受你的幸福。后来你沿着这条河流兴建的两盘水磨，给多少人带来了方便啊。你的这种做法，是积德的买卖呀。可以推论，你爸爸是个男子汉，你的福气是前世修的。如果没有这些水磨，我们要跑到遥远的城西笼头水磨去磨面，毛驴车得走一天的路啊。你对大家的贡献不小，因为有了河水，有了大家，你也挣了一笔钱。现在国家正在打仗，每个人都要帮助国家战胜"美帝"，只有这样，我们才能过上好日子，你的水磨才能不停地转，我们的烟囱才能继续冒烟，日子才能保证甘甜，保证顿顿饭菜有盐巴。这是像你一样的男人必须骄傲地去做的事情。

爷爷说，女士，谢谢你的提醒。在这样重要的时刻，我也应该像个男人一样硬朗起来。好，晚上我和家人商量一下，明天就捐一笔钱出来。娜迪热大妈说，夏吾东巴依，你可是烈马一样的人，就没有听说过你吃饭睡觉、上山吃肉、遨游人间要和家人商量。再说了，帕夏汗把金贵的手镯都捐出去了，那可是她一生的宝贝念想，也没有听说她和你商量。你说个数字吧，现在。这个捐钱的机会是一个人一辈子出名、留名的机会。民间有说法，没有出名的汉子，还不如有名的一个山坡。现在是关键时刻，勇敢地说出一个数字来，洗刷你那个难听的外号，做一个为了国家大事慷慨捐赠钱财的男子汉。抓住这个机会，让时间铭记你的姓氏和家族。在活着的日子里，还有比这更光荣的决定吗？

爷爷说，娜迪热，你才是人杰啊！我捐！我今天就自作主张了。人人都说我怕老婆，我的老婆不怕我。那我就捐了。要是晚上老婆不让进屋上炕，你得给我做主。明天中午，你把前后巷子里有鼻子、有眼睛的人都喊来，我捐五十根金条。

父亲说，那天在场的邻居们回来说，你娜迪热大妈高兴得跳起来了，抱住你爷爷说，这才是真正的夏吾东巴依慷慨啊！谢谢你，你才是真正爱国的"老水磨"啊！从这以后，爷爷又多了一个外号：老水磨。第二天办过捐赠仪式，爷爷罕见地请朋友们喝酒、吃烤全羊。大家都吃惊地说，今天不会是智慧的阿凡提先生所说的世界末日了吧？爷爷说，我今天为抗美援朝捐了五十根金条，咱们庆贺一下。大家热情欢呼。爷爷的朋友拜克兰先生说，夏吾东巴依，你终于明白了，做一个真正慷慨的汉子，你才能在人心里留名。

拜克兰先生是社会贤达。实际上，爷爷捐金条的事情，都是他在后面做的工作。最早是居委会的娜迪热大妈找他，讲了这个意思，要他帮着她开导爷爷捐钱。大户人家，捐出来的东西是可以存留在人心里面的。这一层意思他们藏得很深，也是爷爷在晚年的时候才想明白的。

那天，他们在西大桥的老茶馆喝茶，拜克兰先生就秘密地给爷爷诉说他的智慧：一个男人，要学会花钱。你是有钱的人，手硬，可以把石头捏出油来，但是你不会花钱。常年以来，你从不请朋友、邻居们吃几只羊、喝几桶酒。你这个是习惯也好、毛病也罢，都不好。现在国家正在打仗，你应该站出来捐点儿钱财。你知道，最好的东西是金子，捐一点儿，你的威信立马就能飞上天。你把那些金子拿出来，往脸上贴。你这么多年从三盘水磨里挣到的那些钱，也够你子孙几代躺着吃的了。你没有什么愁的。你现在缺的是脸面，把这个东西补上，才是你的正道。也就是说，要拿得出手，捐得有点儿样子，人家看着才是那么回事。这样，就为你的后人挣下了脸面和光荣。这才是能永远吃的东西，是一代代子孙的资本和人心利息。那天，拜克兰先生小声地给爷爷讲解，把爷爷说通了，才有了他后来捐五十根金条的热血沸腾。爷爷几天内红遍前后巷子，几周后全市各个角落的人都知道了他的名字，佩服他有钱，更有爱国情怀。

爷爷是个吝啬的人，常年不请客，喜欢吃请，善于吃请。每次参加吃请，漂亮的餐布上摆上手抓肉的时候，长辈还没有下手，他已经抓起最喜欢的肥瘦均匀的肋条肉往嘴里送了。他的吃相难看。有人就拿话噎他，说，夏吾东巴依，慢一点儿，你的牙齿都吃恶心了。爷爷就说，哥们儿，你是舌头痒痒啦？还是这两天你嘴巴上要来客人啦？准备好，我的牙齿不会给你留下什么东西的。

这种故事，在爷爷那里多得讲不完，最好的火车也能拉几年。

那年，在北山坡上开凿金矿的大巴依库提鲁克金子，派人拉了五车麦子，要在爷爷的水磨里磨面，然后送往发生地震的远村，救济妹妹阿娜尔罕的亲戚以及村里的贫困人家。他妹妹阿娜尔罕是五年前嫁到远村的，那是山坡下的一个村。他不同意这门亲事。他母亲说，你妹妹喜欢的那个孩子，长得挺憨厚的。库提鲁克金子说，妈妈，什么叫喜欢啊？喜欢是故事里的事情。男人是养家糊口的人，要像虎狼一样才行。但最终，在爱情的成全下，人还是嫁走了。地震后，他妹妹求他救济一些面粉，帮他们渡过难关。库提鲁克金子要求爷爷为他昼夜磨面，停止磨其他人的麦子、玉米，也停止与面粉商的合约，爷爷手里的三盘水磨，只为他一人磨面。爷爷不干，说不能毁约，都是他多年的客户，不能得罪，但背后的意思是想拿这个理由敲一笔钱。库提鲁克金子说，正常的费用以外，我再给你加两成的钱。爷爷不干，嫌少。库提鲁克金子又加了一成，算是讲妥了。但是库提鲁克金子把怨气藏在肚子里了。他不是心疼多掏的钱，而是觉得没有面子，自己作为一方最阔的老板，这玩水磨的夏吾东巴依却不把他当一回事。

面磨好后，库提鲁克金子说要答谢爷爷，在西大桥和田人开的烤全羊店请爷爷吃烤全羊。浓香的烤全羊吃到一半，库提鲁克金子说，我这次让你磨的面，是救济远村的那些可怜人的。他们遭遇地震了，我不能不管。可是你不停地加价，你还是个汉子吗？我请你吃烤全羊，你还有脸参加？你真是贪婪无耻啊！你太"慷慨"了！人们说外号都是高人、神仙所赐，我看太准确了。我是什么人？是能把石头变成金子的人。从今以后，你把眼睛睁大。说着，库提鲁克金子站起来，"啪啪"给了爷爷两巴掌，爷爷嘴里的烤全羊肉都被打出来了。库提鲁克金子说，今后，我们还是朋友。你留下来好好吃肉，我还要去一个地方，是喝酒的场子。

库提鲁克金子来到我们巷子，找了几个老人，给他们每人赏了一些金疙瘩，把情况讲了一遍，要求他们按照他的安排，用民间古老的办法惩罚爷爷——不和爷爷来往，过年、过节不去他家，不参加他为孩子们举办的婚礼之类的宴请。就是说，全面地孤立他和他的家人，让他活着和死了差不多。库提鲁克金子的这一手厉害，之后果然没人和爷爷家来往了。

事情变成这样，奶奶帕夏汗就坐不住了。奶奶对爷爷说，男人嘛，就是半个天，往后，你这个天，我还能靠得住吗？因为在邻里生活中，最尴尬无趣、没脸见人的是奶奶。大伙儿都躲着她，有意识地孤立她。实际上，是库提鲁克金子的那些金疙瘩在后面起着作用，在静悄悄地打脸。奶奶气得回娘家了，就是回我舅爷家了。舅爷知道情况后，又把奶奶送回来了。那天，爷爷见到奶奶，玩了一句幽默，说，你急什么呀，多待几个月，等我再派说媒的人跑一趟，你家再把你嫁给我一次。你一生嫁两次人，那也是千百年来罕见的幸福啊。也就是在这个时候，大家开始为抗美援朝捐钱了，奶奶和爷爷抓住这个机会，奶奶捐金手镯，爷爷捐金条，目的是改变自己的处境，结束这种被孤立的生活。这时候，爷爷那个叫拜克兰的朋友又给他出了一个主意，说，哥们儿，继续抓住眼下的这个机会，宰一匹骏马，把那个库提鲁克金子和老人们请来，巷子里的人们就不会继续和你窝里斗了。这次你捐金条，在我们周边的这些巷子里带了一个好头。娜迪热大妈说，区委会的领导表扬了她们。剩下的事情，就是请那个库提鲁克金子吃饭，装傻、玩软的，后面的事情就好办了。爷爷采纳了这位学者朋友送给他的锦囊妙计，宰马请库提鲁克金子吃饭。库提鲁克金子也是明白人，也捐了阿囵个的金疙瘩，也是脸上有光。

在这样的日子里，库提鲁克金子接受了爷爷的邀请，喝酒吃马肉的时候，站起来给爷爷赔礼，打了自己两巴掌，其实是象征性地摸了两下脸，说他那年打我爷爷的两巴掌，算是还了，赔礼了。陪客的朋友们很高兴。拜克兰先生说，这才叫男子汉大丈夫，只是你的这两巴掌，没有当年那么响亮。库提鲁克金子说，可能是我的手老了，打不出声响来了。大家笑了一场，从前的恩怨，也被埋在了岁月的穗穗里了。

爷爷走的时候，把自己的金条、金币和多年收藏的金葫芦、金钵盂、金狗、金猫之类的硬货，都留给了父亲。这些东西，被父亲藏在了宅院厕所后面的地窖里，动都没有动。那个时候，有钱，特别是有金条，可是个大麻烦。后来，公家允许大家做生意挣钱发家的时候，父亲瞄准机会，拿出他的部分财宝，投资买地，建成了现在这幢八层酒楼。当时父亲要了个花招，为了隐藏实力，也从银行贷了一笔钱。十年后，旅游业起来了，父亲一次性拿出爷爷留下的金子，买下了河滩那块千亩果园建度假村，年年岁岁下来，也挣了一大笔钱。

后来，可以炫耀自己财富的时候，父亲拿出一笔钱，把电线给巷子里的各家各户拉上，大家开始告别煤油灯时代了。那年，公家的电线拉到大街上了，规定巷子里各家的电线自己出钱。各家的情况不一样，许多人不愿意出钱，有钱的也在观望。后来，父亲出钱把这事办了，大家都高兴，见了父亲，都敬仰他，说了不起，给大家办了一件好事。巷子里的老人阿里木激动地说，了不起啊，老虎的儿子就是老虎！这艾力坎木的爸爸夏吾东巴依曾经也是站着尿尿的汉子，在抗美援朝的时候捐了一箱金条，这事我们老一辈都记着呢。今天，他儿子又帮大家把电线拉上了，太了不起了，这要花多少钱啊。

父亲走后，家里人在精神层面上都发生了一些微妙的变化。酒楼和度假村的房产、家里的资金，都"落"在了母亲手里。那个时候，我有一个"野心"，按照民间末子继嗣的习俗，父亲应该把酒楼和度假村的财产证都交给我来管理。但是父亲没有来得及写遗嘱便猝死了，告别了灿烂的人间，也告别了他的财产。那是一个下大雪的冬日，天气寒冷。父亲喜欢在冬天上山，带着兵团的朋友送给他的酒，和山里的朋友一起喝酒吃马肉。他最推崇哈萨克族朋友做的马肠子和熏马肉。我们家每年都请父亲的哈萨克族朋友宰两匹四岁的肥马，那是从九月份开始育肥的膘马，冬天第一场大雪飘下来的时候，就宰杀，然后整理肋条肉块，在专门的熏房点燃松枝，用烟熏它个十天半个月的。腊月的寒气开始放肆的时候，就用慢火煮马肉、吃抓饭。我们长大成家以后，父亲还是年年宰两匹马，自己留一匹，给我们一匹。我们和父亲在一起过时，就从给姐姐和哥哥的那匹马肉里，给我们匀几根马肠子和连骨肉，算是公平分配了。十一月底做好的熏马肉，到第二年三月底的时候就吃完了。父亲就学着哈萨克族朋友的说法来一句："日长昼短了，马肉渐少了。"意思是春天到了，抗寒的马肉吃完了。而且父亲有一个习惯，每年都要上山品尝一顿哈萨克族朋友自己做的马肉，认为味道纯正，我们在家里是煮不出那种味道的。母亲说他这是迷信，但父亲坚持自己的看法，说母亲不懂，他们喝酒的汉子是可以尝出不同的。就是那一年，父亲从山上下来，用母亲的话来讲，喝多了，为了压酒，也吃多了，撑住了。他晚上躺在炕上，没喘过气来，早晨就起不来了。父亲的朋友阿若夫叔叔第一时间赶来，问过情况，说，报丧吧，就说是脑出血，他本来就有高血压。这样，我的那个"野心"也就和父亲一起入土了。

多年的生活走过来，在我最早的感觉中，母亲最疼爱哥哥吐尔洪。但是后来发生的一件事，改变了我的这个看法。父亲走后，母亲的密友迪娜大妈在她们圈子里提议给母亲找个伴儿，好打发寂寞。迪娜大妈找我商量，说是那些大妈们的意思。我说，我同意，但是有一点，母亲应该不会感到寂寞，我们都在，她还有两个孙子，日子过得很踏实。没有想到的是，哥哥坚决反对，有些话说得很难听，搞得迪娜大妈下不了台。哥哥说，母亲这个年龄，她还缺什么？要什么男人？这天下还有比爸爸更好的男人吗？迪娜大妈说，孩子，这个事情不好说，天下哪个男人最好，只有你妈妈知道。后来，哥哥知道迪娜大妈介绍的那个汉子以后，和母亲吵了一架，说，妈妈，您这个年龄出去嫁人，人家不说我们的闲话吗？

后来，姐姐跟我说，就是哥哥的这句话彻底碾碎了母亲的心思，不再提再婚的事情。有些事情姐姐不好给我讲，给我妻子讲了。妻子说，哥哥查过那个汉子，了解了一些情况后，就发脾气了。妻子说到这里，就打住了，没有说清是一些什么情况。当时我也没再问。这样的事情，你挖得太深，最后大家都不好看，谁也找不到退路，自己作践自己。那个汉子我也认识，叫赛里木，穿戴讲究，什么时候胡子都刮得干干净净的，是个见面熟，人缘很好，经常能在一些婚礼上见到他。就这样一个人，哥哥为什么讨厌他，而且是坚决反对？然而，母亲仍然疼爱哥哥，家里有好吃的了，比如度假村那边送来从河里捞的野鱼，也要派人把最大的送给他；山上的鲜马肉送下来了，也是先给哥哥送。姐姐那一份，则要我打电话叫姐夫来拿。妈妈交代这些事的时候，也是一副不在意的样子。这些细节都藏在我的心里。后来，我也秘密地查过那个叫赛里木的人，他以前是一家剧团的话剧演员，也是民间认可的歌手，提前退休后，自己开了一个音乐制作中心，从事相关的工作。

后来，我对母亲有看法主要是因为我自己的私心。父亲健在的时候，是母亲提出将来把酒店和度假村的管理权都交给我，产业证也一并交给我保管。当时父亲只是笑了笑，没有说话。父亲猝死后，母亲就不提这个话了。而且母亲在第一次出院后的一次家庭会议上明确了她的最终决定，说她考虑了很久，家产的事，她不想按照民间历来的那种做法，自己写个遗书，找巷子里几位老人和左右邻居签名作证，就把院子的命运和酒楼、度假村的命运安排了。她要走法律程序，好有一个法律上的保障。她还把萨迪克律师介绍给了我们，说她过世后，我们可以找他解决遗产问题。当时我对母亲的这种做法有意见，因为我们三个孩子不会为了遗产闹腾，我们会解决得很好。哥哥也有意见，说不应该找律师，我们会按照母亲的遗愿来执行。那时候姐姐的态度是：妈妈，你给我多少就是多少。不给，我不生气；给了，我也不高兴。我自己的工资够用。当年出嫁的时候，你给过我东西了，在这个问题上，我没有意见。

在家庭生活中，母亲对我妻子有意见，说她脖子硬、舌头粗，不会做媳妇。后一句的意思是，我不会调教老婆，有怕老婆的嫌疑。我多次向母亲解释过，她是话少，不善于拍马屁，这是她生下来就有的脾性，是改变不了的。母亲说，清早、黄昏闲下了，给我泡泡茶，陪我说说话，也是拍马屁吗？你是有责任的。什么时候都是一张欠账人的嘴脸，看着就烦。我看爱情这个东西，有鼻子没有眼睛。母亲对媳妇是比较苛刻的，要求她只要在家，就要想着法子伺候她。比如母亲左脚有关节炎，年年要去吐鲁番治疗。晚上看电视的时候，让妻子给她按腿，帮她循环血液。

后来的解决办法还是妻子的主意，她高薪聘请了一位保姆，说清楚主要是给母亲按摩腿、脚脖子和肩。妻子提出过要搬出去住。我说，你不要急，哪天我把母亲装进麻袋扔进河里，咱玩个母亲失踪，一切都解决了。妻子听到这句话，从此不再提搬出去住的事情了。但是，她背着我在市中心那个玫瑰庄园买了一套小别墅，也装修好了，只是没有直接跟我讲，而是托人说是她父亲刚好有一笔闲钱，给买的别墅，房子将来是可以升值的。

姐姐的性格、脾性，和家里其他人不一样，说话办事也不一样。出嫁以后，她做什么事都神经兮兮的，让人摸不准她的想法。有人说她会算，能看手相。我听着好笑。一些人生活在自己的惶恐里，靠人家算的卦安慰自己。实际上，姐姐的气色也和以前大不一样了，变得暗沉、无光。她看我们的时候，也是一种要算计的样子，像是外人。不像从前，她站在那里就是亲切的姐姐，有能融在一起的血脉气象。现在，这些东西和从前自然、亲切的对话，都没有了。

母亲在的时候，对姐姐最大的意见是出嫁后不关心她。姐姐回应说，你们现在是有钱的阔佬，还需要我关心吗？有钱的人怎么会有困难呢？有了钱，戈壁滩上也能有好肉、好酒呀！姐姐明白母亲说的不关心，一是不经常来看她，跟她聊见闻、笑笑闹闹；二是装糊涂，把事情往家里有钱上引，目的是揭她的旧账。姐姐出嫁的时候，正式向母亲提出过希望能给她购置一处宅院，她不喜欢住楼房。母亲把这意思告知父亲，父亲说，女孩子出嫁，置办什么宅院啊，以后再说吧。这丫头，说话、想事，就是和别人不一样。就是说，姐姐出嫁的时候，是留下这么个遗憾的。我想，她后来的稀奇古怪，也是从这里派生出来的。后来，我说过她：算卦是迷信，是禁止的，不要在这种事情上栽跟头。姐姐说，我又不是开会所，我们是闹着玩的，没事。我说，你就此悬崖勒马吧，人家说你给没有生育能力的女人算卦，说多吃生姜和大蒜就有希望，这不是闹着玩吗？是愚弄啊！把你在酒楼一层的门面开起来嘛，你租给人家就没事干了。姐姐是个犟人，生下来就优越感强，总认为自己是最艳丽的那朵玫瑰。

前后算起来，母亲一共住了六次院，姐姐很少探望。相反，姐夫吾布力却勤快、麻利，经常往医院跑、送饭，说莱提帕有急事了，不能来。实际上，我们都知道，这是姐夫编的台词，姐姐甚至不知道姐夫来看望母亲的事情。这么多年来，我对姐夫的脾性、为人基本上是看得准确的，他的心思都在我的手心里，我搓搓手就知道他演的是哪一出。每年过古尔邦节、肉孜节，他拜年的方式都是非常独特的，早早地和姐姐来到大院里，把他带来孝敬母亲的大白公羊拴在我们小二楼南门对面的老杏树上，炫耀他的礼物。后来哥哥调侃说，姐夫就是厉害，年年都能搞到五六岁的大白公羊，看来畜牧市场里的白公羊都让他给包了。还有姐夫从口岸批发来的邻国甜瓜，也是一绝。一个十多公斤，金黄色的，很诱人，比冰糖还要甜。每次都是弄五六个，亮在那里，显摆他的人气。哥哥就夸他，说这种甜瓜一般人是买不到的，只有花美元的人才能买到。这话一出，姐夫就高兴。那表情，用妻子古丽格娜的话来讲，就是电视里的奴才相。她对姐夫有意见，特别反感他过节送羊。人家的女婿都是给长辈送送衬衣、毛衣什么的，给娃娃们散点儿小红包，有个喜庆意思就行了。可是姐夫，总抓住这样的机会拍马屁。拍马屁是天下效果来得最快的一种技术。后来，这成了妻子的一句名言了。

这句话传出去以后，圈子里的朋友们都说她是有真智慧的才女。妻子说，什么才女啊，我只是看不惯。男人嘛，腰直起来过日子嘛，什么时候都是点头哈腰的，我们家缺他几只大白羊吗？金羊我们也有啊。我听到这句话的时候，心里有点儿像是误吃了一只绿头苍蝇那样难受。大话，在任何时候都是扰乱心神的东西。母亲走后，大家都关心她老人家留下的遗产，等看到母亲留给我们的遗嘱，我就想起了妻子那年说的那句大话。从前的报应好像得十年、二十年，甚至一生的时间才来。现在可是来得快，不再绕弯子，直接就来了。现在，妻子讲的那个金羊，真的变成神话了，我们却连木羊都没有了。

第二天，哥哥就提议去萨迪克律师那里看母亲留下的遗嘱。实际上，我比哥哥还着急。我总觉得事情不对，不然母亲不会把自个儿家的遗嘱搞得这么复杂。就是说，在遗嘱的事情上，母亲是躲着我的，不让我知道她内心的想法。只有在这个时候，我才觉得自己孤独可怜，好像被自己的母亲抛弃了，像一个外人；只有在这个时候，我才真正感觉到心凉是什么样的一种滋味。

我们带着姐姐，来到西大桥以西一座写字楼里萨迪克律师的办公室。萨迪克律师已经在等我们了。他人显得过于严肃。办公室装饰得像是画家的工作室，两面墙壁上挂满油画。我们坐好后，萨迪克律师把母亲遗嘱的副本放在了我们面前。我抓起遗嘱递给哥哥。哥哥打开遗嘱的时候，我和姐姐把头靠了过去，我们屏住气，开始读遗嘱。

读完遗嘱，我变成了一具木偶。我晕了，眼前出现了狂乱的飓风，不知道时下是何年何月。我用右手紧紧地抓住左手腕以感受自己的存在，告诉自己刚才读到的那些内容是真实的文字，不是我的幻觉。我看了一眼哥哥，他的双眼变成看不见的污水；我又看了一眼姐姐，她满脸惊奇，呆呆地看着哥哥放在茶几上的遗嘱，接着抓起来，又看了一遍放在了茶几上，没有说话。

而后，我们都沉默了，而且是长时间的沉默。我看了一眼萨迪克律师，这个魁梧的汉子显得很平静，意思是要我们面对这个现实。他浓黑的眉毛，给人一种沉稳、自信的感觉。我看了一眼哥哥，他的头已经耷拉下去了，像是一个罪人，没脸正视眼前这个谜一样神秘的萨迪克律师。哥哥又沉默了一会儿，最后抬起头来，看了萨迪克律师一眼，看了我一眼，看了姐姐一眼，眼神空洞。而后，他看着萨迪克律师说了一句话，那声调却是我从来没有听到过的恐慌。他说，律师先生，这遗嘱是怎么回事？一直在沉默中观察我们的萨迪克律师，放下手里的一本法律书，从放在桌上的烟盒里抽出一根烟，点上，深吸一口，吐出浓烟，说，白纸黑字，你们没有读懂吗？哥哥说，这、这、这写的都是什么呀？萨迪克律师没有说话。我看了一眼他的蓝眼睛，开始琢磨我的问题。我第二次看萨迪克律师的时候，他仍显得底气十足，平静自然。我直视他的眼睛，声音有点儿颤，说，不好意思，我有点儿失态了。这遗嘱是您自己写的吗？萨迪克律师显得很平静，眼睛亮了一下，说，这位男子汉，你看我像个会写字的人吗？他的这句话激怒了我。我说，您是因为没有笔吗？他动了动嘴角，笑了，说，笔我是有几支，主要是我专用的铜版纸没有了。我给你们放一段你们母亲的影像资料吧。

　　萨迪克律师站起来，打开挂在墙上的电视机。母亲的形象顿时出现在了荧屏上。我认真地看了一下日期，是两年前的六月份拍摄的，也就是在母亲第一次住院前。母亲开始认真读遗嘱，全部的内容和我们刚才读到的一模一样，唯一不同的地方在最后，母亲增加了一段话："我再说一遍，我把家里所有的财产都留给我的女儿莱提帕，是因为女孩子家从来都是弱势的。一切都会过去，愤怒是暂时的，最后的墓穴是每个人的朋友。总结我的一生，我只有一句话，日子，应该是平静的东西，但是在开始的时候，我们都不明白这个道理，以至于在生命的最后会忏悔，会做出一些荒诞的决定来。孩子们，请原谅我。"

萨迪克律师关掉电视机以后，我看了一眼哥哥，示意他说些什么，然后我们好走人。哥哥没有明白我的意思。我看了一眼萨迪克律师，说，谢谢您，今天就这样吧，我们改日再来找您。萨迪克律师说，不要急，你们来得太快了。人死了财产不死。你们的酒楼、度假村和存款都不会死。慢慢来，可以给我打电话，但是不要急，起码要过完母亲的头七吧。

我们各自回到了家。我躺在床上，变成了一团发酵的面。妻子不相信我告诉她的情况，说我在逗她玩。我说，我现在说话都很吃力了，还有心思逗你玩吗？好老婆啊，逗你玩的日子已经过去了。我又给妻子讲了一遍母亲遗嘱的内容。她静下来了，呆呆地看着我，说，这不可能啊，难道发生什么事情了吗？我说，没有发生什么，姐姐也很吃惊，她也摸不着头脑了，都是母亲自己决定的。但是，这是为什么呢？天下还会有这样的事情发生吗？我们都是她的孩子啊！妻子说，这件事情怎么跟别人说呢？我们没有脸过日子了呀，只能搬走了。嗨，原来，最厉害的东西，还是脸啊。

我几天没有出门，躺在床上回忆父亲和母亲在养育我们成长的路上，为我们付出的艰辛和努力。其他的想法都是不可能的，我们都是父母亲的儿女，这一点是绝对没有疑问的。但是，我无法理解母亲在遗产问题上对我和哥哥的态度。几天来，姐姐和哥哥打来几次电话，我都没有接，让老婆回了个话，说我不舒服，蹲在墙角解剖自己的良心和嘴脸呢。有一点是我跑不掉的，在我的生活中、在我对待人生和感恩父母的程度与细节中，我一定有什么丑陋的地方。这是我至今的盲区，也是我最后的失败。如果在一些隐秘的情绪和情感上，我事前有感觉、感悟、发现，在生米还没有下锅的时候弥补了、摆平了，不是用语言，而是用坚定的行动，可能就不会出现这个天大的耻辱了。我自己判断，这个遗嘱就是我的耻辱。而且我毫不怀疑，那根抽打我们灵魂的鞭子，已经开始在我们的圈子里、邻居们中间派生故事了。那些因各种原因讨厌我们的人，会高兴地看我们的热闹。实际上，从这次母亲遗嘱的残酷性来讲，面子也就那么回事，无论怎样，人还是要吃饭的。只要学会厚脸皮，什么样的日子都能走来。当然，不能没有忏悔。但是，你不知道这是为什么，你忏悔什么呀？为谁忏悔呀？我也不能说生活亏待了我，我没有这个资格。大千世界，茫茫人海，无数的人心隔肚皮，生活是忙不过来的。现在，我发现了一件事，人在有钱可以直接买名车当名人的时候，是不可能自我批评的。

我翻出家里所有的照片，从童年时代开始，努力挖掘自己的劣迹。自己给自己掌嘴，是最恶心的事情。往事和许多遗憾，以及从心里派生出来的内疚、自责，开始折磨我自私、懵懂的神经。妻子说，我们这一辈子，和你们家的亲戚朋友打交道、婚丧嫁娶来来往往做人情，就是最嫉妒我们的那些人，也没有说过你是妈妈收养的孩子啊。我没有说话，不想继续这个话题。不是真的怕面临我和哥哥是在萧条年代被收养的现实，而是不愿意被踢出母亲和父亲的精神家园。无论现实多么残酷，我都骄傲我是在这个家庭中、在父母的恩情里长大的。这一点，用现在就要落在姐姐名下的那些财产，我也是不换的。在遗产上没有福气，但起码赤裸地走出我诞生和长大的这座庭院的时候，我应该有抬头看人的尊严啊。

晚上我早早地躺在床上，开始思考母亲和姐姐的关系。姐姐出嫁以后，她们的关系一直显得很淡漠。我看不惯的事情，母亲却觉得很正常。母亲几次住院，姐姐都很少来照顾，一次也没有送过饭，只带过一些母亲喜欢吃的土梨，都是我和妻子在照顾母亲。那时候，哥哥和姐姐肚子里的账本是，我和母亲过，家里主要的便宜都让我占了。小的那个，什么时候都是吃饭在后，锅底有肉。活儿干得多了，妻子有微词，挂在脸上也不敢讲出来。母亲当然能看出来，就说，姐姐可能是忙了，不要紧，人心是不能强迫的。

母亲说这话的时候，我十分注意她说话的情绪，想看出她隐藏的不满。但是，母亲没有，说得很自然，一点儿怪罪的意思也没有。然而现在，母亲却把全部财产，从爷爷开始千辛万苦积攒的血汗钱，都给了姐姐，这是一个什么样的逻辑呢？妻子说，我们还活着就好啊，可以搬到自己的小别墅里，过我们的小日子。就是天天吃麦草咽野菜，那也是我们自己的日子呀。妻子的道理是值得天天背诵、铭记的，但是，我心里的屈辱该怎么消化？我第一次感觉到阿Q精神存在的意义。

一周以后，我去见姐姐。开始想把哥哥也叫上，但是临出门的时候，我推翻了这种想法。我想与姐姐聊聊，看看这个突然降临的金月亮馅饼，把她变成了一个什么样的人。妻子突然变卦了，不陪我去了，说，我会成为你的累赘，这是你们家的大事。本来，姐姐来看你才对。现在，有钱的老姐在炕上坐，她下不了炕了。我留在家里收拾东西，咱还是脸皮薄一点儿，主动搬出去，等到姐姐往外赶了，脸就成屁股了。幸亏我买了一栋小别墅，不然只能住在西大桥下面的垃圾堆了。妻子喜欢发牢骚，以前我也烦，说过她很多次，但是她改不了。后来我得出的结论是，她没有坏心眼儿，只是靠发牢骚安慰自己。憋在嗓子里的邪气出去了，晚上睡觉就舒服了。她躺在床上给我讲故事时，声音像蝴蝶振翅的声音一样好听，我的两只软耳朵，就会变成跪拜她的好奴隶。

姐姐的脸已经灿烂了许多，但是眼神里多少还藏着一点儿恐惧，仿佛不能理解母亲巨大的恩赐。而姐夫，却是第一次与我握手问候。从前他不是这样的，见面了多少要卖弄一下做姐夫的威严。而这一次，这沉重的财富像是我赐给姐姐的，他腋下的虱子们也爬出来给我跳舞了。财富这东西，如果会说话，人是活不成的。姐夫多少也是吃着好饭长大的人，他回避了，说是有一个饭局，要应酬一下。应酬，也是他第一次使用的词语，以前从没听他这么说过。

我看着姐姐说，母亲的遗嘱，我还是不理解。你是会算卦的，好好算一下，我们就没有意见了。没有一个说法，晚上睡不着啊。姐姐说，弟弟，不要再折磨我了，我现在还晕着呢。母亲的遗嘱，邻居们也知道了，都不理我了，好像是我欺骗母亲搞的遗嘱似的。他们的怀疑不是没有道理，活了这么长时间，就没有听说谁家有过这样的遗嘱呀。弟弟，我真的不明白母亲。上天呀，为什么这样折磨我呀。

那天在萨迪克律师的办公室，通过姐姐的眼神我就能断定她和母亲的遗嘱没有关系。从今天的情形看，确实是这样，我似乎看清了她恐慌的内心。我说，我同意母亲的这个遗嘱。实际上，我这是废话，我能不同意吗？但是，我就想知道这是为什么。哥哥也是这个意思，想知道母亲在最后离开人世的时候，为什么不要我们了。姐姐说，我也有这个疑问，我不明白母亲怎么会这样对待你们。我说，事情已经这样了，巷子里的一些人，还有那些嫉妒我们的人，听到我们这个热闹以后，都开始疯狂地"跳舞"了。他们开始在城里所有的犄角旮旯叨叨了。这不奇怪，因为在那些年里，我们因为有钱说话叮当响，也狂妄过，现在该我们夹着尾巴靠边走了。我来找你，是想求你帮我们算一下这件事情，给我们一个说法，我们到底怎么惹怒了母亲？其他的事情，我没有意见。家里，古丽格娜正在收拾东西呢，我们争取在十天内搬出去，一切都会正常运作的。遗嘱是天下最权威的，我们一丝一毫的意见都没有。唯一的愿望就是想知道，妈妈为什么不要我们了。就是站在妈妈的位置上，这也是很不合算的事情啊。你给我们算算，什么时候有消息了，你打个电话，我们就过来听候教诲。

姐姐说，你说笑话了，这么大的事情，我能算出来吗？妈妈的这个遗嘱，太奇怪了，我想再找一趟萨迪克律师，再和他谈谈。你先走吧，过几天我去看你。不要说搬家的事情，好好住着，不要乱，不能让人家再看我们家的热闹了。

我没有回家，而是按照脑袋里预设的想法来到了母亲的朋友萨代提大妈的家。她老人家正在葡萄架下喝奶茶呢，见到我，站了起来，抱着我问候了几句，让我坐在她身边，请我喝奶茶。萨代提大妈的小女儿尤丽图孜，给我端来了一碗酥油奶茶。

大妈说，人就是这样，一个个出生，好不容易长大，到最后又一个个死亡，让人悲痛不已。你母亲是少有的好人啊，是圈子里面最有智慧的一个人，我们都喜欢她。她先走了一步，主要是为朋友们看地方，我们去的时候，就比较方便了。我说，大妈，您身体怎么样？大妈说，血压高了，晚上就吃一个苹果，睡觉也不舒服。我说，奶茶里面最好不要放盐，饭菜也清淡一点儿，对身体有好处。大妈说，是这样，尤丽图孜也是这样说的，是她的一个医生朋友建议的，但是不好遵守。一辈子喝奶茶习惯了，现在没有了盐巴，这奶茶的味道就变成雨水的味道了。和大妈亲热地聊了几句，我就把话题引到了自己的心病上。我说，萨代提大妈，有一件事情，我就和您直说吧，您是妈妈的朋友，我也不藏着。我妈留下的那个遗嘱，您大概也听说了吧？

大妈说，听说了，孩子。她们都传着呢。我没有想到啊，儿子才是顶梁柱呀。我的这个朋友，外面看起来是鲜花一朵，人缘好，大家都喜欢她。但是肚子里面，她是新、旧算盘一起拨拉。我这样评价你母亲，你不要生气。圈子里面的大妈们，多数人反对我这样说。那天我在桥头买馕的时候，听到姐妹们在议论遗嘱的事情，我就欣慰我曾经有过这样的判断。把所有的财产留给女儿，两个儿子没份儿，这不是你们怎么过日子的问题。一个馕五块钱，可以从早晨吃到晚上，饿不死人，但是脸面怎么办？男人在这样的事情上没有脸面了，尊严何在？没有尊严，还能活吗？这和坐牢有什么两样？我给你艾海提叔叔说了，他说，没有什么，天照样下雨。人和人的哲学是不一样的。

我说，大妈，您和我母亲是朋友，又经常在一起聊天，我母亲对自己立的这个遗嘱有过什么说法吗？或者是您听到过什么秘密吗？

大妈昂起头，慈祥地看着我，说，没有啊，孩子，我也是想不通啊！再说了，你母亲有什么秘密，是不会给我们透露的。她的肝脏朋友是迪娜。她们俩一个肚脐，经常坐在一起咬耳朵，她们的心脏也是一个型号的。

我说，大妈，我没有别的野心，我尊重母亲的决定。但是，我就想弄明白，母亲为什么来这么一出？这一段时间，我想了很多，从童年时代想起，就没有发现我对母亲有过不敬。长大成人了，娶了媳妇，和父母一起过，都是按照母亲的喜好过日子。她说吃手工面，我们不敢说吃抓饭、包子。妻子不高兴了，对母亲有意见，都是我把责任揽过来，安慰妻子。一切都是按照母亲的呼吸和脾性过日子。这几年母亲经常住院，也是妻子守在床前照顾，而姐姐很少到医院看她。到了最后，母亲告别人间的时候，却给我们来了这么一击。

哥哥这些日子也是像吃了毒蝎子一样难受。我就想知道这是为什么。

大妈说，我理解。但是，孩子，有些为什么，不是我们手里的芝麻开门。谁的肚子里没有一吨半吨的苦水呢？都有，孩子。不要管那些为什么。今天咱们说到你这事了，我也给你叨叨几句。比如我自己，我至今不知道我的亲生父母是谁。我大学毕业就参加工作，嫁给你艾海提叔叔以后，有人从我的背后捅了一刀，说我是收养的孤儿。而且故事非常难听，说我是人家扔在老市场馕房门边的孩子。打馕师傅早晨发现后，抱进馕房里，让徒弟们抱着，派人去叫师娘。他们准备抱回家的时候，收养我的妈妈刚好去买馕，听到馕房里有婴孩的哭声，询问了情况后，就向打馕师傅把我要走了。后来，我去找那个打馕师傅，人已经走了，徒弟们也找不到了，都分散到各地打馕过日子去了。我还是不死心，继续打听。你艾海提叔叔知道这件事情后就生我的气，说，你这样不对，不能和命运抗争。命运是比蜘蛛网还要柔软的东西，你忍心置它于死地吗？你有你的日子，你的亲生父母为什么会把你放在馕房门前走了，这不是很明白吗？你找到亲生父母，是要让你的养父母流血、流泪吗？你该尊敬的是你的养父母，而不是你不曾见过的亲生父母。为什么要生活在一种盲目的愚昧里呢？如果你这样走下去，就算找到亲生父母了，也将埋葬你养父母对你的恩情。你的亲人、你的朋友、敬爱你的肝脏朋友将蔑视你，从精神上远离你的声音和影子。这是当年你艾海提叔叔拯救我的哲学。如果没有他的教诲，我的生活、我对待人生的态度、我对幸福的认识，会是另一种样子——不愁吃穿，但是不会有真正意义上的同呼吸共命运的人间朋友。

你知道，你的艾海提叔叔，曾经是一个裁缝，只有初中的文化程度，但是除了生孩子的事情他不懂，其余的一切生活常识和人性知识，他都明白。我是一个大学生，但实际上，你的艾海提叔叔才是我的精神领路人。读书是重要的，这是做学问的基础。做人也重要，你不能看着邻居的围墙倒了装作没看见，因为你福气的一半，往往来自你的邻居。但懂事更重要，你不能让爸爸发现妈妈的丑陋，要维持一种痛苦的和谐，等待时间的花朵缓慢绽放。

孩子，谁没有一勺半勺的苦药呢？不要企图发现真相，真相是非常麻烦的东西，到最后，这东西连一坑馕也打不出来。当年是你艾海提叔叔拯救了我。现在，我给你一个建议，找几个铁哥们儿，喝几瓶，醉一场，回家稀里糊涂睡一觉，早晨美美地洗个澡，你就会忘记许多事情。你会发现，在你现在拥有的一切中，只有你的妻子和你的孩子才是最珍贵的宝石，是你值得喘气的存在。你看我这个年龄，能不能活到明年春天我都说不上。我八十五岁了，如果当年那个打馕师傅那天休息了，没有打馕，我就是那里的一袋垃圾了。回家吧，孩子。你的老婆不善言笑，但是身体结实，做饭有味道。

我昏昏沉沉地回家了，没有按照萨代提大妈的建议找朋友喝酒埋葬苦水，而是直接回家了。我独自喝了一斤闷酒。而后，向老婆转述了萨代提大妈的建议和她的故事。妻子说，是的，艾孜买提，谁没有苦水啊，就我们院子里的这些杏树、苹果树、樱桃树、玫瑰花和月季，都有自己的苦痛，只是我们不懂它们的语言而已。我明白了，萨代提大妈才是有智慧的人。遗嘱的事情已经结束了，咱们不要再嚷嚷了，句号已经画完了，准备搬家吧，也可能是我得罪了母亲。

我说，不可能的事情，这遗嘱的秘密大了去了。我现在的感觉像偷吃了毒蛇的娃娃一样难受啊。万万没有想到，母亲给我们来了这么一招儿。

第二天，我去找迪娜大妈了。妻子不同意我去找，说，萨代提大妈不是说了吗，没有必要了，艾孜买提。道理上我懂，但是心里过不去，难受，好像有什么堵在喉咙里，透不过气来。

迪娜大妈的家在十字路口以北、从早到晚都向阳的地方，院子很大，那一片都是她们家的。后来巷子里流行农家乐的时候，迪娜大妈的长女哈斯隔出院子一角，也建了一个农家乐，租出去了。她还在院门西头给母亲开了一个茶馆，除奶茶以外，云南、湖南的好茶都有，生意不错，主要是给母亲提供了一个可以经常见到朋友的机会。姐妹们来了，就坐在一起，聊自己的日子和见闻，也是晚年的一种生活方式。

迪娜大妈好像从窗户里就看到我了，我进到茶馆里的时候，她已经站起来在门前迎我了。大妈握住我的手说，你好，孩子！这几天我就在想，你会来找我的。来，坐在我身边，你是我好朋友的好儿子啊。

我坐在大妈身边，问候了几句。大妈仍旧那么健谈，说，这茶馆热闹，是帮我打发日子的。活着，一旦没事做了，那就是等着死了。这是非常可怕的事情。日子嘛，就是这么个东西，就不存在天天吃抓饭或者天天下雨的事情。比如你今天是王子，躺在飞毯上周游世界，明天又可能是一个孤儿，颓废沮丧。没有人是永远的顶梁柱。你母亲的遗嘱，我听说了，人们都在议论。似乎我们圈子里的姐妹们、邻居巷子里的朋友们都很激动，有许多豪言和壮语，好像只有他们才掌握了真理。实际上，不是这么回事，孩子。什么叫遗嘱？就是心愿，不是大家认为的那个道理。这就是人心的复杂。你们三个都是母亲的孩子，母亲为什么要把财产留在唯一的姐姐手里呢？原因只有时间才能说清楚。在最关键的时候，时间会自己站出来。

我说，大妈，道理我懂。来找您，知道您是母亲的好友，就想搞明白这是为什么。大妈说，时间知道，孩子。时间现在就在我们身边，已经听得很清楚了。时间会下好多雨水，会吹来许多风，会让那些脆弱的花儿一直开到最后的深秋，到那时它才会缓慢地说话。

你母亲是一个睿智的人，她知道土墙里面的奸诈和忠诚，知道西玉河有多少条鱼，我是很佩服你母亲的。我和你母亲的关系特别好，有的人嫉妒我们，说我们是一个肚脐。我很高兴他们这样说我们。在匆忙的人间，一个人能有一个可以倾诉衷肠的挚友，难道不是最可贵的幸福吗？我这个年龄，有些话就是给丈夫、孩子、亲戚都不好说的，但是可以讲给朋友听，这就是朋友的伟大。我们每一个人的生命都来自母亲，母爱是至高的爱，是没有疑问的伟大和光荣。好好过日子，孩子。你姐姐是个善良的孩子，一条裙子可以洗了又洗穿好几年。她也是一个有礼貌的孩子。一个人只要有礼貌，她就会过得很好。一些野性十足的鸟，也会落在她的院子里，为排解她的烦闷而歌唱。一个人，在不同的季节和日子里，会遇到我们不曾期盼的欢喜和沮丧，治愈和埋葬的办法是揪住自己的耳朵往前走。生活喜欢往前走的人，因为每个人的前面都有等待他的鲜花和草原，有骏马，有肥美的牛、羊，有唤醒人间大地的曙光。但是，你的心里必须有希望。

大妈把自己的哲学都亮出来了。即便是这样，我还是问了一句：大妈，我母亲给您说过她写遗嘱的事情吗？大妈说，没有，孩子。遗嘱这个事情，是每一个家庭最秘密的事情，是不好给他人泄露的。

迪娜大妈是个善言的人，特别会说话，邻居之间有了吵闹的事情，都是她出面调解，靠的就是一张嘴。实际上，是因为她肚子里有糊糊。刚才大妈讲的那些话，教诲人要带着希望生活，我感觉是任何时候都可以拿出来治愈自己的道理。但是我又想，在大妈的那些言辞里，她的哲学其实藏得很深，表面上只是泛泛地说要好好生活，感谢父母的养育。由此，我想了很多，如果父亲那个时候提前把遗嘱留下来，也可能今天的我们就不会有这种苦难了。但是父亲没有机会那样做，而母亲却有机会留下这么一个逼着人睡煤房的遗嘱。这是母亲的权利。但是，我们真的是母亲不合格的儿子吗？我曾反复剖析自己，就是没有找出自己不称职、不合格的一面。

一周以后，姐姐带着哥哥、嫂子阿瓦古丽来看我们了。她脸上恢复了从前那种散漫的、随意的神态。大家坐在沙发上，相互问候，都显得非常别扭。姐姐咳了一声，准备说话的时候，妻子站起来，准备往外走。姐姐把她叫住了，说，古丽格娜不要走，我有话要说。妻子坐下来，脸上基本上没有什么表情，像一个从懂事以来就没有见过人的人一样木讷。我给她使了个眼色，要她笑笑，不要把心里的情绪放在脸上，让大家更难受。哥哥没有说话，陌生人似的看着姐姐，像几年来没有睡过一个囫囵觉的人一样，满脸颓废，面色阴沉。嫂子阿瓦古丽脸上的表情是厌烦，明显不想来的样子。

姐姐都看出来了，说，那好吧，关于母亲留下的这个遗嘱，我就简单说说吧。本来，开始说好了，吾布力也是要来的，快出门的时候他和我吵了一架，一些话说得很恶心，不像是我多年的男人，我就没带他来。母亲的遗嘱，最后也把我男人的本性暴露了。其实，活着也是很好玩的事情，要是母亲没有立这个遗嘱，健在的时候把该分给我们的财产说好，我们继续欢快地生活，那该多好。没有办法，咱们的命里都有一场折腾。

我说，你是姐姐，我本人对母亲的遗嘱没有意见。吃馕喝凉水也是一生，好肉好酒也是一生，对于生命来说，都是一样的。哥哥说，弟弟说得挺有学问的。我更简单，不是我的东西，就不是我的。

姐姐说，上个星期，艾孜买提来找我，问了我一些情况，也希望我"算"一下这事情。我自己也觉得这个遗嘱有点儿蹊跷，有你们两个儿子在，财产怎么会落到我头上呢？于是，我就按照艾孜买提的要求，"算"了几遍，最后得出的结论是，家产的确是都留给我了，但是我可以做二次分配。这几天，我把我的想法也写好了。只是母亲这样做的动机，我没有"算"出来。我的决定是，宅院给艾孜买提，延续父母的香火。在家里，他也最辛苦。重新成立一个公司，咱们三人做股东，把酒楼和度假村的生意搞活，主要还是你们两个弟弟具体操心，艾孜买提负责度假村的生意，吐尔洪负责酒楼的生意。有什么事情，我们一起商量，年终分红。这个分红的形式，和母亲在的时候是一样的。就是说，把我们在父母亲离开以后的生活过好。你们有什么意见吗？

听到姐姐的这些话，我的心亮堂起来了，这分明是母亲秘密的安排，姐姐打着所谓的什么"算卦"的名义来重组我们的信心。事情很了然了，是母亲设的一个局罢了。

我没有急着说话，看了一眼哥哥。他的前额似乎也亮了，开始有光了。嫂子干脆眼睛都亮了，温暖地看着姐姐，似乎也在默默地感谢姐姐。我看了一眼妻子，她眼神仍旧那样灰暗，但是刚才绷着的脸好像也放松了。她也温柔地看了我一眼，站起来给大家倒茶水了。我又看了一眼哥哥，意思是要他先说话。他看出了我的意思，说，姐姐这么一说，我就明白了。但是，母亲没有给我们的东西，我们要了，合法吗？姐姐说，我让萨迪克律师把有关的法律文书写好了，将来不会有任何麻烦。嫂子嬉笑着说了一句，姐姐想得真周到。哥哥说，我还是那个意思，母亲没有给我，我就不要了。姐姐说，好弟弟，我们内部不能再乱了，咱们就按照我的这个意思把相关的手续办了，结束这场混乱。艾孜买提，你说说。

我看了一眼姐姐，主要是看她的眼睛，以证实我刚才的判断是否准确。姐姐显得很轻松、自信，有充分的把握。可以看出来，我的判断是准确的。在遗产的问题上，母亲绕了一大圈，她人走了，却留下了她的智慧。如果不是这样的一种形式，姐姐显然是得不到这么多东西的，也不会成为股东。我说，谢谢姐姐的关怀。我同意，坚决执行，也可以不搬家了。嗨，日子这个东西，虽然有的时候疯疯癫癫，但善良的时间还是比较多的。这是一个最好的结局。嫂子也来劲儿了，说，是的，谢谢姐姐，我们感谢您。我看了一眼妻子，意思是让她说几句。她说，艾孜买提喜欢这个院子，现在我们可以不搬家了，谢谢姐姐。姐姐说，你们不要感谢我，要感谢父母，没有父母的养育，我们有什么呢？哥哥说，原来，这件事情，就这么简单吗？嫂子说，你没有糊涂吧？咱们快回家吧。今天是个好日子啊，我们要感谢姐姐。

大家走后，妻子说，还是妈妈厉害啊。我没有迎合妻子，她也是第一时间看透了这出戏的戏眼。我说，老婆，从今以后，亲戚邻里之间咱们什么话也别说，装糊涂，不搬家最好，一切照旧。还有，过两天我请巷口的亚夏尔屠夫给咱们宰一只羊，请姐姐姐夫回来吃饭，咱们表示感谢。人该低头的时候，还是要低头的。

几天以后，我们听到了一个坏消息——姐夫和姐姐离婚了。开始的时候我不信，想是不是姐夫在玩名堂。妻子探听的结果是，离婚是真的，姐姐也没有想到姐夫是真的要和她离婚。姐夫主要是对姐姐"算"出来的这个"决定"非常有意见。他说，这遗嘱是母亲的旨意，把遗产留给女儿是她一生的心愿，是她老人家千顿饭万顿饭后的决定，姐姐怎么能说改就改呢？什么"算卦"，完全是她自己杜撰出来的结果嘛。不尊重母亲的遗愿，还算是女儿吗？这世上，还有比母亲更尊贵的人吗？于是和姐姐吵起来了。

实际上，这是姐夫非常简单的花招，一般人都能看出里面的猫腻。姐夫把自己的心胸完全暴露在亲友们的面前了。姐姐招架不住的时候，不该说的话也说出来了。她说，我的男人，我青春的吸血鬼，我们过了一辈子，每天三顿饭你说吃什么我就做什么，你吃肉我啃骨头，到最后，母亲留给我的遗产你也要替我做主吗？我的脑袋是你们家的葫芦吗？姐夫发火了，大喊大叫，邻居们都知道了。姐姐坚持自己的决定，姐夫以离婚相要挟。姐姐说，同意，如果过了半辈子的男人，在这样的事情上以自己的贪念为主，那我就离了。我听到这个消息，叫妻子和嫂子去劝一下姐姐。妻子没怎么说话，主要是嫂子劝姐姐，说，孩子们都大了，孙子也有了，离什么呀！姐夫这个人是可以的。姐姐说，年轻的时候是可以的，老了就不行了。嫂子说，家里没个男人，这日子还能有盐味吗？姐姐说，我这个年龄了，让我休息几年不好吗？嫂子说，姐姐，不要急，拖一拖，姐夫会认错的。姐姐说，我这个年龄了，要他认错干什么？我早就不想伺候男人了，真的离了，我就自由了。没有男人，我们就尝不出盐味了吗？

姐姐离婚了，这也立马变成了一条重要消息，传得风一样快。那些在白杨树下歇着的富贵太太们，智慧地揣摩、加工、勾勒这个消息，这是她们的一乐。她们说，姐姐有了一笔巨额遗产后，嫌男人老了，没有热气了，就离婚了。在迅速传播的各种小道消息中，这是最容易引起大家注意的一条。那些历来习惯跟着谬论看热闹的榆木脑袋，到处传播这下三烂的消息，来满足自己的虚荣心。

哥哥来找我了，说，我去了不合适，你和姐夫还是能聊到一起的。你去见见他，这是闹什么呀！我说，哥，你我去了都不方便，我们做弟弟的，怎么说呀？他以前就是这样，心思简单。别人肚子里面有无数棋子，一加一等于三都能唬人，他只有数得过来的几块石头，愣着呢。我找他的朋友讲一讲，看能不能镇住他。

姐夫有一个朋友，叫海力木，外号"领带"。人长得精瘦，一年三百六十五天都戴着领带出门，大热天也戴领带。朋友们就给他"奖励"了这么个外号。他解释说，这是文明，你们懂什么叫文明吗？我尊重他的"领带文明"，请他吃了一顿饭。一瓶酒折腾到半肚子的时候，我把意思讲了。他放下手里的酒杯，说，艾孜买提，我们都是男子汉大丈夫，你姐夫是对的，他才是脊梁骨，是孙木空（孙悟空）的金箍棒一样刚强的人。母亲的遗嘱都不能尊重执行的人，能成为我们的榜样吗？该教育的人应该是你姐姐。你们的事情，我听说了。你自己凭良心讲一讲，你姐姐改母亲的遗嘱，这合适吗？你们能接受吗？我没有想到，这个领带哥哥比我的姐夫还要姐夫。我说，海力木哥哥，这个话题就此打住，咱们喝酒。如果你喝醉了，我送你回家，我什么时候都是你的弟弟。海力木说，好，我们喝酒，我是喝不醉的。有钱人请客的时候，自己喝醉了，我还是我爸爸的儿子吗？但是，你记住，万事都有自己的渠渠道道，帽子可以随便戴，但脑袋该是谁的就是谁的，不能胡里麻汤（维吾尔语：乱来）。

有些事情是真的没有办法。我感到很难过，姐姐都这个年纪了，没了男人，精神上的孤独用什么弥补呢？一段日子以来，我总觉得应该再去看望一下迪娜大妈。在我内心深处蝴蝶般大的地方，藏着一种深深的疑虑，总觉得迪娜大妈对母亲的遗嘱多少知道一些。我带着一些南方的水果走进茶馆的时候，迪娜大妈正陪着我们的邻居萨代提大妈喝茶。迪娜大妈看到我，慢慢地站起来，说，孩子，来，一起坐，我正和你萨代提大妈喝奶茶呢。我走过去，把水果放在茶桌上，说，二位大妈吉祥，您二老喝茶呢，我打搅了。迪娜大妈说，不要这样说，孩子，这茶馆就是喜欢来人。我坐在大妈身边的时候，服务员麻利地给我上了一碗热腾腾的奶茶。这时，萨代提大妈却站起来了，说，我喝好了，你们慢慢喝，我先走一步，孙女正在家里做抓饭呢，我得过去指点指点才行。

迪娜大妈送走客人，回来了。她笑着看了我一眼，说，我都听说了，真是没有想到啊，你姐姐竟是这么有智慧的女子。我以前小看她了，只觉得她老实，不知道她有如此大的智慧。孩子，你们是有福的。看，你们姐姐"卦"算得多好啊！你母亲虽然是那样一个愿望，却让你姐姐给改过来了。

老辈人说，你可能没有赶上，但是你不会饿着。圆满了，好好过日子吧！但是，你姐夫的事我也听说了，一句话，那孩子骨髓里面还是少东西。民间有一种说法，讨饭的耍脾性，吃亏的是褡裢——最后什么也得不到。你们这一代男人有点儿怪，喜欢花老婆的钱，占老婆的便宜。历来娶老婆，还要学会捧着。什么叫捧着？就是哄。做老婆的人，谁讨厌被哄呢？其实这是一种善，在哄的温暖里，把生活的轮子往前推嘛。

我说，大妈，不是姐姐智慧，而是母亲伟大。大妈说，孩子，不是那么回事，是姐姐把这事扳回来的。我说，大妈，我总觉得这事没有这么简单。大妈说，我希望它更简单，越简单越好。我跟你说过，要学会尊重时间。听完大妈这句话，我蔫了。我还是嫩，不是一切事情都能靠言语说明白的。时间像箱子里的镜子，让人看不清楚。我说，谢谢大妈教诲。大妈说，也不是什么教诲，讲讲我的经验罢了。给你的老婆古丽格娜带个话，有时间了，不要和那些闲散的姐妹们闲聊，常到我这里来，我给她说说我的生活，讲一讲他人的经验，对她交友处事有好处。她也是大户人家的媳妇，现在遗产的事情又解决了，今后说话办事还是有威信的。从现在开始，做一个有经验的人，准备将来做巷子里解答疑难问题的智慧妈妈。就说我这一生的感受吧，青春时代，我崇拜那些艳丽的花瓣，好多年以后我才明白，实际上，它们的真理在它们低矮的绿叶里。大妈的这句话，和我来寻她的意思联系不到一起，她好像是在谈另一种哲学，以转移我的视线，让我不要在这个事情上继续纠缠她。

大家都静下来了。这个"遗嘱事件"让我明白了一些道理，也发现了自己许多不足之处。这些方面，我以前是没有感觉到的，主要是从小到大什么都不愁，少年时代、青年时代出去玩耍，都不愁钱；婚前婚后的生活，也是饭来张口，没有什么应对复杂事情和苦难生活的经验。我总是处在一种茫然的状态中。对于我，这是一个智慧的发现，我很高兴自己可以逐渐走向成熟，慢慢明白那种话中有话的隐晦说辞，在复杂的人间，做一个不被人家玩弄的人。但是，迪娜大妈最后说的那层意思，我还是不明白，她的哲学藏得太深了。

我把十字路口的屠夫亚夏尔请来了，他给我们宰了一只大公羊，我们把姐姐和哥哥、嫂子都请来了。姐夫也请了，但是他没有来。我故意说了一句，姐夫应该来呀，这个年龄了，还闹什么呀！姐姐说，就是，这些天，我在想一件事情，人的毛病，是从娘肚子里带来的呢，还是后来自己染上的呢？哥哥笑了，说，肚子里面的东西，不好说呀。我笑了，没有说话。姐姐说，艾孜买提讲一讲。我说，姐夫以前用小酒杯喝酒，突然大酒杯来了，就晕了，人还是好人，还是我们的好姐夫。妻子接上我的话说，下次宰骆驼，可能就来了。姐姐笑了，说，这个年龄了，还和我耍心眼，够累的。

我们对面的邻居叫巴吾东，九十岁了，是个大翻译。昨天上午，老爷子挂着他的拐棍，走进我们家，和我聊了起来。他们家的院门高大威风，能进卡车。冬天拉煤，卡车就直接开进去，方便卸煤。据母亲说，那年他买下这个院子，先是把旧屋拆了，就是那种低矮的土屋、原始的土打墙，然后建了一栋小别墅，算上地下室，共有三层，很漂亮。这老教授，把一生的积蓄都用在了别墅上。母亲说，他看上这院子，大是一个方面，主要是有一排长长的葡萄架，前院是花园和菜地，后院是果园。果树品种繁多，苹果、梨子、桃子、樱桃、石榴、酸梅等，浓香满园。再有就是看上了院子门前那两棵古树。那是两棵茂密的橡树，满树碧绿，几百年来，像是没有断过一枝半杈。

老爷子喜欢橡树，是有故事的。他把这两棵橡树保护起来了——用农贸市场的刘铁匠做的两个钢筋栏杆围了起来。母亲说，买这院子的时候，有过一个小插曲。主人努尔要求两棵橡树另外算钱，如果不要或谈不成，他就卖给家具厂的老板。因为家具厂的老板给他打过招呼。巷子里有一个过于热情的老人，叫热西提，外号"布谷"，嘴巴可以像机器人一样不停地说话。他掺和进来了，说，哎，努尔克（有贬损的意思），这漫长的日子以来，爷爷的爷爷、奶奶的姥姥、七大姑八大姨的，谁家卖宅院门前的树木算过钱呢？头上的太阳你怎么不算钱呢？努尔说，老布谷，是你糊涂了，著名的阿凡提连树荫都卖钱呢，我这几百年的橡树不能算钱吗？就这么一句，热西提布谷就没词了。老爷子明白了，便给了一些钱，留下了漂亮的橡树。后来，老爷子请来了自己的学生，帮他把这两棵橡树的树龄算了出来，四百五十年。老爷子高兴了，开始查找院子最早的主人，请前后巷子街道里的老人们吃饭，要他们回想百年前的光阴，帮他回忆谁是宅院的第一位主人。他的目的是写一个小传，把种树人的姓名一代代地传下去。但是没有结果。

那些老人们吃完烤全羊，擦手擦嘴，喝着浓浓的黑茶，说，教授，我们这些人最多就知道爷爷的名字，爷爷的爷爷都不知道叫什么，四百五十年前住这宅院的人，谁能说得清楚呢？你编一个名字就行了。最后，老爷子的小传没有写成，留下了一个遗憾。但是老爷子没有放弃，他一有机会就打听这件事情。他总想知道，当年种下橡树的汉子是一个什么样的人，在那个遥远的年代，那个汉子给今天的他留下了一片阴凉和一处风景。

那天，喝过一口茶水，老爷子说，孩子，听说遗嘱的事情已经妥善解决了，我们听着很高兴。你怎么没有请我们这些老人们吃肉喝酒呢？巴吾东翻译心态好，和我们年轻人能玩到一起。什么时候想喝小酒了，凑人的时候，他都能带着自己的酒杯来参加，这是他的特点。人家问他，他就说习惯了，像习惯自己的家、自己的床、自己的老婆、自己的衣服、自己的裤衩一样，习惯自己的这个酒杯了。后来我们听说，他带在身边的这个酒杯是水晶酒杯，透亮、雪白，杯身雕有深情的玫瑰花，杯底则是一轮圆月。酒倒进去的时候，那圆月清亮可爱，愉悦人心，是一件应该摆在家里的艺术品。他说自己习惯这酒杯的样式和温度了，手感实在，就带在身边了。据母亲讲，这个宅院在努尔之前的主人是在汉人街开饭馆的回族马老板。此人在城里是有名的厨师，做过油肉拌面和干焖炒面，全市没有人敢在他面前称第一。那个味道，吃一口想两口。他卖宅院的目的是想到汉人街那边发展，在那儿买了两个大面积的旧院子，盖了新房，搬走了。

后来就是努尔了，他是一个没落的木匠。他做的家具一年不如一年，结实不假，几代人也用不坏一张桌子和几把椅子，但是东西没有样子。他卖院子，是想折腾一点儿本钱，上口岸做点儿服装买卖，好改变生活面貌。

巴吾东翻译是退休那年买下这宅院的，据说是我父亲做的中介，觉得搬来一个学者，大家都有面子。巴吾东翻译是师范学院的教授，魁梧高大，站在那里就像一个勇士。从学问方面来讲，他是译著等身的人，但是生活上很随便，不像个学者。朋友基本上都是他的学生，吃饭喝酒都是那些人来陪他。他不喜欢和巷子里的同龄人交友吃喝，认为那些人上了年纪之后不好打交道。他穿戴也和别人不一样，喜欢穿时髦的服装，九十岁的年纪，五十岁的衣服，出门总是精神抖擞的样子，看着让人喜欢。这也是我喜欢他的地方。我们每次吃饭喝酒，他都会从衣兜里取出自己的那个酒杯，伸到酒瓶下面，要我给他倒酒。每当这时，我就开心地笑，觉得非常好玩。夏天，衣服穿得少，就不好带酒杯了，他让在十字路口开鞋匠铺的师傅给做了一个放酒杯的微型匣子，别在腰上，也很方便。走到哪里这个宝贝都和他在一起，满足着他的欲望。总的一个情况就是，他是一个有自己的时间的人，不依附别人的手表和自己的钟表。朋友来了，半夜都爬起来，带着他的酒杯出门。老婆一开始还吵，后来就不管了，说一句平安回家，要是回不来，就躺在喝酒的地方等我，我让儿子去背你。他知道老婆不高兴，说声谢谢赶紧走人。

过年的时候，他的院子是最热闹的。那些还记着老师的好的学生都来拜访他，这么多年都是一贯地来敬他，向他表示感谢。他们带的东西不是好酒就是高大的著名的高山羊。高山羊头昂得高高的，在巴吾东翻译的后院骄傲地歌唱新年。这些羊一年也吃不完，他送完孩子、朋友以后，也送前后巷子里过节买不起羊的人家，大家一起吉祥如意。但是巷子里的大妈、太太们，基本上不说他的好话。她们说，他翻译的那些书挺好的，我们都喜欢，但是这个年龄、这个身份，整天和那些不穿裤衩的野汉子勾搭在一起喝酒，还像话吗？得有个老人的样子呀。

刚才从窗户看见巴吾东翻译向我家院门走来的时候，我叫妻子赶紧炒两个菜，留巴吾东翻译吃饭。这会儿，妻子把两个菜端来了，是她拿手的羊肉炒芹菜和土豆烧牛肉。巴吾东翻译说，还不到中午，你们就炒上了。也好，我有几句话，也不能白说了，把酒拿出来，我就喝两杯，作为话费吧。我笑了，拿酒开瓶的时候，他老人家已经从腰间的微型匣子里取出他那个著名的酒杯，伸了过来，说，满上，我分三次喝。我笑了。他伸手的姿势是很好看的，身子不动，手长长地直伸过来。那神态，看着有点儿滑稽，像一个正在拍戏的演员。巴吾东翻译说，我这个年龄了，人家骂我是酒鬼。我就奇怪了，他们为什么要窥视我的私生活呢？他们这个习惯很不好，总是想教训人。日子是自己的东西，人家摸过来摸过去，没有意思嘛。我端起酒杯，说，今天没有什么准备，不好意思，祝老爷子身体健康，我敬您一杯。说着，我干了。巴吾东翻译抿了一口，"吱"的一声，清脆响亮，仍洋溢着他壮年时代的豪迈和男子汉气概。他说，我分三次喝，就感觉非常舒服。今天，主要是有一句话要送给你，就直接过来了。我是看着你长大的，你也是我的儿子嘛。是这样，你母亲走后，遗嘱的事情让你们忽略了对母亲的哀悼。我看着很悲哀。我有太多的想法，这些事以后再聊。这些日子，说起你母亲留下的遗嘱，听到你姐姐最后的处理办法，我就十分佩服你的母亲，那不是一般人的智慧。我活到现在，见过一些人和一些事情，也在一些朋友的邀请下处理过类似的麻烦，自以为我的智慧和经验还是可以的。现在看来，不是这么回事。你母亲的了不起，就在于勇敢地向几百年来的旧俗挑战，她起到了榜样的作用，我佩服。来，孩子，我敬你一杯。巴吾东翻译举起酒杯，又抿了一口。我没有完全听懂巴吾东翻译的话，假笑着举起杯，把酒喝了。

他总是话里有话，很神秘。我说，谢谢您，老爷子，这个结果，我们都满意。姐姐做得很好。巴吾东翻译说，是你母亲做得好，你母亲比我们有智慧。这一次，我是彻底地服了，这才是大智慧。老爷子谈了许多事。喝第二杯酒的时候，把话题扯远了，开始给我讲他一个朋友当年立遗嘱的时候，要他做公证人的事。朋友把全部的财产留给了第二任妻子。大家都有意见，说给自己的孩子什么也没有留，没有良心，朋友被年轻漂亮的二老婆收买了。巴吾东翻译说，实际上，遗嘱这个东西是非常复杂的，一个人的想法，今天和明天是不一样的，今年和明年又是不一样的，上午和下午也是不一样的，下雨天和艳阳天又是不一样的。特别是在真正立遗嘱的时候，人的情绪动机都会变化。而且许多事情不是以良心和血脉为基础的，参考的内容也会发生微妙的变化。一对父母，可以抚养五六个、七八个、十来个孩子，到了这些孩子感恩回报父母的时候，他们却很难照顾好母亲或父亲的晚年生活。这样的现实是非常残酷的。我沉默了，觉得和老爷子谈类似的话题，我还不够格。第二杯酒喝完后，巴吾东翻译说了声谢谢，走了。走到院门前的时候，他又说，女儿正在家里做抓饭呢，两杯以后刚好吃饭。

晚上和妻子聊起来，妻子说，老爷子就是那个意思，就是母亲认为姐姐是老大，遗嘱最后让姐姐说了算，把权力给了姐姐，以后让姐姐管我们。妻子有她自己的想法，也对，但母亲也不全是这个意思。我总想知道这件事情的究竟，我总觉得迪娜大妈是知晓一切的人，只是不愿开口罢了。

第二天，我见到了迪娜大妈，把巴吾东翻译的那些话告诉了她，请大妈帮我分析一下，老爷子讲的那个"你母亲的了不起，就在于勇敢地向几百年来的旧俗挑战，她起到了榜样的作用"是什么意思。

迪娜大妈长长地叹了一口气，说，这个老贼，在一只脚已经进了墓穴的状况下，还是说了一句人话。我和他是一个巷子里长大的，小时候他是有名的捣蛋鬼。那时候我们住在西公园后面的枣树巷，是一个静谧的后巷。在读中学的时候吧，暑假里我们姐妹们时常结队出去逛街，那时候流行十几个人排一横排，服装发型统一，手挽着手，齐步走在路上。这时候，巴吾东翻译那个老贼，经常带着他的一帮狐朋狗友欺负我们。有的时候他们三五成群地从正面扑过来，冲散我们的队形，破坏我们的阵容。姐妹们都讨厌他们，带头的就是你的这个邻居老贼。中学毕业以后，就没再见过他，说是考上什么大学走了，后来听说成了大翻译了。我们就觉得可笑，小时候臭坏，长大了成了人物了。所以说，对于孩子，无论多么捣蛋，都不能对他们失去希望。那些不起眼的娃娃、满身毛病的捣蛋鬼，一旦醒过来，可以在天上飞木鱼。老贼这句话说得好，我就没想到这一层。老贼的肚子里面还是有点儿糊糊的。几百年来，在遗产分割的问题上，我们都是重男轻女。从几个方面来讲，这是不公平的。你母亲的做法，不是对你们两个男孩有什么看法。她把财产都留给你姐姐，看来是要通过这个遗嘱亮明自己的观点，在分配遗产的问题上，男女应该是平等的。你那个邻居老贼想说的可能就是这个意思。

　　大妈停下来的时候，我在回味那些话，脑子顿时清楚了。也的确是这样的。漫长的日子里，这种事情我们见得多了，也听得多了，只是没有自己的主见。在子嗣们分割遗产的角逐中，女孩子的处境是很边缘的，和外人、佣人一样没有地位。她们不说，说不出来，不好说，不想说。

　　我说，大妈，您这么一点拨，我就明白了。母亲就是了不起啊！大妈说，孩子，说和做是不一样的。有些价值在时间的背面，我们活着的时候看不见。那个老贼算是说了一句人话。看来，人老了，自然也就善良了。我这样解释老贼的意思，你能接受吗？我说，谢谢大妈，我长智慧了。大妈说，孩子，我多说几句吧。我这个年纪，今天还能说几句，明天也可能眼睛就永远睁不开了。当然，这也是我一直期盼的死法。但是，离开人世的方式，决定权永远不在我们的手里。孩子，我和你妈是挚友，所以想给你说几句心里话。我这一生，对自己是满意的，但是生活能给我打多少分呢？在我的背后，有没有诅咒我的言辞呢？漫长的日子里，我吃了多少馕啊！我能对得起每一个馕吗？能对得起那么多的日头吗？能对得起那些人吗？显然是不可能的。我就想，生活、时间、欲望、我们的眼睛和头发、那些神话、我们的烟火、我们的记忆，它们都是我们自己的东西吗？在它们的背后，有我们什么样的内疚和遗憾呢？孩子，你是好人家的子嗣，每天早晨起来，第一时间出门，听听鸟在唱一些什么歌。有的时候，人过于庸俗愚昧了。人唯一的软肋，就是不好给自己打分呀。

我很感动，大妈是读懂了时间奥秘的人。就是说，我确信她对我留了一手。她对巴吾东翻译那个意思的释疑，自然婉转，也隐藏了她内心的秘密。也就是说，母亲的遗嘱和哲学她是最早知晓的人。她和母亲是一条船上的航标，遵循共同的规则。我变得很轻松，欣慰自己明白了一些规则。从这天起，我开始习惯独自一人在家里喝酒了，也开始思考一些以前我不懂的问题。酒一杯杯地烧焦心里的虫子的时候，我似乎明白了一些奥秘。母亲健在的时候，为什么不直接给我交代这些事情呢？为什么要靠那个萨迪克律师来实现她的目的呢？我自信能找到答案，但是我的自信又不彻底，接着我会怀疑自己的判断，总觉得在这个神秘的遗嘱里面，还有一些我没有看透的东西。我还处在一种精神和视觉的恍惚里，还没有识破那张联络图，还是一种低级的自我安慰。

新公司成立了，姐姐说，弟弟，一切照旧，你来管理吧，我不懂。我说，姐姐，我不能管了，已经太谢谢您了。您把公司的财务权抓牢，一切您都会学会的。一直自信的哥哥和我，头像蔫茄子一样耷拉下来了。从前的酒肉朋友们给我们起了一个外号，叫"六点半"。每夜入睡前，妻子都要给我"恩赐"一些从各处传到她耳朵里的消息。那些所谓的消息，多一半是说我和哥哥不是母亲的亲生儿子，是当年从孤儿院抱来的。实际上，这只是扰乱我们生活的开始。一句残酷的、看似是那么回事的谣言，就可以扰乱一个人的一生和一个家族。这样的例子从前听过不少，只是没有认真记在心里而已。我心中自以为是的想法是，我们的生活、我们的家族里不会出现这样的事情。

现在看来，越是在高度可以够着月亮的时候，人越要往下看，看准自己要落地的那个地方，一旦脏水泼来的时候，精神上好有一个抵挡。活着，有时候就是和脏水商量，怎样才能远离它的污蔑、陷害和肮脏。静夜里坐在宅院北边的小花园遥望星空的时候，我在想，如果母亲没有在遗嘱上绕这么个大圈，直接把意思和要求给我说清楚，这种丑恶的谣言就不会出现了，一切都会正常圆满。但是，时间没有给我们这样的命运。

几个月以后，妻子又掌握了一个新情况。这些日子里，姐夫晚上赖在姐姐家里不走了，说是这段时间断了姐姐做的拉条子，生病了，得了严重的胃溃疡，必须每天吃姐姐做的拉条子才能好起来。这是一个套路，他依附这样一个花招，住进了姐姐的房子。姐夫想回到姐姐那里，想复婚。但是这个话不好说，于是请中学时代的同学马利克给想办法，最后就用同学敬献的"拉条子计"，打着"你的拉条子能治愈我的胃病"的旗号，赖在姐姐家里。不过很早以前，姐夫就夸姐姐做的拉条子能在全市排第一。他说姐姐和的面有劲儿，菜虽然只是简单的土豆白菜，但味道可以唤醒坟墓里的魂灵。

　　在西大桥专门卖土鸡的小店里，马利克三杯酒下肚以后，教唆姐夫说，你每天喝上二两装四两，对她说不吃她做的拉条子你就会死。就这么赖在家里，时间长了，就好复婚了。在这个办法出现以前，是姐夫的妹妹海日古丽逼着他和姐姐复婚的。她认为哥哥吃亏了，现在老婆多少也算个老板，这个便宜是不能扔掉的。海日古丽在一家银行工作，会来事、会笑、会说话、会打扮，裙子穿得紧紧的，身上的血管都能看见。哥哥离婚以后，她读懂了他肚子里的加减乘除，用三个谚语把哥哥拉进自己的盘算里。第一个谚语是"麻雀也是肉"，得不到最肥的，小鱼小虾也是可以的。第二个谚语是"驴子晒上太阳的时候，要把手烤过去"，意思是不能逃离有好处的地方。第三个谚语是"脸皮厚，才能享受"，这意思已经很明显了。她利用这些谚语说服了哥哥，让他复婚去享受老婆的财富。姐夫就是在这个基础上找到自己的老同学马利克，讨到那个"拉条子计"，厚着脸皮实现了复婚的愿望。

这是一个很长的故事。妻子说姐夫的妹妹是个人精，不好对付。我说，不用咱们对付，在时间的教诲下，人人都会慢慢地回到自己的嘴脸上的。这个问题不大，他们的复婚才是我关心的事情。姐姐的两个孩子都成家了，她不能一个人过。一个家没有女人或者是没有男人，这种生活是寂寞的，外表看起来浪漫风光，实际上是日近黄昏。

一年后的一个周末，萨迪克律师打来电话，说请我去一趟他的律师事务所。我有点儿忐忑地去了。他交给我一份信函，说是母亲生前安排的，要我打开看看。我看了一眼萨迪克律师的眼睛。他站在那里，像个廉价的木偶，脸上什么表情都没有。我拆开信封，抽出一张信纸，开始读那几行文字：

孩子们，这是我生前留给你们的信。我可以想象你们现在的生活。我最关心的是你们的团结，因为只有团结，你们才能健康地生活，安心地养育你们的孩子，这是人生最大的幸福。要正确地认识财富。我这样说，是因为我们家的财富是你们爷爷留下的，不是我们和你们创造的。这里有一个微妙的道理：不会面对财富，不会珍惜财富，忽视对财富的传承，会在精神上束缚自己。要学会做人，这是一生的课题，不及格就不能大声说话。最后就是好好生活。孩子们，我敬爱你们在人间的生活，祝福你们。

读完信，我哭了。就几行字，但是母亲在精神层面说了很多。我抬头感谢萨迪克律师的时候，他说，你母亲给你姐姐也留过一封信，在你母亲过世一个月以后，按照你母亲的要求，我把那封信交给了你姐姐。你这封，你母亲要我在一年以后交给你。我一时愣在了那里。我很想问一句萨迪克律师是否知晓姐姐那封信的内容，但我打住了。我似乎明白了许多事情，但又觉得内心空空荡荡，精神恍惚，耳边总是有一个风箱在轰鸣。

人的成长成熟，是一件非常艰难的事情。我把信给哥哥看了。他说，现在看来，就是迪娜大妈给你说的那个意思了。如果在母亲健在的时候，要我们按照现在的样子去完成她的心愿，我们会做吗？我看了一眼哥哥，没有说话。这应该是哥哥回答的问题。哥哥把信还给了我，说，你存好，复印一份给我，我要经常看看。

人在光阴里面，看不见自己的光阴。一年的时间里，我们的心思都在别的地方，没有时间修筑母亲的墓。我们找了几个建筑队的师傅，把母亲的墓修起来了。那天我问了哥哥一句：母亲那封信，给姐姐看吗？哥哥没有说话，我抬头看了一眼他的眼睛，空荡荡的，像压碎的镜子，什么也看不见。

# 其 满

　　那年，组织上安排我到一家国营煤矿挂职锻炼。听到这个消息，我很高兴。实际上，这也是我那些年的一个愿望。深入一家煤矿沉下心去，创作一部反映煤矿生活的长篇小说，实现自己创作中题材多样的愿望。以前我向组织申请过，有关领导说，煤矿的情况比较复杂，不急，将来会有机会的。

　　这个机会终于来了！我很高兴，就抓紧时间做功课。这家煤矿从过去到现在，几乎是备不完的大课。你似乎总也抓不住你想要的那些东西。从各地投奔来的硬汉，能留下来过安分日子的，很少。在动乱的年代，他们在井下隐藏身子和秘密，逃过那段疯癫的时间以后，在一个早晨或者是半夜，一句告别的话都没有，爬起来就走人。你不知道他们来自何方，也不知道他们要去什么地方。当年嵇康问钟会："何所闻而来？何所见而去？"钟会答："闻所闻而来，见所见而去。"这些玩法，和古人基本上都是一样的。

　　一位年迈的矿工说过这样一句话：煤矿要想有人干活儿天天出煤，做老板的就不能问人家的来处和去向。晚上突然要工钱，就给他，心里要有数，弄不好这哥们儿明早就走人了。如果不走，二话没有，早晨便硬邦邦地回来下井挖煤。在午后的时光里坐在轮椅上晒太阳的老矿工们，一声声地喘着气，给我讲百年前煤矿留人的办法：老板们耍心眼，忽悠矿工们赌博，输了就给借贷，用这个办法拴住他们，给自己挖煤。

到煤矿挂职，还有一个小故事，是好几年以后我才听说的一个小插曲。开始，组织上安排我去一家毛纺厂挂职，另一位被安排去煤矿的哥们儿，向组织提出申请和我换。有些事情，非常好玩，你追求的那个风景，却是他人厌恶的东西。

这家煤矿在城北的坡上，煤质好，老百姓喜欢，也是有几百年历史的老矿。越过一片茂密的森林，再过一条西流的河，就是矿部和生活区。矿部以南的榆树林，也是没有样子，像当年来投奔煤矿的一个个居无定所的人，看不清他们当年的风光和颓败。

生活区在西南方向的一片开阔地。几条所谓的街巷，没有树木花草。低矮的房屋，是矿工们的栖息所。矿里每个职工分有两间小平房，三十多平方米的样子。每家在屋前搭有一个十分简易的茶棚，居住条件极端简陋。也有的人，自己造一小厨房，围一简陋的院墙，安一简单的板板门，上一鸡蛋大小的小锁，就是家了。

煤井一律都在坡以东，立井多，斜井少。都是硬朗的汉子们在井下挖煤。在井上干活儿的人，基本上都是在井下事故中半残了的人，看陌生人的时候，眼神里都有怨气。外人不知道，就误会他们，说煤矿挖煤的人都是半吊子。他们当中，也有一些依附井口台长过日子的人，用煤矿上的词来讲，叫"白屁股"，意思是懒货，没有骨气。民间评判一个人，用这个词的频率极高。就这一句，能把一个人的本质说个囫囵。

不同语言中意同形异的词语，谚语、俚语、熟语、成语放在一起用，非常好玩。比如，在原始的挖煤技术中，没有现代的缆绳机，都是在井口用马拉缆绳出煤。赶马的人，叫"拉马的"，活儿轻，没有危险。井下的煤工就看不起干这活儿的人。

每周三，矿领导要和救护队的人一起，一个个下井检查安全生产。重点之一是检查通风口是否畅通、是否有专人在把守那台巨大的鼓风机，而后是检查工作面的安全措施是否到位，巷道木桩是否符合要求。而且要一一搜矿工的衣兜，检查有没有带烟、火柴下来。那天，我们就查出了火柴和烟袋，是一个矿工藏在他命根子下面那个部位的，脱了裤子后才交出来。在一般情况下，我们是不查那个隐私部位的。事后，救护队的郑队长说，那小子叫艾海提，我就怀疑他身上藏有火柴和烟。安全生产是矿里要命的大事，一旦工作面塌煤，塌方出事，瓦斯爆炸死人，都是大事故，要一级一级往上报。

上班下班，和工友们闲聊，喝酒闲话从前的人和事，有姓有名的硬汉，都是有故事的人。我十分认真地观察和收集这些方面的情况，下班后和矿工们喝小酒，唱矿工小曲，悠扬的都塔尔琴声，让人回忆起那些风尘和可爱的岁月，也是我的创作所需要的酸甜苦辣。没有废话，讲的都是可以挠痒痒的生动细节。讲他们已故的硬汉朋友们的故事，生动、情感饱满，让人长见识，思考生活和生命。

我来煤矿一个月以后，二号斜井出事故了，而且死了人，是黎明前的事情。我到了矿部以后，办公室主任老郭，眼睛基本上没了光的一位前辈，把事故给我简单地复述了一遍。死者叫叶强，是三年前带着妻子和八岁的女儿小叶来矿上干活儿的，签有合同。他们来后的第二年，叶强的弟弟叶力也来了，兄弟俩下井干活儿，每年的工钱，都寄回老家，准备将来盖新房。今天黎明前，叶强正在往矿车装煤的时候，工作面倒塌，把他压在了煤块下面，来不及抢救，人当场就没气了。现在的问题是，叶强的弟弟叶力不同意下葬，说，要煤矿解决小叶今后的生活问题。原来，去年，也就是叶力刚来煤矿一周后，叶强的老婆孙小梅，丢下孩子和丈夫，和她的一个相好跑了。叶强把女儿交给弟弟，在自己有把握的几个方向，找了大半个月，核桃般大的讯息也没有半个。叶力说，现在哥哥走了，谁照顾小叶？我是不行的，你们矿上要给小叶安置好生活。当时矿长不在，郭主任要我拿主意。矿里有规定，可以安排抚养这种孤儿长大成人。于是，我和郭主任商量，同意叶力的要求，我们煤矿出面，安排好小叶的生活和读书的问题。

这是我长这么大，第一次面对死人的事情，满脸的严肃紧张。我给郭主任说，今天你不要离开我，有事好商量。我又向司机做了要求，全天紧跟我，有事好安排。

救护队的郑队长安排人买的棺材到了。亡人入棺材的准备事项都已经完成，工友们帮着把尸体放进了棺材。救护队的人准备钉棺材的时候，叶力突然爬到棺材上面，号哭着不干了，躺在棺材上面，不让钉钉子。接着他的几个老乡，也顺着他的意思，嚷嚷起来了。我没有动，脑子里想这个突变是为何。郭主任对郑队长说，把叶力拉开，让你的人强行钉棺材。我拦住了郑队长，让郭主任把叶力叫到我的办公室说话。随后，我和郑队长回到我的办公室。我用询问的眼光看了一眼郑队长，他说，可能是叶力的那几个老乡给出了什么鬼主意了。我没有说话，心里在想对策。眼下最主要的是，亡人要尽快入土。上午给矿长打电话的时候，他也是这个意思。

郭主任给叶力倒了一杯水，冷冷地说，我们说得好好的，你这是干什么？这个时候的叶力，和他上午比，脸上灰暗破落，变成了干瘪的皱羊皮。他开始是哽咽，而后捂住鼻子，哭了。凄凉的哭声，传递无限的失望。郭主任说，叶力，不哭，把心里的话说出来。这中间，郑队长找了一条毛巾，递给了叶力，要他擦脸。我端起桌上的水，递给了叶力。我说，喝口水。为什么要这样呢？叶力接过我手里的水，喝了一口，说，矿里必须给我出一个保证安置小叶生活的证明，不然我绝不同意让哥哥下葬。我说，就这些吗？叶力说，是的，就这些。我看着郭主任，说，你写个证明，盖好矿里的公章，交给叶力，我们说话算数。

我们从办公室出来的时候，院里一直在等着给叶强送葬的人们都把疑问的眼神扔过来，第一时间飞进了我们的心里。

当我们走到棺材旁的时候，众人看到叶力脸上的暖光，都长长地缓了一口气。郑队长看了我一眼，我点了点头。他看了一眼手下的救护队队员，说，小张，开始吧。于是，救护队几位干练的小伙子，抢起手里早已痒得不行的铁锤，开始钉棺材板子。"叮当，叮当，叮当"的锤声，升向天空，飞向东边的坟地，向那些孤独的灵魂，传递新的死亡讯息。这时，叶力放开喉咙开始大哭。郑队长的人把棺材抬到了卡车上。在郑队长的指挥下，卡车缓慢地开出了矿部。跛脚门卫居来提，肩靠在门板上，缓慢地把大门关上了。

卡车驶出河桥后，我看着郭主任，说，郭主任，你留下来继续陪我。煤矿我不熟，你走了不行。让郑队长带着人到墓地去，还是要安抚。给叶力的小老乡们讲讲，不要让他们再嚷嚷。郑队长说，明白。你放心，我会办好。郑队长走了以后，我站在院子中央，无意识地看着居来提跛脚用左肩推门扇的那个样子，像一个没有手的人，看着慵懒茫然。我猛然意识到我也应该去参加埋葬事宜，从几个方面来讲，这都应该是我的职责。郭主任听完我的想法，说，是的，我们应该去。

煤矿的坟地在1号立井上面的那片开阔地，离矿部有五公里多的路程。过了1号井口，就看不见路了，到处是骆驼草，车要自己找着能当路的平坦地段往前走。我们一会儿就追上了卡车，但是卡车扬起的尘土，又让我们拉开了距离。坟地再往东去，是旱田地带，当年是南边的村庄种小麦和红花的好地方，全靠雨水灌溉。老矿工们说，百年前，这里就

是天然的粮仓，有耕种能力的人，都在这里种麦子。用这里的面粉做的拉面、打的馕，是一流的好东西。这里的

我们的车从侧面的小路上驶出去，来到了坟地。我站在一个高坡上眺望，矿河以南的平原地带，是无边的碧绿田野，朦朦胧胧的。但是，那些地方是有人烟的地方。我又想，在有人烟的地方，也埋伏着死亡。大家在那样热烈的地方，感觉不到这种残酷。

在郑队长的指挥下，大家把棺材搭置在几条粗麻绳上面，抬到墓坑跟前，两边的人协调好速度，缓慢地把棺材放进了长方形的墓坑里。而后，大家齐手往里扔黄土。不长的时间，神秘的墓包就有了形。温暖的土被扬起神秘的尘雾，安慰叶强突然离开人世的生命。一条生命，在时间不知道的情况下入土，时间欠不欠这个生命什么东西呢？我不知道。许多干活儿的，应该也不知道。那些极端卖力的坎土曼和铁锨们，应该是知道的。因为它们是土地的朋友，因为土地什么都知道。

我和郭主任来到叶力身边，默默地安慰着他。他像一尊塑像，站在卡车旁，看着已经堆起来的墓包，像一个失去神志的人，呆在那里，竟也没有发现我们的到来。我悄悄地抓住了他的手，说，很不幸，命运这个东西，不在我们手里。听到这句话，他转身发现了我们，说，不是的，昨天哥哥就不应该下井干活儿，因为今天是他的生日。我讲了两次，他不听，我说不过他。我握紧了他的手，没有说话。无情的命运啊，今天竟是叶强的生日。无情的命运，竟收走了一个囫

囵的人。郭主任说，叶力，节哀顺变。我看着近处叶强的墓包，却在思考死亡。当死亡无耻地争夺不属于它的那个时间，贪污一个蓬勃、有向往的生命，男人的金山银河，女人的珍珠玛瑙，虽一代代能光耀他们的血脉和虚荣，但是从死亡的哲学关口来讲，都是驴蹄子炒韭菜的事情。从精神到物质，意义是存在的，如果不能看透死亡的把戏，谁都不是永远站立着唱歌的汉子。我想起了阿凡提。话说这聪慧伶俐的智者，一日在自己的宅院里逗自己的毛驴，说：老朋友，怎么不叫几声呢？你知道人类讽刺你的那句著名的说辞吗？毛驴说，知道呀，阿凡提大人，不就是用来教诲娃娃们的"不要去那种毛驴乱叫、手鼓乱响的地方"这一句吗？阿凡提说，乖乖，知道就好。人类也是有毛病的，不能轻易相信他们。这时，家里来了三个大巴依，说，阿凡提，上天的通知下来了，明天就是世界末日，赶快把你们家的大肥羊牵出来，咱们宰了吃肉喝酒。阿凡提说，好嘞，巴依老爷们，我马上去宰羊煮肉。那位肥胖的巴依老爷赛然说，阿凡提兄弟，汤里面多放一点儿恰玛古（蔓菁），那东西养颜养肺，来精神啊！阿凡提说，都世界末日了，你还养什么颜、来什么神啊！于是阿凡提把他们家的大肥羊宰了，把肉做上了。这时，赛然巴依说，阿凡提兄弟，肉还在锅里呢，最少也要煮两个来小时，我们几位先到河里洗个澡。从明天开始，大家再也看不到水了。于是，三个巴依到河边洗澡去了。时间和树叶一起飘逝，肉也做好了。巴依老爷们回来的时候，都找不到衣服，问阿凡提，兄弟，我们的衣服呢？阿凡提说，我拿去烧火煮肉了。

巴依老爷们说，你说什么？没有衣服我们咋办？阿凡提说，明天就是世界末日了，你们还要衣服做什么？

死亡是许多人送一个人。但不是所有的亡灵都能挣得墓园，赞词，亲友们的哭声和最后的美酒，等等。有的人默默地死去，在老天爷的账本里没有鲜花，没有生日。

我们往回走的时候，停下来，又看了一遍这苍茫的坟地。有的墓包阳面种过一些纪念树，基本上都是耐旱的枣树，在时间的烈日下，都枯死了。甚至甘甜的雨水们，也没有养活它们。尘土一样的枯枝，像百年前的骷髅一样恐怖，一点儿生命的味道都没有留下。没有生命的东西，原来却是这样的可怕。墓边角上的许多墓包，在时间的魔力下，被年年岁岁的东、西风给吹平了，已经认不出是谁家的祖坟了，只有当年那些孝子们留在墓包上做记号的几块石头还在。但是他们的后人，已经不认识这些石头了。那些能千古流传的文字，应该是新的生命能代代传承的底气。但是，那些孝子们不喜欢永生，希望父辈的墓包能与大地融为一体，与大地同呼吸共命运，也是一种哲学。我看了一眼老练的郭主任，说，主任，用矿里的名义，给叶强立个碑吧，买好一点儿的大理石，找书法家写字，也是死者的尊严。将来小叶她们来找，也是一种欣慰。郭主任说，明白，请你放心，我会办好的。我想，墓碑和时间没有关系，但它们是内在血脉中鲜活的记忆。记忆是保障人思维混乱的时候也能找到自家大门的指南针。人不能没有记忆，比如，在生命不同的驿站，通向各种墓路的记忆。

我发现这种突然的死亡是最通俗的人生箴言。活着，如果过于聪明，阿凡提的哲学会时不时地冒出来，修正你的本性。然而，不是一切都是哲学。如果叶强听了弟弟的劝，昨天休一天，为今天折腾一些酒菜，他这会儿或许还蹦跶着。那么，是一种什么样的心态、意识、动机在引诱他说不呢？阿凡提能说清楚吗？可能时间最后胜利了的时候也说不清楚。

早晨噩讯传来的时候，郭主任先把小叶安排在了一个职工家里，没有让她参加她父亲的丧事。郭主任说，她这个年龄，不适合参加。我觉得郭主任是一个智慧之人，想得周全。他把小叶安排在了在配电室打杂的程红艳家里。几天后，矿里研究的结果是，从老家那边的情况来看，这小叶，今后就是我们煤矿的孩子了。生活费、医疗费、学费等一切费用，矿里出，长大成人了，也是煤矿负责安排工作。憨实的叶力一直在等这个消息。自哥哥出事以后，他就没有下井干活儿了，听到矿里的这个消息，到程红艳家里和小叶做了告别，就背着行装回老家了。首先我不能理解他为什么要把侄女留在这里。郑队长说，这叶力太自私了，自家的孩子都不要了。郭主任说，活着，谁愿意来煤矿数日子啊，只是人人都有蹲下起不来的时候啊。我没有说话，只感到这个郭主任，不是拥有一般经验的人，而是一个沉闷的智者。

一周以后，程红艳找到郭主任，提了一个要求，说，干脆，这小叶我就收养了吧。矿里把有关的手续给我办了，生活费和其他的费用，矿里给我保障好，我把孩子带大。郭主任给我说这事的时候，我很高兴。小叶将来好好读书，会有一个好前途的。要给她一个理想的条件，一个温暖的家。但是，这有关的手续不太好办。十天以后，程红艳把小叶送到矿部来了，书包、衣服都带来了，交给了郭主任，说，我男人这几天天天和我吵，还对我动手了，反对我收养小叶。他说，我们自己的两个儿子都养不好，更没有能力为煤矿担这个责。那几个钱算什么？娃娃的糖果钱都不够。人家的爸爸是为公家的煤矿干活儿死的，矿里就应该把娃娃送到城里的福利院养着呀。程红艳的男人叫姜力力，是矿里的电焊工，技术一流，老家是内蒙古的，曾在那边的煤矿干过电焊工。怎么来新疆的，为什么，他不说。和工友们喝酒聊天，也只有一句话：我是一个喜欢流浪的人，你们问那么多干什么？这天下的煤矿，谁家能说清楚那些人是从哪儿来的？

听完这些说辞，郭主任变得更加深沉了。他说，这个程红艳，没有说真话。她男人不是这种锤子，她心里有鬼。于是，郭主任联系他在各个环节里的消息员，要他们探情况。三天以后，这情况就搞清楚了。程红艳拿着矿里开具的证明，在城里办完有关的收养手续以后，觉得心里不踏实，就把小叶带进城里，找到那个著名的卦婆七姨太，算了一卦。这七姨太看过小叶的面相和掌纹，伸出颤抖的手抓了抓小叶的耳朵，斜眼一瞪，说，好了，先叫孩子到外屋坐一会儿吧。七姨太把小叶支出去以后，小声地向程红艳说，这孩子额头上有邪气，你收养不合适。就这样，她耷拉着脑袋回家，一路上编了一个她丈夫不同意的谎言，把小叶交给了郭主任。在之后的几天里，程红艳为小叶算卦的事情，就传遍了整个矿区，除了摇床里的婴儿听不懂以外，狼狗、野驴、黄鼠狼、老矿工们的轮椅们、卡车都知道了。于是郭主任把程红艳叫到办公室，训了一顿。郭主任一开始就拿住了程红艳，他抓起桌上黑乎乎的玻璃烟灰缸，使劲儿往地砖上砸了下去，烟灰缸碎了个稀巴烂，程红艳看着就吓蒙了。郭主任说，姓程的，小叶的事，你如果不讲实情，我就不让你在配电室工作了。说话！程红艳说，郭主任，你可不要吓我呀，你不能辞掉我的工作呀。我讲实话，我太不应该这样做了。于是她把带着小叶算卦的事情都交代了。

我没有想到会有这样的波折。郭主任说，程红艳说什么都不收养这小叶了，怕给家人染上邪气，不吉利。我说，还是继续找人吧，要做一个长期的打算。郭主任说，这几天我私下也找了几个有条件的人家，人家都不干。就是算卦的那一句话，大家都知道了。我说，都什么时候了，还迷信，信牛鬼蛇神。下次回城里的时候，我要把那个巫婆算命的事报告给民政局的领导，先把她放到什么收容所里好好教育。什么年代了，还信这种东西。至于这个程红艳，你可以先把她的工作辞掉，一年半载的，吓吓她，也是一种教育。这煤矿，再也不能出现这样的事情了。这个事情，要在各井口队长那里讲一讲，要他们也教育其他的矿工。程红艳要写出检查，再看怎么给她安排工作。

几天以后，郭主任领着一个魁梧的男子走进了我的办公室，说，这是姜师傅，程红艳的男人。姜师傅的情况，前面郭主任给我讲过，在我的印象中，应该是一个接地气的汉子。

他使劲儿地握住我的手，说，沙矿长，给小叶念脏经的事，不要误会我。我男子汉大丈夫，从遥远的内蒙古到新疆的这个煤矿过日子，不干那种事情。我也不是那种天塌下来了躲在犄角旮旯里吃包子的人。我是我爸爸的儿子，家里箱子里面有出生证。我老婆梦呓的那些话，是她自己拉闲话。小叶任何时候都是我的娃娃。我这女人，肚子好，嘴巴不行。这个小叶，是老天爷给我们积德的机会，是应该跳起来夺抢的福气，她却蹲下尿尿了。我把我的志气倒出来给你看一下。下雨天，或是矿上发了工资了，我们在麦艳面肺子的店里也弄几杯。哪一天咱们三个人到她那里吃牛头肉，我请客。我有大烈酒呢，77度，专门给煤矿汉子酿造的，也算是我替傻老婆洗罪了。你们处理小叶她爸后事的仁义，我们都听说咧。你是个汉子，知道盐的味道。我的姓，不是那个犟驴的犟，是姜皮子的姜。炒菜，做药，都行呢。我笑了，这个老姜，真是一个爽快侠义之人。郭主任说，老姜，可以了，走吧，回家晚了，老婆又咒你了。老姜说，闲话真是个没有良心的东西，蜂蜜一样的好人也听信谣言。我感觉这是个人物，有视野，肚子里面的故事一定不少。我说，老姜，常来，咱们多聊聊。老姜说，好，我请你们吃牛头肉。

又一周的时间过去了。小叶在郭主任家里待着，我比较放心。郭主任说，小叶每天放学回家，自己写作业，很自觉，也帮着做家务，就是话少。我想，这是自然的。娘跟着别人跑了，爹死了，孩子自然就话少了。我去看过一次，这孩子脸上没有笑容，显得可怜。苦难这东西，对人的侵蚀，不管你年龄大小，在精神上揪住你的喉咙，吞噬你的希望和光明。这几天，我想过让郭主任的老婆收养这小叶。老练的郭主任看懂了我的心思，说，本来，老伴儿想收养小叶，但是民政上的手续办不下来。我明年六十岁退休了，这个年龄不允许领养孩子。我沉默了，民政局的这个规定，我还是第一次听说。郭主任的妻子，叫钟秀，脾气好，两个胖脸蛋，什么时候都是笑着，给人的第一印象是亲切、友好。她说，这小叶好好的一个孩子，小小的年纪就让迷信给缠上了。老姜的那个红艳，是个穷人家的孩子，就期盼将来家里出个金凤凰，把孩子弄出去算了一下，结果也是自己吃亏了。这算卦的，我在老家见过，基本上都是拣好的说。你看这小叶，大眼睛，宽额头，不是福兆是什么，哪儿来的邪气呢？那天，见到了红艳的男人老姜，他说，这孩子，最好送到城里的福利院去，那里生活、学习、瞧病都好。公家对公家嘛。实际上，这也是个好主意，将来孩子长大了读大学，做什么事都是有希望的。郭主任说，也是。如果能办成，也是个能放大心的事情。听到这里，我有点儿动心了。从我掌握的情况来看，进福利院，难度大，是要批指标的。我向郭主任说，主任，不行咱们向矿里专门汇报一下这个事情，我出去跑一跑，如果能办成，也算是矿里对小叶尽到了责任。郭主任说，那是。小叶长大了，也会记着咱们对她的好。我说，这倒不是主要的，主要是小叶太可怜了。母亲和别人跑了，父亲又不在了，叔叔又把她丢下回老家了，这事，加法减法都说不通。维吾尔族有一句谚语："哥哥娶谁，那人便是你嫂子。"小叶母亲和别人跑了，就是别人的老婆了，但还是她母亲。这只是故事的开始，将来的生活，还是要小叶自己奋斗。那个孙小梅，心真硬啊，好像是吃着石头长大的人。

我专门向矿领导汇报了小叶当前的情况，建议最终还是送福利院好。矿长马洪洪说，你的这个想法比较长远，把它一次性办好，矿里以后也不操心了，也算是我们矿里把这事情做扎实了。

我进城跑了一周，总算是把事情办成了。不过不是福利院，而是残老院。好在残老院那边也有学校，小叶上学没有问题。

这残老院在西南方向。据说最早是一个生产队的果园，从盛夏到金秋，市面上的好苹果，有三分之一是这个果园的恩赐。后来，因需要办残老院，政府出面说话，给钱，在河南岸划拨相应面积的土地，从生产队手里接过果园，把残老院搞起来了。搞建筑的时候，根据政府的要求，那些半个世纪以来的苹果树，基本没有动。我去看的时候，果树都老了，只有新枝上少量的苹果，陪伴那些弯曲的老枝，回忆它们早年的风光。

几天后，我和郭主任带着小叶来到残老院。见到夏院长以后，我介绍郭主任和他认识，把小叶的情况又讲了一遍，希望他们能关心小叶的生活和学习，特别是学习。不能旷课，不能落课。我心里很清楚，送到这里，就是残老院的人了，这些话是多余的。但我还是想说，希望小叶能开创自己的新生活。夏院长说，这些方面，请你们放心，我们会做得很好，你们可以经常来人看看。郭主任说，生活方面，我们也可以支援你们一些无烟煤。他说着，把小叶的档案递给了夏院长。夏院长接过档案袋，说，谢谢。我们的经费，还是有点儿紧张。民政局的领导来电话讲了，你们的小叶情况特殊，本来我们残老院是不收小孩子的，因为领导发话了，我们就破例收了。你们放心，我们会在各个方面关心小叶的。我们刚好有一个女生宿舍，住着一位残疾的中年妇女，叫阿丽娅，我们安排小叶就住这个宿舍，阿丽娅会照顾她的。现在，我们去看宿舍吧。我们拿着小叶的东西，来到了阿丽娅的宿舍。宿舍很大，是一个套间，可以一人住一间。郭主任放下手里的东西，观察屋子的时候，夏院长开始给我们介绍阿丽娅，说，阿丽娅其他都好，就是走路不方便，要用拐棍才行。我看了一眼阿丽娅，是一个清秀的女人，细长的眉毛，明亮的眼睛，看着就不像一个有残疾的人。阿丽娅高兴地说，欢迎小叶。太好了，我今后就有伴儿啦！小叶，喜欢这里吗？小叶点了点头，没有说话。阿丽娅说，你们放心，小叶在这里会过得很好的。我心里也是热乎乎的，小叶的事情，能安排到这个程度，已经不错了。我看了一眼郭主任，他的眼睛里面也露出了温暖的热光。他是一个稳重的人，这一个多月以来，就没有见到过他大笑一次。这可能和他的性格有关，也可能是他心里有事，觉得没有那么多值得笑的事情。

我们告别夏院长、小叶和阿丽娅，回到了矿里，我把情况向马洪洪矿长和其他领导作了汇报。大家都满意，说，不错了，要是我们的人办，说不定还办不成呢。马洪洪矿长说，以前，煤矿人进城办事是很顺的。现在不行了，天然气跑过来了以后，我们的黄金时代就过去了。从前我们煤矿是老大，城里几乎每一个部门、单位，都求我们。那时候煤是金子。我们进城办什么事都方便。像今天这种事情，打个电话就能办成。代价是冬天一见雪，我们第一时间加班给他们额外出煤，全面满足他们。我们也阔绰过，现在开始回味从前的辉煌了。我们吃过最好的马驹肉，我们喝过人家没有见过的美酒，太阳半夜的时候也出来照耀过我们，我们也穿过皮革厂内销的最牛的三接头贵族皮鞋。现在，有了天然气以后，我们的翅膀断了。一支曲子能唱到最后，那是多么难的事情啊！从前，民间有一句俗语，叫"牙齿好的时候好好吃肉"。这话现在想起来，像青春岁月里的花椒树一样可爱啊。马洪洪矿长激动了，忘记了是在办公室，嘴巴有点儿管不住了。我也很高兴，矿里第一次交给我的任务算是圆满完成了，心里暖洋洋的，很感谢那天郭主任的老伴儿钟秀大姐给我出主意。

在矿里工作，每周只能回一次家。周末，刚回到家里，就有人来找了，是我中学的同学达斯坦骨头。人长得像猴子一样干瘦，身上多一半的地方都是骨头。同学们曾开玩笑说，他是吃剩饭长大的，怀疑不是他母亲亲生的，是领养的一个小可怜。后来同学们也给他起过一个外号，叫"孤儿"，影射他的瘦，但是没有叫响。最后还是"骨头"这个外号红了。他自己也喜欢这个外号，说，没有骨头能站起来吗？他人幽默，也怪异。和人说话，从不看人家的眼睛，盯着脚看。而民间是忌讳窥视人家脚板的。民间有说法，朋友看头，敌人看脚。他说话也颠三倒四，听不清楚他哼哼哈哈的那些意思，有的时候会突然来一句：诸位，一公斤羊肉九毛三分钱的时候，一瓶伊犁大曲多少钱？同学们就笑他。当时高年级的玉班长说过一句话，你们的那个达斯坦骨头，脑袋上一定是多了几颗螺丝钉，聪明过头了。这样的人，老了十有八九都会成为巫师的。实际上，所有玩算命的人，都是在算自己。

达斯坦骨头没有进屋，脸色像半生不熟的羊头肉，想笑又不想笑的样子，靠在门上，怪怪地说，挂职就是在墙根下站着，你上不到墙上去，墙那边的事情你不知道。就像正席上没有桌签，吃抓饭的时候自己带勺子。从前煤矿是金疙瘩黑珍珠，现在是狗拉羊肠子半口油水也没有。我说，进屋说话呀，又犯毛病了吗？什么事？说话！达斯坦骨头说，我的邻居说，他老婆不知道的贼钱痒痒了，想请你喝酒，自己不敢来，要我给他做一次中介，我就来了。茶钱是给我送一箱烈酒。我说，不错，你到处都有买卖。你那肚脐朋友我认识吗？达斯坦骨头说，喝酒之人，没有认识不认识一说，朋友的朋友的朋友，肠子的肠子的肠子，汤的汤的汤。你回去把领带打上吧。我说，什么时候我多给你几条，绑在一起缠在腰上，花花绿绿的，也很威风。

喝酒的地方叫水上餐厅。谈不上餐厅，是一般的喝酒人解决酒瘾的一个小饭馆。窗下流有一小渠水，老板起名的时候，就贪污了这个渠水。达斯坦骨头的邻居叫塔依尔残老院，这外号的来历是圈子里有两个塔依尔，朋友们为了不闹误会，就给在残老院工作的这个塔依尔起了这么个外号。三杯酒以后，塔依尔残老院开口说话了，这达斯坦是我的肝脏朋友，你自然也是我的肝脏朋友了。我认识你，只是你不认识我。酒是天下最好的绳子，能拴住人间的心脏和酒杯。人从诞生的时候就是朋友，因为我们都是一阵阵风的孩子。是朋友，就应该给朋友说心里话。最近，你到我们的残老院去了几趟，最近一次去的时候，你们把那个小叶留在了我们残老院里。听说是夏院长把她安排在了阿丽娅美人的宿舍里。今天和你喝酒，我就是要讲这个情况。我们夏院长的情况，你们不了解，那人是个标准的"肉头"（方言：软弱无能），不多不少，刚好。为了避免闲话起见，他自己的事情，我就不讲了。我们那个阿丽娅美人，看着风光亮丽，不像个残疾人，但是脚有问题。这个话，我怎么说呢？这真话就是不好说啊。达斯坦骨头说，昨天你怎么给我讲的，今天也那样说。哥们儿，一晚上的时间，没有换舌头吧？塔依尔残老院说，好吧，我说吧。是这样，我们残老院，周边住户比较多，白天和夜里，来我们果园里玩的人也多。什么样的人都有。常常是半夜的时候，就有人翻阿丽娅美人的窗子，和阿丽娅美人乱来。这些丑闻，我们都知道。大家给我们的"肉头"院长反映过，他不信，说，你们抓住人才行，不能造谣。你说说，他又不安排人，谁抓呢？现在，他又把你们的小叶安排在了阿丽娅美人的宿舍里，谁能保证小叶将来的安全呢？将来一旦出个什么事情，谁来负责？听到这句话，我晕了，心里什么都明白了。我没有说话，塔依尔残老院也静下来了。达斯坦骨头动了动，又坐好，斜着眼看着我的酒杯，说，老沙，我让你把领带打上，你还说我。我没有理达斯坦骨头，看着塔依尔残老院，说，朋友，你们夏院长真的没有管过这个事情吗？塔依尔残老院说，那"肉头"每天来两个小时，剩下的时间到河边钓鱼，什么都不管。就没有见过这样的人。我抓起酒杯，看着达斯坦骨头，说，哥们儿哎，我们差一点儿翻车呀。我又看了一眼塔依尔残老院，说，朋友，我敬你一杯，这场酒我们喝得了不起呀！达斯坦骨头说，你不敬我吗？没有我，你能知道这个危险吗？我说，你不要急呀，朋友。来，我敬你们二位汉子。干杯！喝完酒，我看着塔依尔残老院，说，朋友，谢谢你呀，这事多危险啊，这段时间我还高兴得不行。塔依尔残老院说，那天，我看见你们把小叶带来了，像吃了一大碗苍蝇一样难受。我认识你，你是达斯坦的同学，我就心里想着朋友，把这事情告诉了达斯坦。我想，如果将来万一出了什么事情，我也是罪人一个。达斯坦骨头说，人说好邻居价值千百万，我的邻居塔依尔残老院就是这个千百万的邻居。

第二天是星期天，我没有休息，给司机打了一个电话，叫他来接我。我回到矿上，留在办公室，叫司机去生活区接郭主任。我把昨晚听来的情况告诉了郭主任。郭主任说，是这样啊，挺吓人的。那个叫塔依尔残老院的哥们儿可以，这就是朋友的力量。我说，郭主任，怎么办？郭主任说，咱们明天一大早就过去，先把小叶接回来。我说，得找个由头吧？郭主任说，你就说指标没有办成，最后地区分管领导没有批。咱先把小叶接回来，暂时住我家里，再想法子。

第二天，我们把小叶接回来了。小叶抓着我的手，说，叔叔，我喜欢阿丽娅阿姨，我不想回煤矿。我说，我们先回煤矿待一段时间，这边的房子要维修了，阿丽娅阿姨会来煤矿看你的。夏院长那边，也是郭主任出的主意，说小叶的叔叔从老家回来接人了，又不同意孩子放煤矿抚养了。夏院长说，你们这是没有商量好嘛，这不是白忙活了一场吗？

过了几天，郭主任叫来救护队的郑队长，把我们接小叶回来的情况讲了一遍，说，地区最后的手续没有办成。看来，我们还是有点儿着急了。郭主任这样说的用意是，煤矿里爱说闲话的人问，就这么回答。另外，要他动员手下的人，找一个能收养小叶的人家。我感到这个说法比较好，我们显得有退路。这也是我们最著名的自己擦自己的屁股。通俗一点儿，应该叫自己的屁股自己看。

几天过去了，什么情况也没有，主要还是巫婆的那句话。巫婆的一句话竟比矿部的力量大。我对郭主任说，思路还可以宽一点儿，少数民族家庭也可以嘛。郭主任看了我一眼，没有说话。我说，给工会的阿不来提也讲一下，让他也操操心，可能也会有少数民族人家领养。郭主任说，这种事，就是有点儿细了。把道理细细地撒开，少数民族家庭的母亲们也是乐意收养的。从前，也有过这种情况。有条件的人家中，比较合适的就有街头卖面肺子的麦艳。她有三个儿子，男人是屠夫，在市里的屠宰厂宰羊。这麦艳开的杂碎店，在煤矿一带很有名气，牛头羊头羊杂碎，都是男人海力木公牛从屠宰厂提供的，方便。海力木公牛是个魁梧的人，肚子像牛肚子一样大，人活泼，爱开玩笑，有威信。我看中的是麦艳的德行，是一个心血干净的人。我说，她那些孩子都多大年龄了？郭主任说，最小的也十多岁了，可以帮妈妈干活儿了，都在上学。我们可以试着给她讲一讲情况。

我觉得有戏。中午，我们来到了麦艳的面肺子店，是两个套间，有二百多平方米。从后门出去，是一个做羊杂碎的小院，好像有两亩多地，有果树和菜地，欣欣向荣的，看起来也很美丽。郭主任说，这个地方，是我们煤矿的地，在海力木公牛多年的要求和折腾下，就划给了他，没有要钱。他们家是村里的人，当时矿里有些人说风凉话，说把一块地白白地给了外面的人。郭主任说，我对海力木公牛会有什么私心呢？每年矿里的羊群从山上下来，给职工们宰羊分肉，都是请他来给我们做这些事情，都是他带着朋友来给我们无偿帮忙，年年岁岁，也没有要过我们半个羊头。有的人就是嘴欠。

麦艳把我们请到了靠窗口边的小方桌的位置。我靠了一下桌子，几个桌腿晃了起来，像醉汉，有点儿危险。郭主任把方桌推了一下，顶在墙面上，从桌子上拿了几双一次性的筷子，垫在几个桌腿下，稳住了桌子。麦艳笑着给我们泡了一壶热茶，说这是郭主任今年春天给她送的上海老家的龙井。郭主任动了动嘴角，算是笑了，对我说，麦艳知道阿拉（方言：我）是上海人。

麦艳三十来岁，满脸实在、懂事的样子，像恋爱季节的少女一样可爱。气质上，就像刚刚二十岁的样子。前胸比较凸出，女人味十足，笑的时候酒窝惹人疼。

麦艳麻利地从后院拿来一块崭新的桌布铺在方桌上，开始给我们倒茶，说，请喝茶。不好意思，我这张方桌，学了我那摇摇晃晃的罐罐男人了。我讲了几次，他不给修理，也不给换新的，总是说没有时间。但是和朋友们喝酒，半夜也能从被窝里爬出来往外跑。郭主任说，换那种铁腿的，什么时候都不坏，孙悟空一样结实。

多看几眼麦艳，越看越顺眼。我有一种久违了的感觉。她看人的时候，像春天最早的杏花一样干净。郭主任说的那句"是一个心血干净的人"，我尤其欣赏。人也好，脾性也好，顺眼，是一个有福气的女人。而这些东西，医院的机器是检查不出来的，要靠人的心智、精神、感觉去体验。在我们等麦艳上菜的空闲，我静静地坐着，就有了这样的心得。麦艳给我们端来了大盘鸡、面肺子、油亮亮的米肠子，还有羊头、羊蹄子，金黄金黄的，看着就很有食欲。羊杂碎这个东西，看着、吃着都是非常亲切的东西。郭主任说，这么多，吃不完呀！麦艳说，不要紧的，你们吃不完我吃嘛。郭主任请我动筷子，我说，吃饭喝酒这个东西，都是从年龄大的开始，你先动手。郭主任夹了一片油亮的面肺子，蘸了蘸麦艳给我们备好的辣酱，放进嘴里，嚼了两口，说，就是它，就是这个味道。这面肺子，纯粹就是个技术活儿。这东西，家家都会做，味道不一样，像麦艳这样的，没有几家。沙矿长，你也尝尝。我夹了一片切得薄薄的面肺子，也蘸了蘸辣酱，往嘴里一放，那味道就出来了，也是记忆里的好东西。这面肺子，我母亲也做得很好。每年古尔邦节宰羊，第二天母亲就给我们做面肺子和米肠子，非常好吃。只是这是个累人的活儿，工序繁杂，讲究技术。民间有说法，这面肺子是要四人做，俩人吃。郭主任看着麦艳，说，我给你介绍一下，这位是我们新来的沙矿长，今天是特意来看你的。这几天你见过吗？麦艳说，见过，在路上见过几次，很年轻。我说，谢谢。你这面肺子，做得太香了！我吃着，这会儿就想起了妈妈在家里给我们做的那个味道了。好东西的味道都是一样的。麦艳笑了，说，谢谢。我说，可以把这两间房子装修一下，弄得漂亮一点儿，桌椅也换新的，再招几个人，把生意做大，让更多的人品尝你的美食，这样收入也上来了，多好。麦艳说，我家那个罐罐，我男人，酒喝得多，我就叫他酒罐罐。他不同意，说，那样会把我累出病来的。郭主任说，你就说是新来的沙矿长讲的，他就蔫了。我看了一眼郭主任，他明白了我的意思，就把我们的来意告诉了麦艳。她认真地听完，说，哦，是这样。就是那个小叶，那天我在矿部见过她，怪可怜的。原来你们又把她接回来了。其实，那个残老院是个好地方。这个事情，可能我一个人做不了主，要和我们家的罐罐商量，还有孩子们。实际上，那些年我想过生一个女儿，但是又没有把握。我和那个罐罐，一生一个儿子，一生一个儿子。生到第三个儿子的时候，我就打住了。我那罐罐他爸，当年也是在那个屠宰厂宰牛的。一代代都是吃牛蹄子牛肚子长大的，全身肌肉，我就看透了，生女儿不可能。现在我这三个儿子，放学了也帮我做事，也天天吃着牛头肉羊蹄子。

大腿、屁股和二十多岁的小伙子一样。将来他们娶女人，也是生儿子的料。我自己喜欢女孩子，男孩子是个面子货。人家会说，你们瞧，这都是谁家的儿子呀，雄赳赳的。就这么一点儿好处，不实用，都是虚的。汉族人的说法是女儿是母亲的小棉袄。这个说得好，小棉袄温暖腰身，非常实惠。这个说法太了不起了。我们经常说老天，但是这个老天知道我们的虔诚吗？如果知道，他为什么这么早就把小叶爸爸的命拿走呢？人家还没有活完呀！不好意思，我这个人，就喜欢说这种事情。郭主任说，那就晚上好好和海力木商量，就说是新来的沙矿长的意思，最好明天给个话。麦艳说，知道了。我自己也有一些心乱的地方。嗨，这人世上，话好说，事难做。那个大屁股红艳，不应该把这娃娃带去算命。算一下也可以，秘密地来嘛。现在大家都知道了，不好办。嫉妒我们的人，就咒骂我们，也是一种烦恼。你们看看，这个麦艳面肺子，领养了个汉族丫头，多能呀。咱煤矿这一带，大家比较喜欢说闲话，议论他人的大事小事，基本上不用赞词，喜欢贬人家。我要说这是煤矿的毛病，沙矿长会批评我，实际上就是这么回事。因为煤矿人杂，用电影里的那种探照灯照他们的心眼，你也看不清里面的蛔虫。当然，不是人人都这样。但有的人，藏得很深，你和他一麻袋的盐都吃完了，还是闹不明白他的意思。我在这个地段开面肺子店，也有十多年了，非常注意和大家搞好关系，特别是和煤矿的朋友们，牢记妈妈在我出嫁的时候告诉我的一句话：他人即你的福气。你和别人不友好，首先你自己倒霉，最后是自己的东西也舍不得吃。看到别人活得兴旺，就造谣，说人家是没有钱的可怜人，怎么戴上金手镯了？哪儿来的？比如我，郭主任知道，几年前有人告我，说我们家的羊头羊蹄子煮得香，汤里放了大烟壳子了。于是派出所来人查了，结果没事。后来市里卫生防疫站的人也来了，羊头羊蹄子汤汤水水的都拿去化验过了，也没事。折腾了我好长时间，都是人家造的谣。还有一件事情，本来我是不想说的，今天话讲到这份上，我就说吧。你们把小叶领回来，太好了，等于是用现实打了那些人的嘴巴。你们把小叶送到残老院的第二天，这闲话就光着屁股出门了，说，那个新来的沙矿长，没有把小叶送到残老院，找了一个老板把小叶卖掉了，卖了五十万。我们都知道啊，残老院收孤儿吗？这不是哄娃娃的事情吗？我听到这句话，浑身一颤，出了一身冷汗，看了一眼坐在我身边的郭主任，说，主任，这太可怕了，什么人呀这是?! 郭主任说，我也听说了，昨天有人给我报告了。我已经安排保卫科的买科长查了。这一次，我们一定要把造谣的人找出来。这么多年来，我总结了一条：这煤矿，还是水深啊！我看着郭主任，说，这是邪气，一定要把它打下去。我看，矿里要专门研究这件事情。郭主任看着麦艳，说，那你晚上和你家老头子商量一下，明天让他来找我。就你们现在的这块地，他多次找过我，我给领导也反映过。这块地，当年划拨给你们的时候，我们是口头上答应的，没有给你们出过矿里正式的文件。这一次，你们多少掏点儿钱，我给你们把这事办了，今后就没有人找你们的麻烦了。麦艳听到这句话，脸上乐开了花，说，好，明天一早我就让我的罐罐去找你，我在这里先谢谢你啦。下午孩子们放学回来，我先和他们商量一下。郭主任说，好。小叶现在暂住我们家，晚上你收摊子后，可以过来看看她。

回到办公室的时候，郭主任有点儿难为情，说，煤矿这地方，嘴巴上喜欢放屁的人还是有一些。你才来，他们就给你来了这么一招，实际上是想吓住你。我说，这是邪气，要查，要批评教育，要把这个邪气压下去。这煤矿真的复杂呀，有人提醒过我，原来还真的有这种事情啊。辛辛苦苦地来锻炼，却成了人贩子了。郭主任说，沙矿长，这是一种阅历，也是一种经验。我说，是的。反过来，这也是极好的写作素材。

晚饭后，我买了一些糖果，来到郭主任家里看小叶。主要是想了解一下她此刻的情绪怎么样。我把一把水果糖放在小叶手里，说，小叶，我们给你找一个少数民族妈妈，你要吗？小叶没有说话。钟秀又问了一遍。小叶说，不要，我要钟奶奶。就在这个时候，麦艳带着一碗面肺子来看小叶了。她把面肺子交给钟秀，说，热着呢，打开让小叶尝尝。钟秀从布包里取出面肺子，放在桌上，取来筷子，说，小叶过来，尝尝麦艳妈妈给你送来的面肺子。小叶走过来，坐在桌前，用筷子夹了一片面肺子，放进嘴里，嚼了嚼，咽下去了。钟秀问，好吃吗？小叶木木地点了点头，没有说话。麦艳笑着叫了一声小叶，摸了摸她的前额，从上衣兜里取出两个核桃，放在了她的小手里，说，小叶是个好孩子。而后，看着我，说，过几天就好了，现在心里闷着呢。郭主任说，就是，娃娃已经懂事了。

第二天早晨，海力木公牛喜洋洋地来到矿部，走进郭主任的办公室，说，郭主任，小叶我们领养了。我那老婆愚钝，你和沙矿长都来了，她还要和我商量，这不是要我的命吗？女人呀，头发太长了不行啊。这是积德的事情啊，矿里还给钱，这不就是老百姓说的"吃了人家的抓饭又捞了一把"吗？郭主任说，走，这个事情，是新来的沙矿长负责，咱们去他办公室讲。然后，郭主任就把海力木公牛领到我办公室来了。

海力木公牛是个魁梧的人。大头，嘴巴平时微微地张着，张得再大一点儿，就能连到耳垂下面了。眼睛亮晶晶的，像水晶酒杯一样漂亮。和我握手的时候，显得非常正式，两只大手伸过来，紧紧地握住了我温室里长大的软手，说，沙矿长吉祥，您的到来给我们的家也带来了光明。这小叶，我们领养了。一个家没有个女儿，就没有灵气了。那些年，我让老婆再生一个女孩子，她不干，懒得很，说，不搞娃娃了，要开店卖面肺子。以前，她妈妈就是倒腾这个东西的。这个小叶，我们会把她培养成一朵美丽的花儿的。昨天晚上，老婆在郭主任那里看过小叶，说是一个羊羔般可爱的孩子。她的名字我们也起好了，叫其满。郭主任说，其满，什么意思？海力木公牛说，花草丛生的地方。郭主任说，好，你这个吃羊头长大的人，就是聪明。海力木公牛说，是我老婆取的名字。我在家里不行，在外面还可以牛一牛。我说，海力木，那我们就代表矿里感谢你了。你和郭主任签个合同，咱们还是要走一个程序。要对得起小叶的父亲。吃饭让吃饱，上学不能旷课，衣服干干净净，话说起来容易，实际上，都是操心烦心的事情。这个，你们家麦艳懂。重要的一点，就是要把学上好。将来一定要读大学，如果将来考不上大学，是你的失败，也是我们的失败，我们就不好做朋友了。矿里奖励你，奖品就是你爱人开面肺子店的那块地。多年来，你为矿里也做了一些事情，郭主任也考虑过这些方面，做人不是一春一秋的事，这就说明你的德行还是可以的。关于那块地，过几天郭主任给你出文件，矿领导已经研究过了，大家一致同意，对你评价很好，说你宰羊分肉，天生一把手。海力木公牛乐了，说，请您放心，我们一定完成任务。这个小叶长大了考不上大学，我就把我的名字改掉。今天是好日子，下午我一只羊宰一下，两三个说唱的朋友请一下，沙矿长您和郭主任赏个面子我们家里来一下，我们河水一样长长的歌唱一下，美人的眼睛一样亮晶晶的一箱子酒喝一下，怎么样？我说，今天抽不出时间，改日吧。海力木公牛说，今天就把日子定了吧。我说，让郭主任定吧。郭主任说，那就这几天吧，我提前一天通知你。海力木公牛说，好，男人说话，人听见了以外，土地也听见了。那我就准备一只黑公羊，头上系上你们二位的名字，等你们给我说时间。我说，可以，你和郭主任联系。

中午的时候，麦艳把小叶带走了。郭主任说，他老婆昨天晚上把情况给小叶说了，中午又哄着把她送过去了，说，这家人可以，一是条件好，二是念想正，没有心眼，这么多年，我们都知道。年年秋天，海力木带着朋友给我们宰从山里下来的矿里的羊羔，一张羊皮也不白要，张张算钱；也不要我们一块肉。他说，咱们要在规矩里面玩，不能踩脚，才能玩长。冬天给他支持一车煤，也要给我们钱。他喜欢帮助人，人家高兴了，他也乐。他老婆麦艳和他也是一个模子里的人。这个人说话幽默，但人实在，那只羊算是给我们备上了。什么时候有时间了，咱们和他的那几个肝脏朋友们坐坐，他们弹琴说唱也是一流的。我说，为了小叶，这个情我们真的还是要领，这酒不喝不行。郭主任说，那我们就以看其满的由头去，这样比较好。我说，好，那你就定日子安排，我这边什么时间都可以。郭主任说，好，其满这个名字他们也起得好，花草丛生的地方。

一周后的一个早晨，麦艳的长子多来提跑来通知我，说他母亲中午请我在他们家的面肺子店吃饭，也请了郭主任。我到的时候，郭主任已经在那里了，正和其满说着话呢。其满显得很自然，那摇头晃脑的样子极可爱。她笑着回郭主任说，郭爷爷，我现在有两个名字了。我说，其满，暑假的时候，到城里我家玩吧，我也有一个和你一样大的女儿，名字叫古丽，你们可以做朋友。其满睁大了眼睛，看着我，没有说话。郭主任说，她考虑着呢。

麦艳给我们炖了一只土鸡，一盘凉拌牛肚，一锅羊肉抓饭，一笼南瓜包子，还打了一盆鸡蛋汤，说，我那个罐罐，到屠宰厂去了，午饭就在那里吃，而后帮助我采购牛杂碎羊杂碎，在专门烧毛的地方给我收拾好，带回来。晚上我炖的时候，就很方便了。我现在就是想挣点儿钱。我笑了，郭主任没有笑，说，上回沙矿长说过了，这店面，你还是要有一个做大的想法。大家都喜欢你的这些东西，货源你是不愁的，海力木是你坚强的后盾。要抓住这个机会。我注意到其满脸上多了些许愉悦的神情，这正是我们想要看到的变化。麦艳讲了一些情况，其满每天中午在店里吃饭，在后院休息一会儿后，起来帮她干点儿杂活儿就去上学。她适应得很快，叫她其满，答应得很快，简单的维吾尔语也会说了。麦艳今天中午请我们吃饭的意思，就是让我们看看其满的生活情况。

关于其满的生活，我们可以放心了。每次见到麦艳，我讲得最多的是其满的学习。如果学习掉队了，将来升不了高中考不了大学，我们的这些忙活都是失败的。这个意思，我也经常给郭主任讲，叫他经常盯着，让钟秀大姐监督其满的学习。

小叶的事情办到这个程度，我就可以腾出时间思考我的小说创作了，这也是我多年不能丢弃的一个野心。每晚，主动找老矿工和那些伤残职工闲聊，听他们讲从前的故事；也和青年工友们交流，听他们对矿里的想法和意见；还和家属们交流，听他们对煤矿发展的看法。大家的意见捆绑在一起就是：和从前比，眼下采煤的技术提高了，事故也很少了，死人的事故基本上没有了；再者就是收入提高了，煤涨价了。我认真地梳理这些情况，感觉大家最关心的还是安全生产，同时还有收入。对我的写作来讲，这些东西是最好的材料，是最基础性的东西。在这样用心的体验和收集资料中，我脑海里的小说构架也基本形成，对年代和故事大纲，也做了认真的梳理，一天天下来，心里还是比较充实、温暖的。

其满到麦艳家里生活有一个月的时间了。海力木公牛的那只黑羊，也活到头了。郭主任很细心，给其满准备了许多学习用品，还有一套衣服和一条毛毯。我们带着这些东西，来到了海力木公牛的家。

海力木公牛今天穿了一身崭新的衣服，脸上的胡子刮得像小娃娃的屁股一样白净。他从河南岸的村庄里请来了两位琴手，一位是弹都塔尔的乐手，另一位是弹弹布尔的好手。看那架势，也是自信满满。还有两位歌手，年龄都在四十岁以上，看得出来，都是这个领域的大拿了。

煤矿一带的请客和喝酒与其他地方是不一样的。一开始就上抓饭和薄薄的大馕，小碗里盛有放了皮牙子（洋葱）的肉汤。汤的味道极佳，油星多，喝下去滋润喉咙。大家垫过肚子以后上酒。东家正式演说，解释这场酒的由头。三杯酒下肚后，再正式上面食。一般情况下都是纳仁，也就是手工面，拌上皮牙子和鲜美的羊肉，适当地放黑胡椒，刺激胃口，也是一种美食。再就是以肉为主，基本上没有蔬菜，烤全羊做得好，都是请匠人做的。也必须有牛杂碎或是羊杂碎，大家喜欢这个东西，认为比肉有味道。开喝以后，人人轮三杯，而后乐手们弹琴歌唱，这场酒，才算是正式开始。新疆民歌和自己的矿谣，一起上。吃好喝好，歌声缭绕，也是难忘的一天。开始喝第二瓶酒的时候，大家就开始敬酒，也是一种滥用语言的狂欢，都是最美的语言，比美酒还要甘甜。

来煤矿挂职以来，郭主任对我支持很大。我借用海力木公牛的酒敬了他一杯。在煤矿，从我了解到的一些情况看，他似乎是一个能人，有多方面的经验。他说，没事，办公室就是干这个的，要给领导服务好，当好参谋。你年轻，将来还会去其他部门工作，所以心里要有一股冲劲儿，干好工作，创业绩，创荣誉。没有这些东西，工作和生活都会成为一种平淡的东西。要珍惜组织上给你的这个机会，爱惜你的名誉和形象。比如我，总结一生，就是读书少，青年时代不够稳重，成熟的代价太大。我就是这样一个平庸的人，有好几次没有抓住机会。我有过一个想法，你可以考虑建议矿里新凿一座露天煤矿，写一份调研报告，正式提出来。给上级部门也报一份，争取让他们过问，促成这项工作。将来，你就是一个有功之人。你不会在这里待很长时间，但是你可以在思路上取胜。我说，露天煤矿？郭主任说，是。十多年前吧，我向当时的矿领导提过，他们没有当一回事，因为都不想在矿里多待几年，都有自己的小九九。这露天煤矿的位置，就在我们现在生活区西头六公里的地方。我们以前秘密地勘探过，我和郑队长一起，带着他手下的人，实地勘探过。挖到七米的时候，就出煤了。那边百公里以内，都是黑黢黢一片。就我的经验来看，下面都是煤层，几百年也挖不完。我说，那你可以在矿里的生产会议上把这事提出来呀。郭主任说，我明年就退休了，提这个事情就没有意思了，而且这里面太复杂。你用一个报告的形式正式提出来，矿里也好，上面也好，会考虑的。开凿露天煤矿是非常重要的。这个古老的行业，是需要和时代一起进步的。首先，露天煤矿，生产不说，就安全这一块，就可以避免重大的伤亡事故。这煤矿年年出事故，我们压力也很大。重要的是，改进老旧的凿煤技术，给矿工们创造一个安全的工作环境。现在，井下出了伤亡事故，家属要求太高，有些条件我们办不到。比如老子在井下死了，家里要求安排儿子在矿里工作，当干部，不下井。这是我们矿里办不成的。其次，就是节约煤资源。我们现在的这种立井、斜井的古老开采方式，浪费很大，许多地方没有办法开凿，有难度，技术上也达不到，凿不干净。很多地方都在创造条件开办露天煤矿，而我们新疆，现在就乌鲁木齐有一家，其他地方都没有。过几天，我带你实地察看一下我们挖过的那个地方。只要矿里坚持这两点，上面就有办法给我们解决一定的项目费用。国家是有这笔钱的。我们不说话，而且话讲不到必需的那个道理上，也不行。现在，你的有利条件是，你是从上面下来的，你讲这事情，就有一个站得高看得远的问题。这个报告，我给你准备。领导看了，保证心动。我们拥有这么好的资源，为什么不开发呢？我把酒杯伸过去和郭主任干了一杯。我说，郭主任，我明白了，我听你的，咱们就这么干。

大家几杯酒下肚以后，便是心里的暖光开始温暖面庞的时候，弹布尔优美的旋律响起来了，而后是都塔尔合奏，配合默契。两位歌手，也是跟紧过门节拍，唱起来了。歌手们的唱功圆熟，令人的身心变得美滋滋的，有那么一种飘飘然的感觉。和歌手们一样，我也自然地闭上了眼睛，脑海里出现了我童年时代经历过的那些乡村场景。奶奶家的宅院以北是辽阔的旱田。收割季节，田里金黄的麦子在奶奶的笑脸一样温暖的阳光下，阐述它们就要恩泽人类生命的千秋胸怀。在割完麦子的地方，我也是一个梦游着拾麦穗的孩子，有我的玩伴玉米提江，有他的姐姐妹妹，还有村里的玩伴。他们弯腰拾麦穗的形象，像古老的传说，像天外来人，亲切可爱。回家的时候，我们围坐在院里那几棵巨大的百年柳树下，向岁月的恩泽讲述我们的收获和喜悦。我们悠闲地坐在花毡上，享用奶奶给我们备好的奶茶。那些不安分的光点，从柳树间隙舞蹈的片叶空隙中照射下来，窥视我们的烂漫和经典的形象。亲切的门栏敞开着，像时间的娇女遗留在人间的一个密码，世代守护人的欲望和隐私。院门前是村路，南北方向的小河两岸都是古老的柳树，记录水流的恩典和人们的感恩之情。它们诗歌一样垂下来的条条脉络神经，是岁月的骄傲。劳作和梦想，是盛开在他们掌心的玫瑰，是时间留给他们的挚爱。

我睁开了眼睛。现实的世界是海力木公牛的家。音乐已经停了，大家似乎都睁开了眼睛，一个个发现了自己最新的存在。郭主任也是沉醉地看着乐手，满脸洋溢着暖洋洋的笑容，沉浸在音乐的童话世界里。我想起了他刚才建议我上报露天煤矿的事情，心里一热，又给他敬了一杯。我说，郭主任，我再敬你一杯。他说，谢谢，沙矿长。能和你认识，也是我的福分。

大家静下来了。休息片刻后开始互相敬酒。各种美好的赞词，流泉一样不能阻挡。一杯又一杯，天上人间的恩情万古流淌。海力木公牛的客厅变成了移动的乐园。酒和音乐交织在一起的时候，精神波浪里伸手可得的长生不老，也是酿酒人制造的人工神话。海力木公牛在不断地重复他最可爱的决定——要喝到天亮的时候才允许回家。郭主任说话了，说，我和沙矿长先走，你们慢慢地玩乐，可以喝到大天亮。海力木公牛说，郭主任，只是这新鲜的羊头还在锅里煮着呢呀！郭主任说，你把矿部的门牌号码告诉它们，它们会找到我们的。大家都笑了。海力木公牛说，郭主任，你现在也是幽默大师了。

两周以后，在郭主任的招呼下，郑队长带了手下的几个人，我们一起来到了矿场生活区上面那片黑乎乎的开阔地。这正是郭主任他们那年发现露天煤矿的地方。我们找到了他们当年挖到无烟煤的那个煤坑。阴森森的煤坑还在，看不到底。郑队长说，那年我们也挖了一筐煤，带回去了，领导也看过，但是没有结果。这会儿我安排几个人下去再挖一筐煤上来，沙矿长你看看，煤质还是不错的。我说，好吧，注意安全。郭主任做了一些具体的安排，三位救护队员每人背了两个梯子来到坑前，把索绳绑在腰上，在坑口工友们的帮助下，背着小型机器缓慢地下坑了。许久以后，坑里亮起了灯光，而后响起了"轰轰轰轰"的声音。显然，工友们在下面开始凿煤了。我看了一眼郭主任，说，这样说来，这一带下面都是煤了？郭主任说，是这样，可以看出来，这一带到最北头的山脚下，下面都是煤。那年我有一点儿着急，也没有向矿里请示，我和郑队长把这一带相关的开采手续都办完了。

眼下，可行性报告我准备得也差不多了。整个预算，加上不可预见的一些费用，也找人做了。总报告、可行性报告、预算、经济效益、社会效益等五个方面的材料，最晚十天后我可以给你。只要矿里有决心，市里支持，这露天煤矿，明年就能动土。我们把上面有限的土层挖开，下面就是煤呀。这和我们几百年的立井、斜井比起来，不就是神话一样的事情吗？我说，是的，是神话一样漂亮的事情呀。

郑队长手下的人从煤坑里出来了，而后，上面的人把一筐在坑里绑好的煤也拉上来了。我戴上郑队长递过来的手套，抓起哈密瓜大小的煤块，掰一小块，捏了捏硬度，翻转着看了几眼，感觉质量还是可以的。郭主任拿着巴掌大的一块煤，说，从几个方面来看，色泽还是可以的，亮度很高，手感很轻，煤质挺好，非常有开采价值。严格地说，在好几家煤矿里，我们发现的这个煤源，质量是最好的。硬度上，比我们后来开凿的那几口斜井的煤质还要好。

回到办公室，我坐下来认真地想这事，心里有了十足的信心，准备先找几位领导讲讲重要性。在我们的手里诞生一座露天煤矿，那应该是可以写进地方史的大事。最后再说服矿长，找市委主要的领导，从安全生产、经济效益、社会效益三个方面讲透，把这个项目抓起来，给矿里办一件好事。我敏感地意识到，就像郭主任讲的那样，这件事，于公于私，都是一件非常值得干的大事。

半个月以后，郭主任把改了好几次的几个报告交给了我。在郭主任的帮助下，我认真地精读了这几份材料，最终把材料交给了矿长。矿长收下材料，说，这个事情，好像他们从前也说到过，但是难度比较大。资金是最头疼的事情，上面的钱不好要。不急，慢慢来，我先看一下。一周的时间过去了，又过了一周，矿长没有任何说法。第三周，我找到矿长，说，我对这个行业没有研究，但是我可以预料，露天煤矿应该是一个非常有意义的项目。矿长说，我正在研究你的报告。这笔钱不是小数字，可能光市里支持还不行，需要自治区有关部门的支持。听说市里要整顿煤炭市场，正在拿方案。要关停一批乡村一级开办的煤矿，主要是杜绝浪费。这个时候，我们报这么大的一个项目，我想，不是时候。我说，关停小煤窑，不正是开办大型煤矿的机会吗？矿长说，这是我们这样想，市里怎么看，还是个未知数。通过这几句话，我似乎明白了矿长的意思。他是要和我玩拖延战术，一拖二拖三拖，最后骆驼没有见着，画个看不见的句号，那时候我的时间也到了，就不会有人说这事情了。我决定直接找市经委的领导和业务科的负责人，也向市委和市政府的领导汇报一下这事，把材料报给他们。

我没有向郭主任讲我和矿长的谈话，也没有讲我要找市委领导的想法。我把备好的材料交给了市经委的领导，简单地作了口头汇报。而后，通过相关部门把报告交到了市长艾斯哈尔手里。这是我第一次见市长，他翻了翻材料，说，你是学煤炭专业的吗？我说，不是，是学翻译专业的。市长抬头，看着我的眼睛，说，哦，是这样。不错，你这个心态好啊，干一行爱一行。材料我再细看一下，然后和经委的同志们研究一下，你等消息吧。

几天以后，见到矿长的时候，他看我的那双眼睛突然变成了腊月的冰珠。之后的几天，他基本上就不理我了。脸上冷冷的，像是我把他们家的金鼎偷出来砸了卖了似的。郭主任也发现了这个变化。我想，有可能是矿长从市里听到了我向市长呈报告的风声。我就不明白，这样大的好事，他为什么不支持呢？我想起了郭主任讲的一句话，"我们这个煤矿，水很深"。我似乎看到了堵在我眼前的看不见的城墙，只有在这个时候，才明白，办成一件事情是多么不易。

一个月以后，市经委领导通知我们以煤矿的名义，正式提交我的报告。这个时候，矿长也来了一个突然的变化，晚上邀请我吃饭，说，你来了有半年的时间了，怠慢了。今天咱进城，我请你喝酒。在城里水磨村里的一家酒店，我们俩喝了一瓶酒。我本想，他会说露天煤矿的报告，但是一句也没有，和我玩幽默，讲时下病态般流行的黄段子。我想，他心里对我的那个城墙，还没有倒下，血管里，还在继续和我玩心思。

最后，矿长还是组织其他领导研究了一下我给矿里的那份报告。看法都一致了以后，把报告用文件的形式正式报给了市经委。市经委上报政府以后，根据市长的批示，上报到了自治区有关部门。秋天的时候，我们的露天煤矿立项了。最高兴的人是郭主任。那天，我们私下小范围几个人庆贺，郑队长在下面的乡里找了一个小饭馆，有手抓羊肉和南瓜包子。喝到第三杯酒的时候，郭主任说，沙矿长，这就是奋斗，这就是命运。我明年开春就退休了，我对得起咱们煤矿，也对得起我自己。

第二年开春，露天煤矿所有的手续都办下来了。第一批资金也到账了。郭主任说，一定要选一个好日子，2月8日最好。矿里把我们的意见报给了市经委，上面也同意了，开工剪彩的事就定在了这天。市里一位负责工业的副市长参加了剪彩仪式。我们的露天煤矿破土动工了。

一个月以后，我的工作调到了B市，任副市长。组织部来人考察的时候，大家讲了两件事：一件事是我建议的露天煤矿，第二件事是对其满的安排。这两件事，领导也比较认可，认为我是个好苗子，有培养前途，就把我的工作安排在了B市。当时我们把其满从残老院接回来，那个可怕的原因是保密的，考察组的人找郭主任谈的时候，他把这个情况讲开了，意思是我关心其满的将来，反映了我对群众的爱心、热情和负责精神。后来听组织部的人讲，我一年来的这些工作，也得到了市委领导的一致认可。

我们的露天煤矿批下来以后，报社和电视台的记者开始频繁地来煤矿，采访有关露天煤矿的新闻，也向我了解其满的收养情况。当时分工的时候，宣传上也是我负责，我安排他们采访矿长，矿长要我负责接待各路的记者，把这些好事说清楚。电视台报道完露天煤矿的事情以后，对其满的事情非常关心，说我是民族团结的模范。我说，这是我的职责，我是国家干部，就是干这事的。我这是对我们职工的后代负责，他们是煤矿未来的建设者。我是很自然地做这项工作。

给麦艳做工作，让她把孩子收养了。我首先想到的是要关心这样一个柔弱的生命，一个孤儿。如果这个孩子安排不好，不解决好吃喝穿衣上学的事情，她将来就考不上大学，前途就成问题了。那么我这样做，动机是什么呢？我是一个挂职干部，不能辜负组织多年的培养和教育。现在遇到为民解困纾难的机会，我就要抓住这个锻炼的机会，把它当成我的家事一样去办，从而让矿工们放心，让他们坚信矿里是为他们着想的，是关心他们的家人的。电视台的记者说，麦艳在接受其满的时候，您一定做了许多工作。我说，没有。那时候我不认识麦艳，她也是我们郭主任推荐的，郭主任说她人好，喜欢女娃娃，家境也可以，我们就找她谈了。当然，麦艳是有想法的，他也是有顾虑的，这个我们都理解，不同的民族，会有人说些风凉话。但是我们给她加劲儿，最终她战胜了自己，也提升了自己。她最高兴的是，在抓其满学习的过程中，也把三个儿子的学习带起来了。这也是幸福。而我们呢？郭主任和我，还有其满的养母麦艳，也是在不断地进步和前进，和时间一起，找到了我们自己的价值，是生活在拥抱我们。

两个月以后，郭主任退休了。他的妻子钟秀，希望能搬进城里，住楼房，享受城市生活。郭主任不干，说，矿上空气好。每一个职工，每一棵树，每一只候鸟，每一株花草，都是他的朋友，他不同意离开煤矿。告别郭主任的时候，我说，其满的生活已经可以了，这家人不错。但是学习上，你还是要常去检查，盯紧一点儿。最重要的就是学习，千万不能放松，家务还是要叫她少做。给麦艳讲，饭馆里的事，就不要让她帮忙了。她的任务就是学习。郭主任说，你放心，其满就是我的孩子。

第二年，我回来了一趟，给郭主任打了一个电话，去看了看他。他的退休生活过得比较平稳，上班时候的那种紧张神色已经看不见了，和人交流的时候额头上也有了些许的温暖。中午，我们来到了街口的麦艳的面肺子店。路上，郭主任说，现在是暑假，其满在店里帮助麦艳干活儿呢。她是上午做作业，中午来店里吃饭，也就帮上忙了，下午就约朋友们出去玩。懂事了，满脸的秀气。牛羊杂碎这个东西，还挺养人的。她今年上初中了，我到学校见了她们的班主任，其满现在的成绩是班里前八名，也不错了。我说，是的，这个成绩也是可以的。如果高中也能保持这个成绩，考大学就没有问题了。进了大学，我们也不用太操心了。郭主任说，你放心，我盯着呢。主要是麦艳配合得好，很少让她干活儿，家里的活儿多少也要帮点儿忙，但把主要的精力放在学习上。麦艳把店也装修了一下，做大了。面食上，增加了一个水煎包，很受欢迎。主要还是客人多，中午人最多。牛头肉和羊头羊蹄子，不到中午就没有了。多一半都叫咱们的矿工们买了。麦艳说水煎包是她母亲拿手的家常饭，味道好，特别是退休的矿工们比较喜欢。蘸上油泼辣子，吃得香。

我们来到了麦艳的面肺子店。中午就是人多，店里都没有座位了。也有人在外面蹲着吃水煎包，有的靠着墙吃羊蹄子。我们站在店门侧面，开始欣赏这红火场景。窗口里面的麦艳，正在往一口直径一米多的平锅里摆放水煎包。从她的神态中可以看出，她此刻全部的心思都在这个平锅上，在平锅里的水煎包上。我极为欣赏她此刻的形象，在劳作中夯实储备自己的快乐。我们靠近窗前，向屋子里看了一眼，看见其满正在菜板上切云片一样洁白的面肺子，仔细认真，片片大小均匀；再切油亮的米肠子，盛在碗里，而后倒进笊篱，过一遍热汤，再在碗里放一小勺油泼辣子，端给顾客，再继续做第二碗。

麦艳的三个儿子也在店里忙着。还有几个干活儿的女孩子，显然是麦艳招的学徒。我再次看其满的时候，她抓起脖子上洁白的毛巾，擦了一把额头上晶晶亮亮的汗珠，昂头休息片刻的时候发现了窗前的我们。她看着麦艳的方向，叫了一声妈妈，说，妈妈，来客人了。也是在这个时候，麦艳抬头看门窗的方向，发现了我们。我们的视线对视的时候，她笑了，笑得那样朴实，像奶奶的好孩子，像初夏陪伴在天山红花身边的蒲公英，可亲、可爱。她走出来，说，沙矿长来了，欢迎欢迎。郭主任，你早一点儿来个电话多好。你看，我这不怠慢了吗？进来坐，正好这一桌人刚走。我们在中间的桌子边坐下，开始热情地问候麦艳。从外形上看，她是有点儿发福了，浓眉更加发黑，眼睛更加明亮，活生生的一个人，反而像是画家留在人间的作品。原来，劳作是最好的美容师。麦艳说，我给你们沏茶，还是郭主任春天的时候给我的龙井。今天的面肺子是其满做的，你们尝尝。谢谢沙矿长来看我们，我们想念您了。我们家那罐罐，这几天还念叨您呢。您是什么时候回来的？我说，三天了，今天来看一下你们和郭主任。其满怎么样？学习好吗？麦艳说，都好，吃饭睡觉都好。衣服也穿得好，比我的三个儿子穿得都好，我很注意这方面。郭主任和钟秀大姐也经常过来看其满。其满我们养得比较好，没有给您丢脸。连袜子上有点儿小洞了，我都是及时给她换新的。郭主任送了我一个道理，说女孩子要富养。里面的意思，也给我讲了几大筐。汉族的这个"富养"，讲得极妙，大智慧，我学习了。我们也有这样的说法，讲法不一样，意思应该是一样的。认为女孩子是将来要做母亲的人，吃好喝好，从小让她们活得闪闪发光，读书做人，也是最重要的。今天沙矿长来，太好了。只是这会儿我那个罐罐不在，去屠宰场了。他也很辛苦，他晚上回来会去找你们的。正说着，其满端着一大盘羊蹄子和面肺子来了，放在桌中央，说，郭叔叔，沙叔叔，我现在学会做面肺子了，也学会做水煎包了，是妈妈教我的。今天这个面肺子就是我做的。我说，好，我们尝尝，一定是很好吃的。女孩子家，学会做饭，最好。现在，你最重要的是学习。学习好了，将来一切都好。我们说话的时候，麦艳麻利地端了一盘水煎包过来了，说，今年饭馆的生意做得活了一点儿，上了水煎包。生意不错，就是辛苦一点儿，也收了几个学徒。再有半年的时间，徒弟们就可以自己做了，相比较我就轻松了。这几年，我有一种感觉，就是日子使劲儿地在往上攀，我们是辛苦，但也挣了钱。其满的学习挺争气，今年考试也考得好。将来考上高中，我们的脸上好看，矿里也高兴，所以我们还是有压力。适当地干一些饭馆里的活儿，对她有好处，将来过日子，这些东西都是经验。我说，好，看到你们，我就高兴，也放心了。今后有事，就找郭主任。我们共同出力，把其满教育好。

郭主任晚上要请我吃饭，因为没有时间，就放到以后了。我说，其满的那个叫叶力的叔叔来看过其满吗？郭主任说，没有。她母亲也没有消息。将来肯定会来找孩子的，人都是这样，当时间叩问良心的时候，人会回到自己最早的锅台上的。我说，郭主任，在其满以前档案的基础上，你自己再给她建一个档案，可以细一点儿，把这些事情都加上，将来需要的时候，我们就有材料了。

光阴流逝，几年后，其满要考高中了。郭主任来电话，说她成绩还可以，就是要给找个可以寄宿的学校。这是最关键的，其满可以全身心地投入学习。

其满高中毕业后，考上了兰州商学院，大家都高兴。我是工作忙，离不开，打了个电话，祝贺麦艳和海力木公牛，最终把其满培养出来了。我也给郭主任打了个电话，到时候代我送一下其满，并和她的班主任老师、班长、寝室长都保持联系。我自己年年给她的班主任老师邮寄核桃和葡萄干，和他也成为了朋友。

最激动的人还是麦艳。在她的要求下，她的男人海力木公牛找了一个在群众电影院那边的石头市场买卖玉石的朋友，买了一块鸡蛋大小椭圆形的美玉，像人的灵魂一样洁白无瑕，送给了其满。她向男人说，玉这个东西，是个吉祥物，也是她这个年龄段最好的纪念。其满出发前的那天晚上，麦艳给她挂在了脖子上，极美。中间有一条12点方向的金丝线，据卖玉的朋友吾斯曼江说，这是千年前在阳光下自然形成的一条暗线，是非常有价值的东西。后来，我是在其满发过来的照片上看到这个玉坠的，戴在她的脖子上，很漂亮。显然，她是很喜欢这个东西的。那天，其满抱着麦艳，哭了。一切的一切，涌上心头，悲喜参半。

其满在大学期间学习也非常用功。生活费和学费，都是矿里出。每年回家的路费，是麦艳出。五年下来，每年返校的费用，是郭主任出。郭主任抓住了这个机会，第一年就向麦艳说，你也要给我们一点儿积德的机会呀！到时候老天爷打分的时候，我们也要及格呀！钱这个东西，总是善心不灭的。它会在老天爷那里自己说话：老天爷，这人还可以，一生见到有难处的人，在自己的能力范围内，也施舍过金子、银子，可以放过这个老汉。其满考上大学那一年，矿里各民族的家属们也非常佩服，说，那麦艳，身子就是铁打的，三个儿子，又把其满收进来，不容易啊。她那罐罐，基本上是外面的人，半夜喝得像内贼一样回家，都是麦艳一个人支撑。于是在有叨叨天赋的图妮萨汗大妈的倡议下，每年大家都捐一点儿自己的私房钱，支持一次其满，表示对麦艳的爱和尊重。

就在其满考上大学的那一年，我的工作又调到了另一座城市。我离家更远了，很少有机会回家，也没有机会到兰州去看其满，都是通过郭主任了解她的生活和学习情况。我还是那句老话，要她把所有的精力放在学习上，心里要有一个对未来的奋斗方向。而且我也告诉郭主任，每年其满回家的时候，都要注意她的心理变化，和她谈那边的生活，了解她内心的东西。我的担心是，随着年龄的增长，她会本能地思念父亲和母亲，这种变化，自然也会影响她的精神生活。意思就是，在这些事情上，不能出乱子。我潜在的一个想法是，既然我们管了其满的生活和学习，就一定要追求一个好的结果。

　　五年的时间晃荡着就过去了。每年基本上都是郭主任给我打电话，讲他的退休生活，讲矿里病逝的老人。每年夏天，山区的羊羔吃肥了以后，他就进山住一个多月，享受原始的山野生活。他老婆钟秀，喜欢吃野草莓，牧民的孩子们从肥沃的半山腰采摘下来放在小筐子里卖的时候，她就全部买下来，熬成酱，带回去冬天吃，能调理脾胃。而郭主任喜欢吃当年的小羊羔肉，那肉质，是少有的鲜美。民间的说辞是，小羊羔肉大半个小时就能煮熟，肉抓到手里张嘴就能吸溜进去。郭主任说，那滋味，心花痒痒，再酌几杯小酒，能让他回忆起从前的疯癫，感叹岁月的甜蜜，觉得自己的一生也是值得书写的。最值得一说的是，他对建露天煤矿的建议，在这个行业，就算是站在背后也好，也作出了自己的贡献。当他在电话里给我谈这些的时候，我说，这个露天煤矿，主要是你的贡献，没有你们多年的勘探研究，这事是办不成的。我一个人，来煤矿几个月，能说清楚什么是露天煤矿吗？他说，也不是这么回事。我从前也向矿里建议过，但都没有办成。你这次是起了决定性的作用，我心里很明白。而后，他就给我谈其满的情况。她大学毕业后，回来在家里待了一个月的时间，而后就进一家公司工作了。工资也可以，主要业务是做外贸，在口岸办公，人几个月回来一次。住在口岸，心情也是比较愉快的。回来一次就给我们带衣服，对麦艳她们也是这样，对她三个哥哥也挺好。懂事了。我听到这些情况，很高兴，也是偷着乐。我想，我们的任务算是完成了。那年我调离煤矿，郭主任退休，他的意思是，其满今后的一些事情，让矿里出个东西，就交给郑队长的救护队来管。我没有同意，当时是从几个方面考虑的。现在看来，这样的决定是对的。这些年，大家都操心了，最后看到了这个好结果，还和麦艳一家保持了友谊，也是一件有意义的事情。

今年开春的时候，郭主任给我打了一个电话，说如果今年我能回一趟家，希望能见一面，有些话，电话里不好讲。当时我想，可能是他自己家里有什么事情了。但又不像，因为他两个儿子都已经在上海工作了。回来后才知道，是其满的事情。我根本没有想到会有这样的事情发生。我给郭主任打了一个电话，早晨直接上煤矿，来到了郭主任的家。他仍旧那样硬朗，日子过得朴素又自在。见面后，他看到我着急，就把事情给我说开了，果然是其满的事情。今年2月份的时候，其满过来找他，说自己要办一个公司，就把当年矿里给她保管的那笔抚恤金要走了。当时，这笔钱给到谁手里的问题，大家意见是不一样的。最后，郭主任提出这笔钱矿里另存，到时候小叶长大了，再发给她。矿长的意见是可以让叶强的弟弟叶力领走，这件事情就算完了。同意这样做的人也不少。而郑队长和郭主任的意见是一样的，这笔钱，只能在矿里存着。当时我说了一个意见，我说，把这笔抚恤金从矿里的账上提出来，用郭主任的名义另存一账，矿里记录在案，到时候小叶长大了，就把这笔钱交给她。我的这个想法，是建立在对郭主任信任的基础上的。把这笔抚恤金从矿里的账上提出来，将来用的时候就比较方便。我向大家说，如果这笔钱给了小叶的其他亲人，谁能保证这笔钱将来能用在小叶身上呢？我还有一个疑问，要是把抚恤金交给小叶的叔叔叶力，他自己用完了，将来小叶的母亲回来和我们要抚恤金，那时候怎么办？这钱，自古就是个很麻烦的东西，谁独吞了，藏了，钱从来是不会说话的。这样，我把大家的意见都统一到了我的看法上，认为这笔抚恤金还是要慎重，先放着，不要动。矿长不高兴了，但是他没有办法，就按照我的建议办了，把钱存在郭主任的名下。后来，在报露天煤矿项目的事情上，一开始矿长和我别着，也是有这方面原因的。他给郭主任说，这个沙矿长就是挂职的嘛，挂职就是挂在那里摇晃着嘛，摇晃着就是走走看看的事情。多下井看看煤是怎么开凿的，矿工有多么辛苦，这对他要写的那个什么小说大说会有帮助的呀。你给他讲讲，他才来几个月，就探照灯一样乱照，影响不好。好像只有他才能看清这些事情。他这人看着还顺眼，写什么小说啊，研究一些真事不好吗？比如我们这个煤矿，也有三百多年的历史，写写这些事情不好吗？这些话，当时郭主任就给我讲了。他说，你年轻，和矿长不一样，应该有自己的想法。你是上面来的，不要听他那一套。

写小说是你的爱好，别人是不好搅和的。

其满父亲的这笔抚恤金，在她读高中的时候，郭主任把她带到矿部，在矿长办公室，给她讲过这笔钱。现在是根据矿里的安排，由他负责管理这笔抚恤金，等她长大了，再交给她。当时矿里还给她出了一个东西，要她保存好。当时我和郭主任的意见是，最好是在其满将来成家的时候用。但是现在，其满自己做主，把这笔钱拿走了。这一点，是我没有想到的。郭主任说，咱们到麦艳的面肺子店坐一会儿吧，她也有话要给你讲。

我们来到了路口麦艳的饭馆里。她见到我们很高兴，放下手里的活儿，热情地欢迎我们，给徒弟们交代了几句后，把我们请到了后院的凉亭下。她的一位美女徒弟给我们端来了热茶，还有一盘子漂亮的点心。麦艳热情地请我们喝茶，说，终于把沙矿长盼来了，我们想念您啊。我那个罐罐，还是去屠宰场了，自己的活儿干完，就忙我的杂碎，也辛苦。沙矿长来一次不容易，我把其满的事情也讲一下。前面大概的给郭主任讲过，我就简单地说说吧。其满年初的时候从我们家里搬走了，把自己的衣服箱子，还有那个装有她父亲遗物的旅行箱也拿走了，她说她要出国去发展。我问她要去哪一国，她说还没有想好，这几天就要出国。她给我留了一笔钱，是二十万元，说，这么多年，感谢母亲的养育之恩。我没有想到她会这样说，会给我这样一笔钱。这不是见外了吗？我说，孩子，不能这样说，你的生活费，是矿里给的，不是我们养育了你，你是矿里给我们的女儿，我们是有缘分的，这也是我们最大的快乐。你千万不要到国外去，那是一个陌生的地方，你就是能挣好多钱，谁会是精神生活的陪伴呢？她说，妈妈，我已经决定了。我还是那句话，非常感谢你们的养育之恩。我说，你这出国的事情，你郭叔叔知道吗？她说，不知道。郭主任说，其满没有给我讲过出国的事情，只是说要成立自己的公司。我说，长大了，也有长大了的麻烦呀。麦艳说，是的。但是，其满变得和我们有点儿离心了。这个年龄，活得简单、透明一点儿，才舒服呀。我说，这也是其满长大了，有选择自己生活的自由了。实际上，我们的责任也尽到了。只是这样一个结果，不太让人舒服。麦艳说，我就是这个意思。她留给我的那笔钱是什么意思？是想用这笔钱，把我们多年的情感、情谊洗掉吗？这样，我们和她就没有关系了吗？我把那笔钱以她的名义暂存银行了。我们家的罐罐说，还是要找一个让钱挣钱的事情。总有一天，她会回来的，她父亲的灵魂在我们这里呀！那时候我把钱给她。说心里话，她来我们家生活，我占了两个大便宜：一是你们经常要求其满要刻苦学习，这句话也感染了我，我也是用你们的方式要求我的三个儿子，不再要求他们来饭馆帮我，要他们认真学习，将来一定要考上大学。这样他们就有方向了。中间也是按照郭主任的要求，给三个儿子请家教。三个儿子都考上了大学，大学毕业后，都有了自己的工作。老大多来提去年成家了。都是因为在家里抓其满的学习，把我三个儿子的学习成绩也带出来了。这就叫鸭子过去鹅过去，大好事啊，这不就是我积德的回报吗？另一个大便宜就是我在精神上也是赢家，我把其满带出来了，大学毕业了，自己可以成立公司了，就是一个自立的人了。就这事，我们煤矿上的人，下面几个村里的人，听说了都佩服我们，说我是真正的积德。以前造我谣的人，嘴巴也洗干净了。没人抹黑我了。其满上大学那年，报社的一位记者来了，要我讲一下其满的故事。我说，我的故事就是喜欢其满，其满的故事就是喜欢我。我现在还是这样想。她人走了，可是心还在我们煤矿，在我们家。将来她就是变成了吃金子拉银汤的富豪了，也不会忘记我们煤矿，不会忘记她爸爸的那个坟墓。这种事，我们听老人们讲从前百年千年的故事，现在看电影，讲的都是这个道理。天马也好，驴驴子也好，好狗疯狗也好，转悠着转悠着都会回到自己最早的那个槽子前的。人和牲口都一样，不可能不怀念自己的旧锅台。其满年轻、漂亮，出去闯荡一场也好。她会回来的，自己不回来，她的梦会回来的。因为她的根在我们这里。

我没有说话。我想说的话，麦艳都替我说了。她整天在饭馆里劳作，竟能有这样的见解，也是我没有想到的。郭主任说，麦艳，你是一个少有的好人啊。麦艳说，郭主任，您比我好啊，不是把这块地给我们了吗？郭主任说，不是我，是矿里给你们的。我会有这么大的权力吗？麦艳说，怎么会没有啊？你不想着我们，矿里会同意吗？这地段，非常方便我们做买卖呀。地这个宝贝，就是最大的好啊。一代代人靠地生活，给子孙们也留下了方便。不像我们开始的时候，就一辆破旧的手推车，做好的羊头、面肺子放进一个大白盆里，车下面吊一个用旧水桶改装的炉子，火星慢慢燃着，就在街头叫卖了。刮风下雨，躲避在大榆树下，继续叫卖，都是为了过日子。我的三个儿子就是这样养大的。他们的孩子就不会有这样的生活了。日子这东西，只要你对它好，它会变成财富围绕你的。当然，也不是说天天抓饭包子。我说，麦艳，你说得好，像教授一样讲得好。麦艳说，没有。那年您到煤矿工作一年多的时间里，在一些重要的方面改变了我们的生活方式。您来了以后，我们有了露天煤矿。我们想念您，就是因为您喜欢帮助人。在其满走了以后，我还能有这样的想法，温暖地拥抱生活，就是因为您给我们留下的希望，和您对其满如父亲般的珍爱。

我们告别麦艳走了。不可能再说下去了。因为最后，我不可能说出像麦艳那样真挚的话语和至高的箴言。我感觉，这是一次刻在了我心里的讲座。这麦艳，对生活的认识像一位睿智的百岁老人，宽厚，深刻，迂回，进退自如，又像黎明一样清晰、光明。我想起了郭主任评价她的一句话，"麦艳是个心血干净的人"。是啊，看透一人，的确需要一生的经验啊。哦，这繁杂的人生，可以再简单一点儿吗？

这一次，还是没有时间和郭主任一起吃饭叙旧。郭主任比较开明，说，下一次吧，见了就好。认识你，是我的一个骄傲。人生是一种反复的数字演绎，有的时候我们是个位数，有的时候是七八位数。天平很少不动，当偶数和偶数撞在一起的时候，当我们突然归零的时候，我们就会有机会坐下来感悟我们的时间和忠心。我有一个小遗憾，就是至今没有向你打开我的内心世界，会有机会的，好酒我有，好时间我也会有的。我说，下一次，我保证，咱们第一时间咣当一瓶，好好聊聊。郭主任说，其满的事，我再给你说一句，她没有出国。这句话，是为了避开麦艳说的。她就没有出国的打算，只是听说找了一个男朋友，是在兰州上学时的同学，叫姚克功，做玉石生意的小伙子，他们联手在口岸开了一家外贸公司。其满改名字了，叫江雪莲，去了一趟上海，整容了，演员一样漂亮了，你见了可能认不出来。我停了下来，直直地看着郭主任，不知道该说什么好。我说，这事，麦艳知道吗？郭主任说，不知道。我说这样，这里面的意思就多了，而且不断地会有新的意思。其满自己的脸，其实是非常漂亮的。郭主任说，是的，人在重要的时候，总是看不清自己的嘴脸。

第二天，我打听到了其满在口岸的外贸公司，办公地点在一个叫"野蔷薇酒店"的二楼。我专门跑了一趟口岸。车跑了三个小时，路两边还是有那么多的白杨树，像从前的故事，像古老的神话，像今天无限的欲望，仍旧那样亲切，好像是生长在时间外面，自信自在，和野性的时间站立在一起，丝绸一样漂亮。

司机帮我找到了其满公司所在的那家酒店。我上到二楼，在大厅看到了她公司的牌子。进去问了一位应该是公关的小美女，小嘴像樱桃一样可爱。胸脯挺得高高的，可以遮住照耀她的阳光。我说，你好，我有事找你们的江雪莲老板。小美女笑着看了我一眼，张开油亮亮的嘴唇，露出鲜嫩的小舌头，油画一样动人的眼睛扫了我一眼，说，好的，您跟我来。

走了好几步，她停在左边一扇咖色门前，敲了一下，侧耳静听，听到"请进"的准许声后推开门，用手示意我进去。

我走进这极为漂亮的办公室，看到眼前国画一样漂亮的女子。从她的眼神里，我认出了这就是其满。眼神是不能整容的，因而其满是跑不掉的。紧接着，她胸前的那枚椭圆形的玉坠更加坚定了我的判断。那年，我在她的相片上，看到的正是这个玉坠。后来麦艳也给我看过这个玉坠的相片。她第一眼看到我，眼睛亮了一亮，立马又静下来了，显得十分自然、从容。她请我坐下，说，您找我有事吗？就凭她这句话，从她的声调，我进一步确认了她就是其满。鼻子垫高了，做了双眼皮。我说，我是顺路来看你的，你以前是叫叶丽丽吧？我说话的时候直直地盯着她的眼睛，想勾住她的心理反应。她的眼睛动了一下，又立刻恢复到了她方才那种平静的状态里。我感觉她已经认出我来了。她笑了笑，说，不是，您认错人了。我说，你还有一个名字，叫其满。她又笑了笑，说，不是的，您认错人了，我叫江雪莲。我说，这个名字也挺好的。只是，一个人活在三个名字里面，会活得很累。其满又笑了，说，不好意思，您真的认错人了。我说，请原谅，看来，我真的是认错人了。实际上，扰乱和最终纠正我们的东西只有一样，那就是时间。时间本来就是一个整体，是我们把它揪成了无数碎片。青春、财富、梦幻，看似是人生的尊严，但另一面也是虚荣的奴隶。这是我的名片，给你放在桌上。将来，如果最初的那个你回来了，你可以和我联系。实际上，在这个巴掌大的城市，我好像也见过你。其满仍旧那样镇定、大方，她笑着说，您这人有意思，我怎么听不懂您的话呢？我说，我是做时间买卖的，将来你会用得上的。我走了。其满站在那里没有动。大厅那个小嘴唇美女友好地向我笑了笑，表示再见。

回到家里，我没有把到口岸看其满的事情告知郭主任。我想独存我的这个记忆。其满的表演让我吃惊，她竟像一位表演大师，把往昔的残酷和美好，通过一次次的微笑，埋在了看不见的光阴皱褶里。

夜里，我躺在床上，脑海里一次次地思考叶丽丽，思考其满，思考江雪莲。我不知道谁应该是谁，谁能成为谁，谁又是谁的谁。一个人生活在三口锅里，我担心她看不见曾喂养她长大的第一锅饭菜。人人都会有犯傻的尴尬，最后的学费不会成为最早的觉悟。世间的名医在他短暂的时间里也不能治愈这个病毒。这是时间独立经营的买卖，是许多春秋联手的药方，不能急。在追求一种美好的时候，也要给昏庸一个机会。回头是必然的，最终屁股和灵魂，都要能说得过去。不同的是，时间这个老板，是否能释放更多的耐心。老婆说，你在想什么呢？我说，在想其满的事情。老婆说，现在的年轻人和我们的想法不一样，没有办法。我说，是不一样，也有一样的地方，比如人性。

我唯一感到欣慰的是，这么多年来发生的这些故事，加上我在其他城市的体验和储存在心里的人人事事、事事人人，不仅仅是一部长篇小说的素材，也可以成为多部作品的结构血脉。比如郭主任，一生十分地内敛谨慎，没有人知道他的心路和苦楚。但是，他从不诉苦。在煤矿挂职的时候，我多次和他喝酒，几次有意识地把话题引到他的从前和落脚煤矿的往昔故事里，想走进他的心，了解他的经历，丰富我的小说。但他只是简单地说，是命。命是说不清的事情，人越说越乱。认命是对生命的尊敬。人是强大的，但有时又是弱小的，不要企图和老天爷讲道理。他的这些说法对我影响很深。后来我向那些老矿工打听过，一位叫海米提老矿手的轮椅老汉说，郭主任是上海支边青年，最早是在边境那边的一个牧场里，对了，是二牧场，几年后就来到了我们的煤矿。为什么？怎么来的？大家都不知道。我们这个地方，不兴搅人家的来路。这郭主任，从前是救护队的，有文化，后来做了很长时间的办公室主任。他字写得好，春节的时候，全矿家家户户的春联，都是他给写的。就是人有点儿冷，心重。但是有良心，一碗水能端平。轮椅老汉说了很多，集中起来，就是大家都认可这个老练的郭主任。我想，如果能抓住郭主任的冷和心好，打开他的心扉，把他的青春和在新疆时的颓废与豪迈串在一起，挂在岁月的脖子上招摇一番，也是一部好小说。所谓好小说，可能就是人在不知道自己在做什么的时候，提醒他，不要蔑视怠慢自己的时间。我想，退休的时候，就有时间坐下来写了。这次见到他的时候，他说要抽时间和我好好喝一场，敞开心扉，昼夜畅谈一场。又比如，其满的母亲孙小梅。我们只是没有狠下心来找。这有鼻子有眼睛的世界，怎么能找不到一位母亲呢？

　　光阴荏苒。我的退休年龄到了。在一个温暖的周末，我拿到了人事部门给我的退休证。这个时候，我们几个写小说的朋友都很高兴，我们就有充裕的时间写小说了。开春的一个周末，郭主任给我打了个电话，说进城来看我，按照他那年的想法，我们吃了一顿饭，喝了一瓶他带来的五粮液，是三十多年前的老包装，大肚子瓶子里装着的是那个时代的朴素和风骨。酒喝过三杯以后，他彻底地向我打开了他封闭一生的血脉心路。最后，郭主任说，命运是存在的，但是当它出现的时候，我们不会认为那是命运。

根据以前的思路，我还是想从几个侧面全面地了解一下郭主任当年的人生经历。于是我找了几个人，最终找到了二牧场的一位老领导，叫王保华，和他了解了一些情况。郭主任在二牧场的时候是一名农工，有一个恋人叫张燕。张燕背弃了郭主任，跑到牧场的会计易江的怀里去了。后来易江盲目听从妻子张燕的诬告，通过牧场领导，把郭主任开除送回了老家上海。这件事，从精神到肉体上，对郭主任是一个沉重的打击，叫人家指着脊梁说被新疆牧场开除了，他是无法在上海生活下去的。那个年代，这种事情，是非常严重的罪过。那时候，他的境况十分悲惨，精神上时刻都处在一种崩溃的状态。于是，他就又回到新疆来了，主要是奔着老同学王旭来的。王旭了解他，他们从小学的时候就是要好的朋友，一直到中学时代。他不存在作风问题，他一直干干净净做人，做事有立场。根基是家教严谨，从小是在规矩中长大的孩子。于是他把郭主任安顿下来，也是通过朋友的关系，在煤矿给他找到了一份工作。能说到台面上的东西是字写得漂亮。那个年代，能写一手好的毛笔字、钢笔字，也是类似旱涝保收的东西。这个好字，也就是漂亮的字，无论在明媚的春日还是寒冬腊月里，都是温暖人心的东西。当时出手相助的人是一个姓郑的技术员，就是救护队郑队长的父亲，叫郑万红——后来井下瓦斯爆炸，在救人的时候中毒身亡了。开始的时候郭主任被安排在了救护队，后来领导们看他大字小字都写得好，人又勤快本分，特别是在春节的时候家家都找他写春联，就把他调到了办公室。

老领导王保华说，郭主任退休后，他万万没有想到的一个情况发生了。当年在二牧场背弃他的初恋张燕，晚年拖着臃肿的身体来找他了。托人请他出来，在城里见个面吃个饭。郭主任没有去，于是张燕自己来了，到煤矿来看他了。她把易江抛弃她的事情细细地讲给他听，开始忏悔，当年是她害了他。悔恨的老泪从她无光的眼睛里流出来，在老脸的皱纹里显得特别显眼。现在，她是独身一人，儿子长大后，回上海了。她也跟着儿子回上海了。儿子大学读的是建筑专业，现在是一家装修公司的老总，生意很好。从张燕的整个精神状态看，她似乎也想开了，男人和她离婚了，但是因为儿子有出息，日子过得挺好，内心里还是比较有优越感的。在上海，她每年主要的事情就是旅游。当她幸福着，幸福折叠幸福的时候，她开始回忆从前，最鲜亮、清晰的画面是她在新疆度过的那些岁月。晴朗的天空，也可以和她对话，给她力量，给她未来生活的遐想。后来她有了爱情，郭主任稳重的性格特点、内敛的男人气质，是她深爱他的一个直接因素。

在这片辽阔的土地，她有过理想，有过爱情，有过战胜艰难困苦的胸怀，有过苦闷和虚荣，有过经验和教训。当她走过来的时候，她开始一件件地收拾那些记忆，盘点那些细节，那些嘴脸，那些幼稚和盲从，于是决定写一部回忆录。当她的思绪定格在和郭主任的情爱链条上的时候，她深刻地认为自己对不起他。一共是两个对不起：一是抛弃了郭主任的爱，为了所谓的前程，巴结易江，和他建立了家庭。那时候，已经有风声说，易江就要升副团长了，她就主动地向易江靠拢。另一个对不起是她的一次诬告，后来她自己总结是陷害。郭主任听到她说这个词的时候，笑了一下，说，过了，这个词是不能这样说的。张燕说，那怎么讲？郭主任说，我讲了不好，你自己要用心琢磨才行。当时她和易江结婚以后，郭主任心灵深处不能忘怀她的情和她的温暖，脑浆和肚子里面的肠胃搅拌在一起，常常喝闷酒，掉进了痛苦的深渊。有一次，他独自喝闷酒，借着易江出差不在家的机会，跑到张燕的家，大闹了一场，大嘴张开脏话满屋子流淌，惊动了左右邻居，张燕顿时放开嘴巴玩了一句绝顶智慧，大喊郭主任强奸她了。这事情就闹大了，于是牧场就把他开除遣返回原籍了。这事当时能闹这么大，没有人听郭主任的申诉，主要是易江凭着他在牧场掌握的财权。

张燕退休后，把回忆录写出来了，书名叫《难忘的回忆》，写了许多私密，把易江后来和她离婚的事情也写进去了。出版后，免费给当年牧场的老人们赠送了一千本，她自我安慰道，把心里想说的话都说出来了。这样又显得啰唆和没有品位。郭主任拿到书，认真地阅读了一遍，其中有这样的内容：张燕的儿子五岁的时候，易江又花心了，喜欢上了一个狐腰小嘴的歌唱演员，易江就用张燕那年自己制的毒药，把她打发了。他说，那年你被那个姓郭的强奸了，你的血脉灵魂都脏了。如果你在内心里不接受他，那种在反抗中的强奸是可能的吗？这些年我都忍过来了，你说我现在还能和你过吗？张燕说，就根本没有强奸的事情，我是为了彻底整垮那个家伙编的谎话。易江说，也有可能，这样说也是能成立的。我要是你，我也会这样说的。智慧都是一样的东西，有早有晚。只是你现在的真话，晚了。我给你一笔钱，咱俩离婚吧。这样下去，天天吵吵闹闹的，你我都折寿。结果他们离婚了，牧场里增加了一些有关无耻和有关良心的故事。好多年以后，它们变成了文字，在许多人的眼睛里，勾起了他们的回忆。当许多回忆黏合在一起的时候，不同的词汇开始分裂，一些恒久的沉默开始张嘴说话。读完张燕的回忆录，老领导王保华和郭主任有过一次交谈。郭主任说，这个回忆录，不太成功，基本是一个泄私愤的东西。老领导王保华说，这本书，好像阅读的价值不大。所谓价值，是对民众有用的东西，不是记录个人恩怨。我们从那个年代走过来，都有一些刻骨的伤痛，但是我们走过来了，在荒原里留下了我们的脚印。那些路之所以至今还能照耀我们，是我们把那些伤痛变成了彩虹，实质是我们珍惜生活给予我们的机会。更重要的是，我们在创造生活，我们在回报那些机会。因而，保持一种光明的心态，应该是一种基本的态度。

从这以后，我和老领导王保华变成了朋友。他给我讲了许多有关郭主任的情况，也丰富和佐证了郭主任讲的许多经历和他的故事。加上我以前在煤矿的时候了解到的一些情况，郭主任的形象开始在我脑海里动起来了。这应该是一部厚重的长篇小说，应该是三代煤矿人的故事。经过一段时间的反复思考，我决定用郭主任如下的心声做我这部作品的开头："命运是存在的，但是它出现的时候，我们不会认为那是命运。"这将会成为我的第一部长篇小说，我要用全部的热情写好这部作品，就像和朋友们喝酒的时候，也用全部的热情投入，烘托一个个高潮那样。

　　在后来的日子里，我经常邀请老领导王保华和郭主任吃饭说事，我从谈话中学到了许多东西。有的时候麦艳请我们吃饭，东西做得极为精致。这种时候，她的男人，十分自信的海力木公牛也参加，气氛非常活跃。他总能从酒厂搞到那种一流的60度的散酒，喝着十分过瘾。用他的话来讲，你可以想起青年时代小情人的眼神和粉红的脸蛋。当这样的俏皮话一个个地从海力木公牛的嘴巴里淌出来的时候，老领导王保华十分开心，甜甜地笑着，脸上可以看到他童年时候的那种天真的光芒，就说，这个海力木好玩，相识恨晚啊。海力木公牛说，谢谢老领导夸奖。我在屠宰场干活儿，什么时候手心手背都有肉，翻过来翻过去都是钱。什么意思呢？就是我身上还有一些老婆不知道的钱，所以吃吃喝喝的事情，也基本上不向老婆磕头。老领导王保华乐了，说，好。新疆人说话是儿子娃娃。这些人和事，对我的写作帮助不少。特别是郭主任的形象，在我的心里已经活起来了。

中间要说清楚的一个情况是，那段时间是我正忙着找二牧场的老领导了解有关郭主任的情况的时候，其满给我打了一个电话，说有事商谈，约我在世纪餐厅吃饭。我没有同意在那里用餐。我心里比较明白，民间常说的那个"没有毛驴的老爷子什么时候耳朵都没有麻烦"，实际上是一种永恒的箴言。另一个打心眼不喜欢这家世纪餐厅的理由是，老板伊力亚尔君是暴发户。原来他的名字后面是没有"君"字的，是自己花钱雇人叫的。

我说了一个地方，最早是一家果园里的茶座，离繁华和热闹的市区远一点儿。我到的时候，其满已经在门口迎我了。首先是高级香水味飘过来，而后是热情的问候，一点儿也看不见那年她装着不认识我的那个样子。我对她比较深刻的记忆是她考上大学的那一年，美好，满脸纯真，满怀希望。我们一起吃过两次饭，我说了一些激励她的话，比较深刻的记忆是，感觉她内向，不善言辞。而现在，她已经是一位现代女性了，大方、自信、超然，给人一种大气磅礴的感觉。

我们坐好，她友好地请我喝茶。可以看出来，过去的那些事情，她已经装糊涂了。我平静地笑着，肚子里开始猜测她要讲的那些内容。她显得秀丽、雍容，不像一个有过那种坎坷经历的姑娘。这是我们的第一次长谈，她开始缓慢地讲述，显得那样自信。从她的言辞中，我可以感觉她在大学里学到的东西的确是帮她把心智打开了。从她的逻辑、讲话的艺术，可以窥见她的确是学到了一些东西。有些词我是第一次听说，显然是兰州方言。后来才知道，这些词语都来自她的兰州籍的男友姚克功。但是，他们的心曲没有唱到最后。最后的旋律，没有出现在他们曾经爱的音符里。讲到一些具体的人和事的时候，她樱桃般漂亮的眼睛开始蔫软，伤心的泪水，一滴滴地流出来，像躲在旧墙角下抽泣的秋雨，让人心酸。伤心的人之所以能打动一个个血肉之躯，是因为他们都有自己的辛酸事和伤心史。这个心痛，也是人和人最终能抱在一起的缘分。

饭菜上来了，她只吃了一勺抓饭。金灿灿的抓饭，比她的容颜还要漂亮。而后是不停地喝茶、讲述，像是要把一生的酸苦都要讲出来似的。在她生命的每一个重要时期，都没有父母的疼爱和精神引领，这对成长着的女孩子来讲，的确是一条无形的鞭子。在那些欢乐的节日里，你得不到父母的祝福，你不停地战栗，似乎是那条泡在冰水里的皮鞭抽在了你的身上。但是，你看不见那条鞭子，才是致命的残酷。这些内容，在她的词语里、抽泣里、呻吟里、叹息里，给人一种绝望的、末日般的感觉。也就是在这个时候，我才完全地窥见了她的精神世界：有的地方没有花草，有的地方没有月亮。在她睁不开眼睛的时间里，却能神奇地看到在夜风里飘摇的芦苇，却能看见为希望的原野盛开的千百万束玫瑰。就是在这样凄惨的日子里，上天的光明，仍是她精神生活的支柱。在大地，有她的养母麦艳；在神秘的精神生活里，有给了她生命的母亲。在读大学的那几年，她开始完全地从精神上接受了麦艳给她的母爱。她又抿了一口茶，看着我，眼神回到了她纯真的少女时代，说，我在这个年龄，经历了不少，和一般的人比起来，也比较早地学会了说假话。我也研究过这个假话，是一个神奇的东西。人人都知道不能说假话，假话不吉利，害人害己，但是我们还是离不开假话。为什么呢？是自私和虚荣在牵着我们的鼻子走，中间还有软弱。因而，人人只有战胜自己，才能成为一个真实的人，成为童年那样纯洁的人。我对麦艳妈妈的接受是有几个过程的。首先，我必须在一个地方住下，活下去。这是父亲死后，我最本能的一种要求。而这样一个心态，是不能给人说的。我知道，因为当年那个卦辞，对我而言几乎是没有出路的。于是我被动地接受了麦艳母亲。后来，在读大学的时候，我也找来一些有关算卦的书籍翻过，从我的面相和其他方面来看，当年那个巫婆对我的所谓的额头上有"邪气"的说辞，完全是唬人的迷信而已，只能吓唬那些没有读过书的可怜人。其次，我在读中学的时候，脑袋就开始想生活和人世间的事情了，能独立思考了。这应该是我的启蒙时期，我开始用心来接受麦艳妈妈了。一个陌生的少数民族母亲，凭什么这样关心我的生活，用无私的母爱滋养我的身躯和精神呢？那个时候，我有太多这样的自问。我的生活费学费虽是煤矿出，但是没有麦艳妈妈的爱，我能从那堆乱麻中爬出来吗？同学们知道我的情况后，也都说我有一个可爱的少数民族母亲，也羡慕我的生活。我考上大学以后，开始从精神上接受麦艳妈妈，是因为我逐渐地认识到麦艳妈妈是一个非常好的母亲。我的三个哥哥时时事事关心我，带我出去玩，进城的时候不是给我带切糕、麻糖，就是带核桃、红枣，实际上都是母亲对他们的要求。这些感觉，当然是我在读大学的时候才明白的事情。麦艳妈妈关心我的生活，她甚至到我们学校看望我的老师，感谢他们对我的教育。过古尔邦节的时候，也请老师到我们家里做客，并和老师们保持常年的联系。而且，她勇敢地和矿里的一些说我怪话的人斗，和那些造谣的人斗，给我长志气。这些，后来都成了我永生铭记的事情。实际上，这是一个母亲对一个孤儿发自内心的爱，是人性至高的温暖和灿烂。最后，我没有跟着我的初恋姚克功出国，也是为了报答麦艳母亲的养育之恩。

　　我终于明白了其满满腔的肺腑之言。她大学毕业后，回到新疆在口岸发展，"总导演"就是她的兰州的同学姚克功。他们的恋爱关系确立以后，在众多温情、友好、热烈中，她把心交给了这个也是在孤独中长大的姚克功。其满把自己的身世，新疆的生活，煤矿对她的养育，麦艳妈妈的恩情，包括我的情况和郭主任对她的关爱，都告诉了她的心上人姚克功。最后，把矿里郭主任保存着的那笔抚恤金，也告诉了她的白马王子。于是，毕业后，姚克功有了他们在新疆口岸办公司的思路。其满先走一步，他紧随其后，办完兰州的事情就追随她。前后五年的时间里，姚克功一半时间在新疆，一半时间在兰州做他的玉石生意。最后，在新疆口岸的那些日子里，用最精美的语言，在最好的美食的帮助下，他突然提出了出国定居的要求。其满反复地咀嚼这个突然降临的新玫瑰，最终给出了自己坚定的答案，于是他们好几年抱在一起的那块镜子，碎了。爱情瞬间变成了飓风，像城墙下面晒太阳的蝈蝈儿，被狂风卷走了。她的这个曾经把她搂在幸福天地的恋人，变成了秋天的残叶，在狂风的作用下，飞到看不见的地方去了。其满说，后来，我研究过姚克功执意出国定居的动机，我的结论是，他是一个和我一样的孤儿，养父母把他养大成人以后，在他考上大学那年，他和一位同学在一次舞会上发生争执，进而打架，人家就把他的身份骂出来了，说他是没爹没娘的流浪狗。这件事对他打击很大。这样，我们毕业的时候，他就改变主意，一方面照顾他的玉石买卖，一方面寻找自己的亲生父母亲。于是来疆的时间，就耽误了两年。后来，他没有找到父母亲，反而和养父母闹僵了。于是，他来到新疆，在口岸待了两年，就提出来要出国定居。在读大学期间，他来过新疆几次，做过玉石买卖，在新疆有老板朋友，也挣了几个钱，在这个行业里小有名气。最后，他曾问我为什么不和他一起去国外闯荡，我讲了几个原因：一是我母亲还没有找到，现在我最大的希望就是她来找我，因为她在暗处。二是如果我走了，对不起麦艳妈妈，我的一生将毫无意义。我不能感恩有恩于我的人们，我能和谁光荣地生活在一起呢？再者，你说出国定居，这是个让人一辈子没有根基的事情。为了我和你的情感，我能丢下自己的家乡和亲人吗？于是我们分手了。那些日子，是我最痛苦的日日夜夜。我自己变成了个木木的大疙瘩，自己恶心自己。最后，还是时间拯救了我。于是我想起了那年你来口岸找我时讲的那些话，你说，"我是做时间买卖的，将来你会用得上的"，就这一句话，逼着我和您联系，向您表露我的真心和悔恨。人的成长是天下最难的事情，回想我干的这些荒唐事，我真想钻进地里去。人想不要脸的时候，比下水道里的臭虫还要臭。我对自己也作了一个简单的总结：至今，我有过三个名字，在我的成长史上，这将是非常能说明问题的事情。就是说，最终，我在这些名字里发现的不是我的相貌，而是我的灵魂本质。这是够我享用一生的经验智慧。叶丽丽这个名字，应该是家族里一棵平常的树木，是一个平静的存在，在看重男性的社会形态里，男人不希望我们识字明理，只赋予了我们另一种任务——一代代地繁衍后代。男人小看我们，但又离不开我们，这是男人意识里最大的庸俗和无聊。人类的繁衍，永远也离不开我们的辛苦。我认为我的这个叫叶丽丽的名字，是我幸福的基础。而我后来叫其满的名字，是麦艳妈妈给我的幸福。这两个名字在一起时，却是我亲生母亲精神上无形的苦痛。我至今没有找到我的母亲，母亲也没有来找我。我深刻地知道，人都是要为自己的一时糊涂而交学费的。因而我十分自信地认为，母亲知道我在什么地方，因为我一直是在明处。我可以感觉到她的精神生活是欠缺的。我能肯定而且信这一点。因为在我的灵魂背景里，可怜母亲，同情母亲，怜悯母亲，认为她在这件事上一定有什么难以启齿的原因，甚至是心痛或是悔恨。一定是这样的。于是我想，她和那个男人私奔的基础是爱情呢，还是逃离父亲呢？如果是这样，非要用这种极端的做法来解决吗？然而，对于我，这是一个秘密。我十分想知道值得母亲丢下我和父亲，与那个男人逃匿的动机是什么。这是母亲的生命拯救呢，还是寻求自己极端的幸福方式？如果那个男人是值得她做出这样牺牲的汉子，那么，对父亲来说，没能拢住母亲精神生活的东西又是什么呢？是男人，身上定会有能吸引、安慰一个女人的东西。实际上，就我的经验来讲，女人无论美丽、丑陋，在男人的生活航船里，她都是有价值的。就是说，母亲没有从父亲的身上找到自己的价值。是什么东西阻碍了她发现自己呢？是她文化品位缺失吗？我想不是，应该是她缺乏人类最早的良知。丢下我，抛弃我这个只有十个春秋的弱小生命，是母亲不能被宽恕的诟病。不说骨肉，就人性来讲，母亲也是不能这样做的。于是，我命运的陀螺飞转到另一条轨道上去了。我突然成了没有母亲的孤儿，变成一个懵懵懂懂的人。但是，一个尖锐的问题是，站在母亲的角度，我能这样看问题吗？我就觉得这件事情不是我想象得这么残酷。也可能，上天丢下我是为了拯救我母亲。无论怎么讲，我最可悲的是什么呢？当我有了爱情以后，应该像蝴蝶一样干净漂亮的时候，听从了姚克功所谓的建议，丢弃了我的叶丽丽和其满的名字，双手接住了给我的江雪莲这个名字，悲剧就诞生了，是在我看不见的时候诞生的。但是，我却认为这是上天和人间赐予我的最伟大、光荣的一次机会和幸福，我可以成为一代富有的女性，是生活给我的馈赠。结果，我是自己作践自己。在我干净的前额上留下了最卑劣的污点。在该认真细致地抓住一切可爱的日子报答麦艳妈妈的时候，我却尿在了自己的锅里、碗里。从另一个方面讲，我却要感谢姚克功，如果他不提出出国定居的事情，我就会变成永远的江雪莲了。而现在，经得起时间考验的良心，给了我一个睁眼看我自己的机会。我找回了自己的名字，我将右手紧握其满，左手抓牢父母给我的姓名，回到有恩于我的叔叔阿姨们的温暖里，开始经营我的新日子。

其满送走姚克功以后，她的第二个恋人吴洪开始安慰她伤痛的心。吴洪是她中学同学，那时候，他就暗恋其满，最后放弃的原因是自己没有考上大学，只好去当时父亲工作的餐厅做学徒了。吴洪的父亲是一位有名的大厨，他的强项是烤全羊。尝过一次的人，几年后还能想起那个味道。而后是过油肉拌面和碎肉拌面，没有人能超越他的手艺。这两种拌面在民间有着广泛的市场，男男女女、老老少少都喜欢吃这种面食。特别是乡下人进城吃午饭，在外面排长队等，就是要尝一回其过油肉拌面的味道，油亮浓香，看着就流口水。吃完面后，要半碗白花花的面汤，倒进剩在碗里的菜汤里，热乎乎地喝进肚子里。那个享受，是肚肚肠肠的再生和焕然一新。吴勇专门培养儿子吴洪学习做过油肉拌面和碎肉拌面，一年的时间就出徒了。又过了一年，吴洪做菜就小有名气了。其他的学徒和面匠们在有机会的场合说闲话，说吴洪的爸爸偏向自己的儿子，一开始就让自己的儿子掌勺学习。其他的学徒，比如比吴洪早来的学徒们，至今还没有出徒，一周只能有一两个半天掌勺实习的时间。不动手操作，怎么出徒呢？又过了两年，吴洪的名气出来了，在父亲的指点下，自己出来开了一家餐厅，独当一面，也开始挣钱了。又过了几年，他买下巷头图妮萨寡妇的院子，盖了小二楼，中午卖面，下午给酒家们做烤全羊，日子过得滋润红火。

　　一直暗恋着其满没有娶媳妇的吴洪，得知她在口岸和姚克功分手的消息后，就请其满吃饭，把心里的爱恋拿出来，像春天绚丽绽放的玫瑰，摆在了她的前面。其满心里很高兴，但是没有表露在脸上，而是藏在心里，认真地想了一个多月的时间，主要是想知道吴洪爱的是她的人呢还是她的公司。对于她来说，这一点非常重要。姚克功把属于他的一份资金从公司拿走了以后，其满手里的流动资金也没有受到影响。其满的另一个顾虑是，她和姚克功同居，是很多人看不惯的事情，如果这个事情不搞清楚，将来爱情缩水的时候，就是一个隐患。然而，这样的事情并没有发生，从吴洪的眼神里散发出来的光芒，仍旧是他中学时代的那种纯净美好。吴洪说，你永远是我崭新的好天鹅，是点亮我昼夜生命的天女。于是他们成家了，其满在郭主任的帮助下，在麦艳妈妈的操办下，走进了新房，抱住了馕坑一样热烈的吴洪，开始了美好的生活。

　　最高兴的人还是麦艳。在这以前，她得知其满和姚克功同居了的事情就十分心痛，但又不好制止，就向男人海力木公牛发牢骚，说，这种事情是多么的不好啊，人家都在说呢。结婚不好吗？海力木公牛说，你这样消极也不行，要直接把人家的那些说辞讲给她听。咱们这个小地方，太开放了不行。至于结婚的事情，不像我们那个时候那么单纯。于是麦艳把这个意思直直地给其满讲了，其满立马接受，有所收敛了。

当麦艳得知她要和吴洪结婚的消息，鼻子、眼睛、牙齿、额头都笑了。这多好，这非常好啊，就应该这样过日子嘛。

吴洪为了表示对其满的爱，把这些年存在银行里的积蓄都拿了出来，投在其满的公司里。自姚克功和她分手后，也撤走了他的玉石，从此其满不再染指玉石了。在她准备投资皮革生意的时候，郭主任受煤矿领导的委托，来找她，把矿领导的意思给她做了一个介绍和说明。主要是天然气走进民众的生活以后，煤的价格下来了，煤炭的销路也疲软了。矿领导的意思是其满能不能和口岸上有关的商户联系，帮助出口煤矿的煤炭。她听明白了郭主任的意思，开始想这件事情。她明白，煤矿实际上是她的大家，于是她开始做煤的出口生意，也帮了煤矿一把。事后，她回煤矿看麦艳妈妈的时候，说，妈妈，这是我最高兴的一件事情，我能挣钱，对煤矿也有利，我也多少开始回报煤矿的恩情了。麦艳说，这是因为你爸爸的灵魂就在这个煤矿，因而这件事情也自然地找到了你。

麦艳觉得她的机会也来了。那年，其满说要出国发展，给她留了一笔钱。她和男人商量，把这笔钱从银行提出来，买了50头母牛犊，海力木公牛把它们送到山里放牧的朋友杜曼那里，和他商议了一项钱生钱的协议。这50头牛犊如果第二年开始产牛犊，比如是40头牛犊，他们两家各分一半。如果海力木公牛分到的20头牛犊中有10头是母牛，就加在前面50头母牛中，继续增加牛的数量。牧养的费用，海力木公牛视具体情况增加。就是说，母牛每年增加到牛群里，公牛卖钱。几年下来，牛的数量逐年增加，加上每年出售的公牛的收入，麦艳手里的积蓄已经有二百多万元了。

其满和吴洪完婚那天，麦艳把这笔钱放进一个皮箱里，按照古老的婚俗，在下午专门请女客的宴席上，大家用过餐，开始悠闲地喝奶茶的时候，把大概的情况向各路的客人们介绍了一番。然后她打开皮箱，把二百万元亮在大家面前，把钱交给了负责礼仪事务的女总管阿丽娅。这时候，有的客人小声地嘀咕了，说，这不是耍威风吗？这么多钱，打在银行卡里面不好吗？什么年代了，还炫耀现金吗？这时，另一个声音也传过来了：好啊，我要是有这样的机会，还叫银行的美女招摇着来送钱呢！钱这个东西，叫大家看见了才热闹啊。那些不了解其满身世的客人们，听到其满的成长史，都点赞麦艳的心胸，说她才是汉子不换的女豪杰。麦艳说，其满的事情，我们煤矿的老人都知道，小时候人家拉着她算卦，说她额头上有邪气，谁领养了谁倒霉。现在怎么样？我不是把她养得像凤凰一样漂亮了吗？她今天的幸福说明了什么？说明迷信是害死人的东西。它一代代地禁锢我们的思想，比火灾、水灾、井下瓦斯爆炸还要可怕，它在我们的血液里迷惑我们。借今天这个机会，我多讲两句。每一个人都有自己的命运，我们要发现它，把它从我们的灵魂里请出来，让我们的日子像天上的太阳一样光辉灿烂，意思就是把自己创造出来，用我们的光亮，照耀我们今后的生活，照亮我们的至爱亲朋。

婚宴那天一大早，麦艳又给我打了一次电话，说中午男客那边特意另订了两桌酒席，务必请我去主持一下。这两桌客人里面有矿长、退休的几位老矿长、郭主任、郑队长、海力木公牛、医院的两位老院长，还有几位退休的技术人员和两位老校长、老教师。这时候，给想起了一个人，就是我当年把其满从残老院接回来的时候，给我说情况的那个塔依尔残老院，我把他也请来了。这哥们儿退休以后在自家的院里开了一家卤鸡店，手艺是从以前在残老院的努尔大厨那里学的，生意极好，半夜也有酒友前来敲门购买。他退休后的生活过得很滋润。挣钱是一个方面，主要是有事做，不烦。开席后，酒过三杯，我们自然地聊起了其满的从前。我向他敬酒，说，当年你通过帮我也帮助了其满。如果那时候没有你的提醒警告，这其满的现在，真的说不准会是什么样的。每当我想起这件事情，心里总是对你有满满的敬意。来，哥们儿，敬你一杯，再次向你表达我的敬意。我不会忘记你对我的帮助。如果这件事情办砸了，我也不会有今天的日子。塔依尔残老院说，常言道："善是路上的灯火"。我也是曲线行善积德，没有你说的那么高尚。

那年，其满和姚克功分手的时候，她的内心是痛苦的。最初她和他期盼的好日子，最终没有出现。最隐秘的一点是，她身上的青春记忆永远地留在了他的骨髓里。那些年，钱是有了，但在精神上，她失败了。她心里的另一个痛苦是把养母麦艳从心里踢开了。认为麦艳妈妈和她的最终关系也就是一个情感赔偿问题。于是，她给麦艳妈妈一笔钱后走人了。后来，送走姚克功以后，她心灵极度孤独，逐渐地感觉到她和麦艳妈妈的关系是无法用金钱交换的。在乡村温馨的小路上，在秋天灿烂的石榴园里，在血红的落霞里品尝农家馨香奶茶的时候，其满开始深刻地意识到，她离不开麦艳妈妈的温暖和祝福。离不开爸爸和三个哥哥对她的关心爱护。在众多的周末节日里，麦艳妈妈给她买糖果，买漂亮的花裙，她们一起相亲相爱地走完了最值得铭记的岁月，这都是不能忘怀的情谊。

她决定给姚克功分红。他当时没有提出来，是因为他首先提出来要离开她。而其满，内心里丝毫不愿意与姚克功为敌。而姚克功也明白在这件事情上自己的软肋是什么。虽然未能最终走到一张床上，把人世的梦做到底，但必须保持人性的仁义。她从那几年的利润里分出一半，打在了他的账户上。而后，单独打了五十万元的赔偿费，是这么多年来，最终未能和他走到一起的一个补偿，请他原谅。姚克功对这笔分红没有说什么，金钱在任何宫殿和草房里都是无辜的。但他发来了信息，说，我的江雪莲，你弄反了，该赔偿的人是我。在你的五十万上，我又加了五十万，打到你的账上了。这是我一个男人应该做的。但是，做在了你的后面。

就在这个时候，继续留在口岸打拼的其满，又一次被姚克功感动了。她流泪了，第一次品尝到了这泪水不是晶白的液体，而是时间赐予她的经验和智慧。她逐渐清晰地明白了人生是什么，而光阴的智慧，一把把金锁、银锁的位置，也开始清晰地出现在了她的心胸和日子里。实际上，其满是爱姚克功的。我从她这些年来在口岸的生活和与她的交谈中，可以感觉到，在她的情感海浪中是有姚克功的位置的。她的那个所谓的五十万元的赔偿费，实际就是一个爱的送别，用商人的话来讲，就是买卖不成仁义在，祝福他在异国他乡，也能怀念他曾给她的情义。她信他有这个东西。因而在分手的时候，他没有说分红的事情，拿着当年投入的本金走人了。最后，他继续在微信中留言，说，其实，做一个恋爱时期的男人，做一个社会生活中的男人，做一个在多元文化中融入人心、人情的男人，是非常艰难的。一个男人的一生，实际上是不够用的。走到今天，我不应该是一个孤儿，但是，在精神上，我至今都没有走出这个阴影。

其满和姚克功分手，实际上又是她的一个转折点。她读懂了人世间最隐秘、最精细的无字书，开始在走向成熟的路上看到了为所有人盛开的花朵。她明白了一个道理，在生活的道路上，人人都有时间享受上天降临的福祉。要为这个花园奋斗，你需要把你创造的花儿加在这些花丛里，让眼前的岁月和心中的梦想一起斑斓多彩，也记住学费是人人时常需要及时交付的代价。

在这样的精神分娩中，其满就自然有了超越自己的动作和动机。和吴洪结婚的第二天，在翻看礼单的时候，有两件事情是她万万没有想到的。其中一件是麦艳妈妈竟然给她随了二百万元。女总管根据麦艳的要求，把这笔钱的来路给她解释了一遍。其满极为感动，眼泪从她的眼睛里流了下来，在她如玉般亲切的脸上闪耀炉火般的暖光。当年她给麦艳妈妈的那笔钱，对她来说，实质上是一种逃离和嫌弃，从此不愿意和熏黑的煤矿有什么联系。而现在，这笔钱，用一种崭新的形式出现在她手里，开始洗刷她曾经的污点。那些天，她一直都在思考这笔钱的用途。她给我打电话，说，一个主要的前提是，她不能留用这笔钱。几天、几个月过去了，其满没有找到一个好办法。这笔钱，重新送给麦艳妈妈，已经不可能，恐怕会闹出误会。因为钱，不可能解决一切问题，也不可能是一切黎明的胜利。于是，她带着丈夫吴洪去了一趟煤矿。

　　麦艳的店还在原来的地方。一切都是那样的熟悉、亲切、自然，暖心暖眼。只是后院建起了一座小别墅，说是儿子们联手建造的。店里生意红火，羊蹄、牛蹄、羊头肉都涨价了。东西还是那样紧张，也主要是东西少，吃的人多了。城里喜欢吃羊杂碎的人们，也发现了这个角落里的羊头、羊蹄。小别墅精美的环境像一个美好人间的小乐园，给人一种视觉上的享受。他们享用了麦艳妈妈给他们准备的面肺子和羊蹄子。白花花的面肺子，蘸上油亮的辣酱，那香甜味，能让其满回忆起素描般清晰的童年时代。忧郁和金光灿烂，是那个年代留在她记忆里不灭的图像。在这个不能忘却的面肺子店里，她悠然地看到了自己在那个年代切面肺子和弯腰劳作的形象。她留在餐桌上的众多的词语，她留在窗前花瓶里的思念和渴望……她生命的味道，瞬间都涌向她，拥抱她，祝福她的新生活，说，好姑娘，祝福你长大了，有了丈夫，有了自己的生活，可我们一直都在这里等着你回家啊。

　　而后，她带着吴洪去了煤矿的坟地。在和吴洪结婚以前，她带着他来到这里，祭奠过父亲。在路上，麦艳妈妈耐心地重复她多次讲过的话，孩子，要永远记住，你父亲的灵魂永远在这个煤矿。将来你们有了孩子，懂事的时候，要经常叫他们来祭奠你父亲。其满默默地来到父亲墓前的时候，吴洪认真地读了一遍碑上的文字，把手里的一束鲜花递给了其满。其满捧着鲜花，上前一步，把艳丽的鲜花放在了父亲的墓碑前。这时，微风吹过，井口那边煤末子的味道飘了过来，苦涩，干裂，给人一种荒凉的感觉。而后，麦艳从包里取出备好的一小袋玉米，抓在手里，撒在了父亲的坟头上。在他们转身往回走的时候，一群闻到了玉米香味的野鸽子从河边飞过来，落在了墓堆上。其满瞅了一眼吴洪，说，这会儿，我想起了冯延巳的诗句："日日花前常病酒，不辞镜里朱颜瘦。"这些年，我就是在这种孤独中走过来的。生活对我太残忍了，父亲死了，母亲和人跑了，我真是生活在有眼睛却什么也看不见的日子里。吴洪说，我听老人们说过，对亡人最好的纪念就是自己要好好活着。其满说，是这样，这也是我生活的信条。

他们三人走在不是路的路上，时间跟在他们后面，认真地数着每一个人的脚步。他们走过的地方，长出了碧绿的草，像迟到的春天，惭愧地问候人间大地。只有其满发现了跟在他们后面的时间。她停下来，转身，问时间，你为什么要跟着我们呢？吴洪和麦艳吃惊地看着其满，说，其满，你在和谁说话呢？其满说，和时间。它一直跟在我们后面。麦艳说，什么，时间？你能看见时间吗？其满说，可以的。这时，时间插话说，是我赋予了她能看见我的慧眼，因为我有话要说。其满说，你说吧。时间说，你给你父亲的墓放鲜花的时候，为什么一句话也没有说呢？其满说，我在心里已经为爸爸祈福了，祝福他在天国吉祥安宁。时间说，要用嘴把这些话讲出来。让风听到，让野鸟听到，让太阳听到。那时候，你的孝才能生效。它们才能在我们的怀抱里唤醒万物，你才能在大地上有恒久的名誉和尊严。其满说，我明白了，我要用我的心声祝福父亲的灵魂。她说着，面向坟地的方向，向父亲深深地鞠了一躬，说，爸爸，您的女儿和女婿来看您了，祝福您在天国的摇篮里安息。时间说，这就好。要继续成长，不要有丝毫盲目的骄傲。其满说，非常荣幸能得到你的教诲，感谢你的跟随。如果我在这个光荣的岁月里丧失了理智，那才是我的深渊。感谢你！

回到家里，其满心里美滋滋的。她没有想到在这个重要的人生关口遇见了自己的时间，似乎是看到了自己灿烂的未来。从懂事的时候起，她就躺在自己的时间里，走过了许多重要的日日夜夜，有的苦水无法倾诉。而知识，赋予了她额前脑后的眼睛，她终于看到了自己的时间。特别是在大学期间，她掌握了许多商业知识，读了许多重要的商业书籍，也读了许多有关人生哲学方面的书籍，因而逐渐具备了人际交往必需的能力。在处理与姚克功关系的时候，也保持了一种难得的理智。心里面盘算的是，一切都会过去。老一辈们说，不去的磨坊也是要光顾七次的。说不准在今后的什么岁月里，姚克功会突然成为她的一个救星，因而要特别善待那些和自己有过矛盾和敌意的人。她逐渐明白，人世间的善和光明，千兆万兆都是云集在了时间的书籍里，而后有了人类的爱，有了爱情和联结人类情谊智慧的友谊。而初恋，给了她信念和梦想，坚信总有一天能找到母亲的渴望，变成了激动心弦的雨后彩虹。但是，她的爱情，在已经起步走向果实的乐园的时候，在暴雨后的一次飓风里消失了，灭亡了，不复存在了。经过近一个月的内心挣扎，她最终从这个爱情里逃出来了。她不能因为爱情不再寻找母亲，丢弃麦艳妈妈和帮助过她的亲朋好友。可喜的是，她再次春风得意，找到了自己的爱情和爱自己的人。两颗钻石的火花，变成了她生命里最慷慨的彩虹。最高兴的人是麦艳，因为她十分崇敬在漫长的生命河流里衍生的明媒正娶，认为这是上天恩赐人类最大的恩泽。其满也十分欣赏麦艳妈妈送给她的古老谚语："老天爷会让你赶不上，但是不会让你饿着。"意思是，人生的路会有许多痛苦和不愉快，但是人人都有属于自己的光明。人在诞生的时候，关怀人类生活的时间和大地，水和食物，早早配置给人的福分和运气，最少是一次，最多是三次。许多人都痛骂自己的运气，在他们重要的青春和虎狼一样的壮年时代，没有及时显现，以长他们的威风。但是，好运自古没有贪污人的福气，就算在晚年，也是要出来光耀一次自己的主人的。其满很兴奋，在和吴洪商量过后，作出一个非常激动的决定。其满给我打了一个电话，说，叔叔，您应该知道麦艳妈妈给我搞的那个项目，那些年养牛卖牛的钱是二百万元，我完婚那天她把这笔钱登记在了礼单上。我一直在想怎样处理这笔钱，这笔钱最早的本金是我当年办公司的时候留给麦艳妈妈的生活费，当时还有那么一点儿还债的意思，想通过这笔钱，要回我的自由，不再受煤矿方面的管束，把从前的叶丽丽和其满，装在江雪莲的伪装里，过一种自由奔放的生活。最后，我的叛逆出现在我脸上的时候，我才发现了我内心的丑陋和自私。我至今都在检讨这些想法来自何方，是一个什么样的动机在作祟。那天，给父亲的墓上献花，在回来的路上，我猛然发现我的时间一直在跟着我，我转身同它说话的时候，它给了我一个启示，我决定这样用这个二百万元：用六十万元给三个哥哥每人买一辆车，剩下的一百四十万元，把煤矿那条通向坟地的路修一下，给上坟的人们一些方便。您认为我这样做合适吗？我立马有了反应，感觉这是一个开放的做法和境界。于是我说，你这样想挺好，放手做吧。修路的事情，找一下郭叔叔，他会协调煤矿方面的。是好事。借这个机会我也想说一下，找你母亲的事情，你还是要亲自跑，按照你的那几条线索找，仔细认真，会有结果的。

　　我没有想到其满这样处理这笔钱。那年，麦艳决定用这笔钱给其满再挣些钱的时候，和我商量过。其满第二天就叫来三个哥哥，到车市给他们买了三辆车。三人都把手里的二手车处理了，脸上的笑容像直通车一样灿烂。修路的事，郭主任给矿里作了汇报，矿里同意了。麦艳看到三个儿子的新车，说，我们最早的其满回来了，本来就是一个聪明的孩子。海力木公牛说，我万万没有想到她竟这样处理这笔钱。我看这孩子不是简单地懂事了，而是有了自己的哲学和数学了。

实际上，她这是在投资人心啊！

　　另一件她没有想到的事情是婚宴那天，一位陌生的妇女在礼单上随了一份大礼，是一张面值五十万元的银行卡。那天晚上，其满看着礼单上的款数和那个陌生的名字，心里猛然有了一道亮光。这个叫"崇文荣"的陌生人，会不会是秘密地跑来给我随礼的母亲呢？于是她找来女总管问了情况。女总管说，是一个汉族人，五十多岁的样子，挺精神的。其满说，脸上有什么特征吗？女总管说，有。脸上右嘴角下有一颗红痣，很特别。我听说她随了五十万元，就特意地打量了她一番。我问她，其满是您的什么人？她没有回答我的问话，说，我留了一封信，里面有银行卡的密码。说完就走了。听到这里，其满沉默了，内心初步认定这个"崇文荣"一定是自己的母亲孙小梅，母亲也是在右嘴角的这个位置上有一颗红痣的。这个时候，她想起了前面收集的一些消息，说她母亲在青海西宁开了一家饭店，生意很红火。也有消息说，不是在西宁，是在内蒙古的呼和浩特开了一家饭店，干得不错。说的都是饭店。这件事情，其满和麦艳妈妈商量过，决定把公司的事情安排好，和吴洪去一趟西宁和呼和浩特，认真地找一次母亲。麦艳被深深地感动了，流着泪，说，女孩子就是好，精神灵魂里总是能想着母亲。

　　其满决定自驾去西宁找母亲前的一个上午，带着吴洪来到煤矿，在麦艳妈妈的店里，把那个神秘的五十万元交给了麦艳。其满说，妈妈，这笔钱现在还不好说是什么人的，麻烦你秋天的时候用这笔钱再做一次投资吧，将来它的主人现身的时候，咱们再做那个时候的打算。

听到这个情况，我再次来劲儿了。我坚信这个五十万元的主人就是其满的母亲孙小梅。其满和她的男人凯旋的时候，她们将成为我第二部长篇小说的主要人物，这会是一个非常好的题材。人心回到原点的时候，那些污泥残叶也会变成珍珠玛瑙。而我，也能找到我至今没有用过和读过的崭新的词语。从开始写作到现在，我写过一些长长短短的东西，基本上属于自我欣赏的文字，不曾深入生活，也没有静下来挖掘各色人物的灵魂深处。因而这些东西在变成稿费以后都沉默了。但这两部长篇小说，在我时间的摇篮里，将会成为我心爱的作品。在晚霞后的生命余光里，苦闷的时候也好，在万物绚烂如彩霞、神秘如静夜、痴醉如万年说梦、光明如万道霞光的时候，我会细读每一段文字，回忆那些时光。我坚信每一个驿站不都是美酒咖啡，但是我不会因为丑陋的飓风而失去对生活的热爱和感恩。暴雨会穿透屋顶，但是它也会滋润、拯救面临枯萎的遍地野草。那些欣欣向荣的时间祝福，那些欢欣鼓舞的祖辈呼唤，都是我们的光阴和盐巴。即便其满他们回来说，母亲没有找到，说那笔随礼不是母亲的钱，我也要把这活生生的现实写成其满的母亲，等待她回来拥抱自己的孩子。我们都是生活的好孩子，我们怎么能没有母亲呢？

# 珍珠玛瑙

在这个热闹的夏天，三十岁的老姑娘莎尼雅，最终嫁给了五十五岁的艾代尔。婚宴在卡斯木满杯的景点"摇篮苹果园"举行。当年，卡斯木满杯的朋友问他，你这个名字是什么意思？不怪吗？卡斯木满杯说，我这个苹果园是进去出不来的地方，不是摇篮是什么？朋友说，你以为所有的人都是和你一样的酒辣辣（民间俗语，意思是爱喝酒的人，酒鬼）吗？卡斯木满杯说，不喜欢热闹的人，上我这里跑骚吗？

卡斯木满杯的这个景点最早是村里的苹果园。品种是苏联的二秋子，颜色青白，味甘甜，照上阳光的部分呈粉红色，像是涂在上面的色彩，远看像凡·高的油画，极美。秋天的时候，家家户户都储存这种苹果，冬季用来调理脾胃。

三十年前，卡斯木满杯的父亲达尼亚承包了这个果园。前十年主要是卖苹果，后来旅游业兴起来了，达尼亚就把果园交给儿子经营了。卡斯木满杯抓住机会，请了几个名厨师，开始搞餐饮了。主要的原因是水果的种类多了，苹果没有市场了。以前在新疆市场上看不到的香蕉、橘子、菠萝、金橘、黄（红）元帅苹果，把传统的二秋子苹果挤出了市场。

在卡斯木满杯的系列食谱里，最出名的是馕坑贴肉和把子面。馕坑贴肉是他的一个发明，以前没有这种做法。馕坑贴肉最大的诱惑是肉的味道香。贴在坑面的肉，出坑后微煳，一杯酒后你咬一口这肉，那味道是荡秋千的感觉。这二十多年以来，城里已经看不到把子面了，这种吃法是当年困难时期的，形式和牛肉拉面一样。现在的面做得精了，面条抹上油，一个多小时后搓拉、拉搓，细、硬、筋道的面下锅，捞出来拌上菜，再来点儿鲜红的辣椒酱点缀，那味道简直绝了。众多的回头客就是冲着他的这两道菜来的。

"摇篮苹果园"五个大铜字是旅游局的艾克拉姆帮他定制的。白杨树下的景点大门，大而讲究，是当下一流的铁艺，立在那里，像一件艺术品，愉悦客人的视觉。艾克拉姆说，满杯，我告诉你，你的那个肉好这个肉好，虽然很重要，但更重要的是门面。大门是脸面，脸好了，客人才来。卡斯木满杯说，噢，是这样，我认为肉好就行了。艾克拉姆说，满杯，你能天天把你的肉挂在门栏上吗？现在的人不是吃南瓜，而是享受南瓜棚的阴凉。

参加婚礼的客人们开始出现在景点大门外了。有的愉快地大步朝景点里面走，脸上的笑容和路边果树上的苹果一样灿烂；有的留在大门外，神秘地转动眼珠说悄悄话。她们的眼睛对视在一起，摇头，诅咒这对老新人三十岁和五十五岁之间的那个不要脸的二十五岁。微风吹来了苹果的香味和景点河边菖蒲的苦香味，飘散在那些阴沉的脸上，宽慰她们愤怒的眼睛。

一百多亩地的景点，风景地势最好的地方是河岸北面的高坡，能接待三百多人的露天宴会厅，就在这个能放眼欣赏河景的地方。南面是河水，其他地方都是五十多年前的苹果树，虽然二秋子苹果已经没了当年的名望，但苹果树高大茂密的枝叶，坚强自信地诉说着当年的威风和风光。河岸是五排百年的白杨树，像上上个世纪骄傲的贵族，傲立着，欣赏飞鱼的舞姿。那些巨大的青黄鱼跃出水面，呼吸人间的空气，享受光的抚摸，接受百草的问候。

漂亮的"衣服们"开始入座了，都是自由组合，肉和肉，汤和汤，骨头和骨头们都分别黏合在一起了。有的宾客是带着眼睛来的，他们一组；有的自己没有来，心来了，他们又是一组；有的戴着眼镜来了，有的没有带鼻子，在看不见的肠胃里，他们诅咒今天的味道。坐在角落里的那些客人，眼睛、鼻子、心脏、肝脏、肠胃、额头、笑脸都带来了。坐在显要地方的客人们，在伦理和现实、哲学和生活等宏大命题的折磨里磨炼智慧的时候，穿便宜衣服的人们，在最靠边的桌子旁，愉快地用点心。一位中年妇女说，嫁给老汉怎么了？这是莎尼雅额头上的命，生活就是依靠，艾代尔的朋友我都知道，都是靠卖嘴皮子吃饭的人，说什么男人娶比自己年龄小的女人死得快。男人不死，女人不死，有什么意思？这人间的房子够用吗？过日子嘛，有感觉就行，咬人家的年龄有什么意思？人间的游戏就是生和死，过程是我们的野心，终点是我们的命。

宴会厅的主桌是一个很大的长方形桌，面对面可以坐五十多人。吃的东西有很多，看的东西只有一样——玫瑰花。维吾尔族人，都坚定地、固执地喜欢玫瑰花，歌唱玫瑰花。这种花儿是一种万能的象征，象征爱情、友谊、愿望，是一种温馨暖眼的花儿，是花儿之王。远看，桌子上的点心像鲜花，鲜花又像点心，特别是打制的喜馕，在馕面红花的衬托下，像一件件艺术品，愉悦人心。石榴花图案的刺绣餐布，衬托质朴的二秋子苹果，在香蕉和橘子中间，散发着自信的光芒。一张巨大的木卡姆油画的复制品，衬托着整个宴会厅的美丽。那些深沉、似醉、忘我地演唱着的民间歌手和乐人，在灵魂里衔接祖祖辈辈的绝唱，那神态、神情和姿势，像天外来人，向人间馈赠人类最早的曙光。主桌周围的桌子上，已经坐满了许多高级的"西服"和"项链"，那些伪高贵的少妇们，严肃地坐在那里，偶尔用眼角扫视一下邻桌的一件昂贵的花裙，用自己脖子上的祖传玛瑙压住对方的傲气。早早地在角落里占好了座位的老实客人们，像过节的儿童似的注视主桌的方向，寻觅新郎和新娘。

客人们基本上到齐了。大多数人都是碍于面子，逼着脚板走过来的。奸诈一点儿的，恶语在肚子里藏得很深。也有些馕馕一样好捏的人，眼睛里藏不住事，脸上布满了对今天婚宴的嫉妒和仇视。更多的人，脸上都是灿烂的菊花，但是在内心里，谁也看不见谁的虫子。

婚宴开始了。主持人开始糟蹋那些生动的动词和优美的形容词。绝美的贺词，在百草的香味里，在客人们的头顶上游荡。坐在角落里的一个穷客人说，雇佣的主持人是钱的叛徒。三十岁的莎尼雅也好，五十五岁的艾代尔也好，走到最后都是坟墓的朋友。生活有那么美好吗？不就是混个肚子吗？另一个胖穷人说，有钱的人，主要是嘴喜欢痒痒，脑子里来什么嘴里就吧嗒什么。

男客和女客加在一起，也就二百多人。四百多只眼睛注视的方向不在佳肴和美酒上，而是在那对新人身上。好像没人欣赏音乐，被怠慢的旋律飘到河面去了，这时候鱼是它们的知音。那些穷嘴、富嘴们虽然都显得自然得体，但心里都有自己的大道理和小哲学：两个人相差二十五岁，谁能保证以后莎尼雅不在外面打野食呢？也有一些贫嘴、脏嘴们说，就是十八岁的小姑娘和八十八岁的老爷子结婚，碍我们什么事？婚礼我们大吃，葬礼我们小吃，都是天下不长眼睛的道理呀！

四百多只眼睛里面，什么样的眼珠都有。有些眼珠，是莎尼雅从前眼珠里的私密朋友，有的是你好我好的熟人，有的是脸面朋友，有的是背后诋毁她的两面人。而艾代尔的朋友们，基本上都是为他高兴的真哥们儿，他们一致的心里话是：你这个年龄了，没有女人照顾，怎么过日子？也有的朋友开他的玩笑，说，这个年龄里死老婆的男人最幸福，他可以娶鸡蛋一样纯洁的少女！另一个朋友插话说，搞清楚，是老女人。那朋友反驳说，女人都一样，再青春，过几年都会老。

莎尼雅和艾代尔坐在上座，显得精神、自信。特别是莎尼雅的打扮，帮她回到了十年前的青春风貌。可爱的化妆品把她的眼睛演绎得更加可爱了。苹果一样漂亮的脸蛋，闪耀着亲切的暖光。脖子上的项链，一闪一闪的，配合她的笑脸，衬托她此刻的容颜。艾代尔最出彩的地方是他的鬈发，和他的眼睛配在一起，衬托他内心的坚强和固执。

　　主桌靠河边的第四桌是女客，都是脖子、耳朵、手腕、手指闪亮发光的胖胖的有钱人，是暗中攀比、炫耀首饰的自封的贵族们。坐在上席位的胖女人咳了一声，抢过身边玛瑙女人的话头，说，老人们早就说过，好女人十六七岁都叫人抢娶了，莎尼雅三十岁了都没人要。艾代尔命不好，娶了这么个没有盐味的空女人。她身边的玛瑙女人把话接过去了，说，这就是艾代尔的伟大了，人家在他的眼里可是仙女。胖女人紧锁眉头，说，男人嘛，有几个是有眼睛的？人家扔掉的瓜皮，捡来当珍珠。另一个大嘴女人说，老人们常说，你看得上的东西，国王也能看得上。自己喜欢上了，天山的冰达坂也挡不住。胖女人歪着嘴，说，男人这东西，有眼没有心，坐不下来，整天跑骚，还能找到珍珠一样闪亮的女人吗？大嘴女人说，这是命，命是没有眼睛的。胖女人说，没有眼睛的人，都是鼻子放屁的东西。另一个文静的女人说，婚礼是一码事，过日子又是一码事，他们两人中间的那个年龄，可能是今后的麻烦。又一个细声细气的女人插话了，慢腾腾地说，五十五岁的男人，娶个五十来岁有良心的婆子，也就天天过年了。三十岁的女人，一个春天就把他的骨髓吸干了。又一个小嘴女人插话了，说，男人这个东西，洪水来了的时候，才像个男人；其他的时间里，也就是糖葫芦的奴隶，心长不大。坐在玛瑙女人身边的一个严肃女人说，可以允许我说一句吗？胖女人阴阳怪气地说，你是嘴不在自己的头上吗？严肃女人说，现在不是头的问题，是心的问题。人吃饱了以后，嘴巴就是闲话的仓库了，这才是最大的嘴不在自己的头上。

艾代尔只喝茶，不吃东西。眼睛不停地扫视身边和角落里的客人，寻找他精神田野里的亲人或朋友。他的眼睛找不到他盼望的亲人、朋友的时候，仍装出笑脸，感谢那些和他对视的眼睛们的到来。总管亚夏儿过来和他说话的时候，他小声地问了一句：我的那些鬼们（指他的孩子们）来了吗？亚夏儿说，老三和老五来了，每人随了一千元，走了。艾代尔点了点头，没有说话。

艾代尔的老三叫海米提，老五叫阿里木，他们离开宴会厅的时候，亚夏儿叫住了他们，说，你们要走吗？阿里木看向哥哥，意思是你说话。海米提说，我们还是走吧，有老哥您在，我们也帮不上什么忙。亚夏儿说，不是这么回事，你们在这儿，你爸爸就会高兴。海米提说，爸爸不这样想。亚夏儿说，你们还是娃娃呀，该从你们的笼子里出来了。爸爸才是你们的田野。亚夏儿走了，阿里木跟在哥哥后面，看路边悦人的玫瑰。那些鲜艳的花瓣，好像给陪伴自己的绿叶们诉说着黑土里的故事；蝴蝶们和像瞌睡虫一样嗡嗡叫着的甜蜜蜂们一起飞过来了，祝福花瓣们恩赐人间的芳香。阿里木扭过头看哥哥的时候，海米提已经在大门前等他了。阿里木说，哥，我们是不是有点儿过了？海米提说，我们也算是参加了呀！今天人这么杂，我们不好和人家说话呀！阿里木说，要是妈妈还活着，就没有这么多麻烦事了。

老大艾塞提强烈反对爸爸娶莎尼雅。说出来的理由不能服人，能服人的蛔虫又不敢说，憋在心里，自己和自己打架。他找到铁木尔，到下游的景点喝酒去了。铁木尔是他的肝脏朋友，买来了羊头肉、牛肚子、牛蹄子，这些东西都是艾塞提喜欢的下酒菜。一瓶子酒咕咚完了以后，艾塞提说，怎么说呢？我心疼啊，脸没有了！那女人可是乱草堆里的蝴蝶啊！现在要给我们当后娘了。铁木尔说，咳！你就是弯弯子多！常言道，你爹娶了谁，你娘就是谁。你忍心你爸爸下半辈子孤独一人吗？艾塞提说，道理是好道理，但要找个般配的呀！铁木尔说，你是做梦娶媳妇呀！什么叫般配？你的老婆般配吗？我的般配吗？这种事历来就这么浑浊。般配的女人，再厉害的机器也造不出来。你就是喜欢在月亮里面找乌鸦，再漂亮的人也是有屁股的。从前是从前，她今后服侍好你爹不就行了！你说得再好，你能负责你爹的生活吗？艾塞提说，没这么简单，后面的事情还多着呢，我的肝脏朋友！

老二卡米力也请朋友迈尔丹喝酒解愁。他说，我不管那个女人怎么样，最致命的问题是，我爸爸死了，那女人还活着，这才是要命的事情。家产是爸爸妈妈的心血呀！迈尔丹把送到嘴边的肉退了回来，瞟了他一眼，说，你脑子里的蝎子太多了，万一你的后娘死在你爹前面呢？生死由天，那时候你怎么说？你、我只是今天的馕的奴隶，明天的太阳能不能看见还不知道呢。秋天没有到，你就数鸡娃子，这是生活的态度吗？今天这一顿酒是咱们的，明天是什么人的，谁都不知道。生命是爹娘给的，你和你爹斗什么呀！卡米力说，话好说，那个女人取代我娘的位置，我舒服吗？迈尔丹说，你这样说，谁家还没有一件麻烦事呢？

　　老四吾提库尔整天没有出门，躺在炕上闭着眼睛听电视声。老婆阿曼古丽从厨房出来，看到男人像个被抛弃的老狼狗似的蜷缩在墙角里，就把电视关了。吾提库尔阴阳怪气地说，我还没有死呢！阿曼古丽停下，说，你不是在睡觉吗？吾提库尔说，我的眼睛睡了，我的耳朵听着呢！阿曼古丽说，我看你那耳朵也是个焉葫芦，该听的东西不听。爸爸的婚礼它不听，也是个叛徒耳朵。吾提库尔爬起来，说，你不要狂，你就是给我按脚捶背的命。阿曼古丽说，哦，现在成这样了吗？以前你不是说我是你的夜莺吗？吾提库尔说，傻婆子，以前是什么？以前是龙卷风，现在已经找不到了。阿曼古丽说，不，我的呼噜男人，从前还是夜莺，龙卷风在你的心里，所以你现在没有方向。爸爸的婚礼你不去庆贺，又不让我去，你不怕邻居、朋友、长老、野猫、骚狗骂你吗？吾提库尔说，虱子什么时候咒死过雄鹰呢？阿曼古丽说，哎哎，今天不是世界的末日吧，你是雄鹰吗？你连雄鹰的影子都不是。吾提库尔说，现在呀，这个现在到底是什么呀！连贴肉的老婆都是叛徒。阿曼古丽说，叛徒在你的肚子里。吾提库尔说，叛徒的姥姥！化妆品越贵，女人的心越坏！阿曼古丽说，没有那么残酷，女人的心不就是男人的奴隶吗？你的花花肠子我不知道吗？你不就是怕你娘留下的那串千年玛瑙让那女人独吞了吗？吾提库尔说，你倒大方了，那串玛瑙是可以换好几辆名车的宝贝，这不是宰我们吗？咳！一个家，真正的长明灯还是妈妈呀！妈妈一走，爸爸就和我们隔开了。我现在才知道，爸爸都是摸摸头哄娃娃，妈妈才是温暖灵魂的神明啊！我现在想，今后怎么称呼那女人呀！家里的好东西都留给那个女人了。阿曼古丽说，你这么聪明的人，还找不到一个词吗？要不要我赠送你一个？吾提库尔说，我爷爷说过，最好的老婆都是舌头下面的敌人，你就大胆地糟践我吧！阿曼古丽说，是最好的二老婆吧！吾提库尔说，不要急嘛，那样的日子你是能享受到的。到时候你整天在家里做饭洗碗，我和你赐我的二奶奶逛街臭美，你的愿望不就实现了吗？阿曼古丽说，你先和你的膝盖商量商量吧。我嘴巴上允许你疯癫了，但是见了女人，你的骚腿站不起来，倒霉的不是你的脸吗？至于怎么称呼那新娘的事，还是叫妈妈吧，要藏着一点儿，嘴甜一点儿不吃亏，草原上嘴甜的牛犊到处都是妈妈呀！吾提库尔说，这办法好，等你爹娶小妖精的时候，你就这么叫吧！阿曼古丽说，你不仅嘴坏，心还比煤炭黑。不和你说了！

艾代尔完婚一个星期后，他的老大艾塞提把老三海米提、老五阿里木叫到家里吃饭。艾塞提的肥老婆米娜瓦尔做的是面肺子，还有羊头肉和羊蹄子。这是她的拿手饭，主要是她自己喜欢。艾塞提多次劝告过她，说，羊杂碎这东西吃多了，会得高血脂、高血压的。你现在是新疆第一肥了，坐下了站不起来，头起来了屁股起不来，决不能再吃这种东西了。女人好吃可不是好事。米娜瓦尔说，这有什么呢？你可以找一个苍蝇一样嗡嗡叫的歪屁股呀！艾塞提说，我现在没有心思，你好人做到底，帮帮忙吧！米娜瓦尔说，男人的心啊，比毒药还毒！艾塞提说，毒药有的时候是可以治病的！米娜瓦尔说，是这样，在不要脸的人嘴里是这样。

艾塞提的客厅像宫殿一样漂亮。维吾尔族传统的工艺精髓，都被集中在了这个六十平方米的客厅了，所有的材料都是一流的阿勒泰高级红松。那些线条优美的花纹，立体感极强的一朵朵玫瑰，秀丽的枝叶，巧妙地修饰着窗框、窗台、顶棚和门栏，像有一种远古的幽香。米娜瓦尔满脸热汗，端来了两大盘面肺子，香气飘上来，开始引诱客人们的食欲。铜盘，是米娜瓦尔娘家祖传的宝贝。她嫁给艾塞提的时候，她娘哈斯也提把两个铜盘交到她手里，说，这是我们家的传家宝，这个福气就传到你手里了。好好过日子，男人说气话的时候，你咬住脖子上的护身符不吭气，男人的傻劲儿就过去了。

米娜瓦尔用大白瓷盘端来了羊头肉和羊蹄子，接着把碟子摆在客人们面前，把辣椒酱和醋瓶子放在餐桌中央，邀请大家吃饭。老三海米提蘸着辣椒酱，尝了一块面肺子，嚼了几下，香辣辣地咽下去后说，嫂子这个手艺，新疆第一啊！这才是真正的美食。艾塞提说，你们嫂子也不是顿顿这样，来客人了，才亮手艺。老五阿里木说，这面肺子可是喝酒的好东西！艾塞提说，那就弄两瓶？米娜瓦尔说，都什么年代了，你们还在家里喝吗？河边开满了花儿，你们到那里去喝吧！艾塞提说，我就是说说，今天不能喝酒。

饭后，开始喝茶的时候，艾塞提说，今天，我没有叫卡米力和吾提库尔。他们和我一样，对爸爸的婚事意见大。你们俩呢，还能和爸爸说上话。我的意思是，妈妈以前用过的那些东西，能不能要回来，给咱们五个孩子留个纪念？给爸爸讲清楚，我们不是和他要东西，我们只是通过这些东西，留住妈妈的恩情。别墅的事，往后放。米娜瓦尔听到这里，站起来出去了。老三海米提说，早下手好，不然，那女人会把那些东西调包的。爸爸一高兴，把妈妈的细软都给了那女人，精神上，咱们就没戏唱了。艾塞提说，你们去看一下爸爸，把这个意思告诉他，就说我们是给孩子们留个纪念，没有别的意思，我们几个打借条也可以。老五阿里木说，哥，你是老大，还是你出面好，以往有什么好事，不都是老大先享受吗？艾塞提说，我不怕见爸爸。你们知道，我是电线杆性格，不会拐弯。他现在在兴头上，说僵了，我就没有退路了。老三海米提说，还是我们去吧，哥的情况咱们都知道。老五阿里木说，哦，原来是这样，我说今天嫂子的面肺子怎么这么香！老三海米提笑了，艾塞提瞪了一眼阿里木。

　　艾代尔要续老婆的消息传出去以后，第一个神经紊乱的人是艾塞提。艾塞提认为最大的炸弹是别墅。妈妈阿依古丽病危的时候，他婉转地建议过，和爸爸商量，立一个明确的遗嘱，五个儿子都能继承遗产，不是人不要紧钱要紧，而是精神上有个物质的安慰。阿依古丽瞪了一眼老大艾塞提，说，你这样说，我很伤心。你们不缺任何东西，忘记这件事吧。我是好不了了，但是你们的脑子不能生病。永远记住，爸爸才是顶梁柱。隐藏在艾塞提盲肠里面的毒瘤是：妈妈走后，爸爸这个年龄，不续老婆是不可能的。爸爸娶了新老婆，就等于是别墅里面招毒蛇了。妈妈的家业，留给一个陌生的女人，我们不窝囊吗？

别墅是20世纪90年代建的，占地两亩。1989年，艾代尔把邻居的一亩果园买下来了。不算冬厨房和夏厨房的面积，卧室、客厅、书房和留宿客人的房间加在一起，四百六十平方米。别墅是艾代尔自己设计的，欧式风格加民族装饰工艺，手工木雕，立体感强。别墅在院子中央，前面是高高的葡萄架，花园在院墙两边，是两米宽的长条地，种的是已故的阿依古丽最喜欢的玫瑰和海娜花。海娜花高五六十厘米，枝干紫绿，枝叶呈咖啡色，小花瓣肉红，花蕊粉红，像是画家画在大地上的艺术品。蹲下来欣赏，花香里弥漫着童年的纯真和甜蜜。整个夏季，姑娘们都用海娜花包手指，把花瓣和枝叶剁碎，调适中的白矾，睡前包好双手，早晨解开，十指呈咖啡色，吸收差的地方呈暗红色，像二秋子苹果被太阳晒红的脸蛋，极美。隔两天再包一次，三次下来，可以保持一个来月。姑娘们彩色的双手，代表她们渴望美的灵魂。靠墙边的是爹娘花，类似藏红花的花瓣，鲜艳、清香，诱惑人眼。

别墅正中央后面是果园，也是艾代尔精心设计的小乐园。这一亩地当年在阿依古丽的坚持下，艾代尔才放下大男子主义，给她留了两块种辣椒和西红柿的地。阿依古丽不太欣赏男人的设计。中央的那个凉亭，主要是用于艾代尔和朋友聚在一起喝酒的。阿依古丽说，家里不应该飘臭气。按照她的意思，还应该有一块种冬菜的地，像洋芋和黄萝卜。这是冬天的主菜。艾代尔说，菜嘛，街上到处都是，毛驴车都送到门上来了，你也叫人家挣两个钱嘛！整个小果园里有十多种果树，苹果树、梨树、桃树、樱桃树、杏树、石榴树、无花果树、海棠树、枣树、核桃树等。春天一到，各种颜色的花儿，向果园敬献温馨、醉人的芳香，唤醒人的春心和大地的眼睛。亚夏儿是他的心腹，比较了解他的心思。春风的味道刚刚有了点儿清香的时候，亚夏儿就撺掇他：艾代尔，春风，春风来了，你没有闻到吗？乌米德的羊羔肉在十字路口早就香起来啦！你没有闻到吗？难道你的凉亭一冬天没有想念我们吗？

于是，艾代尔备酒，亚夏儿提着羊羔肉，那些招呼到的哥们儿，都带着自己喜欢的东西，聚集在凉亭，在千万朵花香的祝福里，享受春天恩赐的甜风和挠痒他们的烈酒。第一只空瓶被丑陋地抛弃在桌下的时候，都塔尔就会响起来，和可爱的候鸟一起诵唱往昔留下的绚烂和伤痛。爱情是唱不完的主题，喝到心肺像烤肉一样炙热的时候，最精彩、最优美、最伤感的情歌，就会从深藏在灵魂里的记忆箱里逃出来。当人的梦和花的梦，土地的梦和果树的梦，候鸟的梦和音乐的梦，都缠绕在一起祝福时间里的人和时间以外的人的时候，艾代尔的果园就会变成当下神奇的神话，像童话的妹妹，向温暖的大地播撒恩爱的神曲。

老大艾塞提就是在这样的环境里长大的，他不忍心这个乐园落到那个女人手里。他有他的打算，定个市场价，四个兄弟应得的钱他出，自己继承爹娘的这个小别墅。只是四个兄弟都不知道他的这个小算盘，他的老婆也不知道。他的哲学是：女人可以给她钱和笑脸，万万不能给心。

老三海米提和老五阿里木根据大哥的安排，来找爸爸了。熟悉的大门，今天在他们的心里却是那样的陌生。他们明白哥哥的玩法，先张口要地毯、玛瑙之类的东西，而后就可以闹着要别墅。妈妈走后，爸爸一手收拾了那串玛瑙，压在了他的密码箱里。但是，他们不知道哥哥心里的小九九。别墅里的地毯一共是十七条，九条是伊朗产的高级地毯，八条是和田产的一流地毯，都是他们的母亲阿依古丽最喜欢的东西。阿依古丽酷爱地毯，那年外贸局要处理一批伊朗地毯，她就拿出攒了多年的私房钱，分两次买下了这些地毯。那时候她是国营食堂的名厨，收入不低。

海米提和阿里木没敲门就推门入院了。莎尼雅从窗口看到他们，把躺在卧室里看电视的艾代尔叫起来了，说，孩子们来了，你去迎一下。艾代尔从窗口看了一眼葡萄架下的两个儿子，来到门前换鞋，笑着走出来，热情地和儿子们握手。艾代尔没有招呼儿子们坐下，自己坐在小花园前的沙发上，说，打个电话来多好，你们的妈妈会给你们做好饭的。海米提的脸色变了，没有说话。阿里木说，爸爸，咱们进屋说吧。艾代尔笑了，说，你们还想进屋吗？要盘点屋里的东西呢，还是丈量那些地毯？海米提说，爸，我们是您的儿子，您这是怎么了？艾代尔哈哈大笑起来，说，是这样吗？我是你们的爸爸吗？来看爸爸的儿子，门也不敲，就这样往里闯吗？

你们没有认错门吧！这里不是车马店，也不是赌博的地方，这里是我的家。难道不是这样吗？要不要我给你们跪下？该你们和我斗心了吗？你们是从我的唾沫里诞生的，我知道你们的把戏。你们今天要妈妈的地毯、玛瑙，明天就要爸爸的别墅、小命了。也是，我太不要脸了，你们的妈妈都死了，我还活着干什么呢？但是，水总是干净的，回去告诉你们的老大，我连地毯的影子也不会给你们，别墅更不用说了。怪了，我养你们长大成人，我还欠你们的了吗？海米提说，爸，您误会了，我们不是这个意思，我们是对母亲用过的东西有感情啊！艾代尔说，记住，狗也有感情。你们回吧。要等，慢慢地等我死了，那时候就没有人挡你们了。

海米提看着阿里木说，那我们走吧。阿里木转身跟在了哥哥后面。艾代尔站起来，说，知道回家的路吗？要是你们永远长不大该多好啊！海米提说，爸，您不会不要我们了吧？艾代尔说，我非常喜欢你们的童年。你们回去把你们的童年找出来，替我问候问候。

客厅里，莎尼雅躲在墙角听艾代尔和儿子们的谈话。艾代尔回屋的时候，她笑着迎过来，像熟透的甜瓜似的看着男人，说，孩子们怎么没有进屋呢？艾代尔说，他们急，和我商量个事，说备好了一只上好的麦盖提羊，要请你吃饭，要我定时间，在海米提的家。我说，羊你先喂着，秋天再说，咱们吃烤全羊。莎尼雅说，多好的孩子们。但是，那麦盖提羊多贵呀！艾代尔说，不是那种玩钱的刀郎羊，是吃肉的本地羊。莎尼雅说，这样好。爸爸好，儿子也好。艾代尔说，咳！这年头，什么叫好啊！我看孩子都是这样，长大了，肠子长了，眼睛里面的事就多了。莎尼雅心里说了一句：硬汉，苦水都存肚子里了。莎尼雅说，晚饭想吃什么？艾代尔说，咱们出去吃吧，你不是说要到阿依古丽的坟头上去看一下吗？莎尼雅说，好，我去穿衣服。

艾代尔把小地毯装在车里，把车开出来，锁上大门，上路了。莎尼雅不愿坐副驾驶位，而是坐在了后座，透过车窗欣赏街景。路边高大的白杨树那边，是匆忙的行人。一对双胞胎美女，在笔直的白杨树下优美地行走，像画家哈孜·艾买提笔下的美女。深蓝色的艾德莱斯裙，在亲切的人群里，和她们迷人的长辫子一起舞蹈，把古老的蚕丝，衔接到今天的视觉里，让醒着的和已经没有了欲望的眼睛们，欣赏活着的乐趣。骑自行车的人，小心地在行人中间穿行，像舞台上的杂技艺人，弯腰拐弯的姿势，也是一道风景。路上是满满的小车，相互诅咒的喇叭声，在车内车外，固执地控诉拥挤的老路，控诉拥挤的心。

艾代尔的车跑了五十公里后，停在了恰木古鲁克村北面的森林墓地上。二百多年前，这里是未开垦的处女地，村里的帕则里老人去世后，乡亲们开辟了一块新墓地，把他葬在了这片沃土里，以示对他的爱戴。帕则里老人的好名声是只有一碗水都会给别人喝。那天，村民们用图鲁姆（维吾尔语：皮囊）背水，在他的坟头种下了第一棵梧桐树。在后来的二百多年里，人人在自己家的墓地里种纪念树，有白杨树、榆树、柳树，也有果树。最后村民们把渠水引到了墓地，在墓地最北的那片近千亩的荒地上，植树造林，开垦出了一片绿洲。阿依古丽家族的墓地种的也是白杨树。阴凉的墓地，已经照不到太阳了，东面吹进来的风，什么时候都是这样清凉。

艾代尔把小地毯铺在阿依古丽的坟头前，请莎尼雅坐好，自己脱了鞋，坐在了她身边。他静坐在亡妻的墓碑前，深情地凝望亡妻的名字，回忆与她诀别的情景。莎尼雅见过阿依古丽的相片，她闭眼哀悼，在脑海里想象阿依古丽的形象。

那天，医生做了最后的诊断，让他们把病人带回家，不要忌口，随病人的要求看护。阿依古丽躺在病床上，眼睛死水般凝固，脸上往昔的光芒不复存在，灰白的稀发，预示着已经爬到喉咙的死神即将带她的灵魂远行。阿依古丽像是被套进龙卷风里的木头人，僵硬地躺在床上，交代遗言：我……一生……没有对不起……你的地方，这是……这是我的……骄傲。今后……你一个人……难，找一个……女人……过日子。艾代尔抓住妻子冰冷的手，脸贴在妻子冰冷的脸上，颤抖，痛哭。

莎尼雅看到男人满脸的泪水，从小包里掏出洁白的绣花手绢，放在了男人的手里。艾代尔抬头看莎尼雅的时候，附近传来候鸟优美的呼叫声。艾代尔用眼神感谢莎尼雅的体贴，准备擦泪的时候，看见绣在手绢中央鲜艳的小玫瑰，像亡妻新婚之夜的红脸蛋，闪耀着她灵魂的春光。他擦泪的时候，醇香的香水味飘进了他的心肺。莎尼雅用的香水和亡妻用的竟是一个品牌，亡妻的味道开始在他的灵魂里舞蹈。他说，活着，最大的不幸可能是过早地发现了死亡。莎尼雅说，肉体属于时间，灵魂属于我们，生活在前，死亡在后。艾代尔说，阿依古丽是像珍珠一样透明的女人。

阿依古丽最早是国营食堂的学徒，爸爸安尼瓦尔退休后，她在爸爸的单位参加了工作，那时候，她十八岁。安尼瓦尔在单位做警卫，上夜班，很辛苦，他也很负责，到退休时单位都没有发生过任何事故。他退休的时候，单位领导问他有什么困难和要求，安尼瓦尔希望单位能安排女儿阿依古丽在食堂工作。单位领导了解了阿依古丽的情况后，决定帮他一把，就给阿依古丽安排了工作。阿依古丽做得很出色，头一年择菜、洗碗、扫地。食堂经理欣赏她的勤奋，第二年安排她跟厨师切菜了。切碎肉拌面的菜，她很认真；切过油肉面的菜，也切出了她的小发明：瘦肉片贴羊尾巴油，切块，一层肉一层油。刀工过关后，她的师傅努尔允许她炒一般的菜了。所谓一般的菜，是那些凑份子喝酒的酒客们吃完碎肉拌面，要的辣子炒鸡块和回锅肉。

第三年，阿依古丽出徒了，可以独自掌勺了。一直在帮助她进步的经理阿吾提发现，阿依古丽做碎肉拌面和过油肉拌面的水平超过了她的师傅努尔。那些常客，也开始点名要她炒菜了。从那时候起，阿依古丽和艾代尔月月都能有点儿温暖、踏实的积蓄了。

后来就热闹了，公家允许私人可以做买卖了，阿依古丽就退休回家了。几个月后，她开了一个食堂，天天生意红火，主要都是从前的回头客捧她，说她是男人一样胫骨坚硬的女人。二十多年下来，小食堂变成了大餐厅，孩子们都长大了，也能帮上手了，别墅也有了，只是她的身体出问题了。原来，生命是如此脆弱，死神就在眉毛和眼睛之间一厘米的地方，收走了她的生命。用艾代尔的话来讲，在蝴蝶一样绚烂的蜜月里，在婚后温馨而又烦闷的雨后荒凉里，在老大艾塞提出生时给他们带来的喜悦中，在孩子们一个个完婚有了自己的家的日子里，在一个个孙子出生光耀家族的辉煌时刻，这个生命始终都是创造生活、支撑家庭的金柱，是最顶点的光荣，是最透明的珍珠。

艾代尔收好小地毯，带着妻子走出墓地，上车，缓慢地开着车，来到了城里。莎尼雅说，咱们到"大地美食"去吃吧。艾代尔说了一声好，把车停在了"大地美食"对面医院的停车场。这是新开张的美食餐厅，老板是暴发户，在口岸折腾了一年，就有了很多钱，听说脚上穿的都是一万块钱的高级皮鞋。一千多平方米的餐厅，整整装修了两年，据说装修费比建餐厅的费用还要高。他们坐在窗户跟前，要了手工面、烤肉、烤包子和一盘凉粉。艾代尔看着妻子说，喝酸奶吗？莎尼雅说，不要，够了。饭上来了，艾代尔请妻子吃烤包子，说，外面两块钱的烤包子，这里就五块了，一个包子摊了三块钱的装修费。莎尼雅笑了，说，有人就是喜欢吃环境。艾代尔说，是的，人变得自己不是自己了，这才是致命的。就说我的儿子们，他们出生、成长，我是多么地高兴，现在，我已经找不到那种感觉了，他们几乎都是我的烦恼。可能我们都有问题，但是我不知道我的毛病在哪里。

他们走出餐厅的时候，午后的太阳像远古的神话，照耀繁忙的大地。步行的人，骑自行车的人，有车的人和坐公共汽车的人，坐在毛驴车上的人，路边卖酸奶和奶油的女人们，卖乌斯曼草的老太太们，一只脚和三只脚的人们，都在共同的太阳下思谋自己的日子和麻烦。在心灵一角的小天平里，扰乱他们的经线和纬线；在不同的舞台和旮旯里，改变他们的姿势和方向。盛夏午后的太阳，向炙热的大地散发永远的热气，像在馕坑里焖熟的南瓜，香气烫人，舌头和嘴唇顿时变成润润的蜜枣，使人回味起童年的甜蜜。

艾代尔把车停在院门前，开门，准备下车的时候，邻居伊力多斯啤酒说，哥们儿，滋润了一圈啊！莎尼雅听到这句话，看着伊力多斯笑着打了个招呼，进院子了。艾代尔说，我们到阿依古丽的村庄跑了一趟，去上坟了。伊力多斯啤酒说，这个，你处理得好。阿依古丽太伟大了，走了，还给你留了一笔续老婆的钱！我命不好，这样的事情我想也不敢想。刚好，这个年龄死老婆，的确是天赐的幸福啊！艾代尔说，不好，没有啤酒的味道好。伊力多斯啤酒笑了，说，啤酒的味道是马尿的味道，三十岁的莎尼雅，才是沙枣花、郁金香。艾代尔说，你的哲学是没有房屋的孤儿，能比得上初恋女人的恩情吗？伊力多斯啤酒说，嘴上比不上，其他的地方都能比得上。

艾代尔是从商务局退下来的。退休后，他用两个五年的时间，奇迹般地改写了存款数位，那些亲切的阿拉伯数字，优美地变换姿势，不断攀升，在精神上给他自信，物质上让他有底气。

艾代尔在局里做了一辈子的采购员，经验丰富。退休后的第一个五年，做水果生意，都是南疆的好东西，圆溜溜的大杏、香梨，美女的脸蛋一样精美的石榴，蜜汁一样甘甜的甜瓜，玛瑙一样诱人的和田大枣，他都能第一时间组织到院子里批发。后来，他开始做干果生意了，南疆的核桃、巴旦木、杏干、无花果干、葡萄干、杏仁都是挣钱的好东西。第二个五年，他改做地毯生意了。原因是城里有钱了，开始置地毯了。地方上的地毯批发商，都是他的朋友。几卡车地毯，他撂几个定金，就能把东西拉走。这些钱，基本上都用在了五个儿子们的身上。读书，工作，娶媳妇，住房，都是钱。他娶莎尼雅那天，没有看见一个儿子，心里空空的，说，都不是东西，养几条狗，还跟着我转呢。

艾代尔完婚两个月以后，老大艾塞提把四个兄弟揪到他漂亮的家里，用美味的抓饭招待完后，把湖南的黑茶灌进他们的肚子里，开始把小肠里的东西往外倒了。艾塞提的老婆米娜瓦尔退出客厅，躲在隔壁的卧室里听他们的谈话。当五张嘴巴最终都咬嚼一块骨头的时候，他们决定在艾塞提的家里请爸爸吃饭，把他们憋在心里的话说出来，要爸爸给一个说法。米娜瓦尔诧异地咬了一口衣领，说，这几个兄弟不是在埋葬自己的名声吗？

第二天，外面是灰蒙蒙的浮尘。浮尘在朦胧的天空神经病似的飘舞，骄傲地侮辱青绿的树叶。快中午的时候，艾代尔对老婆说，这个浮尘天气，我就不去了，给老大打个电话。莎尼雅说，你已经答应了，应该去。艾代尔说，这些崽子我知道，他们没有好事。莎尼雅说，有爸爸照耀的孩子，舌头都不在自己的嘴里。艾代尔给老大打电话，说，这个天气，我就不去了。艾塞提说，烤全羊已经在馕坑里了，我去接您。艾代尔说，你们先吃吧。艾塞提说，这羊是给您宰的，我们怎么吃？艾代尔硬硬地说，用嘴咬着吃！艾塞提说，您不来，我们的嘴还是嘴吗？爸爸，您一定要来！艾代尔没有回答儿子，把手机关了。莎尼雅说，去吧，孩子嘛还是孩子。艾代尔说，我现在才明白，孩子嘛，真正的疼爱，不是给东西，而是教他们做人的道理。

艾代尔开车来到了"苹果园"住宅区。这里老早是毛衣厂，在那个年代是非常有精神的地方。十几年穿不烂的一件毛衣，也就二十来元钱。当毛衣两百多元钱、两千多元钱的时候，这毛衣厂就破产了。那些骄傲的靓女们，一夜间没有了眉毛和口红，蔫着下岗回家了，从前的风光，像梦一样消失了。其他省优美、时髦的产品，几乎在所有人的身上，年年岁岁地做广告了。孤儿一样可怜的厂房，在风雨的侵蚀下，像恐惧的脏脸，立在那里，等待时间的暗手浮出水面，拨拉算盘珠。曾经灿烂了城市和人心的那些机器，又一夜之间成为废铁垃圾了。几年的时间里，一排排高楼，超过了为工友们遮风挡雨的白杨树。那些忠诚的白杨树，仍旧立在原地，顽固地象征着那个年代的人气。

艾塞提住三楼，房子面积有二百平方米。买房子那年，他有时在家叫苦说，自己的钱只够买六十平方米。艾代尔知道他的意思，何况老大是他生命中第一个宁馨儿，是初升的灿烂朝阳，是骨肉相连、精神传承的血脉，就给他买了二百平方米的房子。反应最快的是老二卡米力，他不敢给爸爸讲，就找到妈妈，说，妈，我们也是爸爸的孩子吧？晚上吃完饭，喝黑茶的时候，阿依古丽对男人说，都给买吧，活着不都是为了孩子们吗？艾代尔说，老大是老大，剩下的都一个标准，一百五十平方米。于是，五个孩子都搬到了这个住宅区。

艾代尔停好车，左右扫了一眼，在找接他的孩子。艾代尔心里说了一句：孩子变了的时候，影子也找不到。他上三楼，敲门。门开了，是老五阿里木。艾代尔说，有一个叫艾塞提的好汉子住这里吗？艾塞提大步迈过来，说，爸爸，请原谅，我刚准备下楼接您呢！米娜瓦尔笑着走过来，说，爸爸您好，请进。艾代尔笑了，说，你好，孩子们好吗？米娜瓦尔说，都好，出去玩了，马上回来。艾代尔说，要教育好孩子们。我现在才明白孩子教育不好会害人，长大了逼老子，审问老子，那是比毒药还厉害的事情。艾代尔看着艾塞提说，万幸，我没有走错门。你还接我呢，我再晚一会儿，你就去绑我了！阿里木说，爸爸，请您原谅，我们错了。艾代尔走到沙发前，坐好，说，你们还能错吗？你们现在可都是机器人，谁能把你们怎么样？老三海米提说，我们没有想到您能来。艾代尔说，我不来，还能活命吗？老二卡米力说，请爸爸原谅。老四吾提库尔说，我本来是要去接您的。艾代尔说，怎么接？吾提库尔说，开车。艾代尔说，你英明的艾塞提哥哥会让你去吗？你小的时候听我的话，娶媳妇的时候也听，买房子的时候更听。现在，我给你们找了一个后娘，你们就不听了。你妈妈没有死，该有多好啊！艾塞提英明，说吧，逼我来有什么事？艾塞提的脸变了，像霜冻的南瓜一样难看。他说，爸爸，我们请您吃烤全羊。艾代尔直视着艾塞提的蓝眼睛，说，烤全羊留给你肚子里的狼崽子吃吧，这段时间那狼崽子饿坏了，你的眼睛更亮了。你最好戴一副墨镜，不然，你的眼睛会葬送你的。艾塞提沉稳地一笑，说，爸爸，您误会了。艾代尔说，我这个年龄了，能和你一样英明吗？快一点儿，把你们肚子里的虫子都倒出来。艾塞提说，好吧，爸爸，不要脸有不要脸的好处。别墅和存款是您和妈妈的血汗，我们不是眼红，而是不能留给那个女人。艾代尔咳了一声，盯着艾塞提说，你说的是哪个女人？艾塞提说，您家里的那个女人。艾代尔说，你听谁说我要把你娘的血汗留给那个女人了？艾塞提说，现实不就是这样的吗？艾代尔说，好像你知道我的死期了，你替我算过命？艾塞提说，我们是您的骨肉，我们要关心您，不能让外人瞧不起我们。艾代尔说，你们是我的骨肉吗？艾塞提沉默了，但看起来仍旧自信。艾代尔说，你说的那个女人是你们的什么人？艾塞提继续沉默。

靠着墙偷听的米娜瓦尔走出来，说，爸爸，吃饭吧，我打过电话了，烤全羊马上送来。艾代尔笑着说，可怜的烤全羊，你的男人，你的人脸狗心的男人不配吃烤全羊；你的这些弟弟们，也不配，他们应该吃垃圾！你去忙吧，我有话要给这些垃圾们说。米娜瓦尔回厨房了。海米提说，爸爸，我们是您的儿子，不是垃圾。艾代尔说，我听明白了，那我是垃圾了。那你们就听几句垃圾爸爸的话吧！你们记住，我不欠你们什么，这句话，你们记在骨髓里！你们娶媳妇的钱，买房子的钱，都是我给你们的。你们的娘死后，每人我又给了十万，我还欠你们什么东西吗？我不就是找了个伴儿吗？我就成了你们的敌人了？我劳累一生，不就是为了你们能有今天这样的好日子吗？当年，你们一个个出生，我高兴得不得了。现在呢？你们现在都有孩子了，不怕孩子们长大了也这样揉捏你们的心脏吗？艾塞提说，爸爸，我们没有这么坏。艾代尔说，现在就这样了，好坏都是你们自己了。我可以走了吗？艾塞提说，烤全羊马上就到。艾代尔说，你们吃吧！我是个坏人，我不能吃烤全羊。艾代尔站起来，走了。艾塞提和兄弟们跟了出去，把爸爸送到车上。回来后，大家长时间没有说话，都在心里想艾代尔的话。最后，艾塞提硬硬地说，现在看来，就是那个女人找巫师，把爸爸的心念给自己了。

　　莎尼雅是音乐老师，专业是手风琴，歌唱得好，人也长得好，眼睛像蓝宝石，当姑娘的时候，迷疯过不少小伙子。她是一个开放的女人，喜欢玩，性格外向，喜欢穿长裤，看着精神，不怕别人议论她的名声。朋友们办家庭舞会，都请她拉手风琴，她自己作曲。后来她出名了，在单位举办的演唱会上也拿过名次，于是舞会、婚礼中请她唱歌的人越来越多。校长普拉提找她谈过，说，你是教师，要注意影响。莎尼雅说，什么叫影响？校长普拉提说，人家都说你们男男女女一起吃吃喝喝，疯疯癫癫，这对学校不好，对你自己也不好。你年龄不小了，该有家了。莎尼雅说，我私人的事你也管吗？校长普拉提说，我不是关心你嘛！莎尼雅说，我工作上有问题吗？校长普拉提说，没有。莎尼雅说，这就好。你首先是个男人，而后是校长，记住这一点就行。

莎尼雅恋过三个男人，都没有成功。第一个叫夏克尔，是教师，他们的关系已经上了花椒树的时候，莎尼雅发现薄唇情人夏克尔还有一个女人，他在两个女人中间寻找最佳辣味。莎尼雅不干了，说，你的两个眼睛不在一个脑袋上。葡萄已经在手里了，心却在另一口烂锅里。如果你的爱心继续泛滥，即便我们在一个壶里尿尿了，我们的面袋子也立不起来。

第二个恋人祖农是税务局的干部。这个大头汉子疯狂地追求莎尼雅，莎尼雅也变成了热馕坑。二人在无数个夜晚的帮助下，把许多电流一样的形容词变成了疯狂的动词。但是电影很快就演完了，祖农的姐姐海日古丽，坚决反对他和莎尼雅在一口锅里混日子，说她是一流的花心女人。祖农坚持了几个月，最后他妈妈说话了：孩子，玩音乐的女人，心也和音乐一样，四处飘摇。婚姻是一辈子的买卖，要看准。你这个年龄，花儿也是花，草儿也是花，要多考验女人，娶错了，是件非常痛苦的事情。

第三个恋人阿克是电厂的司机，魁梧，鬈发，是哥们儿的头羊。莎尼雅和他纠缠的时间最长。准备订婚的时候，他爸爸对他妈妈说，你要偷偷地瞧瞧那个女孩子，阿克还是一个娃娃，吃甜瓜的时候不会留意瓜皮的成色的。过年的时候，阿克把艺术品一样艳丽的莎尼雅带到家里认门，阿克的妈妈在厨房通过玻璃窥视莎尼雅的容颜，不干了。她说，不行，喜欢打扮的女人不会过日子。这是她给儿子给面子的借口，在这以前，她肚子里已经有定论了：这个姑娘不行。她找莎尼雅学校的人和他们巷子里的人了解过她，很少有人说她的好话。一位老太太说，天下没有好女人，也没有坏女人，如果你认为她是好女人，那么国王也会说她是好女人。在心灵的小房子里，人人都是自己的国王。阿克的妈妈拿不定主意，晚上躺在炕上和男人商量主意的时候，阿克的爸爸说，我也打听了，不合适，贬损人家的姑娘是罪过，但他们说这姑娘是圈子里的野蝴蝶。阿克给莎尼雅买了一个纪念品，是一块手表。莎尼雅接过来，瞄了一眼，退了回去，说，你认为我们之间有什么值得纪念的事情吗？阿克说，为了纪念我的软弱。莎尼雅说，你真的好无能啊，软弱也是值得纪念的东西吗？

　　莎尼雅是亚夏儿给艾代尔介绍的。他请艾代尔喝酒，说，姑娘是好姑娘，喜欢玩，又是琴手、歌手，人家就贬损她。漂亮的女人，有名的男人，都倒霉。树尖上的苹果人家够不着，就扔石头，道理是一样的。艾代尔说，人长得不错，是不是懂得太多了？那眼睛里好像新疆的什么事情都有。女人还是傻一点儿才好。亚夏儿说，那是从前，现在是靠眼睛说话的时代，揪着老婆的耳朵说事的时代到坟墓里去了。艾代尔说，我再和她吃几顿饭，心里就有主意了。亚夏儿说，你和我玩这个？你老贼什么样的女人没有见过？这还需要几顿饭的时间吗？任何女人，你盯着眼睛看她个瞬间，还看不透她肚子里的小眼睛吗？艾代尔说，人不错，额头亮着呢。问题是脾性，脾性才是女人的珍珠玛瑙。

艾代尔哄着莎尼雅吃完第三顿饭以后，便向她求婚了。那天发生的一件小事，让他下了最后的决心。女服务员端着莎尼雅要的馕包肉刚进包厢，不小心滑倒了。莎尼雅急忙扶起女服务员，从手包里掏出洁白的玫瑰手帕，为女服务员擦身上的菜汤。在走廊里值班的服务生听到响声，走过来，询问情况的时候，莎尼雅说，是我把服务员碰倒了，再要一份吧，费用加在一起。这一幕，艾代尔看着感动，看出了莎尼雅灵魂里的善良。馕包肉用完后，那些花儿一样灿烂的词语死死地围住了莎尼雅，空气一样流进了莎尼雅的血管里。艾代尔像演员一样深情地笑着，把准备好的好词都撂了出来。当年，他征服阿依古丽的时候，也是用的这个办法。他常向朋友们说，任何高傲的女人，都是烫心的形容词的奴隶，你把她的血管说热了，她连人带灵魂都是你的。他眯着眼，脸上挂着虔诚的敬意，嘴还没有张开，舌头已经唱起来了：就是在电影里，我也没有见过像你一样绝美的姑娘。你像月亮，给人希望；又像太阳，照亮男人的胸膛。你的脸庞，像神话的源头，让人心醉；你的眼睛，像长明灯，让我的灵魂有方向。和你一起过日子，我不吃不喝，也能长肉、长智慧。莎尼雅笑了，眼睛里飘过来的回答是：这个艾代尔是人精啊，这个年龄了，还有这样的感觉吗？莎尼雅说，你的决定让我高兴，你了解我吗？我能给你当老婆吗？你没有听说我不是一个好女人吗？艾代尔说，没有，但我是一个有毛病的男人。

在你的温暖里，我会成为一个让你高兴的男人。

开始过日子了。莎尼雅的饭菜和她一样漂亮，做抓饭她放红、黄萝卜，漂亮，不用冰箱里的冻肉，买新鲜肉做，焖出来的饭，色、香、味在餐厅里飘舞，愉悦艾代尔的心情。菜炒得汤汤水水的，很合他的口味。手工面更是一绝，先熬两个小时的骨头汤，后炝锅，再倒水，慢火煮半个小时，再放细细的手工面。是用鸡蛋和的面，擀出来晾十分钟，再细切，吃起来香甜可口。艾代尔向邻居伊力多斯啤酒说，没有女人，男人的日子不是日子啊！伊力多斯啤酒说，你说清楚一点儿，是小女人吧。艾代尔说，会做饭，吃到肚子里，香味留在嘴里香着呢。伊力多斯啤酒说，你有福，在最好的时候死了老婆。我老婆比我还结实，我是没有机会了。艾代尔说，罪过，你不怕受到惩罚吗？伊力多斯啤酒说，你不要装圣人，你肠子里的毒蝎还少吗？你就是有福气！艾代尔说，误会，我是嘴巴上的功夫，只是名声在外了。

七月的诱惑是天然林区，艾代尔的越野车三个小时就能跑到。阿依古丽在世的时候，他也是年年不放过这个让人长精神、养神志的季节。阿尔斯兰山的羊羔肉、马奶、野蘑菇，是安慰贪欲和治愈嘴瘾的好东西。新年出生的羊羔，在绚丽的春天和蒸笼一样的夏季，吃的都是中草药。卡曼老板快刀子在漂亮脖子上一划，那肉就是天鹅的好朋友了。下锅煮一个小时，一块肉一杯酒，等到三块肉安顿肠胃的时候，眼睛便可以瞧见天国的盛世繁华和梦中的彩虹。在寂静的山林，躺在神话的翅膀上，享受活着的乐趣。

艾代尔今天开快车，两个半小时就来到了阿尔斯兰山。山区路口有白桦树，它们好像能听懂人类的语言，每当艾代尔的车出现在这里的时候，那些白桦树亲切的叶片，就开始为他们歌唱，风的祝词飘进车里的时候，艾代尔就小声地唱情歌。有这样的词句：美丽的哈丽黛是家族的美女／我生死爱恋欲娶／她却嫁给了异乡的艾尼。阿依古丽曾说，这个美丽的哈丽黛你唱了一辈子，不行我给你娶回来吧。遗憾一辈子，老了就痴呆了。艾代尔说，这个镜子一样漂亮的世界，还有比你更美丽的哈丽黛吗？如果你想给自己找个捶背的丫头，那又是另一回事了。

车拐进山路的时候，艾代尔看着茫茫的白桦树，说，莎尼雅，在山里，我喜欢白桦树；在城里，我喜欢白杨树。你喜欢什么树？莎尼雅说，丁香树。初春开花，精美的小花瓣紫白紫白，紧紧地簇拥在一起，愉悦心灵，像缓慢舒展的音乐，演绎童年时代的绚烂。艾代尔说，对，童年。人一生不管多么能耐、多么风光，都逃不出童年的那根绳子。莎尼雅说，是的。我在童年邂逅了音乐，它变成了我的生活方式，我感到知足，因为我没有玷污情感历程中迸发出来的生命挚爱。艾代尔说，我不懂音乐，但我喜欢民歌。我喝上几杯酒，闭眼唱民歌的时候，我能回忆起小时候妈妈唱的摇篮曲。莎尼雅说，摇篮曲，那是生命的起点，斑斓的五线谱，就是从这个神秘的时光开始滋润我们的。我们的灵魂之所以没有迷失方向，是因为母亲的摇篮曲一生都在守护我们的梦想。艾代尔说，说得太好了，我们的梦想。没有梦想，旋风转悠我们，那会是多么可怕。莎尼雅说，是的，梦想让我们走到了一起。

白桦树留在后面了，像流动的大地诗篇，也留在了他们的心底。路右侧是高大的松树。雄鹰低飞，在白云下的松林上空优美地展翅，像老者的舞姿，舒缓、自信，锐眼盘点大地的碧绿。莎尼雅看着挡风玻璃外面的景色，说，太美了，大地是因为有了树木才美丽。艾代尔说，还有水，水是我们最早的朋友。

从阿尔斯兰山的顶端下来，左侧是一片深绿的开阔地，是一片神话一样令人神往的领地。河水从远山流下来，流向繁忙的城市，流向饥渴的土地。这片区域是农民自己开辟的旅游景点，是一个亲切的去处。卡曼老板的景点在右边山腰下的平地上，二百米远的地方是欢畅的河流。艾代尔每年都来，按照卡曼老板的说法，每天早晨起床，要先喝一碗河水，说是养肝脏和筋骨。从山上下来的活水，民间的说法是雄性水，对男人有特别的疗效。

艾代尔刚刚往左拐弯的时候，路边突然拐出了一辆运木头的卡车，占住了艾代尔的车道。艾代尔迅速向右打方向，卡车司机反应也迅速，但还是把艾代尔的车灯碰碎了。司机小伙子停好车，走过来，给艾代尔行了个大礼，说，师傅，我有点儿快了，是我的错。艾代尔说，错不错就那么回事了，问题是命要紧。刚才你的方向盘打得再慢一点儿，我们就在沟里给狗熊过年了。小伙子内疚地说，师傅，我给你赔偿吧。艾代尔说，不是赔偿的事，你把我们的好心情碰没了。小伙子掏出一千元钱，递给了艾代尔。艾代尔说，我不要，算我消灾了。但是你要千万注意，玩机器也是玩命。艾代尔坐在驾驶位上，把车开走了。莎尼雅说，看那样子，这小伙子不是个稳重的人，开大车好像没有经验。艾代尔说，我也这样认为。

跑了十多分钟后，艾代尔把车开进了松林里。林子里没有专门的路，朝着能走车的地方开，就能开到卡曼老板的景点。都是小木屋，只有一个大毡房，能睡五十多人。艾代尔把车停在了卡曼老板的伙房前，刚下车，卡曼老板就笑脸迎过来了：瞧瞧，这不是我们的男子汉吗？欢迎，一路上辛苦了。卡曼老板露着黄牙，握住了艾代尔的手。艾代尔说，好，好，你还是这样精神！车也多，生意一定好了。卡曼老板说，你来了，才能有生意呀！今天来的都是喜欢喝汤饭的软肋男人。艾代尔说，也不是，人家可能是牙齿不好。卡曼老板说，是骨头上的事，气不够。三批客人一早就开始喝了，到现在连一瓶酒都没有喝完。艾代尔说，酒是晚上的朋友，早晨怎么喝呢？卡曼老板说，山上没有早晚一说，骨头硬了，你喘气的地方就是月亮下的好晚上。像你这样的男子汉太少了。卡曼老板扫了莎尼雅一眼，看着艾代尔，小声地说，今年带新客人上来了？艾代尔从卡曼的眼睛里看出了他肚子里的调侃之意，说，我续了一个女人。卡曼说，恭喜，月亮神一样美的姑娘啊，城里人就是幸福。有十八岁吗？艾代尔笑了，说，两个十八岁了。卡曼老板说，看不出来。艾代尔说，主要是哥哥的眼光好。卡曼老板笑了，说，这才是冰糖一样的话，我为什么说你是男子汉呢？你的眼睛厉害，能看见人家看不见的东西。你先休息，东西我叫小伙子们搬。艾代尔说，好，我们先休息一会儿。湖南的黑茶你有吗？卡曼老板说，我什么茶都有，黑茶、红茶、绿茶、黄茶、清茶和蓝茶统统都有。艾代尔说，你是能人，弄不好你露水茶也有。你说城里人幸福，其实你这里才是天堂。就这空气，也胜过天鹅肉的味道。卡曼老板说，城里人就是厉害，这空气也有味道吗？艾代尔说，你光顾挣钱了，亏待空气了。我年年不就是冲着你的空气来的吗？卡曼老板说，我的空气？艾代尔说，就是你的空气，空气里的眼睛也是你的。卡曼老板说，英明，我在这个山旮旯里什么也没有看见，这几天你教教我吧。艾代尔说，这种事情不好学，因为你的眼睛里别人的东西太多了。卡曼老板笑了，说，我一个洗碗的可怜人，肚子里能有自己的什么东西呢？

艾代尔喜欢住的1号木屋已经住人了，所以他住进了靠河边的5号木屋。夜深人静的时候，河水撞击石头的声音混响，像洪水从深山里带来的绝响，又像是从大地深处迸发出来的深沉忧闷的旋律，惊扰睡眠和灵魂之间的天使。但是清晨也有好处，打开窗户的时候，微风会把天女的祝福和沃土的气息，松树的清香和野鹿的祝福，野鸡的歌声和野花的芳香，一起吹进客人的鼻腔里，在他们的动脉、静脉里吟诵天上和大地的诗篇，馈赠人间遗忘、丢失、埋葬了的形容词，轻唱在没有篱笆的领地里成长的灵魂和留在土壤里的祝福。

卡曼老板已经将艾代尔选好的黑羊羔肉送了上来。民间传下来的说法是，黑羊羔肉的药物作用极佳。

艾代尔把浓香的烤羊肉端到了莎尼雅的前面。半生不熟的烤肉，自古是血脉食欲里的第一诱惑。莎尼雅的小嘴张开了，洁白的牙齿帮忙，舌尖品尝孜然、精盐、辣椒面的混合味。把肉送进喉咙的时候，闭目休养的肠胃睁开眼睛，欢迎美食的到来。艾代尔说，木柴烤的羊肉养胃养心。莎尼雅说，香，不腻。艾代尔说，和你一样。莎尼雅昂起头笑了，眼神像刚才为他们的肠胃牺牲了的黑羊羔的眼神。她说，我像烤肉吗？艾代尔说，不，你是我的天鹅，在我的天空里为我的生命歌唱。

饭后，黄昏从木屋的后面飘过来了。松香味和烤肉的味道混在一起，在幽香的饭桌前静静地歌唱。艾代尔把莎尼雅的手风琴背过来了。莎尼雅的热身抱住了她心爱的宝贝，她漂亮的手指放在琴键上的时候，幽美的黄昏围在她的身边，等待她的灵魂为它们歌唱。莎尼雅说，想听什么歌？艾代尔说，民歌吧。莎尼雅说，民歌好，民歌是夜的朋友。一切千古的灵魂，都在慷慨的夜世界里复活，聚集在民歌的旋律下，寻觅那个时代的记忆。莎尼雅开始自拉自唱，金子一样叮当响的歌喉，开始热吻艾代尔的心弦，安慰无数亡灵的灵魂：我要给情人建宫殿 / 用鲜花筑高塔 / 情人能理解我吗 / 我虽有错千万 / 是水就应该是清清的水 / 是川流不息的甜水 / 恩爱百年的情侣 / 应该是一对好邻居 / 未能天天见情人 / 总是期盼新的星辰 / 爱心未灭 / 活着总有心花怒放的一天 / 像小小的金盒银盒 / 像雪白雪白的精灵 / 如果人人有情 / 心灵天使一样美

丽 / 如果有好马我会飞起来 / 异乡的孤独俘虏了我 / 在遥远的边城 / 哪里来的骆驼客 / 吐鲁番来的骆驼客 / 一路上见了多少骆驼 / 胡椒 / 花椒 / 姜皮子 / 黎明来了快起床 / 时间到了快开门 / 开门开门 / 黑眼睛 / 你的朋友谁来了 / 吐鲁番好吗哈密好 / 哪里有钱哪里好 / 小妹子好吗大妹子好 / 哪个欣赏哪个好 / 我为谁而来 / 我为情人而来 / 不去想我的生意 / 最后倒在了深坑里 / 白雀是个狡猾的鸟 / 不给糖不叫 。

　　莎尼雅的歌声停下来了。虔诚的夜，用沉默奖赏莎尼雅心灵深处的旋律。从厨房南面的那排木屋里，传来了客人们热烈的掌声。卡曼老板在厨房前喊了一句：美得很！燃烧灵魂的歌声啊！莎尼雅抱着琴，喝了一口水，看着艾代尔，说，你也唱几句吧，我给你伴奏。艾代尔说，我的水平能在你面前唱吗？莎尼雅说，不，是你的灵魂在唱。艾代尔咳了几声，开始缓慢地唱了起来。莎尼雅跟随他的节奏，深情地拉起了手风琴。四周静下来了，卡曼老板提着一瓶酒，悄悄地来到艾代尔跟前，倒一杯酒，无声地把酒杯送到了艾代尔的手里。艾代尔端起酒杯，干脆利索地喝下，长长地吹出酒气，开始唱：你的小嘴像初开的花儿一样美丽 / 我一生未能吻你一次 / 就结束了生命 / 我出发远行的时候 / 情人留在了院门前 / 黑眼睛里流着泪 / 说我们什么时候再见 / 高山后面是无边的果园 / 我的情人还是个未开花的小甜蜜 / 我从天窗里 / 看到了情人甜睡的笑脸 / 想告别她远去 / 又不忍心她的情恋 / 我死后名分不存在 / 风从头上飞过 / 我的那些好朋友 / 哭着从我身边走过 / 我的父亲死了 / 我的母亲也死了 / 我虽有亲人 / 但他们的心不

在我身边 / 外人的辱 / 能忍受 / 亲人的恨 / 伤心头 / 情人的辱
布满了我的心头 / 如果父亲健在母亲健在 / 我倾听他们的苦
言 / 治愈他们的心伤 / 走过情人的家园 / 抓住了果树的枝头 /
你总是不出门 / 我在街头空流泪 / 我的情人是人见人爱的千古
美人 / 是可以让一个男人死去活来的仙女 / 离开我不会失去生
命 / 我哭献给我情人的爱心 / 唱吧我的百灵鸟唱吧 / 唱断那鲜
花的枝干 / 情人要离开我 / 我要让她心满意足 / 你是我在这个
人世的唯一 / 你是我欢笑安乐的源泉 / 赶着快马我们穿越冰达
坂 / 为什么一起受罪的是好汉和恶汉 / 我们来也匆匆去也匆
匆 / 你们自己保平安 / 我们穿越高高的冰达坂 / 请为我们求平
安 / 在姹紫嫣红的花丛中 / 我像鲜艳的蓓蕾向你鞠躬 / 昂起头
我望不到天涯海角 / 这世界只是一个旅店 / 我们是来去匆匆的
过客 / 我们是来去匆匆的过客。

艾代尔唱完，又传来了一阵热烈的掌声。他长舒一口气，
看着卡曼老板，说，我喜欢听，但是唱不好。卡曼老板说，
男子汉，你不要客气，我不知道吗？你也是一只深藏的夜莺。
莎尼雅把手风琴放在长板凳上，开始喝茶的时候，木屋里的
客人们端着肉和酒来到了他们前面，艾代尔和卡曼老板邀请
客人们入座，大家高兴地围在了一起。卡曼老板向客人们介
绍过他们俩以后，又把来自各方的客人们介绍给了莎尼雅和
艾代尔。艾代尔让服务生提来马灯，吊在松枝上。灯光照亮
了客人们兴奋的脸庞。那个叫阿扎马提的屠夫又做了一次自
我介绍，随后倒了三杯酒。两杯敬给卡曼老板和艾代尔后，
说，咱们干一杯！互相认识，是天下最好的事情。喝完酒，

阿扎马提屠夫说，刚才听到你的歌声，我们很兴奋，除了死亡以外，天下的事情都是歌声。我也给大家献一首吧，都是我在喝酒的时候学唱的歌。阿扎马提粗犷的歌声响起来了：一朵朵鲜花赐我们欢情／不要让他人发现我们／多情的心儿向往多情的人／放任他们去潇洒青春／你匆匆地走了心爱的人／什么时候能见你的芳容／回到从前难上加难／我要为你的容颜勇往直前／我将深情地去看望心上人／她会多情地飞向我的乐园／如果心上的人爱心上的人／会像蝴蝶一样舞着花翅前行／情人已消失在远方／我跨上了我的烈马／情人不再爱我／心已飞向了异国他乡／我的爱没有改变方向／我仍真心地渴望／相信我心中的向往／爱情让我死去活来／我的心碎成了一片又一片／你理解我的真情／现在谁倾听我的悲情／我在这里唱我的心曲／你在家里欣赏我的歌声／你已是一个没有花香的主妇／什么时候可以变成妙龄少女／我要从头为你歌唱／你要用心倾听我的爱心／我要把这短暂的生命／献给你情深意重的生命／我手里长长的绳／套住了那匹骏马／如果你真心爱我／决不要去爱那陌生的路人／情人在高高的墙上／倒下的墙压住了她心房／她的脸上没了艳丽／悲哀笼罩了她的身影／请你诉说吧我的爱人／我要为你解除忧愁／如果你仍真心爱我／我从沙漠接回你／入住我的心房／如果你的家在悬崖绝壁／我真心喂你最好的食物／在留住真爱的情人怀里／献出我珍贵的生命／如果我有翅膀／我要飞往情人的爱巷／如果知道她甜睡的金床／我会飞进她的心房／我是天空的白云／是空中的爱鸟／我要把我的情爱／洒向你甜蜜的少女／如能娶到叫甜蜜的丽人／我无怨无悔／如不能得到真爱的姑娘／我的生命将枯萎／你的眉黑亮黑亮／院里正屋富丽堂皇／昨夜我多么想去看你／但小人总是窥视你的爱窗／千古以来总是小人损美人／下流心肠／来吧心上人我们欢唱／让小人去见他的娘／他们躲在门后／从缝里窥视我们／街坊太多／天天来偷看窗缝／当风从西面吹来／我会闻到情人的体香／我会闻到情人的体香。

阿扎马提屠夫唱完，站起来，在暗淡的光亮下，给大家鞠了一个躬。而后响起了热烈的掌声。在几位妇女的要求下，莎尼雅抱起手风琴，开始给大家演奏。是她自己创作的歌曲，叫《塔里木》。悠扬、遥远、静谧、忧伤的旋律开始挠痒大家的神经。发自心底的旋律，把凄凉无边的沙漠世界带到了眼下的绿洲家园。一曲拉完，没有人说话，所有的心灵，都被往昔的回忆收进了沉默的笼子里。

夜把客人们送到了各自的木屋里。所有木屋里的马灯都熄灭了的时候，卡曼老板的家狗和远处的牧狗开始呼叫，从它们悠扬自在的叫声里，传来了平安和谐的信息。精美的夜，在木屋里歇息的心脏和护卫主人精神期盼的灵魂们，深情地倾听警惕的牧狗传来的心曲。往昔的回忆，开始在夜的网络里寻找从前的印记，在牧狗成长的火堆旁和连绵的群山脚下，有太多它们绚烂和自由的舞步。

艾代尔和莎尼雅还没有睡。远处的牧狗和卡曼老板的家狗继续为他们伴奏，还有河水的喧响。艾代尔说，我喜欢在夏日里远离城市，在一个角落静静地盘点和洗刷自己的日子和言论，你会发现人性的美好和人性的复杂。莎尼雅说，什么样的美好呢？艾代尔说，日子里的热闹，那种纯洁和奸诈夹杂在一起的香辣味。莎尼雅笑了，说，有意思。人性的复杂又是什么呢？艾代尔说，明明是你的儿子，但是他的灵魂不属于你，这是比误吃了苍蝇还要难受的事。他们成长的美好和现在的丑陋同时出现在一个镜子里的时候，你就会觉得自己是一个失败者。你抚养的是囹圄躯体，而不是一个个精神。莎尼雅说，我明白了，最大的苦难是精神上的苦难。我认为音乐能治疗颓废。音乐是人类最早的母亲，大地风起雨落，草木生生死死，动物世界千万次轮回，自在的生灵在孤独、绝望的时候，人类诞生了。这些伟大的灵魂，在音乐的抚爱、指引下，适应了大地的生活，创造了人间的规矩，告别了原始的自生自灭，创建了赖以永久繁衍的文明。当文明展示自己的魔力，纵容人类兽性的时候，音乐又返回来拯救了人类。音乐启示我们：自然形态的生活属于你们的躯体和灵魂，身外的财产属于大地人间，最好的生活不是野心的留恋，而是在生活的重要过程中，在你们站着的那个地方友好地握住一只只陌生的手，与他们交流心灵的旋律，拥有和谐、依赖和谐。艾代尔说，音乐是人心吗？莎尼雅说，也是人性。

　　第二天天刚亮的时候，客人们都聚集在伙房前面的草地上开始愉快地喝奶茶。十几张地毯上面，铺的都是同一颜色的褥子。男客们盘腿而坐；女客们在另一角，文雅地坐在褥子上，品尝奶茶。莎尼雅也坐在了女客们中间，愉快地和她们说话。清晨的阳光从高大的松树后面升起来，照耀餐布上的食物，如馕、奶油、酥油、蜂蜜等，显得更加亲切美好。

阳光下傲立的松树，像大地的巨手，又像听话的孩子，向天的光芒致敬。阳光照在莎尼雅的脸庞，温暖她美丽的容貌。她的眼睛像千年的海水珍珠，闪烁着珍贵的光芒，自信地看着那些欣赏她的眼睛们，友好地和她们交流奶油和酥油的味道、在山里打馕的经验。她回答女人们询问的时候，情绪极佳，眼睛和脸庞迅速回到童年时代，向客人们展示她对音乐的挚爱和执着，向她们阐述音乐是在她血脉里的美好存在。阳光照在她的额头、美发上，温暖的前额，像浓香的抓饭，让人看着可亲可爱。乌亮的鬓发，像天山深处的黑玫瑰，增添她的姿色。层层的花瓣，像支撑她灵魂的月亮，衬托她的精神气质。蝴蝶开始出现在温馨的花草中央了，几只蝴蝶落在矮小的黄花上，和甜蜜的花瓣爱恋，享受花香的滋润。

　　五天的时间，像转眼间飞逝的彩蝶一样消失了。但五天的记忆牢固地留在了莎尼雅和艾代尔的灵魂智库里。小木屋，麦草枕头，爱偷听的马灯，漂亮的花被，都听到了他们的从前，听到了在那些忧伤、炙热的日子里伴随他们的爱和忠诚。艾代尔愉快地把自己的童年送给了莎尼雅，那是整片整片的乡下记忆：史诗一样的田野，神话一样神奇的河畔游戏，在河对岸的森林里抓野鸡的场景，在麦场骑马打场的刺激，在瓜地的瓜棚里品尝冰糖一样香甜的甜瓜，夜里奶奶讲的故事，都渗透在了莎尼雅静悄悄的血脉宝库里。而后是从成长的向往和鼓舞里派生出来的故事，也是鲜花的痛苦。鲜红的玫瑰，常常蹂躏他的脚步和神经，他抓不住那些最艳丽的玫瑰。随后是对亡妻阿依古丽的怀念，所有灿烂精美的形容词，都虔诚地云集在他的嘴里，深情地回忆亡妻的美德。莎尼雅夜莺般的念唱，是音乐弥补、挽救了她失败的爱情。那些细节变成了她的诗歌时代和音乐时代，吝啬的时间还是为她睁开了另一只眼睛，音乐的金绳把她的生活拴在了人间无穷的旋律上，那些天籁之音恩赐她感觉和激情，而在另一个酝酿机会的时间里，艾代尔向她伸出了暖手。两只手触电的时候，她暗暗惊喜，她不再渴望的情爱，突然拨动她的神经，把她的眼睛退回到十八岁的花季。她没有想到在这个年龄还会拾起她早已丢弃的绣花针，复活被埋葬的恋曲，用最早的心动，缝补那些梦想和痴心。结果蜜水一样的五天，变成了镜子一样透明的五年。第二天烤全羊的味道，第三天手抓肉的味道，第四天野鸡的味道，第五天野兔的味道，在她的鼻腔和肠胃里没有留下任何的念想，唯有艾代尔的味道。他的笑容，稳重、坚定、随和而又固执地坚持自己和批评自己的生活态度，早已融入她的血脉。

卡曼老板把他们送到了一公里外的拐弯处，把手里的一包奶疙瘩送给了艾代尔，说，这是没有脱过油的牛奶做的，没有菜的时候，是下酒的好东西。艾代尔说，我知道，好东西都在你这里。卡曼老板看着文静的莎尼雅说，没有招待好，希望你们再来。莎尼雅说，谢谢，非常好，我喜欢上这个地方了，喜欢你松树下的露天餐桌。

他们出发了。太阳在他们的背后照亮着狭窄的山路，两头奶牛从左边的林子里伸出头，缓慢地出现在了他们的前面。肥壮的牛看见他们的车，停下来，悠闲地叫了一声。艾代尔放慢车速，按了按喇叭。奶牛没有反应，仍看着他们的车，原地不动。艾代尔不停地按喇叭，奶牛开始有反应了，病态老汉似的抬起蹄子，迈过了公路。莎尼雅说，多么幸福的奶牛啊！艾代尔说，这些牛吃的是中草药，喝的是矿泉水，都长得肥壮。脑子反应慢，也是一种幸福。

车翻越阿尔斯兰山的时候，一条黑狗从左边的林子里蹿出来，跑到对面的林子里去了。艾代尔放慢了车速，说，是牧狗，牧人的帮手。

车开到白桦林前拐弯的时候，一辆卡车突然出现在了艾代尔的眼前，他快速反应，往右打方向盘，但是来不及了，卡车撞上他的车，车翻进了路边的水沟里。卡车停下来，司机是个五十来岁的光头汉子，脸色苍白地跑进水沟，开始救人。车翻进沟里已经四轮朝天了，副驾驶位的车门被撞开了。莎尼雅的头露了出来，方向盘死死地压住了艾代尔的胸部。光头司机脸色苍白，把莎尼雅拉出来，然后艰难地爬出水沟，把莎尼雅放在草丛上，掏出手机打电话，要朋友们速请救护车来。而后从卡车里找来撬杠，滑下水沟，开始撬车门。光头司机撬开车门，修正方向盘，抱出艾代尔，爬上水沟，把艾代尔放在莎尼雅跟前，开始摸他的前额。这时，恢复知觉的莎尼雅虚弱地叫了几声，光头司机看了一眼莎尼雅，脸色更难看了。他掏出手机，向朋友询问情况。朋友说，救护车半个多小时就能到。光头司机抓起艾代尔的手腕，摸他的脉搏。瞬间，光头司机的眼睛瞪大了，瘫在了地上。

寂静的马路传来的警笛声惊醒了光头司机。他站起来放眼望去，瞬间从山头的方向，拐出了一辆救护车。救护车停在了卡车后面。四位医护人员疾步下车，跑过来，蹲下检查伤者的身体。跟在医生后面的米吉提来到光头司机跟前，握住他的手，说，迪力夏提，人没事吧？迪力夏提光头的眼睛直了，说，朋友，我倒大霉了。可能……可能那个男的不行了。米吉提说，晚了，一切都晚了，无照驾驶这一条，你就一点儿救也没有了。

米吉提来到医生跟前，说，医生，可能这个男的情况严重。大肚子医生来到艾代尔的跟前，艰难地蹲下，迅速给他做检查。医生听完他的心脏，扒开眼皮看了一眼，说，他在这个世上的时间用完了。另一名医生已经给莎尼雅打上了吊针，说，快上路，不能耽搁。两名护士在医生的指导下，给艾代尔的脸上盖好白布，把尸体放在担架上，抬到了救护车上。救护车迅速拐弯，消失在了山路上。

第二天中午，莎尼雅醒过来了。她右边三根肋骨断了。医生帮她给她弟弟玉山打了电话。玉山和妻子赶到医院，了解了情况后，立马给艾代尔的老大艾塞提打了电话。艾塞提兄弟五人来到医院，在太平间看到僵硬的父亲，一个个放声大哭。那声音，凄凉无助。在艾塞提的要求下，兄弟们把父亲的尸体抬到救护车上，准备运回家。

玉山走过来，看着艾塞提说，不去看看你们的妈妈吗？艾塞提瞪着眼睛说，什么妈妈?! 我们的妈妈在坟墓里呢！

艾塞提的朋友拜克力用大锤头砸开了艾代尔院门上的大铜锁。恐怖的声音惊醒了邻居伊力多斯啤酒。他跑出来，问，拜克力兄弟，这是怎么回事？拜克力说，刚才艾塞提来电话了，他爸爸出了车祸。伊力多斯啤酒问，人怎么样？拜克力说，艾塞提的爸爸走了，新妈妈抢救过来了。拉遗体的车在路上。伊力多斯啤酒说，灾难降临了，咱们准备办后事吧！

拉遗体的车停在了院门前，艾塞提在朋友们的帮助下，把父亲的遗体抬进了父亲的卧室里。兄弟们哭成了一片，亲戚们围在院中央放声大哭。从客厅里，传出了女亲戚们的哭声。艾塞提的哭声最凄惨。艾代尔的兄弟图尔洪第一时间赶到了，他也开始放声大哭。

站在葡萄架下一角的伊力多斯啤酒站出来，说，艾塞提孩子，你爸爸活着的时候，你一次也没有来看过他，你现在哭得倒像挺伤心的啊。孩子，你可是个好演员啊！死后的孝道，你玩绝了！这才是大智慧！院子里的气氛顿时紧张起来了，丧客们的眼睛都钻进了艾塞提的眼睛里，蔑视、不满、诅咒、辱骂变成强烈的激光，开始扫射他的灵魂。艾塞提停下来了，绷着脸说，我们家的事，关你什么事？伊力多斯啤酒说，我的好朋友走了，我能不说上两句吗？人死了，就不是你们家的事了，你一个人能把你爹埋了吗？孩子，不要狂，你没有看见死亡吗？它没有启示你什么吗？

朝墓地出发前，艾塞提根据传统的礼俗，走到众人前行礼，说，我是爸爸的长子，爸爸生前的一切债务，该奉还他人的财物、他人需要归还的账目，都由我负责交接。艾塞提说完后，朋友和巷子里的青年人抬着灵柩上卡车了。送葬的人们，分别上了大轿车和卧车。灵车开始在古老的马路上缓慢行驶，时间跟在灵车后面，开始清算艾代尔留在人间的历史。灵车开到墓地的时候，岁月的账本已经很清楚了。在时间的金筐里，艾代尔的金苹果没有越过筐边，而在那银筐里，那些斑斓、丑陋的象征都没能逃脱时间的抚摸和拿捏。那些洁白的羊脂玉夹杂在杂草丛中像海底的珍珠，闪烁着让人欣慰的暖光。

灵车走在马路上，行人和自行车、毛驴车、汽车，都自动地让开了路，它们把死亡的气息传给了自己的主人。走出城市，灵车朝着五十公里外的恰木古鲁克村进发了。在那里的森林公墓里，安息着艾代尔的亡妻阿依古丽，她的灵魂在等待自己的王子的灵魂回归她的庄园，共同回忆往昔玫瑰生活的血脉记忆。在永恒的灵魂王国里，盘点黎明携带的黄昏，享受从黄昏的翅膀里派生出来的野性和痴迷，在黄昏的照耀下，回到朦胧的青年时代，重新盘点那些玫瑰岁月。

玉山从墓地回来，直奔医院，来到了姐姐莎尼雅身边。莎尼雅艰难地睁开了眼睛。玉山说，人埋到了恰木古鲁克村上游的森林公墓里了，他前妻的墓在那里。我抓了一把从墓穴里挖出来的土，感觉不错，绵软。姐夫是一个好人。莎尼雅的泪水在她清秀的脸庞上凝固了，她喃喃地说，老辈人说，孤儿的嘴巴还没有吃到一口饭，石头已经打在了鼻梁上。都是真理啊，好人都活不长。玉山说，姐姐，注意身体。他们家那个艾塞提是一个很张狂的人，他把院门砸开了，好多人都骂他，说姐夫的兜里是有钥匙的。你在卧室里有贵重的东西吗？莎尼雅说，你姐夫给我买的首饰都在梳妆柜里。无所谓了，人都没有了，我还要那些东西干什么？玉山说，我看那个艾塞提危险。莎尼雅说，家族的正道，人心中亘古的善念，才是第一只眼睛。艾塞提这个孩子，把势力、钱财看得太重了。医生说，我至少要医治三个月，这些天你代表我到家里帮着张罗一些，几天后就是头七，有事可以和图尔洪说心里话，那人心眼儿正。

第二天傍晚，黄昏从近处的白杨树林里飘过来的时候，玉山接到了图尔洪的电话，说晚上要商量邀请参加哥哥头七宾客的名单，要他过来一起吃饭。晚上，大家吃完抓饭，图尔洪在说话的时候，玉山看见艾塞提飓风一样混乱的眼睛刺了他几眼，就打消了说话的念头，一切表示同意，而后沉默。他一个做秘书的朋友说过，人多的地方，最好的话是同意。此刻，他觉得这两个字帮了他大忙。最后定下来的名单是近千人，莎尼雅家族的人，请得很少。玉山心里明白，没有说话。他肚子里面的逻辑是：人都死了，我还计较什么呢！

一大早，参加头七的人们开始在客厅、葡萄架下喝茶用餐了。艾塞提及兄弟们的朋友们给客人们倒茶端饭，其他的青年人在大门前招呼陆续赶来的长辈。吃完抓饭出来的人，在院门前几个一组、十来个一堆，神秘地评论艾代尔的死亡。有人说这个太突然了，生命没有希望。有人说这下莎尼雅占大便宜了，别墅囫囵个留给她了。了解内幕的人说，艾代尔是不是脑子有毛病？别墅为什么不留给孩子们呢？围在伊力多斯啤酒周围的人最多，那些热心肠们对从伊力多斯啤酒舌头下面飞出来的秘闻很感兴趣。这些人最后和艾塞提握手告别的时候，眼睛里明显折射着对他的不满和蔑视。

莎尼雅躺在病床上开始回忆往事。她第一次见艾代尔的时候，那感觉是热馕坑里的南瓜，温暖全身。给他的评价是：是个男人气俱全的人。而后她的眼睛、嘴唇、舌头都回到了十八岁的花季，那些天真、柔美的鲜花，开始愉悦艾代尔额头上的年轮。第二次和艾代尔吃饭的时候，她同样也得到了一束鲜艳的红玫瑰。她笑的时候，嘴唇微微张开，籽玉般洁白的牙齿像千年珍珠似的闪着光，鲜活的嘴唇温暖了艾代尔的男人心。此刻，床头柜上的鲜花开始说话了，那是艾代尔的声音：好姑娘，现在是我的血液在说话。我生活的沙子快数完了，时间的轨道是冰冷无情的，我的一只脚已经被埋进这个轨道的锁链里，而你的鲜花、你的苹果还没有为你开放，为你坐果。我的内疚是，我贪婪地贪污了你的青春岁月。莎尼雅的眼睛变成了宝石，她伸出手，抓住那束鲜花，说，艾代尔，我的生命和灵魂一起属于你。

玉山送午饭来了，是手工面，医生只允许她吃稀的。玉山说，姐，今天气色不好呀！莎尼雅说，昨晚噩梦缠住我不放，家里没有出什么事吧？玉山说，已经是前几天的事情了，就是那个艾塞提，在姐夫的事办完后，把家里的东西都卷走了，什么都没有剩。你们的邻居伊力多斯啤酒说，他们把你们最近才买的壁柜也弄走了。莎尼雅说，正常，都是他们自己的东西，只是，自己的东西不应该是这样取走的。玉山说，看来，你的那些首饰也让他们洗劫了。莎尼雅说，也是他们的东西。我现在明白了，只有生命才是能看得见的东西。

子夜，星星朋友们像深井里的蓝宝石，照耀着贪污睡眠、贪污正道的脚们和眼睛们的方向。艾塞提和兄弟们开始瓜分爸爸的灵魂。每个人在往自己的车上装东西的时候，伊力多斯啤酒的黄狗把这个可怕的讯息传给了在床上做梦的主人。伊力多斯啤酒从床上爬起来，准备出门的时候，老婆麦尔哈巴说，我的奴隶主，您是在梦游吗？伊力多斯啤酒说，你没有听见狗的声音吗？

伊力多斯啤酒走出院子，朝前迈了两步，左右观察了一番，来到了艾代尔的院门前。艾代尔的老二卡米力正在往一辆小货车上装地毯。他看到伊力多斯啤酒，老鼠一样笑了笑，说，伊力多斯哥，还没睡啊。伊力多斯啤酒说，早睡了，狗把我叫醒了。你嫂子还不信。卡米力说，伊力多斯哥，你真幽默，说话我爱听。伊力多斯啤酒说，我想，还是你嫂子厉害，这不，我一出门就看到了许多狗。卡米力听到这句话，愣住了，他跳下车，疾步走进客厅。

随后，他跟在艾塞提后面出来了。艾塞提的眼睛变成闪光的狼眼睛。他凶恶地说，啤酒哥，我爸爸生前没有欠过你什么吧？伊力多斯啤酒冷冷地说，没有，这是我的一个遗憾。要是有，那倒是我一生的荣耀了。艾塞提说，那就回窝睡你的泥巴老婆呀！在我们院子里跑什么骚啊？伊力多斯啤酒说，这么多的狗散发毒气，我能睡着吗？艾塞提凶狠地说，没有人掐你的脖子吧！伊力多斯啤酒说，我梦见你爸爸在掐你的脖子，我就出来告诉你一声。可能你没有梦见，死亡已经来到你后面了，你和死亡已经没有距离了。艾塞提说，我得罪过你吗？伊力多斯啤酒说，你得罪了我们民族的孝道和人道。贪婪和卑鄙，自古都是坟墓里的好朋友。艾塞提说，这是我们家的事，你眼红什么？伊力多斯啤酒说，半夜里干坏事，你能代表你们家吗？能代表这个家的人现在在医院。你们半夜这样搞，你父母的尊严，你的尊严，你儿女们的脸面何在？艾塞提说，我们和那个女人没有任何关系。伊力多斯啤酒说，你好无耻啊！难道财富这个东西就这么伟大吗？你脸皮比古代的城墙还厚啊！你记住，我是你爸爸的朋友。你恶言侮辱我，我现在就可以挖你的眼睛，但是我不能让自己的手脏一辈子。时间会掐你的脖子，那时候针眼那么小的空气也不会给你。卡米力急了，从哥哥的背后跳出来，说，啤酒哥哎，你肚子里面虫子多了还是怎么回事？这关你什么事？你是警察吗？这时，一个黑影急切地闪了过来，是伊力多斯啤酒的老婆麦尔哈巴。她说，他爹，人家说得对，他们就算把院子烧了有你什么事！回家吧。伊力多斯啤酒说，今天是大狗和小狗干上了，还是小狗不要脸啊！卡米力说，啤酒哥，你以为我不敢动你吗？伊力多斯啤酒说，你长这么大，动过一只半只孤儿蚂蚁和瘸腿苍蝇吗？卡米力急了，上前迈了一步，但被哥哥艾塞提抓住了。伊力多斯啤酒说，兄弟，你好恶心啊，你不怕你要揍我的那只手会离开你的躯体吗？伊力多斯啤酒的老婆急了，说，他爹，走吧，你毕竟还是一条好狗，疯狗的恶性是会传染的！

那天晚上，别墅里的一切东西都变成了五双手的猎物，头狼是艾塞提，他的眼睛变成了机器人的眼睛，甚至角落里的一尺半的风景画也没有留下。当年，这些手出生的时候，艾代尔的喜悦是国王的喜悦，宰羊请客，不停地舔、亲那些手，反复地和父母、爱人商讨他们那些漂亮的名字，把未来寄托在他们身上。然而现在，艾代尔在另一个世界里，他不知道，他艰难养育成人的这些手们、嘴脸们、眼睛们，现在却在夜的掩护下，瓜分了他的人格和留在人间大路角落里的形象。空荡荡的别墅，竟如此可怜败落。二十多年的辉煌，竟在半个夜晚的蹂躏里结束了宁静和灿烂。那些温馨的细节，只留在了漂亮的葡萄架上。珍珠般亲切的葡萄，在正午的阳光下，像羞羞答答的姑娘，不敢正眼看那温热的阳光。

周末晚上，艾塞提奸笑着把莎尼雅的首饰盒送给了老婆米娜瓦尔。艾塞提的遗憾是，没能找到妈妈祖传的那串深棕色的玛瑙。米娜瓦尔熟悉这些东西，金手镯和厚重的俄罗斯项链，一对蓝宝石戒指，当时都是她帮着参谋买的。现在，她看到这些东西，手开始发抖，像是自己偷盗了这些东西一样。她把盒子还给了男人，说，还是你自己留着吧，以后会有用的。艾塞提说，我用这些东西干什么？此刻的米娜瓦尔，心里有气，憋不住，嘴里突然走词，说，孝敬你的情妇呀！艾塞提的脸色变了，说，你发烧了吗？米娜瓦尔说，没有，我很正常。你的本意我知道，想让我高兴，其实你是在侮辱我。莎尼雅姐姐还在医院，她的名分是你爸爸的爱人。你这样做，不怕众人咒你吗？你即便是个城墙，我和娃娃们的这个脸还是要的呀！你这不是在垃圾坑里剁我吗？我的好男人，首饰这个东西，是女人最后的尊严，这个东西你也敢夺吗？

是我嫁错了人还是你娶错了人？如果是我错了，那么是我自己埋葬了自己的珍珠玛瑙，我的福祉从此结束；如果是你错了，你要拯救这个家，没有脸还能活人吗？这些天，街上的人们都在说我们，你没有发现我这几天都不敢出门吗？女人们之间什么话不说？我真的想把脸蒙上了。

艾代尔的兄弟图尔洪是在第二天晚上才知道这件事的。他脑子里的第一反应是：看来，哥哥没有来得及留下什么遗嘱了。这些孩子，也太恶劣了。图尔洪的老婆古丽巴努姆说，遗产这个东西，要正确地看它，它是财富，也是感情，就是一张破桌子，一张旧照片，也是精神财富。

图尔洪说，看来，哥哥的这个院子，以后还真的是一个麻烦。古丽巴努姆说，也就只有让莎尼雅继承了。图尔洪说，那样太便宜她了。做了一年半的老婆，捞一个院子，天上掉金子的事情啊！古丽巴努姆说，这算什么福气？我想，咱们还是不管这事，那个艾塞提不好惹。图尔洪说，该说话的时候，还是要说几句。

三个月后，莎尼雅出院了。在弟弟玉山的帮助下，她回到自己的楼房住下了。第二天，玉山开车，带着姐姐来到了五十公里外的恰木古鲁克村的森林公墓。玉山把备好的小地毯铺在了青草地上，那些艳丽的小黄花看不见了。莎尼雅流泪了，清秀的眼睛更加悲伤。玉山起身走出了公墓。莎尼雅静坐着，心想，如果我二十岁的时候认识艾代尔并嫁给他，和他生活在一起，我会是多么地幸福、满足啊！这时，她眼前出现了艾代尔的双手，右手拿着金手镯，左手扶起她的左手，把手镯戴在了她的手上。他的暖手，温暖的眼睛，征服了她绚烂的灵魂。莎尼雅平静地说，将来，我死后，也要和你一起睡这个墓穴。她起来的时候，玉山从近处的大树后面走过来，收拾地毯，跟在姐姐的后面。莎尼雅说，弟弟，记住，将来我死了，请把我和你姐夫葬在一起。

周末，伊力多斯啤酒带着老婆去看莎尼雅的时候，莎尼雅抱着麦尔哈巴，颤抖着哭了。麦尔哈巴安慰她说，一切都过去了。活着的人，要活好。伊力多斯啤酒说，回家吧，我们还是好邻居。家里的事情，想必你听说了，回去住吧，你是法定的继承人。莎尼雅说，我不想继承什么，我难过的是这些孩子们不能接受我。艾代尔生前也讲过一些事情，但是我没有想到他们这么无情。伊力多斯啤酒说，娃娃嘛，还是娃娃，他们的时间还不够，长高了还不行，还要长智慧。回去吧。艾代尔不是一般的好人，他是懂什么是好，什么是坏的好人，我比不上他。他的那些儿子成不了气候。

莎尼雅在弟弟玉山和伊力多斯啤酒的帮助下，回到了她熟悉的院子。她请人粉刷房子，擦玻璃，买了一套新家具，买了几条新地毯，开始了她宁静的生活。院子里的花儿都枯死了，她补种了许多品种，几天后，嫩绿的新芽长出来了。她似乎看到了新的希望。每天都有朋友来看望她，更多的是艾代尔的朋友，他们都平静地安慰她，走的时候，内心里都为艾代尔惋惜。

艾塞提看到莎尼雅住进院子里了，内心极为痛苦。更痛苦的是，他没有找到地契和爸爸留下的一些重要的东西。他知道爸爸有些细软，上次抄家的时候没有找到，怀疑是莎尼雅早早给藏起来了。如果地契找到了，他早就把院子卖了，也轮不到莎尼雅住进去在他的痛处撒盐了。米娜瓦尔的香抓饭又把兄弟们召集到了漂亮的客厅里。他们聚拢在小客厅里开始密谋院子的事情。卖了，不是一笔小钱，五个脑袋十只眼睛分，也能分个几套楼房的钱，剩下的，一人搞一辆好车，也是顺顺的事情。香抓饭吃完了，手表走到了星星冒出来窥视大地的子夜，就在这个关键的时候，艾塞提眼睛一亮，想出了一个办法，心里踏实了，只是没有给兄弟们透露他的计谋。他嘴巴里流出来的词是，天不早了，回家休息吧，明天继续研究夺回权利的办法。

第二天中午，艾塞提把在法院工作的朋友塔西请到河边景点，一边吃肉喝酒，一边把肚子里面的秘密倒了出来。塔西放下手里的肉，说，咳！哥们儿，你太不像话了！都什么时代了，能这样做吗？你以为这事像偷亲人家姑娘几口那么容易吗？我看你还是算了吧！这个莎尼雅，她不检点的时候你看见了吗？宣扬街上流浪的谣言，那才是罪过。你、我怎么样？屁股洗干净了，精神能洗干净吗？用匕首刮也刮不干净吧！艾塞提说，那我们就这样放弃权利和财富吗？塔西说，那么莎尼雅的权利呢？一天也好，一年也好，她毕竟是你的后娘啊！把你爹伺候好了，你爹高兴了，不也是你们的好事吗？生活就是这样的呀，你这个时代吃亏了，下一个时代就会赢的。艾塞提说，她这是伺候好了吗？要不是她嚷嚷着要上山，我爸爸会出事吗？塔西说，哥们儿，说话给嘴巴留条后路。时间是残酷的，恶念也是要受到惩罚的。幸福和灾难，都是前定的，人的嚷嚷和苍蝇的嗡嗡，都会被风埋葬。你以为你的假遗嘱就那么好过关吗？首先一条笔迹鉴定你就过不了关。那时候，就不是几个人骂你了。你把娘的家劫空了，没有听到人们骂你的那些话吗？艾塞提说，那女人怎么会是我娘呢？塔西说，记住，并且告诉你的兄弟们，我们的老爹续娶的那个女人，就是我们的娘，人前人后，都是我们的娘。那个叫后娘的词，是说给自己的，那是要永远藏在肚子里的。肚子里面的事情，能随便拿出来让人看吗？艾塞提说，难道你不能给想点儿办法吗？塔西说，问题是那些办法你用了脸上不好看呀！

碰了钉子后艾塞提还是不死心，用自己想出来的办法把老五阿里木武装了一番，把他推到了前台。阿里木见到莎尼雅，勉强地、结结巴巴地叫了一声姐姐，就把哥哥教他的话用自己的舌头说出来了。莎尼雅说，我现在还活着，死了以后才能离开这个家，你们没有权利对我这样。阿里木说，我们的意思是，您呢，住楼房比较方便。这么多的房子，您冬天怎么烧火啊！莎尼雅冷冷地说，兄弟，我呢，什么都不愁，你爸爸留给我的金银财宝，够我烧几辈子！

过了几天，艾塞提带着一个预谋好的新玩法去见莎尼雅。出门的时候，艾塞提要老婆米娜瓦尔陪他一起去。米娜瓦尔挥着手，瞪着眼睛，粗暴地拒绝男人，说，我就算出去要饭，也不跟着你去干这事。我脸薄，经不起街坊朋友们的咒骂。艾塞提说，你现在不和我一条心了。米娜瓦尔说，你现在还有心吗？艾塞提说，为了你们，我的心早已分裂了。米娜瓦尔说，这不是为了我们，是为了蛊惑你的魔鬼。

艾塞提见到莎尼雅，没有叫姐姐，像刚从冰窖里出来的人一样，冷冷地问了一句好，就开始玩他的心眼儿了：请你理解，这不是我一个人的意思，兄弟们意见大。莎尼雅说，好兄弟，现在，在没有你爸爸的遗嘱之前，这个院子我说了算。这非常简单，自古都是这样。你们拿不出遗嘱，我才是真正的继承人。按照你们的逻辑，你们把院子卖了，分成六份，一份给我，是你们对我的恩赐了。但是在潜在的逻辑里，你们就真正地欺负我、压榨我了。我没有这么一点儿脑子，你们那么聪明的爸爸会娶我吗？记住，我是有名分的人。你一心想霸占这个院子，可是你的诡计不够。比如说你应该有一个能蒙住我的招数，你才能实现愿望。记住，我是拿钥匙的人，不是你们爸爸请来的钟点工。我把话再往回说，我不是垂涎这个院子，而是看不起你们这些娃娃的心胸。这院子不是我的，如果我占有它，受辱的也是我祖辈的名声。我和你们爸爸成家的时候，你们没有参加庆典，后来我发现你们对你们的父亲有意见，说我替代了你们母亲的位置。我就觉得你们很稚嫩，大人的脑袋，娃娃的肚子。这可能吗？我只是你们父亲生活的一个补充。再说，我这个年龄，我不想和一个与自己年龄相仿的人手拉手吗？因为我的年龄不允许我选择，我是被动的，我手里没有鲜花。而你父亲，是我遇到的最殷实的男子汉，我感到幸福。他的脾性、气质、人品和心胸，都在众多的男人之上，是我做人、生活的老师。我景仰他的人格魅力。我感到悲哀的是，在你们的身上，为什么没有一点儿这些东西的影子呢？一只白羊不可能生下一只黑羊，你想过这些事吗？关于这个院子，你正当地拿出你爸爸的遗嘱，上面写着给你了，我马上走人。我嫁的是人，不是院子，而且，在街坊朋友面前，我要脸。脸这个东西比财富还要金贵，今后的生活，全靠脸支撑。艾塞提把脸拉下来，说，你是说，我没有脸吗？莎尼雅说，脸不是在你的头上挂着吗？艾塞提说，你这个女人，把我爸爸骗到手，引诱到山上弄死，现在还赖着不走，你不害臊吗？莎尼雅说，我倒觉得自己很光彩，因为我能和你这样的人抗争。我看你这个娃娃大脑里有虫子，我怎么会弄死你爸爸呢？今生今世，你会为这句话流血的。你不是你爸爸的儿子，你爸爸身上最臭的地方也比你身上最有人味的地方好。艾塞提说，我最后再给你半个脸，我可以给你买一套楼房，你体面地走人。如果你继续贪婪、固执，我明天就处理这个院子。莎尼雅说，我知道，狗总是要咬人的，你可以继续疯狂。艾塞提恶狠狠地看着莎尼雅，张开嘴，准备说什么，但又不甘心地闭嘴了。

　　黄昏覆盖了温馨的大地，朦胧的薄雾神秘地飘舞，栖落在路边白杨树的叶间，倾听绿叶在正午的光热里吸收在叶脉纹路里的讯息；又覆盖在庭院苹果树上累累的果子上，享受果实的清香。没有风，空气像原始人类舒缓的呼吸，滋润路人的心肺。艾塞提的老婆米娜瓦尔和再娜甫女士从神秘的薄雾里走出来，来到莎尼雅的院门前，敲开了大门。

　　莎尼雅迎了出来。她和客人们贴脸问候。客人们看不到各自的表情。莎尼雅把她们领进客厅。客厅里不再像以前那样富丽堂皇。那些高贵的地毯被强占后，客厅也失去了往日的辉煌。

客人们走进客厅的时候，莎尼雅借助灯光看到了米娜瓦尔和陌生客人脸上的友好光芒，顿时自己脸上也有了暖光。米娜瓦尔把手里的餐布放在桌子上，说，带了些烤包子，是那个巴克的烤包子，还热着呢。我沏茶，咱们一起吃吧。而后，她把再娜甫介绍给了莎尼雅：这位姐姐叫再娜甫，是我们已故母亲阿依古丽的挚友，今天是特意来看您的。莎尼雅说，欢迎大姐。再娜甫为艾代尔的过世表示哀悼后，自我介绍说她是阿依古丽的同学，是童年时就在一起玩的挚友。

这当儿，米娜瓦尔麻利地用电热壶烧水，泡好热性药茶，端出来，从漂亮的餐布里取出烤包子，整齐地摆在黄色圆盘上，再往漂亮的小茶碗里倒好茶，请客人和莎尼雅吃热包子。米娜瓦尔之所以勤快，暗藏的小逻辑是：我是这个家的媳妇，我是一个懂规矩的女人。

莎尼雅抓了一个烤包子，清香的羊肉味和洋葱味，开始在客厅里飘荡。莎尼雅说，巴克的手艺就是好！同样的东西，在他的手里就是清香迷人。米娜瓦尔说，他做事认真，做的烤包子才香。

再娜甫吃完烤包子，与米娜瓦尔交换了眼色后对莎尼雅说，艾代尔的过世给你带来的痛苦，我是可以体会到的。十年前，我丈夫因病离开了我们，灵魂的痛苦，时间也不好治愈，我们只能顶着伤痛坚强地活着。你要保重身体。莎尼雅说，是的，要坚强地活着。再娜甫说，我今天是特意为一件事来的。我和阿依古丽是肝脏朋友，我们无话不说。艾代尔也非常了解我们。三年前，我小儿子结婚买房，我们遇到了困难，向艾代尔借了十万块钱。现在我们把钱准备好了，今天交给你吧。莎尼雅沉默了，把视线移到了米娜瓦尔身上。米娜瓦尔看懂了莎尼雅的眼神，说，钱，您收下吧，爸爸不在了，一切自然由您做主了。再娜甫从包里取出一个黑色塑料袋，从里面拿出一捆钱，放在了莎尼雅的面前，说，整十万，你点一下吧。莎尼雅有点儿不自然了，说，这钱，怎么说呢，是以前的事情，还是米娜瓦尔你收了，交给艾塞提处理吧。米娜瓦尔说，千万不能这样。这艾塞提，现在可是两个眼睛不够用了，不能让他掺和这些事情。米娜瓦尔抓起莎尼雅面前的钱，装进黑色的塑料袋里，塞入抽屉里。莎尼雅说，也好，我先存着吧。再娜甫说，谢谢你们，在我们最困难的时候，艾代尔帮助了我们，我们不会忘记你们的恩情。米娜瓦尔从包里取出一包东西，麻利地拉开抽屉，迅速地放了进去。莎尼雅说，是什么东西？米娜瓦尔说，是您的东西。莎尼雅说，我看一下是什么。米娜瓦尔麻利地抓住了莎尼雅已伸向抽屉把手的右手，说，我走了再看吧。听到这句话，再娜甫站了起来，说，不好意思，我上一下卫生间。莎尼雅说，您请，左前方就是。再娜甫走后，米娜瓦尔说，怎么说呢，我们家的艾塞提，在这件事上，变成了别人家的艾塞提。那张脸还是他，但说出来的话和做出来的事情，是另外一个人。您上次住院的时候，他从您这里把您的首饰盒拿走了，这简直不是一个男人干的事情。我和他之间的难听话，我就不说了。我把您的首饰盒拿来了，您收好，我也就心安了。莎尼雅说，没什么，那些东西，你用我用，都一样。那些闪光的东西，是嘴脸的装饰，不是灵魂的装饰。再娜甫从卫生间里出来了，坐在米娜瓦尔跟前，看着莎尼雅说，你一个人，今后的日子会很孤单的，最好能收养一个孩子。莎尼雅没有说话，她沉默了。在嫁给艾代尔以后，她想过要一个孩子，现在，这已经不可能了。

第二天上午，来了两个像牛一样壮实的汉子。他们下车，喘着粗气敲打着莎尼雅的院门。莎尼雅开门的时候，两个凶汉瞪着眼睛，说他们已经买下这个院子了，要她腾房子。莎尼雅把他们赶出院子，"咣当"一声把大门关上了。两个壮汉开始猛烈地敲门。矮个儿壮汉说，这女人一大早没有吃什么进口苍蝇之类的宝贝吧！

伊力多斯啤酒听到敲门声，从院子里出来，来到两个壮汉跟前，说，兄弟们，怎么这么大声音？世界末日到了吗？矮个儿壮汉说，今天是这个疯女人的末日。这院子我们买下来了，这疯女人不开门。伊力多斯啤酒说，谁卖给你们的？矮个儿汉子说，是艾塞提。伊力多斯啤酒说，可是他没有权利呀。这家男人死了，院子留给老婆。那个艾塞提，院里的一只麻雀都没有权利卖。你们的把戏，你们自己知道。最好寡妇门前不要惹事，现在，一个电话能来好几个警察。矮个儿汉子看了一眼伊力多斯啤酒，说，也是，我们先撤，委托律师来办吧。伊力多斯啤酒说，聪明，让律师来。律师不砸门，他们喊人。现在办事，靠打打闹闹是不行的。你有道理，所有的黑夜都可以变成干干净净的白天。

两个壮汉走了。伊力多斯啤酒回到院子里，坐在葡萄架下，使劲儿地咳嗽了几声。这是他叫老婆的一个习惯。但是麦尔哈巴不喜欢他这个习惯，说，我有名字，你叫我的名字。伊力多斯啤酒不买账，肚子里面大丈夫的痼疾，继续使唤他的喉咙，用咳嗽唤她。麦尔哈巴没有吭声，装着没有听见，唱着小曲，在廊檐下擦玻璃。伊力多斯啤酒大声地、带着那种不满的腔调又咳了几声。麦尔哈巴停下手中的活儿，看着男人，说，哦，好汉，咱们家的牛像是饿了，你去牛圈看看。伊力多斯啤酒说，你少来这一套，给我过来，有情况！麦尔哈巴说，昨天让你出去买肉，带回来的却是烂菜叶子，你还能有什么情况呢？伊力多斯啤酒说，你现在是牙齿脱落不争气了，不然我饶不了你。我的每一个情况都是能地震的！麦尔哈巴说，在梦里吗？伊力多斯啤酒说，你等着，我今天就收拾你，你叫哥哥都来不及。快过来，坐我怀里，给你说正事。麦尔哈巴说，老贼哎，你抱不动我啦，说说还可以。伊力多斯啤酒说，看在你门牙都为我牺牲了的份上，我再饶你一次。好了，把艾代尔寄存在我们家的那个皮箱子拿出来。我提上，咱们去见莎尼雅，还给她。麦尔哈巴说，时候到了？伊力多斯啤酒说，到了，刚才来了两个人，说他们已经把这个院子买下来了，要莎尼雅腾房子。我想，弄不好这个箱子里面就有艾代尔备好的遗嘱。麦尔哈巴说，箱子很沉，弄不好里面还有玉石什么的。干脆你吞了算了，也没人知道。伊力多斯啤酒说，我要是说所有的女人都是引诱男人的毒蛇，那我就错了，但没了门牙的女人基本上都是那个……麦尔哈巴果断地打断了他的话，说，那个什么？伊力多斯啤酒说，就是那个没有毒液的可以好好玩的蛇。麦尔哈巴说，你老贼现在是越来越鬼了，要注意你的嘴巴！

伊力多斯啤酒提着皮箱，和老婆一起敲开了莎尼雅的院门。莎尼雅被泪水洗刷的睫毛亮亮的。伊力多斯啤酒安慰莎尼雅说，一切都会过去，太阳会惩罚他们的。麦尔哈巴说，把那些事从心里抹掉，现在的男人越来越坏了，我们要自己救自己。伊力多斯啤酒说，不是所有的男人都那样，比如说我就是一个优秀的男人。麦尔哈巴说，内心软弱的人，往往喜欢吹嘘自己。莎尼雅把客人请到客厅里，开始沏茶、摆点心。麦尔哈巴说，妹子，不急着喝茶，我们家这个优秀的男人要给你说事。莎尼雅坐在麦尔哈巴跟前，抬头看了一眼伊力多斯啤酒。伊力多斯啤酒把手里的皮箱放在桌子上，从兜里掏出钥匙，放在皮箱上面，说，莎尼雅妹子，这是艾代尔寄存在我家里的皮箱，我现在还给你。莎尼雅说，哦，皮箱？是怎么回事？伊力多斯啤酒说，在你们结婚的前三天，艾代尔把这个皮箱交给了我，要我保存。莎尼雅说，有过什么交代吗？伊力多斯啤酒说，没有，只是委托我保存好。我想，里面可能有遗嘱什么的。听到这句话，莎尼雅明白了伊力多斯啤酒的用意，说，那就是说，这是一个很重要的皮箱了。如果这皮箱里果真有什么遗嘱，那真是太好了。谢谢你，伊力多斯哥。我突然有了一个想法，这皮箱我还不能自己打开，我想把艾代尔的弟弟图尔洪叫来，把我弟弟玉山也叫来，咱们五个人，当场打开这个皮箱，里面是什么就是什么，一起做证。伊力多斯啤酒说，好！我同意！给他们二位打电话。莎尼雅站起来，来到窗台前，抓起座机话筒，开始给弟弟和图尔洪打电话。伊力多斯啤酒看着莎尼雅的背影，心里说了一句：这个莎尼雅，脑子好使啊。麦尔哈巴看着男人说，哎，优秀的男人，你是不是也背着我在什么地方存了皮箱、铁箱？伊力多斯啤酒说，我都变成你的放大镜了，能有什么秘密呢？

　　莎尼雅开始给客人倒茶的时候，弟弟玉山和图尔洪赶来了。伊力多斯啤酒握住图尔洪的手说，兄弟好，来得及时，坐。大家坐好后，莎尼雅要伊力多斯啤酒把情况讲一下。伊力多斯啤酒说，还是你来说好，你能说清楚。莎尼雅向弟弟和图尔洪说，匆忙地请你们来，是为了一起打开这个箱子。莎尼雅把情况讲了一遍，把皮箱的钥匙递给图尔洪，说，你开吧。图尔洪说，哦，是这样，这合适吗？莎尼雅嫂子在呀！这不妥，还是嫂子开吧。莎尼雅说，图尔洪，你开吧，你是最好的人选。图尔洪说，不行，让玉山开吧。玉山说，都一样，还是你来吧。伊力多斯啤酒说，兄弟，开吧，你可以代表你哥哥。莎尼雅说，我又想起来了，要不要叫艾塞提来？图尔洪说，让那小子先臭着吧，他还是他爸爸的儿子吗？

　　图尔洪从莎尼雅手里接过钥匙，打开了皮箱。皮箱里面是一个小铁皮箱和一个棕色的皮包。图尔洪首先拿出皮包，说，嫂子，你开包吧。莎尼雅说，还是你来吧，你合适。图尔洪说，那就我来吧。图尔洪把皮包拿过来，抓住包链，把包拉开。包里面是一个黑色的手包，图尔洪拉开了手包的拉链，把包里的东西取出来：是一叠写有文字的纸张。图尔洪把纸打开，里面是一张银行卡。图尔洪说，是哥哥的遗嘱。伊力多斯啤酒说，有遗嘱就好，谁也不敢乱来。图尔洪把遗嘱递给莎尼雅，说，你看一下。莎尼雅接过遗嘱，仔细地看了一遍，又把遗嘱放在了图尔洪前面。麦尔哈巴看着男人说，他爹，我们的任务完成了，咱们走吧。伊力多斯啤酒说，对，对，我们该走了。莎尼雅说，请你们不要走，图尔洪把遗嘱念一下，让大家都知道这件事情。把这个小铁箱也打开，大家都做一个见证人。伊力多斯啤酒说，这样也行，邻居嘛，该知道的事情耳朵还是要长一点儿，丰富一点儿。麦尔哈巴笑着，偷偷地瞪了男人一眼。图尔洪说，遗嘱嘛，应该是家庭极为私密的事情。哥哥走得突然，嫂子又有这个要求，那我就念了。遗嘱是手写的，图尔洪咳了一声，一字一句地开始念遗嘱：

**遗　嘱**

立遗嘱人：艾代尔。

前面我要简单地说上几句，从严格的意义上说，现在还不是我立遗嘱的时候。但是在我决定续娶我生命的伴侣莎尼雅的时候，我的儿子们肚子里有意见，不能理解我孤独的生活窘态，开始敌视我，埋葬了我对他们的养育。好日子里面也有坏日子，和莎尼雅结婚前，我觉得有必要留一个遗嘱，一旦我离开这个人世，我的儿子们就会闹腾莎尼雅，这是不道德的事，和尿祖坟没有区别，因而我必须留下这个遗嘱。

用这种残酷的办法拯救我的骨肉，最重要的是拯救他们的灵魂，也是拯救我的子孙。

1. 我的五个儿子和子孙们，是延续我灯火的希望，是你们的母亲留给我的最伟大的礼物。

2. 你们的出生、童年，成长道路上的美好、甜蜜和温馨，都是我一生最鲜活的记忆。

3. 我是一个称职的父亲，我把你们养育成为一个个强壮的男子汉，给了你们健康和文化。你们大学毕业后都有了工作，这是我的骄傲；我也是一个不称职的、失败的父亲，没能把你们培养成一个个有情义、懂人性的，能看见看不见的东西的男人。这一点，我没有下功夫，我认为安逸富裕的生活，会让你们洞悉生命和生活中阴暗、颓废、能做不能说、能说不能做的事物。实际上我错了，我过于自信了，时间最后惩罚了我。当我需要你们在精神上给我温暖的时候，你们放过来的东西是一群群苍蝇。我认罚。

4. 关于我的财产，我不打算留给你们任何东西，画有一个铜板的一张纸也不会给你们留下。我把你们养大成人，给你们娶了媳妇，买了楼房，我不欠你们什么了。你们要记住这一点，当你们的孩子们背叛你们的时候，你们同样也会用得上这个办法。

5. 这张银行卡里有两千万元，一千万是莎尼雅的生活费，另一千万的用处我还要说，卡的密码是我的生日；二十八块玉和阿依古丽留下的玛瑙由莎尼雅处理，所有的权利在她手里，我已公证这个遗嘱，让法律保护莎尼雅的权利。

6. 如果这几天我能娶上莎尼雅，以后我的生活中有什么变故，我唯一的要求是：请求莎尼雅把在蓓蕾孤儿院的艾丽菲亚接回来，代我抚养，送到好学校学习，懂人事。那个一千万，请用在艾丽菲亚的生活、读书和将来嫁人成家的事情上。艾丽菲亚的入院手续在皮箱的小兜里，请莎尼雅全权负责这件事情。一个男人看不见的嘴脸，才是他真正的敌人。我信得过莎尼雅，她是好女人。

7. 我希望我的儿子们都能比我纯洁、智慧、坚强，我把名声也算作财富，留给儿子们。

图尔洪念完遗嘱，把稿纸放在了莎尼雅前面。大家都沉默了。最让伊力多斯啤酒吃惊的内容是，他的知己艾代尔竟然还有一个叫艾丽菲亚的秘密。这么多年来，干净事、脏事，他们都是在一个缸里搅和，竟不知道艾代尔肚子里面还有一个小肚子。图尔洪说，剩下的事情，咱们再商量吧。莎尼雅说，把铁箱也打开吧。图尔洪说，那就让玉山打开吧。莎尼雅说，好吧，玉山，把铁箱打开。玉山从皮箱里抓出铁箱，打开精致的盖子，把铁箱推到桌子中央。图尔洪说，数数看。玉山开始数玉石，几乎都是同样大小的玉石，每块长十五厘米左右，直径七八厘米，透明，没有杂质，是一流的玉石。那串古色古香的玛瑙在玉石的中央，显得厚重高贵。图尔洪抓出一块玉，看了几眼，说，都是一流的东西。莎尼雅抓出玛瑙，左右看了看，说，这东西有年代了，我奶奶也有一串这种玛瑙，好几个收藏家都到家里看过，奶奶说什么也不卖，说是传家宝。伊力多斯啤酒说，这才是真正的家底，来福气的东西。玉山说，一共是二十八块。图尔洪说，好，嫂子，那就这样了，就这些东西了，遗嘱上哥哥说得也很清楚，咱们就这么办。莎尼雅说，最后怎么办，咱们还要商量出个办法。遗嘱就是遗嘱，但是这个遗嘱太残酷了，还是要让这个遗嘱有希望才对。这些东西，请图尔洪拿走保管着，有了处理办法后，就好说了。图尔洪紧张了，说，嫂子，这不合适，这会产生新的误会和矛盾的。现在你是这些东西的继承人，只能由你来保存。莎尼雅说，我不能留这些东西，艾塞提现在完全乱了，如果你们把这些东西留我这里，可能明天我就没命了。伊力多斯啤酒说，没有那么残酷。一直没有说话的麦尔哈巴说，莎尼雅说得有道理，这几天艾塞提的眼睛乱了，脑子里只有财富，还是叫图尔洪把东西带走吧。玉山说，我同意，图尔洪保管着最好。莎尼雅说，我的意思是这样，过几天咱们再商量，就这么执行这个遗嘱是不合适的。我想一个办法，通过这个机会，怎样让孩子们围着爸爸的灵魂忏悔，才是我们最大的智慧和积德。我们要有具体的办法。我们是长辈，我们应该是正道的领路人和旗帜，我们要想出一个能聚拢他们的办法，拯救他们的灵魂。

　　图尔洪勉强地提着皮箱走了。莎尼雅独自一人在咀嚼遗嘱的内容。直到今天，她都觉得艾代尔是一个镜子一样透明的人，当听到刚才遗嘱内容的时候，她都不敢相信自己的耳朵。她感激男人对她的极大信任，而那个叫艾丽菲亚的孩子的讯息让她一时喘不过气来。因为她知道，这种麻烦，常常在时间的搅和、折腾下，会派生出新的丑陋和恶之花。她意识到，这个谜团，有可能是她今后生活中的头疼事。她躺在床上，看着绣花窗帘开始盘算。

莎尼雅把灯关了。在黑暗里，她闭上眼睛，开始在意识的航船里寻觅艾代尔留给她的光明。最终，她精神田野里的遗嘱睁开了眼睛。

黎明缓慢地睁开了眼睛。时间借助黎明的阳光，唤醒万物的意志。一大早，艾塞提就带着老二卡米力来到了莎尼雅的院子。他没有进屋，也不坐，脸色像百年前乡戏里的刽子手，眼睛像凝固的铅疙瘩，飓风似的嚷嚷开了。莎尼雅说，兄弟，我明白了，给我三天的时间，我搬家。艾塞提说，谁是你的兄弟？找准你的兄弟再叫兄弟！你是一天比一天不要脸。前面你要是搬了，还能捞个楼房。现在，什么也没有了，你还玩什么三天？我老子死了，你还赖在这里干什么？你的这个装修脸不是树皮吧？我一天时间都不给你，现在就走。卡米力说，带着你的破烂，快走吧！莎尼雅说，你们这么无耻、张狂，就没有人治你们了吗？艾塞提说，我们是要回我们的权利，谁治我们？你不走，我们就锁大门了，你想走也走不成。莎尼雅说，你们不怕公家的人吗？艾塞提说，院子是我们的，我们怕谁？我老子都死了，你要赖在这里不走吗？你走不走？莎尼雅说，我要准备呀，说走就能走吗？卡米力说，怎么不能走？你以为是嫁人吗？我帮你往外扔破烂不就行了！莎尼雅说，卡米力，你不能想说什么就说什么，嘴巴是你的，时间审判的时候，鞭子就不是你的了！卡米力说，卖什么嘴皮子你，滚！艾塞提说，你不走，我们就锁大门。

莎尼雅说，你们锁吧，但是你们锁不住正道！卡米力从包里取出两把大铜锁，看着艾塞提说，哥，咱们走，我上锁，让这娘们儿看看我们的厉害。艾塞提说，走，咱们出去，上锁。莎尼雅站在原地没有动。

艾塞提走到大门前的时候，伊力多斯啤酒正好打开门，把德高望众的多力坤老人朝院子里面请。

艾塞提看到多力坤老人，吃了一惊，脑子立马有了反应：这是啤酒老贼要对付我的毒箭。莎尼雅退了一步，低着头，向老人问过好后，侧身大步迈过去，推开了客厅的门。多力坤老人走进客厅，等大家坐好后看了一眼顿时红了眼睛的莎尼雅，说，妹子，身体安康吗？莎尼雅忧伤地说，还好。多力坤老人说，会好起来的，好日子是非常多的，但有的生灵看不见好日子，他们不是没有眼睛，他们是没有灵魂。多力坤老人看着艾塞提，说，兄弟，你爸爸走后，你们对你们的妈妈莎尼雅女士，照顾得怎么样？艾塞提愣住了，他没有想到多力坤老人会这样问他。他振作精神，说，好。伊力多斯啤酒说，好什么好，你们刚才在院子里威胁、辱骂莎尼雅的话，我隔墙都听到了。你们赶莎尼雅出门，要接管院子，你们还是你父母的骨肉吗？艾塞提说，哥哥，这不是我们家的事吗？多力坤老人说，哪个是你们家的事？你们家的事就没有正理了吗？你想独吞院子的事，我听说了。这生活区里这么多的人，如果不鄙视、反对你的行为，他们会把你的恶行告知我吗？你灵魂里面的图谋就是，你占有这个院子，满足你的贪欲，四个兄弟你散点儿银子打发。你看，这些事，你前额上都写着呢！你认错吗？艾塞提说，爸爸没有留下遗嘱，这院子自然是我们的了，现在我们收回，也属正当啊！多力坤老人说，什么叫正当？你现在跪下来给你妈妈赔不是才是正当。娃娃，你陷得太深了。你以为这天下天天是太阳吗？你父亲走了，你没有发现死亡吗？死亡不是结束，是启示。因为死亡带不走血脉，死亡教会我们和谐。你为什么学不会和谐呢？你跪拜孝道的时候，你子孙的背后是光明的正道；你跪拜贪婪的时候，你背后可能是泥潭。正道不是清者自清，浊者自浊。清浊不是自在的水磨。剪修毒瘤的剪刀，不仅仅在时间的手里，还在每一个渴望正道、维护正道的心灵手里，你为什么不觉悟呢？孩子，一个人的诅咒有可能是嗡嗡叫的苍蝇，众人的诅咒却是飓风暴雨。我看你这些年不是一日三餐，而是七八餐了，危险就来自这里。回家后你好好饿上几天，你就能回到你的从前。艾塞提没有说话。伊力多斯啤酒说，娃娃，听见了吗？艾塞提阴冷地说，听见了。多力坤老人说，你要是没有听见，我还有一个办法，可以让你的眼睛、嘴巴都是耳朵，我可以告知你们五个兄弟居住的生活区的人，不参与你们家的任何活动。过年、过节和婚丧嫁娶的事情也不接受你们的邀请。那时候你们的家人、家族的老少都会反对你们。你们会有两种选择：一是在规矩里做人，找回你们的人味；二是从这个生活区搬走，重新建立你们的人脉。伊力多斯啤酒说，兄弟，说话，幸福和灾难都积聚在你的嘴唇上了。钱不要紧，人要紧。艾塞提瞪了一眼伊力多斯啤酒，说，我明白了。伊力多斯啤酒说，你小子放老实一点儿，我有我的办法，不信你等着瞧。艾塞提和卡米力像输光了的赌徒一样回家了。送走多力坤老人，伊力多斯啤酒的火儿上来了，向老婆麦尔哈巴说，这个艾塞提，已经是要钱不要脸了，烂到根子里了，在多力坤老人面前也没个认错的样子。麦尔哈巴说，你管得太多了。家里的私事，自古国王也是要装糊涂的。你把人家看得那么清楚，今后我们还怎么做邻居？伊力多斯啤酒说，这事不一样，他不能欺辱莎尼雅。我还有最后一招呢，帮助莎尼雅上法院告他。麦尔哈巴说，这样，你就是英雄了。伊力多斯啤酒说，我的老奶奶，你还不知道我曾经就是英雄吗？麦尔哈巴说，知道，我曾经梦见过！

图尔洪和玉山接到伊力多斯啤酒的电话，迅速赶到了他的家。伊力多斯啤酒把情况讲了一遍，说，我的意见是，你们要想一个办法，把他鼻子上的瘤子拔出来，让他老老实实地听话。如果他继续疯狂，咱们帮莎尼雅打官司，让法律主持公道。玉山说，最好是内部解决。图尔洪说，咱们三人一起找莎尼雅吧，一起商量。把哥哥留下的遗嘱，复印几份，撂给他们，他们就没话说了。伊力多斯啤酒说，不一定，那个艾塞提，竟变成这样的一个人，看到他今天的疯劲儿，我就觉得艾代尔的遗嘱一点儿也不残酷。

听完图尔洪和伊力多斯啤酒的意见，莎尼雅显得很平静。她说，昨天我想了一夜，把解决的办法拿出来了。我用艾代尔的名义搞了一个遗嘱，把艾代尔给我的权利都让给了他的孩子们。我不能一生都和他们别着。再往后，他们肚子里的虫子大了，就会出事。莎尼雅从抽屉里取出她写好的遗嘱，递给图尔洪，说，你们都看一下，我决心已定，完了拿去打印，发给娃娃们。由艾塞提打头处理，我们结束这场麻烦。图尔洪惊异地接过遗嘱，开始读上面的内容。坐在两边的玉山和伊力多斯啤酒把头靠过来，眼睛盯着上面的文字。伊力多斯啤酒看完遗嘱，摇了摇头，没有说话。图尔洪看完遗嘱，把遗嘱递给了玉山。玉山说，姐，这不合适吧，你太伟大了也不行吧！图尔洪说，是的，这不公平。哥哥的意志一点儿没有了也不行。再说了，艾塞提是有野心的，他不会罢休的。莎尼雅说，那就是他的事情了。他的心玩火，倒霉的是手。伊力多斯啤酒说，我是外人，也想说几句，如果把权利都给了艾塞提，他们兄弟之间的仇恨会更大，这事就不会有什么句号。如果他搬来和我做邻居，我就卖院子走人，我不和这种人做邻居。图尔洪说，如果我们放弃权利，其结果是，艾塞提不会同意分出抚养艾丽菲亚的那笔钱，这笔钱必须留在嫂子这里。莎尼雅说，我不缺钱，就抚养一个孩子嘛，我住自己的楼房，自己的日子自己过。这样处理，对我也是一个机会。我嫁给艾代尔的时候，许多人说我的目的是算计艾代尔的钱财。这样一来，那些人会看清我嫁的不是艾代尔的钱财，而是他的人、他的热心。玉山说，姐姐再想一下，是不是急了一点儿，现在刀子在你的手里，一旦你有新想法了，再说话就是孩子的嘴巴了。莎尼雅说，我心里很明白，我也算是从死亡的魔床上回来的人，我要活出我的精神来。我不争金银，我要脸。图尔洪说，也可以，今天再放一天吧。莎尼雅说，也可以，明天叫艾塞提和他的兄弟们来吧，把遗嘱给他们，我就准备搬家了。

下午，莎尼雅和玉山一起来到了蓓蕾孤儿院。孤儿院在黑河边广阔的苹果园里。院长古丽是一个四十多岁的女人，高个儿，前额突出，嘴巴大，胸脯平坦，和她的个头儿很不相称。莎尼雅礼貌地见过古丽院长，把艾丽菲亚的入院手续交给了她。院长看过证书，说，我明白，您是这女孩儿的什么人？莎尼雅说，我是艾代尔的遗孀，是我男人留下遗嘱要我照顾艾丽菲亚的。院长慈祥地看着莎尼雅说，您有那个遗嘱吗？莎尼雅从包里取出图尔洪给她复印的遗嘱，交给了院长。院长看完遗嘱，说，不好意思，我不应该看其他的内容。您是想把孩子领走吗？莎尼雅说，是的，今年孩子刚好七岁了，该读书了。院长说，是的，读书的事情，我们已经考虑好了。如果您要领人，还要补一些证明：一是您单位的证明；二是您要收养孩子的申请；三是确定一个担保人；四是遗书的复印件，只复印有关孩子的部分。莎尼雅说，我明白，我把这些手续办好，来找你。我想问一句，这孩子是有父母呢，还是？院长看了一眼莎尼雅，说，不清楚，孩子是艾代尔先生送来的。莎尼雅说，是哪一年？院长说，三年前。莎尼雅说，噢，是这样。那好，我回去准备证明吧。我能看一下孩子吗？院长说，可以，跟我来吧。

她们在阅览室找到了艾丽菲亚。艾丽菲亚正在画画儿，画的是一只小猫，猫胡子画得很长。莎尼雅看着笑了，觉得艾丽菲亚是一个有灵性的孩子。巴哈尔古丽老师给她介绍艾丽菲亚的情况，说，艾丽菲亚很聪明，会写自己的名字，数字也可以数到一百了。院长对巴哈尔古丽老师说，孩子的姐姐来看她了，让她们单独待一会儿吧。院长和巴哈尔古丽老师出去了。莎尼雅坐在椅子上，抱起艾丽菲亚，温柔地在她细嫩的脸蛋上亲了一口，说，好孩子，喜欢姐姐吗？艾丽菲亚点了点头，没有说话。莎尼雅喜欢上了这个孩子，连眉、大眼、圆脸，看着很可爱。莎尼雅想，我应该破译这个密码。临走时，莎尼雅把手里的包留给艾丽菲亚，说，里面有红枣和核桃，和小朋友们一起吃，我还会来看你的。

　　莎尼雅走出阅览室，看见院长和巴哈尔古丽老师在桑树下说话。院长看见莎尼雅，走过来，说，艾丽菲亚还可以吗？莎尼雅说，很乖。巴哈尔古丽老师插了一句：很聪明，喜欢画画儿，血脉里可能有这个东西。莎尼雅看着院长说，谢谢你们，我走了。我会尽快把需要的证明办好。院长说，我送您到门口。莎尼雅说，谢谢。你们这里树太多了，都是大树，空气好。我以前没有听说过这个孤儿院。院长说，您现在知道了，以后就会喜欢上我们这个孤儿院。因为我们有一个口号：所有的孩子，都是我们的孩子。在父母身边公主、王子一样成长的孩子们，和在我们身边被我们的爱心滋润长大的孩子，都是我们的孩子。她们现在有可能是我们的麻烦，但将来会是我们的希望。莎尼雅说，您说得太好了，很高兴认识您。听您的口音，您好像是北疆人。院长说，是的。莎尼雅说，北疆好，水多，树多，漂亮，像绚丽的和田地毯。院长说，你去过北疆吗？莎尼雅说，去过，去过伊犁和阿勒泰。院长温和地说，是的，那些地方是后花园一样温暖的家园。

莎尼雅麻利地从手腕上取下精美的金手镯，送到了院长的手里，说，留给您一个纪念品吧，感谢你们这些年对艾丽菲亚的照顾。院长收回笑容，把手缩了回去，说，您这是怎么回事？这是我们应该做的事呀！您走好，不要客气。莎尼雅仍那样大方地说，我们是第一次见面，我只是想和您交个朋友。院长说，我喜欢交朋友。有朋友的人，白天可以看见晚上的事情，晚上可以看见白天的事情。朋友自古伟大，而金子，往往是朋友的累赘，有的时候会蜕变为敌人。有一句话我很欣赏，朋友应该像泉水一样透明、干净。莎尼雅笑了，但是把目光从院长的眼睛里移开了。莎尼雅说，说得好！您是一个很实在的朋友。但是，我的金子是干净的，我只是欣赏您的才能。

在苹果树下等候姐姐的玉山，看见姐姐走过来的身影，把车开到了跟前。莎尼雅上车后，从后视镜里看了一眼留在大门前的古丽院长，她脑海里开始浮现院长刚才锐利的眼神。院长放出来的信息像是说，好姑娘，每一个孤儿的隐私也是她们的生命，扰乱她们的生活是不合适的，你的金手镯不可能收买我们。金子不是正道的秤砣，人心才是大地恒久的天平。

第二天上午，在莎尼雅的坚持下，图尔洪通知艾塞提带着兄弟们来了。莎尼雅的位子是图尔洪安排的，她坐上席，平静地倾听图尔洪宣读她重写的遗嘱。按照莎尼雅事前和图尔洪商量的意思，图尔洪简要地介绍了遗嘱的来历。而后伊力多斯啤酒站起来，把艾代尔生前要他保存皮箱的事说了一遍。最后，图尔洪一字一句地念完了莎尼雅一手书写的遗嘱。

在图尔洪念遗嘱的时候，伊力多斯啤酒一直在观察艾塞提的神态。几分钟、几十分钟的时间里，那些名词和动词，把他变了另外一个人。眼睛变成了激光，开始温暖他的弟兄们。自从他爸爸艾代尔决定续娶女人的时候起，他就没有这么高兴过。伊力多斯啤酒心里骂了一句：牲口的第五只脚一样丑陋的东西。

莎尼雅扫了一眼艾塞提。艾塞提脸上的人气也出现在他兄弟们的脸上了。老二卡米力舒缓地吐了一口气；老三海米提的笑容已经爬到额头上了，蚯蚓一样丑陋的皱纹也开始发亮了；老四吾提库尔傲慢地哼哼了几声；老五阿里木干脆把心里的高兴说出来了：自古钱财和垃圾、污水是一路货，我们争的是人格、志气。一个女保姆想埋葬我们，这可能吗？突然，图尔洪的巴掌飞了过去，响亮地落在了老五阿里木的左脸上。阿里木倒下了。艾塞提迅速地站起来，挡住了图尔洪，说，叔叔，其实，你最想打的人是我。图尔洪说，阿里木有救，我才打他。而你，已经死了，我不能脏了我的手。艾塞提说，你给我们念了这么伟大的一个遗嘱，我还能死吗？图尔洪说，你走进黑暗的时候，你感觉不到自己的死亡。伊力多斯啤酒插话了，阿里木小弟弟，你不是你爸爸的儿子吗？你连你爸爸的一点儿味道都没有啊！你的嘴，是吃够奶长大的吗？这是什么地方？至少你爸爸的灵魂还在这个屋子里呀！艾塞提说，我们家里的事情，你最好不要掺和。图尔洪站起来了，说，艾塞提，你真是一条毒蛇啊，上天会割你的舌头的！

众人都沉默了。最后莎尼雅站了起来，她看着艾塞提说，那就这样吧，这件事就结束了。皮箱里面的东西你们拿走，按照遗嘱上的说法，你们点清楚。明天早晨我就搬家，院门不锁，你们过来接收就行了。你们还有意见吗？艾塞提说，现在没有，有意见我们会去找你的。莎尼雅说，好，我随时欢迎你们。

艾塞提提着皮箱走在了前面，兄弟们跟在他后面，走出了院子。只有莎尼雅出来，把他们送到了院门前。她说再见的时候，没有人理她，兄弟五人都开着车离开了院门。图尔洪走出客厅，来到莎尼雅跟前，说，这些娃娃没救了，一点儿人味都没有。莎尼雅说，人都会有悔改的一天，可能是明天、明年，也可能是五年、十年后，但这一天最终会到来，我信。如果他们不忏悔，他们的孩子们会忏悔的，什么样的一天都会到来的，但那不是世界末日。

莎尼雅第二天从这个亲切、精美的院子里搬走了。她最后看了一眼葡萄架，黑珍珠和马奶葡萄垂在油亮的藤下，点缀着别墅。莎尼雅回到自己的楼房住下了。一周后，她找人帮忙，办好了收养艾丽菲亚的有关法律手续，从蓓蕾孤儿院领回了孩子。院长古丽说，积德行善，是没有镜子的事情。孤儿院的孩子们，是时间以外的蓓蕾，不要企图把她们画进我们的路线图里。命运的袋子不在我们手里，给予爱，让她们学会爱，是我们至高的荣誉。

艾塞提在自己的家宰羊，请兄弟们吃抓饭。老五阿里木在洁白的毛巾上擦过油手，说，我们终于胜利了，要回了属于我们的权利。如果我们不闹，那个女人会把爸爸留给我们的遗嘱交出来吗？老二卡米力说，那个孤儿院的孩子，不会是爸爸的那么一次星星、月亮吧?！老三海米提说，这事就和我们无关了。艾塞提说，我想，这个老女人不简单，她一定留了一手。爸爸的那个邻居，那个伊力多斯啤酒老贼，什么事都知道，找个时间我想和他斗斗。老四吾提库尔说，怪了，爸爸怎么会把这么重要的遗嘱交给这个老贼呢？阿里木说，那就是爸爸糊涂了，脸上看着好好的，神志已经紊乱了。吾提库尔说，这就对了，他心不乱，能把遗嘱交给一个酒鬼吗？会娶一个老姑娘糟践自己的名声吗？

艾塞提咳了一声，神秘地说，兄弟们，这几天有一件事情盘旋在我的脑海里。我以前听说咱爸还有一块三十多公斤的羊脂玉，是一流的东西，是妈妈给我说的，这宝贝后来就没有下落了。我想，弄不好爸爸把这个东西给那个女人了。不然，她会把皮箱交出来吗？阿里木的眼睛顿时亮了，说，对，那个宝贝一定在那个老姑娘手里。不然，她会交出皮箱吗？她要是把那玉石独吞了，也是我们的一大损失呀！哥，咱们都去，找那女人问问！剩下的几个兄弟们也开始嚷嚷了，说要去问问！艾塞提的妻子米娜瓦尔在厨房里听到了他们的谈话，解下围裙，走出来，说，艾塞提，你们也太狠心了！一个女人，嫁给一个男人，最后她成罪犯了吗？就那么一个石头，你们也不放过吗？艾塞提说，那是我们家的东西呀！米娜瓦尔说，是你们家的东西，怎么不在你的手里呢？艾塞提瞪了老婆一眼，说，肉汤手工面，知道怎么做吗？知道厨房在哪里吗？米娜瓦尔说，一个人什么也不怕是要出事的。

第二天，艾塞提和兄弟们来到羊蹄市场，在吐尔逊的羊杂碎店里要了两大盘羊蹄子和五个羊头，美美地吃了一顿。当艾塞提喝了口奶茶，开始吃第二只羊蹄子的时候，老板吐尔逊坐在他对面的椅子上，整了整小胡子，说，哥们儿，有时间没有来吃蹄子了。艾塞提说，这宝贝不能经常吃，它可是高血脂、高血压的好朋友。吐尔逊说，这要看你怎么吃了，光吃不干正事，歪血压、黑血压都会有。听说你们兄弟几个得了一大笔遗产，都传开了。莎尼雅女士太了不起了，把钱财都施舍给你们了。艾塞提说，那是施舍吗？那是我爸爸的血汗钱！吐尔逊说，是吗？那你爸爸怎么没有留给你们呢？艾塞提说，爸爸娶了小女人，脑子晕了一段时间。吐尔逊说，这就对了嘛，莎尼雅女士不高尚、伟大，能把财富还给你们吗？因为你们不知道葫芦里面的秘密呀！阿里木瞪了一眼吐尔逊，说，你和那个女人有亲戚关系吗？吐尔逊说，没有，我和她有良心上的关系。艾塞提说，良心？良心这个东西可是永远也说不清楚啊！

他们走出羊杂碎店，来到了莎尼雅居住的小区。阿里木探听到的地址是海棠苑九栋二单元三楼右边的房子。兄弟五人来到门前的时候，站在前面的阿里木猛烈地敲门，从他粗暴的拳头下，响起了愤怒的声音。屋子里，莎尼雅通过猫眼儿看到了阿里木肥大的头，打开门，不客气地说，我以为是谁呢。他们走进客厅，满脸横肉，刀子一样的眼神盯在了莎尼雅的脸上。艾塞提说，我们没有时间说废话，我爸生前有一大块羊脂玉，请你把这个东西交出来。莎尼雅没有说话，转身，迈几步，坐在蓝色的皮沙发上，鄙视地看了一眼艾塞提，说，娃娃，还有什么事吗？艾塞提说，让你的歪嘴老实一点儿，我是决定你命运的人。把羊脂玉交出来！莎尼雅说，我不知道这件事。我知道的，都交给你们了，你们还是出去玩吧。阿里木跳到哥哥前面，说，你滚出去，我们要抄家。莎尼雅说，娃娃，老实一点儿，不要最后连嘴也张不开了。艾塞提说，你以为我们没有办法吗？到时候真正张不开嘴的人是你！莎尼雅说，你们都滚出去！想闹事，找你们的叔叔！她掏出手机，准备与图尔洪联系的时候，阿里木抢过她的手机，把手机扔到墙上，砸坏了。莎尼雅愣住了，她没有想到他们会这样对待自己，脸上的自信消退了。莎尼雅说，好，我滚出去，你们抄家吧。

莎尼雅大步迈出了屋子。阿里木开始翻东西的时候，老三海米提望着老大，说，不应该让那娘们儿走人，她会把叔叔叫来的。艾塞提说，快搜，没找到东西咱们就走人，弄不好叛徒叔叔马上就到。老二卡米力说，这个箱子是锁着的。阿里木说，哥，砸！卡米力从厨房找出刀，撬开了箱子。箱子里面都是冬衣和秋衣，没有找到羊脂玉。艾塞提说，没有咱们就撤，叔叔来了就麻烦了。阿里木说，好，走吧。几个人旋风一样地消失了。

莎尼雅带着六名保安，出现在了屋子里。小胡子保安塔伊看到凌乱的屋子，说，我们来晚了，您先检查一下家里的东西，到派出所报案吧。莎尼雅说，不去了，我们还是内部解决吧。我不想把事情闹大，那样大家脸上都不好看。我麻烦你一件事，帮我打个电话好吗？保安塔伊说，您说号码。莎尼雅从包里取出蓝皮电话本，找出图尔洪的手机号，念给了保安塔伊。塔伊拨通图尔洪的手机后，把手机递给了莎尼雅。莎尼雅谢过后，接过手机，只说了一句，眼泪就流下来了。莎尼雅说，是的，有事，请您来一趟好吗？

图尔洪赶到的时候，莎尼雅的哭脸已经很难看了。她开门的时候，图尔洪竟没有认出她来。他忧虑地坐在沙发上，问，出了什么事？莎尼雅咬着嘴唇，把情况讲了一遍，被蹂躏和践踏的动词、形容词，在她伤痛的喉咙里颤抖着。被侮辱的眼睛里，已经没有了亮光。图尔洪说，我说过，你太宽容了。生活是几个河流的盐味，不是美好的想法。人太善良了是不行的。你放心，我有办法治他们。这些孩子都是惯的，是哥哥帮他们成家立业的，现在一个个都成恶人了，一点儿人味儿都没有。莎尼雅说，我真的不知道那块三十多公斤的什么和田玉。图尔洪说，我也没有听说过有这么回事。他们现在来劲儿了，你说得对，咱们还是自己解决吧，我有办法。

就三天的时间，艾塞提带着兄弟们闹腾莎尼雅的丑行在朋友间传开了。每传到一个人的嘴里，那些残酷、恶毒的形容词就开始发酵、膨胀，不断地派生出更多熏臭的词语，当这些毒药一样的词汇传到艾塞提和他的兄弟们的耳朵里的时候，艾塞提把兄弟们召集到家里后，耷拉着眼皮，说，我们一定要找到这块羊脂玉。这时，老五阿里木从包里取出一份东西，蔫蔫地交给了哥哥艾塞提，说，好像到处都是这个东西，他们说是叔叔图尔洪发的。艾塞提接过材料，收住怒气，开始读材料。读完材料，艾塞提蔫了。老二卡米力看到哥哥的样子，从他手里抓过材料，看了一眼，说，遗嘱，是怎么回事？是爸爸留下的真遗嘱？卡米力看完遗嘱后，也沉默了。海米提抓过遗嘱，眼珠子定在了艾代尔的字迹上。老四吾提库尔把头靠了过来，二人开始细读艾代尔留下的遗嘱。

这是图尔洪的第一招。他把哥哥留给莎尼雅的遗嘱复印了一百份，发给了亲戚们和圈子里面的朋友，让这个遗嘱自己说话。在遗嘱后面，他附了一份说明材料，把莎尼雅重写遗嘱的事情详细地做了说明，也把自己散发这份真遗嘱的目的向大家亮开了。

艾塞提的脸上这段时间公驴、野马一样猖狂的气象看不见了，变成了无精打采的模样。他的兄弟们也说不出话来了。很长时间后，苍蝇们闹够嗡嗡着飞出窗口以后，艾塞提憋出了一句话，兄弟们立刻来了精神。阿里木说，对，大哥英明，就是这么回事，开什么玩笑！米娜瓦尔在厨房里听到了男人从大肠小肠里憋出来的话，说，这个男人，从骨髓里就烂了！该洗脑了！昨天，图尔洪也给她了一份真遗嘱，要她交给她男人。她看完真遗嘱，就压下了。她不想和男人理论斗嘴，不想破坏家的和谐。在这件事上，她遵循的规矩是不掺和男人卑劣和贪婪的伎俩。她的哲学是，谁玩火谁的手倒霉。阿里木来劲儿了，说，还是哥哥英明，这遗嘱是假的！让叛徒叔叔去折腾！海米提说，我也是这个想法。咱们不理他，东西已经在我们的手里了；别墅，哥哥已经住进去了，我们怕啥！艾塞提说，我也是这个意见，叔叔想用这个办法，把我们玩到他的锅里去，咱们不上当。

周末，艾塞提的朋友们请他到河边景点吃饭。饭后开始喝酒的时候，胡希塔尔要了两瓶烈酒。海尼说，哥们儿哎，四人两瓶多了吧！居来提说，不急，最后咱们还得加两瓶。一人不折腾一瓶，还是儿子娃娃吗？胡希塔尔说，那种喝法，像我们这样的穷人可以，像艾塞提这样的人造贵族就适应不了了。艾塞提说，今天我陪大家喝好，喝到耳朵自己说话为止。胡希塔尔说，可不能这样。说话的东西多了，嘴和嘴不一样，有的人不只是嘴脏，还极不要脸，所以还是少喝一点儿。海尼说，咱们先开喝吧，酒这个东西，情绪好了，像奶茶一样往里流，舒服着呢。居来提说，咱要的烤肉还没有上呢！艾塞提说，喝酒就是喝酒，烤肉吃得多了，酒的味道就没有了。胡希塔尔说，还是有钱人有聪慧，听老辈人说，他们那个时候就是苹果下酒，越喝越舒服。咱们今天是一人一杯，今天喝酒，由头是我刮脸了，海尼要我请客。再说，这几天身上有几个不要脸的钱，老婆不知道，用了也舒服。胡希塔尔把三杯酒送到朋友们手里，自己留了一杯，说，干了，老辈人说，除了死亡以外，一切都是游戏。咱们今天游戏游戏，如果有良心的人，哭也行。大家笑了，喝完酒，把杯子还给了胡希塔尔。海尼说，还没有醉，还没有回家，老婆还没有开骂，就哭吗？胡希塔尔说，不要等到最后，咱们灵活一点儿，三杯酒以后允许哭。艾塞提说，今天这个气氛有点儿不对呀。居来提说，都对着呢，不对的事情现在家里睡觉着呢。

开始喝第二杯酒的时候，海尼说，咱们是从小玩麻雀长大的四棒棒，有时间没有聚了，都快尿不到一起了，这不对。有钱了，脸大了，叫不到一起了。等到老了，一斤肉吃一年的时候，后悔就来不及了。光屁股的时候是朋友，砸核桃的时候找不到人，以后良心说话的时候，眼睛抬不起头来，土地也会诅咒我们的动脉、静脉。胡希塔尔说，主要是艾塞提有钱了，最近又有了一笔遗产，搬进爸爸的别墅里，就忘了朋友了。艾塞提说，嘴巴忘了，心里没有忘。胡希塔尔说，首先是心不要脸，而后是嘴巴。听说你这段时间玩遗嘱玩得不错啊，他们说你可以把一种遗嘱变成好几样玩。

艾塞提的笑脸不见了，说，都是走狗们造谣。胡希塔尔说，睡狗们做出来的事情，走狗们好流浪着宣扬啊！我们都听说了，这一次，你的遗嘱玩得绝。长这么大，刚好你也没有个外号，就送你一个吧，现在大家都在说你的遗嘱，就叫遗嘱吧。海尼立马接上话头，说，这外号有意思，遗嘱，回忆起来，很有细节，也有时代意义。居来提说，将来老了，什么事也干不动了，还可以在邮局前写遗嘱呢，也来钱。胡希塔尔说，那咱们庆贺艾塞提的外号，干一杯吧。大家举杯，笑着把酒喝了。艾塞提沉闷地说，你们这不是在侮辱我吗？这是什么外号？胡希塔尔说，外号都是赐的，今天我是替天行道。艾塞提说，我知道了，你们这是一个肛门出气，作践我。胡希塔尔说，你从小就贼聪明，你应该知道，我们是拯救你。那些知道了你爸爸留给你后娘的遗嘱，了解了你后娘高尚地为你们改写遗嘱内幕的人们，都在骂你们不是人，是牲口。我们知道了，装不知道吗？因为你不是牲口呀！朋友是什么，朋友就是在这种时候站出来让你哭泣、悔过的人！我们不是羊肉朋友，我们是从光屁股时起就一块馕掰成四块吃的肝脏、肾脏朋友。我看你那后娘比男人还要男人，多了不起的胸襟啊！可是你们威胁她，要她交出什么和田玉来。

艾塞提含混地说，你们不了解情况，我叔叔是叛徒，都是他搅和的。居来提说，你们也太丑陋了。莎尼雅女士嫁给你爹，就是伺候你爹的佣人吗？就一疙瘩石头，你们也不放过吗？按照这个逻辑，她还应该赔上吃你们家的饭钱吧！你也净胡诌，你叔叔是那样的人吗？他是正派的大锅里煮出来的人。艾塞提说，那是属于我们家的东西。海尼说，有没有那个石头，还是个话呢！胡希塔尔说，艾塞提，还是要想办法，把名声收回来，这个东西可不能说没了就没了。艾塞提说，我的名声哪儿也没有去，在我脸上挂着呢！所谓的那个女人改写了的遗嘱，是假的。她的这个把戏，我不知道吗？她嫁给我爸爸，不就是冲着我爸爸的钱吗？胡希塔尔说，我看你也是一个贪财货。不冲着钱来，人家吃石灰、喝污水吗？！艾塞提说，我不怕人家说，历来都是疯狗乱咬人，好人继续前进。海尼说，你是好人吗？你、我的标准还不够。这不是小事，你连好事和坏事都分不清楚，还想做好人吗？好人可是了不起的，好人的大门不上锁。而你，心里、脸上和眼睛里到处都是锁子，你能做好人吗？

艾塞提沉默了。酒轮到他的时候，他抓住酒杯张开嘴往里倒，而后闭上眼睛想心事。哥们儿逗他，惹他，讽刺他，继续拿他的新外号说事，刺激挖苦他，他都不说话，不理睬。两瓶酒晃完后，胡希塔尔又要了两瓶，艾塞提仍旧像木偶一样坐在那里，一句话也不说，用沉默对付朋友们。胡希塔尔的酒劲儿上来了，口齿不清地说，哥们儿哎，这酒没有掐脖子吧？肚子里面还有气吗？喝酒不出气，你就自动哑巴了？哑巴了，你那舌头就成我的那个东西了，你不臊吗？艾塞提猛地坐起来，掐住了胡希塔尔的脖子，说，我捏死你！居来提立马坐起来，拉开了艾塞提的手，说，哥们儿哎，酒上头了吗？不要作践你的手，舌头说话嘛！胡希塔尔说，他现在的舌头还会说话吗？艾塞提急了，摆好架势，准备出拳的时候，海尼迅猛地起身，抓住了艾塞提的手，说，哥们儿，降降温，出拳打人，还是要和你的那个好地方商量好。你小子喝多了，我送你回家吧。胡希塔尔说，就你这狼狈样，还想贪污个好人的名分！海尼拉着艾塞提的手，摇晃着走了。胡希塔尔说，今天的酒钱没有白花，他火儿到这个程度，我的目的就达到了。

胡希塔尔按原想法，在河边景点、宫廷菜肴园、泉巷野味三个地方，请来圈子里的朋友和三位知名的笑话家，吃好喝好，宣扬他给艾塞提起的外号。艾合买提酒喝到开始松皮带的时候，民间笑话家阿扎马提站酒说，你把光屁股时代的朋友搞臭了，你也不是好鸽子。胡希塔尔说，我这不是拐着弯弯救朋友嘛！笑话家坎吉说，朋友的裤子掉了，他才能漂亮起来啊！笑话家开赛尔说，胡希塔尔的确高明，他这是变着法子宣传朋友捣鼓遗嘱的能力。这样的广告，才能诱惑人心。阿扎马提站酒说，这小子看得远，你梳头发，他梳人心。开赛尔说，还是你老贼懂事理啊，柜台前站的日子多了，什么样的臭酒你都能闻出来。阿扎马提站酒说，这就是本事，而且老板还会给我赊账。坎吉插话说，那是当然，我不在的时候，你不能不撒野啊！阿扎马提站酒说，我不怕你的声音，因为你的牙齿都腐烂了！大家都笑了。胡希塔尔说，开赛尔说得好，我是变相地吹捧艾塞提写遗嘱的能力，大家需要立遗嘱或是玩遗嘱，都来找他。阿扎马提站酒说，这年头也够热闹的，钱一多，成了爷爷奶奶的时候，这男人们也开始蹲着尿尿了。那臭鬼的老子艾代尔，可也是个站着尿尿的硬汉啊！坎吉说，我说呢，我跑到哪里都是臭烘烘的，原来你和那老贼一起喝多了呀！大家又笑了。接着，艾塞提的名声也开始在许多人的舌头上流浪了。

图尔洪等的就是这一天。艾塞提像个输光了钱的老赌徒，像个没落的乞丐，蔫头耷脑地出现在图尔洪的眼前。图尔洪说，咱们出去碰几杯吗？艾塞提阴冷地说，您允许，我就喝。图尔洪说，我破规矩，以后咱们就不拿辈分、规矩和礼节当警察了。他们来到亲切的泉巷野味，要了一只野兔和六只鸽子，一瓶伊力大曲。图尔洪自己倒酒。艾塞提第三杯喝完，也没有动兔子、动鸽子的一腿一翅。在叔叔往杯子倒酒的时候，艾塞提抓住机会看了一眼他的神态，揣摩他的心思。而图尔洪把半只肥野兔和一只鸽子塞进肚子里后，耐心地等艾塞提张嘴说话。艾塞提说，叔叔，放过我们吧。图尔洪看着艾塞提，说，你看着我，把眼睛睁大。你这话是什么意思？是我在扰乱你吗？艾塞提昂起头，说，我想说，你不要替外人说话。图尔洪说，刚才，我见到你的时候，以为你已经明白了你爸爸在精神上要求你的那些东西，现在我错了。你还没有进来。是我可怜呢，还是你可怜？谁是外人，你永远记住，在婚姻千古牢固的账本里，有一种真理是永恒的：一个陌生的女人此时嫁给了你爸，此刻她就是你的亲人。血缘不是前定的基础，人性、人格才是最后的血液循环。你爸爸是什么人？你们又在干什么？难道这还不够吗？继母不是满足了你们吗？你们还要那个你们没有见过的石头，天能容你们吗？这继母的胸襟谁不佩服？你们逼她、侮辱她，你们以为就可以拿到那个不存在的石头吗？你让兄弟们和你一起变坏，侮辱、埋葬人家的名声，就不怕受到惩罚吗？艾塞提说，叔叔，这事没这么严重。在遗产的事情上，是不能讲道理、讲人格和讲善良的。财富是家庭、家族的基础，这个东西是不能外流的。

图尔洪说，娃娃，你知道的事情不少啊，但是你为什么不知道最主要的事情呢？人家的东西也是你的吗？你爸爸把钱财、物都留给你继母了，她为了拯救你们的灵魂，改写了遗嘱。你还踩着人家的衣领上头了！你为什么不摘下帽子当镜子，不检验一下自己的灵魂呢？你爸爸、你爷爷都是什么人？我们家七代祖宗，都是脸上有光的汉子。到了你这一代，你们开始尿自家的锅了！你的问题是目的不善，我帮不了你。

艾塞提说，我也准备了一份遗嘱，是以爸爸的名义写的，和前两份遗嘱不同的是，用一套楼房安慰那个女人。你能帮我散发吗？图尔洪说，你这个臭烂的哲学，我早就听说了。街上的狼狗们也在汪汪你的阴谋。这不可以。你可以自己散发，我等你悔悟。如果你不回头，坚持背叛你爸爸的灵魂，我就实施我的下一个办法，让你觉悟。我这样做，一是要光耀你们继母的高尚精神，二是拯救你们，最终的目的是拯救你们的孩子。艾塞提说，叔叔，我可以收买你吗？图尔洪说，娃娃，不要太狂妄，我会割掉你的舌头的，你会变成植物人。艾塞提没有说话，站起来走了。

周末，嫉妒的风，还没有来得及吹散清早馨香的空气，蓓蕾孤儿院的院长古丽和巴哈尔古丽老师敲开了艾塞提的房门。艾塞提昨天和叔叔闹腾，晚上找朋友继续喝酒，半夜回来，还在被子里捂着呢。米娜瓦尔开门，笑看客人，意思是你们找谁？院长古丽和蔼地说，打搅了，这是艾塞提先生的家吗？米娜瓦尔笑了，说，是的，请进，我去叫艾塞提。

艾塞提醉鸡似的睁开了眼睛。半只眼睛看着老婆，歪着舌头，说，天塌了还是发大水了？米娜瓦尔说，两个美女来了。艾塞提闭上眼睛，说，家里一个就够了，再来两个蹂躏我的人，那不是世界末日了吗？米娜瓦尔说，心坏的人，说话也臭。快穿衣服，客人等着呢。

艾塞提出现在客厅的时候，米娜瓦尔已经给客人们倒好了茶。艾塞提嘴角动了动，算是笑了。米娜瓦尔坐在院长古丽跟前，邀请她喝茶。院长介绍过巴哈尔古丽老师后，说，不好意思，我们冒昧来访，也没有打招呼。打听到你们的这个住址以后，一大早我们就赶来了。这个小区太漂亮了，到处都是白杨树。我记得以前这里是个果园。我们的孤儿院也是树多。树是养脾性的东西，我喜欢树。艾塞提嘴角又动了动，假笑一下，心想：一大早啰唆什么呀！院长看了一眼艾塞提的眼睛，从他的神态上多少窥见了他的心理活动，说，是这样，我们是蓓蕾孤儿院的。我们之所以直接来找你们，是不想多事。我们的一个老师，在一次婚礼上听到了大家的一个议论，说你们家和莎尼雅女士之间有一块玉的纠葛，就觉得我们有责任把事情说清楚。这块玉呢，和我们蓓蕾孤儿院有关系。当年，艾代尔先生把这块玉捐给我们了，我们又把它卖给了新疆美玉公司，用那些钱给孤儿院买了一辆轿车和工作车。我把当年卖玉的发票的复印件给你们带来了，还有那块玉的照片。院长把发票复印件和照片，放到了艾塞提的面前。艾塞提不再贼笑了，麻袋片一样的脸变成了丑陋的垃圾桶。他抓起发票复印件，看见八十六万元的数字，脸更难看了，心里咕噜了一句：二百平方米的房子没了。他看着发票复印件，冷冷地说，这件事我不清楚，可能是兄弟们在了解一些情况，谢谢你们提供的这些材料。院长知趣地站起来，说，打搅了，我们的任务完成了，再见！艾塞提没有说话，米娜瓦尔调节气氛，说，坐一会儿吧，我给你们做饭。院长说，谢谢，我们还要到批发市场采购，有时间到我们孤儿院看看吧，都是非常可爱的孩子们，我们会成为朋友的。米娜瓦尔说，好，有机会我们一定会去看孩子们的。院长走了。关好门，米娜瓦尔看着男人抹布一样的脏脸，说，家里来人了，你怎么这么个德行？你还是个人吗？人家抽你的筋了吗？艾塞提说，一早晨来了两只母鸡，不是好兆头啊！米娜瓦尔说，你糊涂了，吃羊草不说人话。没有母鸡，你吃什么！艾塞提说，我没有说你，我说的是人家的母鸡。米娜瓦尔说，这几年你变成狼狗了，我就没有打过你的脸。今天我说一句吧，你在外面的母鸡不行了吗？这就是悲剧了呀，我说你怎么越来越陌生了呢，像个别人家的男人。艾塞提说，你犯病了吗？米娜瓦尔说，你都疯了，你爹娶的女人你都可以赶出家门，当垃圾侮辱，我能好到哪里去？都是一口锅的奴隶。在外人的眼里，弄不好我就是帮凶。艾塞提说，我觉得自己很正常。米娜瓦尔说，那是你现在还没有发现自己，等你哪天发现自己是一个男人的时候，你就会抽自己的嘴巴。艾塞提说，唉，世界末日到了，身边的敌人好可怕呀！米娜瓦尔说，是你自己心里有敌人。

米娜瓦尔打开电视，开始欣赏歌舞。艾塞提说，你高兴了吗？米娜瓦尔说，还没有，等你哭着说不出话来的时候我才高兴了。我高兴了，你心里的毒蝎就会死亡。这是我的愿望。艾塞提沉默了，抓起茶几上的发票复印件，看着那个八十六万元的字样，呆坐在沙发上。他不能理解爸爸，为什么要把家里的财富白白送人呢？为什么要仇视自己的孩子们呢？米娜瓦尔偷看了一眼男人，艾塞提的前额开始发黑，像民间匠人们制作的黑肥皂，脸上看不见人气。他在沙发上，变成了一个僵硬的木偶。

艾塞提没有用早茶就出去了。米娜瓦尔没有和他说话。艾塞提没有开车，走出院子，来到巷口右侧的包子店，要了五个薄皮包子，像橡皮人一样，趴在桌子上吃了起来。对面窗口前面，邻居艾斯卡尔唠叨正在吃抓饭，看见艾塞提的狼狈样，说，有钱的邻居，昨天没有输钱吧？怎么趴在桌子上抬不起头来呀？艾塞提没有抬头。他进来的时候就看见了艾斯卡尔唠叨正在吃抓饭。他低着头说，我昨晚上在天上飞了一圈儿，早晨下来看见人间的杂事，头晕。艾斯卡尔唠叨说，哦，上天了，在梦里吗？艾塞提说，和那些星星们在一起，那可是幸福她娘了！艾斯卡尔唠叨说，天上有这样的包子吗？艾塞提说，天上什么没有？都是天鹅肉包子。艾斯卡尔唠叨说，那你就傻了，下来干什么！我们连天鹅都看不见，你天天吃天鹅肉，不是神仙的日子吗？艾塞提说，我也不知道自己是怎么下来的。艾斯卡尔唠叨说，可能天上没有玩遗嘱的买卖吧，这可是个来钱的行当啊！这一次，艾塞提抬起头来了，眼神像刀子。艾斯卡尔唠叨说，我听说，你爹连片树叶也没有给你留下。"遗嘱"这外号起得好！这可是看不见的刀子啊，满城都传开了。你的后人，一代代地继承这个外号，他们的精神也就是斗鸡场上的臭泥巴了。

艾塞提沉默了，他怕出事，包子没有吃完就站起来，来到坐在门口收钱的老板跟前付钱。老板说，包子怎么没有吃完？艾塞提看了一眼艾斯卡尔唠叨，说，恶心。艾斯卡尔唠叨说，一个男人，连自己的包子都吃不完，以后就蹲着尿尿了。艾塞提说，唠叨，咱们出去玩拳头还是玩刀子？艾斯卡尔唠叨说，你长这么大，玩过刀子吗？我给你找个羊牙子刀怎么样？老板发现形势不妙，说，晚上才是打架的时间，早晨干正事吧。艾塞提恨恨地看了一眼艾斯卡尔唠叨，出去了。老板看着艾斯卡尔唠叨，说，能这样说话吗？你含蓄着刺他呀！艾斯卡尔唠叨说，他是新疆第一不要脸，他懂含蓄吗？！

艾塞提走出大门，举手准备叫车的时候，在巷口开理发馆的祖农师傅迎面过来，叫住了他，说，哥们儿，恭喜你，终于有了一个外号。玩遗嘱，这可是个来钱的买卖呀！哥们儿，这个写遗嘱、改遗嘱的事情，好学吗？艾塞提瞪了他一眼，说，你爹死了吗？祖农愣了一下，说，我岳父死了！岳父死了行不行？说完，迅速地走开了。

艾塞提拦住了一辆出租车，来到了叔叔图尔洪的家。图尔洪和艾塞提握手的时候，从他的眼神和冰冷的体温里已经感觉到了他内心的变化。艾塞提像公牛一样的人，傲慢霸气的眼神现在却看不见了。他没有进屋，在葡萄架下的凳子上坐了几分钟，忧心忡忡地看了一眼叔叔，说，叔叔，我可以请您喝酒吗？图尔洪直视他的眼睛，说，你有钱吗？艾塞提说，我这么不要脸，怎么会没有钱呢？图尔洪说，这样说来，你看见自己的脸了？艾塞提说，看见了，只是没有看见眼睛。图尔洪说，这样说来，你的麻烦还没有过去。你就一张嘴，却谋略百张嘴的事情，你那眼睛不骂你吗？

他们来到西大桥鱼市后面的小饭馆。艾塞提的意思是这边偏，没有认识的人，好说话。他知道叔叔喜欢吃干炸鱼，又要了两公斤手抓肉，一瓶酒分成两大啤酒杯，大口喝到一半的时候，艾塞提说话了。图尔洪抓了一块肉，边吃边听他的说道。图尔洪说，看来还是啃骨头舒服，牙齿、舌头、血管、眼神、嘴脸都可以兴奋起来。你有这种感觉吗？艾塞提说，没有。在您的帮助下，我现在没有感觉了，也不是我自己了。图尔洪说，那我就继续帮助你，把你变回来。艾塞提说，那将会是我自己吗？图尔洪说，骨头还是你自己的。肚子里面的那小块肉，过滤后就干净了。你刚才的问题其实很简单。你说，你们的爸爸为什么在遗产的事情上对你们这么残酷？这个事情，你是问我呢还是在问你自己？我想，你应该问你自己。你爸爸在遗嘱上不是说得很清楚了吗？孩子，在童年的时候是孩子，少年的时候是朋友。孩子成家以后，肚子里对爸爸就有虫子了，因为他的生活里有别的女人了。因为这个孩子还不能领悟这个秘密，就不理解父亲在不同时代的演变，也就不能理解在父亲看来是拯救儿子灵魂的决断，而这在儿子自己看来却是父亲抛弃了自己。人活着非常麻烦，整个人类不是一个条田里的鲜花，人类在青春时愉悦父母，在中年时蹂躏父母的神经，践踏哺育我们成长的温暖记忆。我们的悲剧是，我们不是完全活给我们自己的感官、欲望、舌头、嘴唇和野心。我们的另一半，是他人的，是社会舆论的，是小人的唠叨的。因为小人常常能左右一个人的人格和情绪，一个环境的和谐，一个巷口的情绪，一个社区街区的氛围。你明白这些道理吗？你的，你以为完全是你自己的吗？吃肉的时候，是要扔骨头的。哈密瓜吃完了，瓜皮在我们的脚下，刚刚还在桌上的金色哈密瓜，几分钟就在我们的脚下了。而你以为爸爸留下的东西，必须是属于你的，这不就成了童话了吗？你爸爸留下的别墅，就不是你的。虽然你和兄弟们商量好了，用沉默、肮脏、没有眼睛的钱钉死了他们的舌头，但是大家的舌头、民间的舌头，你是锁不住的。如果你就这样走到最后，你甚至不是别人眼中的你了。你知道什么叫活着就死了吗？可能你不在乎，你的孩子们呢？艾塞提喝了一口酒，说，叔，您绕得太深了。图尔洪说，好，那我给你讲一讲你眼前的事情。你这么喜欢你爸爸的钱财，为什么不喜欢他的人品呢？就是狗也继承的是狗的本性啊！艾塞提说，您是说，我比狗还坏吗？图尔洪说，你感觉到了？艾塞提沉默了，又要了一瓶酒。图尔洪说，有的时候，喝醉了也长见识，倒酒！

艾塞提醉了。图尔洪给米娜瓦尔打了个电话，把他带回自己家了。艾塞提第二天中午才爬起来，洗了洗脸，摇晃着走人了。图尔洪没能留住他，艾塞提说，叔，我还有脸喝茶吗？我昨天失态了呀。图尔洪说，小事，你活着就行，活着就有希望。一路上，他重复着图尔洪的话，回到家里，又说了一遍"活着就有希望"。米娜瓦尔听着，惊了一下，说，脑袋没有出事吧？艾塞提说，死亡通知眼睫毛的时候，死神会给我们的灵魂发信息吗？米娜瓦尔说，还醉着，什么世道，和叔叔喝酒，不会是世界末日的前兆吧！艾塞提说，不要胡说，世界是永恒的，会丢下她的无数臣民玩末日吗？无数有钱的人，还没有折腾完自己的财富，就离开了这个充满辣椒面、胡椒面似的痒人、养人的世界吗?！快，手工面、辣椒、胡椒、姜皮子！米娜瓦尔说，但愿你的脑浆不要辣椒、胡椒、姜皮子。

第二天，艾塞提喝完茶准备出门的时候，图尔洪的信息出现在了他的手机上：眼下，有一种科学的疗法，去看一下心理医生。在友好医院，有一个叫古丽巴哈尔的心理医生。准备出门的时候，艾塞提看了一眼米娜瓦尔，说，我去看病，找一个巫医，看看脑袋。米娜瓦尔说，你的心有问题。艾塞提说，心都是贪婪的，我的毛病在脑袋上。

艾塞提在护士的引领下，办完手续，坐在医生面前。心理医生古丽巴哈尔五十岁了，丰满的身材，睿智的眼神，亲切的脸，让人看着舒服。他看她的眼睛的时候，心里有一种莫名的忐忑，好像在很早以前，就在没有航标的河流上偷过人家的什么东西。古丽巴哈尔医生张嘴只说了几句，艾塞提的舌头就开始像点钞机似的"锵锵锵"了。古丽巴哈尔医生问过三次后，沉稳、温情的话语，开始侵入艾塞提的灵魂：你的情况其实不复杂，人本来都是两只眼睛，你在肚子里不争气的地方，多藏了几只小眼睛。一是看了不该看的东西；二是你的眼睛不睡觉，窥视人间的针眼、针线。眼睛累了，就蛊惑你的心脏；心脏累了，就影响你的灵魂，最后你的眼睛就紊乱了。人活着本来是一日三餐，你一日三山了，所以你的灵魂严重超载了。生活里，在一些特别的时候，是没有因果关系的，这是世界不可知的一部分，因而你不能和世界作对。大地的轴心没有正反，这是地球的前定。你现在的问题是，疯狂地诅咒那些没有开花就拥有了果实的果树。尊重大地的规律，尊重生活的偶然，也是一个男人，不，一切人都应该面对的事情。春天的时候，不是所有的花儿都属于我们，有些花儿我们是看不见的，它们开在旮旯角里、悬崖下的石缝里，只有风是它们的朋友，我们不知道它们的存在，但风曾无数次把它们的芳香吹进了我们的心坎儿里。这给我们的启示是什么呢？不是一切美好都属于我们。死神是没有钟表的刽子手，我们不知道它们在哪里，但是我们知道它们是存在的、无情的，有理由没说法也要熄灭你生命的灯火。从你的山里走出来，像一张白纸一样面对生活的风雨，你的生命会自己说话，引领你走向正道。这样，你战胜了时间，便会活得悠然自在。

艾塞提的头早已耷拉下来了。古丽巴哈尔医生停下来的时候，他缓慢地抬头看向古丽巴哈尔医生，说，医生，我可以走了吗？古丽巴哈尔医生说，回去休息吧。你能找到从童年时和你一起长大的朋友吗？艾塞提说，可以找到。古丽巴哈尔医生说，那好，你请他们吃饭，把心里面的事给他们讲一讲，你们一起回忆童年时的事情，畅谈一次，你会好起来的。

艾塞提回到家里，病了，兄弟们把他送到了医院。图尔洪来看他，说，让你的兄弟们每天都送些鹰嘴豆手工面来，那是调理脾性的东西，比医院的药好。不要打针，出院后，每天洗冷水澡就好了。艾塞提出院了，三天的时间，果然好了。他向兄弟们报告了蓓蕾孤儿院院长说的关于那块玉石的情况，然后说，我查了一下，就是这么回事，走到这一步，我很痛苦。老五阿里木说，都是叔叔捣鬼。艾塞提说，兄弟，不要说了，看来，我们都是嫩苞米。活着，活给自己，活给别人，真的不容易。话音刚落，艾塞提的手机响了，他听到对方的声音，立马从沙发上坐起来，走进卧室，扣上门，来到窗户前，左手拉开窗扇，笔直地站在那里，满脸神圣。从手机传来的声音，字字钉在了他的神经上：把别墅还给后娘，给娃娃们留点儿脸。茫茫的人间，好汉的子嗣却如此贪婪无情，玷污父亲的美名，可耻啊！你能想象你娘在另一个世界的痛苦吗？手机没有声音了，他仍站在那里，看着窗外鲜美的葡萄，呆在了那里。很长时间后，阿里木敲开了卧室的门，说，哥，没有什么事吧？艾塞提说，有事，你们回家吧。明天早晨叫人来帮我搬家。吾提库尔说，哥，出什么事了？艾塞提说，大事，是无耻的大事。你们回吧。

第二天一大早，艾塞提请叔叔图尔洪喝早茶。图尔洪说，钱越多越抠门。早晨什么也吃不动啊，你晚上请喝酒不好吗？艾塞提说，晚上事情就晚了，早晨再帮我一次吧。我想见后娘，您帮我说几句话。图尔洪放下手里的碗，惊讶地看着艾塞提的眼睛，说，这还是第一次听见你叫后娘。你这个人嘛，还是有希望的。艾塞提说，我搬走，让后娘回来。遗产的事，按爸爸的遗嘱办。图尔洪说，怎么了，你怎么突然伟大起来了？遇到高人了吗？艾塞提说，一个巫师给我算了一卦，我的灵魂发现了。图尔洪说，那就暂且让我感谢你的灵魂吧！但愿这不是什么把戏。

图尔洪敲开了莎尼雅的房门。艾塞提跟在后面，把装在麻袋里的羊肉放在了门边的椅子上。莎尼雅看到东西，立马把视线移到了艾塞提的眼睛上。艾塞提窘迫地躲避着莎尼雅的视线，问候了一声，说，姐，我来看您了。莎尼雅后退了一步，坐在沙发上，没有说话。她又看了一眼艾塞提的窘相，把视线移到了图尔洪的眼睛上，无声的疑问是：怎么回事？演的是哪一出啊？图尔洪说，艾塞提亲自为你宰了一只羊，他是来给你赔罪的。莎尼雅说，艾塞提没有罪，他灵魂里的魔鬼有罪。如果他把灵魂里的魔鬼赶走了，他还是他爸爸的好孩子。艾塞提说，姐，我们太蠢了，请您宽恕我们。我们明天帮您搬回去吧，爸爸给您留下的东西，按照爸爸的遗嘱做吧，请您看在爸爸的面子上，宽恕我们。艾塞提看见莎尼雅流泪了，他鼻子一酸，猛地站起来，出去了。图尔洪说，就这样吧。这几天你搬回去住吧，艾塞提发现肚子里的虫子了，我也觉得意外，但这是事实。老辈人讲，刀不砍悔过的头颅，你就给他们一个面子，搬回去住吧。这个结果，也是你最早期盼的。你的精神和灵魂都胜利了，我很高兴。莎尼雅说，不，是艾代尔的灵魂和精神胜利了，正道的种子是属于他的。莎尼雅说，那就这样，那个别墅我先住着。剩下的东西，按我那个遗嘱上的意思，分给他们吧。我想过平静的日子。等艾丽菲亚长大了，我也有人照顾了。图尔洪说，好几次了，我都想问一句，艾丽菲亚的来路你搞清楚了吗？莎尼雅说，没有，我不想知道了。孩子的监护权已经在我的手里了，你哥哥在遗嘱上也没有细说这孩子的事情，那么我就应该尊重他。尊重时间吧，时间不允许我们窥视这个秘密，我们就听命吧。图尔洪说，好，我们就这样说定了。什么时候搬家，你给我来电话。莎尼雅说，好。今天这个事情，我没有想到啊。

晚上，艾塞提请兄弟们吃饭。抓饭吃完吃西瓜，洗完手，把他的决定和与叔叔一起见过莎尼雅的情况灌进了他们的脑子里。大家长时间地沉默，一个个低下了头。老五阿里木说，哥，你变得太快了，这不是你的意思，是那天那个给你打电话的人逼你做的。吾提库尔抬起头，看哥哥的眼睛。艾塞提说，都抬起头来，我们都是男人，但是我们的胸襟比不上我们的后娘，吃垃圾、喝污水的人应该是我。这几天帮后娘搬家吧，我们是爸爸的孩子，我们太过分了。我们有过污点，我们要洗刷这个污点。爸爸在最后为什么这样厌恶我们呢？我们再也不能生活在情绪里面了。海米提说，今天的抓饭没有吃好啊！卡米力说，那就听话吧。现在，骂我们的人越来越多了。阿里木说，男人怕骂吗？骂的人越多，身上就自己来激素。

艾塞提和弟弟们把莎尼雅的家搬回来了。伊力多斯啤酒怀疑艾塞提的诚意，说变得太快了，认为他的骨子里没有这么善良的东西。

十天后的一个下午，根据艾塞提的安排，吾提库尔和兄弟们在河边的牛羊市场买了一只三岁的小牛，拉回来，在后娘的院子里宰好，准备了一场丰盛的家宴。客人都是亲戚们，在图尔洪的提议下，还邀请了伊力多斯啤酒。黄昏的时候，客厅里坐满了客人。莎尼雅坐在上席，平和、自然地和亲戚们说话。这是在艾塞提的坚持下，图尔洪给说定的位置。艾塞提的老婆米娜瓦尔被安排在了莎尼雅的身边，艾塞提咕噜了几句，说，你应该负责后堂啊！米娜瓦尔说，你以为我愿意露脸吗？我还想到后院果树底下洗碗呢！是叔叔要我陪莎尼雅姐的。艾塞提的半个脸讪讪地笑了一下，说，我忘了，你永远是伟大的。

　　饭菜准备好后，图尔洪在艾塞提的示意下，站起来，开始主持家宴。图尔洪说，亲人血脉们好，今天是一个值得我们和我们的子孙铭记、传颂的日子。我们聚集在这里会餐，是为了追思我的哥哥艾代尔，他是一个合格的男人，这是我们共同的安慰和骄傲。今天也是伟大的日子。我们聚集在我哥哥生活过的这个屋子里，怀念他给我们的友谊和生活。感谢今天的日子，这是我们最大的幸福。开饭前，我们搞一个仪式，艾塞提要给他的莎尼雅妈妈，赠送他爸爸和莎尼雅妈妈在一起的一幅油画，我们欢迎。大家开始鼓掌了。米娜瓦尔高兴地看了一眼男人，艾塞提发现，妻子在恋爱中时，也恩赐过他这种蝴蝶一样幸福的眼神。时间回到了那些浪漫的月光下，妻子的善良，在这个历史性的时刻，再一次温暖、支持了他正在忏悔的心脏。吾提库尔和海米提从小客厅里搬画像的时候，阿里木在二哥卡米力的耳边唠叨开了：那女人现在成大哥的妈妈了，多可怕！咱们还是要想办法弄清那天给哥哥打神秘电话的人。卡米力说，这需要时间，要等，等到时间的裙子烂了，什么都会亮出来。阿里木说，大哥是他本人吗？不会是一个克隆的替身吧？

艾塞提从吾提库尔和海米提手中接过一米多高的画像，送到了莎尼雅的手里。莎尼雅激动地接过画像，说了声"谢谢"，把画像递给了米娜瓦尔。吾提库尔和海米提走过来，接过画像，挂在了事先钉在墙上的挂钩上。客人们开始欣赏墙上的油画。伊力多斯啤酒说，画得很像，眼睛像就行了。眼睛像了，灵魂就出来了。莎尼雅向米娜瓦尔小声地说了一句：画得像，谢谢你们。米娜瓦尔说，是艾塞提找人画的。据说那画家是新疆一流的大师。在热烈的喧闹声中，图尔洪握住艾塞提的手，说，这件事办得好！你看，大家多高兴。如果你只为自己活着，不会有这么多人为你高兴。艾塞提说，我心里知道，我不是个好人。图尔洪说，做好人是个大目标，你现在已经在好人路上了，这是希望的开始。艾塞提来到妻子跟前，小声地说，玛瑙。米娜瓦尔从手包里取出那串棕色的玛瑙，笑着对莎尼雅说，今天大家都高兴，这串玛瑙应该在您的脖子上。其实，真正的胜者是您，您拯救了家族的精神和声望。米娜瓦尔把玛瑙套在了莎尼雅的脖子上。闪闪发光的玛瑙，在莎尼雅的脖子上，无声地诉说着岁月的沧桑。阿里木和卡米力站在门口一角，观察客人们的神色。阿里木小声地说，二哥，现在大哥就差把我们当作家奴送给这个女人了。卡米力说，是他的妈妈。阿里木说，我从前不太明白叛徒的意思，现在知道了。卡米力说，兄弟，咱慢慢活着吧，我们还会明白许多事情。艾塞提开始欣赏墙上的油画，他非常满意画家艾尼的这个作品。当时请他画的时候，说，钱不是问题，你画好，我奖励你足够冬天喝酒的马肉。艾尼笑了，说，好，不要忘了第一场雪的时候，把酒和酒杯也一起带来。艾塞提说，斟酒的美女需要吗？艾尼说，你太伟大了！现在，像你这样有智慧的男人越来越少了。艾尼拿起婚纱照，说，这婚纱照是重新拼起来的呀。艾塞提说，以前是我的魔鬼帮我撕掉的。艾尼说，生活就是这样，你今天撕掉了，明天又把它粘在一起；你今天骂人家，明天又亲人家；自己扰乱自己，又医治自己。

抓饭、包子、大盘土豆烧牛肉、烤肉、油煎肉馕都上来了，人们愉快地用着餐，也不时地抬起头来欣赏墙壁上的油画。艾代尔亲切的眼睛在问候亲人们；贤惠的莎尼雅，陪伴艾代尔的灵魂，盘点岁月在今天留下的启示和思想。

夜很深了，候鸟的声音也听不见了。静谧的夜，像人类的早晨一样无声息，莎尼雅睡不着。她开始和墙壁上的艾代尔说话，给他讲心中的秘密，咬着牙省略了许多羞愧的细节。她从抽屉里取出纸和笔，开始写遗嘱，把别墅将来的命运，变成了美丽、工整的文字。

# 马力克奶茶

　　我的工作又调动了。下午从铜矿回来，接到了组织部的电话，明天早晨要约我谈话。木斯市的情况我不是太了解，以前只去过一次，是路过。午饭后，欣赏了高楼和宽敞的马路，很是羡慕，而后用牙签剔掉牙缝里的碎肉，我就走了。上任前，爷爷说，你去看看马力克奶茶，他在那里当过市长，和他聊聊。

　　鲜红的石榴、金黄的香梨、晶亮的红葡萄，极美。我把东西放在了茶几上，开始问候老市长。马力克说，谢谢。其实，和水果比起来，酒才是好东西。看女人的时候，你可以带水果；看男人，最好是带着酒杯来。你不是一个好学生。这些事情，老师没有教过你吗？我说，我是没有福气，从小学到中学、大学，我的班主任都是女的。但是酒杯的事情，我会补上的。马力克说，男人长大了，自己的事情要学会自己做主，慢慢地锻炼吧。酒杯子的事情，等到冬天再说吧，冬天喝酒最美。但是这个夏天，你的好日子开始了。听说你要去木斯市工作了，很好，那是一个能锻炼人的岗位，你会明白一些候鸟们才能明白的事情。

马力克打量了我一番，说，这个衬衣是你自己的吗？我笑了，说，老婆给买的。他说，这就不对了，你穿着这种衣服去上任，不对。男人，是不能穿丝绸衣服的，穿上它，男人就会失去硬气，说话就不硬气了，这是一种潜在的危险。时间长了，你就忘记盐巴的味道了。你摸摸你的衬衣，什么感觉？和女人的皮肤没有两样，这是危险的。我说，我回去就扔了。马力克说，不要，不能走极端。留着，没人的时候，拿出来看看摸摸就行了。我笑了，说，好，我会铭记的。

马力克说，我这个年龄了，能给你什么经验呢？忠告更谈不上。我当市长的时候，一公斤肉才十块钱，现在三十块钱了；以前一把花生米就能喝一瓶酒，现在是鸡鸭鱼肉了。那时候我不怕老婆，现在是老婆的开心果了。见了老婆的影子也要鞠躬，腿脚自动颤抖，骨节咯吱咯吱地响，不一样了。我还是说说吧，酒你不是要给补上吗？我笑了，说，儿子娃娃，说话不邋遢。马力克说，去一个新地方工作，要学会适应。你适应了，锅里没有肉也能做饭。要学会交朋友，各民族的朋友都要交，这叫团结。在咱们这个地方，能团结，人家就围绕你，这才是最大的能耐。把两个圆东西合在一起，都需要削掉各自的一部分，所以你要学会平视。有的时候，站在背后看，研究你不熟悉的文化习俗，这是学问。没有学问，光有志向是不够的。你手里有的时候，不要忘记那些手里没有的人。你在上座品尝肉的时候，不要忘记在为你们服务的人。但人在繁忙、热劲儿中和在权力中往往会忘记这个道理。你这个位置的工作，非常需要平和的心态，这是看不见的口碑。要研究政策，抓住规矩的缰绳谋事，不要有私心。私心是羊尾巴油一样滋润的东西，但是会引发高血脂、动脉硬化，后悔、忏悔都是它的朋友。工作是为社会服务的。生活是一个馕一杯奶茶。私心是贪腐的前奏，不要侮辱、埋葬自己和家庭。脑子里面要干净，要有留下好名声的念想。要学会做人做事，会说，会做，会琢磨，也是本事。它们是一致的。做人，要有童年的纯真和老年的成熟，能看清隐藏在墙里面的金子和臭虫；做事，要抓住今天的馕，你手里没有鲜花，没有人会喜欢你。要放眼今后，将来是精神生活，但是要知道，精神生活的邻居是死亡，要学会和死亡对话和商量，不能没有任何准备。在人格的熔炉里做好今天的工作，就是最好的将来。你这个位置，离不开各种不男不女的心、嘴们的奉承。奉承，是早晨和夜晚的关系，你要学会把握，中午一定要属于你自己，把尺子抓紧，要学会利用奉承，不要为它牺牲自己。奉承是甜蜜的危险。在一些灰暗的人那里，是结果、好处来得最快的行当。一麻袋金疙瘩、银疙瘩搞不定的事，几句奉承话就能拿下。这是人吃奶的时候攒下的弱点。要学会和这种人玩心眼，有情无情地对待他们，用正念引领他们。要学会识破各种各样的危险，慎用动词，要多用形容词。我说，您这话是什么意思？马力克说，我也说不清楚，你回去自己琢磨吧。锅是最好的东西，但是它不会说话。还有一些事我要提醒你：一是不要在圈子里喝酒，二是不要在聚餐时喝酒。我们一些人，包括我在内，喝酒后控制不住自己，嘴上没有笼头，脑子里没有防范，屁股热了腿上不来劲儿，第二天醒来后悔。我们的朋友们、老乡们，喝酒的由头太多了，大的礼俗、庆贺不说，有点儿小小的好事，也要聚拢在一起"洗一洗"（方言：请客）。有的时候找不到喝酒的由头，就抓住刮过脸的哥们儿，逼人家也"洗一洗"。酒多了，碎话就多，醉话就没有笼头了。好好的嘴巴，就成臭馇馇了。当年我的情况就是这样，人家请你了，不去不好，早去，就说马上有一件急事要办，是特意来请假的。随便喝上几杯，表示感谢，然后走人。没有办法，人情这个东西，抬头低头，都是你的影子，是看不见的牢笼和玫瑰。我说，太感谢了，我学到了许多东西。马力克笑了，说，那就不要忘了谢谢里面的东西。我笑了，说，一定，我明天自己送来。马力克说，找一张破纸，画一箱酒送过来就可以，那也是你上任前的杰作了。以后，你当专员、主席了，我就可以拿去拍卖了。我笑了，马力克的黑脸也笑了。

上任后，我在各种场合听到了马力克的许多故事。

他有四个外号。第一个外号叫"煤矿"，主要是形容他的黑脸，是他的朋友吾提库尔早年给起的，说他在新疆就没有见过这么黑的人。朋友们聚在一起，吾提库尔突然会来一句，说，哥们儿哎，特大号外，今年煤炭要涨价了。于是哥们儿就来劲儿了，一个说，那就是说，某些人的身价涨了呀；另一个说，那就是今年上煤矿挖煤的人多了，大家都挣钱了呀；又一个说，怪了，白东西没人要，黑的倒吃香了。吾提库尔会接着说，怪了，黑东西也涨价，多不好意思呀。马力克立马还嘴：没有黑东西，你那红舌头能舒服吗？一阵狂笑以后，大家都不说话了，心里都明白，如果继续演绎下去，马力克就会用粗话反击他们。

马力克的第二个外号叫"奶茶市长"，是在任木斯市市长的时候，统战部的努尔兰部长给起的。马力克后来知道了这件事情，给他奖励了一箱伊力老窖，说，你才是能在乱石里找到好玉的人，这才叫汉子，站着尿尿的人。在我的外号里，我最喜欢这个外号。马力克经常下乡检查工作，粮食增产，马牛羊的数量翻倍，是那个时期首要的政绩。时间长了，随员们有意见了，脸上可以看出来，但嘴里不敢说。马力克拒绝一切吃吃喝喝的安排，午饭和晚饭都在农民家里喝奶茶，奶茶泡馕，掏他们的心里话，在心里核验从乡里了解到的情况。临走，要秘书给主妇交奶茶钱。他知道随员有意见，便解释说，和农民一起喝奶茶，可以了解到村里的实情，可以亲近老百姓。

统战部部长努尔兰陪着马力克下去的时候，就大胆地建议过能不能中午来一顿拉条子。马力克立马底气十足地噎他，说，拉条子那是在家里吃的饭，下乡了，还有比奶茶更好的东西吗？都是天然的东西，牛们吃的都是中草药，水是从山里流下来的矿泉水，奶茶是麦草烧出来的，麦草里的麦香，都渗进了奶茶里。那个香，城里的奶茶里能有吗？你知道他们用的是什么盐吗？石头盐，老百姓的说法是母盐，是现在我们在城里吃着的白盐的祖宗。石头盐泡在矿泉水里用，那感觉是在摇篮里吃棒棒糖的滋味。这馕是什么馕？旱田的麦子，没有施过化肥；面是水磨磨的。你没有吃出几百年前的那种甘甜、干净的味道吗？努尔兰部长说，好吧，咱说一点儿实在的。都几天了，天天奶茶，肠胃里都唱小夜曲了，咱们不来一点儿实在的东西尝尝吗？马力克说，好说，回城的时候，怎么折腾都行，我请客。努尔兰部长把脸往上一翘，说，你把奶茶说得太好了！在洁白的牛奶里，兑上黑茶，不是糟践了那些给了我们白白的牛奶的牛们的灵魂了吗？洁白的牛奶，是天下最好的东西，喝牛奶不就行了吗？这奶茶是谁的歪主意呢？把黑茶往白牛奶里兑，什么意思？马力克说，我的统战部部长啊，这不就是你说的那样，好牛奶把黑茶统战了嘛。努尔兰部长笑了，说，我服了，我老老实实地跟着你喝奶茶吧。马力克说，不是跟着我，是跟着你的心。我不会在这个位置上干一辈子。你记住，鱼肉你会吃腻的，那个时候，你会想起我的。你会明白，人的胃口，其实不是那么复杂的东西。人心复杂，贪心复杂。好多年以后，努尔兰部长到马力克的家乡去看他，想起他的这句话，说，老市长，当年你说的那些话，就像电影里的镜头一样出现在我的眼前了。马力克说，哪些话？努尔兰部长说，是关于奶茶和鸡鸭鱼肉的话。马力克说，你还记得呀。其实，生活是简单的事情，但是很多人都忽略了这个道理。

马力克的第三个外号叫"柜台"。这是一种隐秘的说法，圈子里的人都知道，指的是他迷恋柜台酒。外人要猜好半天，有人一次两次猜不到。他常常是独自来到卖散酒的酒馆、酒铺子、小酒店里，在柜台前一站，要二两酒，端起来昂起头一口闷，交了钱，长长地吐一口气，走人。黑脸上难得有一点儿红光。用他的话讲，一是省时间；二是没有麻烦；三是不要下酒菜，酒一口气喝到心口上，暖心眼，酒味儿不散，乐悠悠地回家。一般情况下，他不喝群酒，人家请他，即兴编一个借口，他不会给面子。在喝酒的问题上，他主要是自己的太阳自己看，秘密地到酒铺子里去喝。朋友说他是野人、野心，他说，酒这个东西，最挑人。脾气不在一个酒杯里的，放屁不看场合的，喝前是病猫，喝上了是疯狗的，都是麻烦的根源。喝酒是为了高兴，如果和有贼心的人喝上了，和喜欢斗嘴、斗心的人喝上了，吃亏的是你的神经。和一些朋友可以喝酒，和一些朋友可以喝水，和一些朋友可以传闲话，和一些朋友可以吃素面。狗和狗不一样，人和人也不一样，不能够勉强，重要的是要弄懂那些有贼心的人在想什么。贼心这个东西，太可怕了，所以要远离贼心。

马力克的第四个外号叫"乌斯曼"。乌斯曼是新疆独有的染眉草，有中指那么长，嫩绿，剁碎后，放手心里挤压，浓绿的汤汁滴落在小茶碗底座内，点在姑娘们的眉上，突出女人烫心的美眼。马力克喜欢买这种染眉草，在农贸市场里、街头十字路口可以买到，都是上了年纪的老太太做这种生意，便宜，手腕大的一把，只要一块钱。他就十几把地买，在路上发给那些姑娘们，要她们拿回家用。也闹过误会，那些姑娘们以为他不是浪荡子，就是疯子。大街上，送这种性感的女人草，不正常。有的小声地骂他，有的在心里骂，有的骂出声来，马力克也能勉强、可怜地听到，骂他是两性人。马力克不在乎，继续玩他的这个爱好。他的朋友木拉提说过他：

你是不是脑子有问题？你招惹这个女人草干什么？马力克说，我是可怜那些卖乌斯曼的老太太们，主要是想帮她们做生意。你想想，那些姑娘们，一块钱的染眉草不用，用几百块钱的化学染眉品，我坐不住啊。以后她们的眉毛被污染脱落了，怎么办？都是一些没了眉毛的女鬼在街上乱转，不恐怖吗？木拉提说，你是女人的神吗？管那么多事干吗？或者，你用过乌斯曼吗？马力克说，你这不是骂我吗？木拉提说，你干的就是挨骂的事呀，朋友！今后不要玩这种草了，像男人一样活着吧。可实际上，朋友们还是常常能看见他在街上买乌斯曼。木拉提说，这鬼，肚子里一定是少一节男人的真肠子，没有办法。

据马力克的朋友们讲，他最大的秘密是出生地不详，前后算起来，故乡他说过四个地方。在一次婚礼的时候他大吹过：你哥哥我榆树一样坚强的儿子娃娃是在伊犁长大的，那可是有好山、好水的地方啊。在乌鲁木齐读大学的时候，他说自己是喀什人，说那里是人间天堂。参加工作后，他说自己是和田人，祖上当年是做石头买卖的大家。结婚的时候，他说自己是乌鲁木齐人，祖上是做地毯生意的大商人。朋友们问他，说，你到底是哪里人？你出生的地方怎么这么多啊？他说，都是开玩笑，我真正出生的地方，我还没有给你们讲呢，机会没到。

马力克当上市长以后，朋友圈里欣赏他的哥们儿，弄不明白，是谁在背后支持着他。因为当时有好几个哥们儿都在争这个位置。有一个叫卡斯木的哥们儿，自信地给自己的肾脏朋友透话，那个叫市长的名词，很快就是自己名字后的一个光彩了。然而，很快，这个光彩突然落在了马力克的头上。卡斯木愣了，他的朋友们也呆了，说，太阳是傻了还是醉了？不可能的事情啊！而在马力克的圈子里，更多的人弄不明白这个突然降临的幸福鸟，说，这么重要的位置，怎么会落在他的头上了呢？那天，木拉提接住话题，说，对了，这个"头"字说得好，万事万物的缘分，都在人的头上。你头里面是什么，你一生享用、忍受的就是什么。咱们知道，马力克当上局长的时候，也是这个情况。没有人为他说话，那天咱们还在河边喝酒呢，晚上就接到通知了，让他第二天到组织部听命，结果是局长了。为什么呢？这个运气的抓手在哪里呢？在他的那个不长头发的秃头上。大家听说过那个叫《国王和秃头》的故事吗？自古，秃头是最有福气的人。话说国王准备在集市日那天，在城墙上，给庶民们的头上扔一疙瘩金子，要选出全城最幸福的一个人。大臣和随员们立马告知家人、朋友，集市那天一定要在城墙下跟着国王的影子转悠，注意国王手里的东西。当国王准备扔东西的时候，往那个方向跑，一定要让国王的东西落在自己的头上。集市日那天，城墙边挤满了人，庶民们呼喊着，国王没有理睬他们，转了几圈，国王把手里的金疙瘩扔向了正在路边脱光上衣、全心抓虱子的一个秃子头上。从此，最幸福的人就是秃头的人了。朋友们都笑了，有人说，是这样，这是运气。马力克的头上也没有几根头发，所以他运气好。

我上任一个月以后，找已退休在家的主任刘宏了解了一些情况。刘宏给我讲了许多事情。他说，木斯市是一个流金流银的地方，它外在的魅力是迷人的，但它的暗流是复杂的。这个城市主要是机会多，条件好。想争宠的，目的藏得很深；想争利的，曲线贩卖高尚，肚子里面是花花肠子。麻雀的心在麦子上，人的心在金子上，时间长了，这人际关系就微妙了。谈到马力克的时候，他说，马市长是一个干净的好人，对自己要求很严。我给你讲一个小故事，市长有一个羊圈，自己养羊育肥。秋天的时候，自己骑自行车扫树叶子，冬天喂羊。我问过他，我可以从旁边团场里给他解决苜蓿之类的草料。他不干，说，影响不好。再说了，这树叶是纯天然的东西，羊吃了，肉香。据我观察，如果说马市长拿了公家的什么好处，可能也就是拿了那么几条装树叶用的破麻袋吧。除此以外，他没有任何污点，干部们都说他是奶茶市长。办公室的人，一听说马市长要下乡调研，头疼，心慌，几天下来，好好吃不上一顿饭，天天喝奶茶。

马力克是一个不注意穿戴的人。他来木斯市上任的那天，刘宏发现他穿的衣服不像那么回事，腰带已经磨损了，白点黑点的，不像个市长的腰带；鞋是民间师傅制作的那种粗糙的手工皮鞋，鞋底上加固了一片厚实的牛皮，显得牢固，但笨重，没有样子。这事，刘宏不好说，又找不到一个能点破的办法，很是头疼。想过给他买新衣服和新鞋，但又不敢，那时候还没有摸准马市长的脾性。后来，刘宏通过努尔兰部长，婉转地把这个意思说到了。努尔兰部长说，好，我也注意到了，我给他讲讲。后来努尔兰部长给马力克讲了，马力克说，又不娶媳妇，穿那么亮堂干什么。电视上你没有看到吗？共产党员从前都是穿补丁衣服的呀。结果，这事也就随他的脾性了。

马市长喜欢晒太阳，喜欢坐在市委大楼右角的台阶一边，看着路边的行人，晒太阳休息，还是那种在家乡时候的穿戴，旧鞋、旧衣服，脸还是几天没有刮，黑脸配上黑胡子，与煤矿看井口的汉子没有两样。努尔兰部长说过几次，这样不雅，您是市长，脸要天天刮，不能随便出来坐在这里晒太阳，您可以到公园里去晒呀！马力克说，怎么好意思到公园和花草争太阳光呢？那里的太阳光是属于花草树木的，这里的太阳光才是属于我们的。不雅什么呀？你这个统战部部长，你的针眼太多了，你哪儿来的那么多针线呀？太阳照到身上，身子热了，骨头热了，开会就不打瞌睡了，这不好吗？你批评我没有刮脸，我接受。刮脸刀用完了，下班我就去买。坐下，咱们一起晒太阳，你天天把领带打得那么漂亮，不是故意臊我吧？你是市长还是我是市长？你应该向我看齐，朴素一点儿嘛，我们都是农民的儿子嘛。你这领带这么漂亮，是你自己的吗？努尔兰部长笑了，说，借的，是我大舅哥的。马力克说，看，你周围都是好人，你大舅哥把妹妹嫁给你了，又把这么好的领带借给了你，多么豪迈慷慨的人啊。努尔兰部长说，他妹妹我是拿钱娶的。马力克说，哦，你提醒我了，我还以为你是赊账娶的呢。我的意思是，你够幸福的了，你大舅哥还肯给你借领带，我大舅哥早就不理我了。好，坐好！坐姿和我一样，把两腿叉开，让太阳照在小肚子上，你所有的神经就开始流动了，每天晒一个小时，年龄就往后退一个月，身上就筋是筋，骨头是骨头。这个秘方，很多人都不知道，我今天是破例赐给你了。

努尔兰部长笑了，说，谢谢马市长，晚上我请您喝酒吧。马力克说，那就我们两个人。喝酒，其实是一个毛病，不能让人发现，要秘密地进行。努尔兰部长在心里说了一句：这个人脑袋不会有问题吧。

一天，马力克在市委大楼前晒太阳，迎面来了一个瘦小的汉子，向他问候了一声后，靠在他身边坐好，咳了两声。那个汉子看了一眼马力克又开两腿坐着的姿势，小声地、恭维地说，好汉，听说这楼里有个叫马力克的市长，是真的吗？马力克说，有，有一个，你找他？瘦汉子又恭维地说，是的！这楼里让进吗？马力克说，我就是你找的那个市长，有什么事，你说吧。瘦汉子愣了，眼睛里立马出现了那种被耍了的感觉，他一笑，说，请原谅，我是从伊犁来的，有事要见市长。这楼里，让进吗？马力克说，让进，走，我们进去。我说了，我是市长呀。马力克收腿，坐起来，双手拍了拍屁股，带着瘦汉子进楼了。上到三楼，他打开了自己办公室的门，把瘦汉子带进了办公室。瘦汉子又愣了，呆在那里说不出话来。马力克说，你坐，我就是市长，不像吗？就是今天没有刮脸，你要是明天来，我就像了。你说吧，什么事？瘦汉子说，谢谢，请原谅，我是一个粗人，但是我有困难。瘦汉子把自己的情况讲了一遍，把一张介绍信递给了马力克，说，我就一个儿子，儿媳在你们市的医院工作，我爱人病了好几年了，家里没有人做饭，儿子也不能安心工作，孙子三岁了，一直在我大女儿那里。我是没有办法才找你来的。我跑了两年了，每次都是找人事局，但是办不成，说他们外科医生少，不能放人。马力克看过介绍信，说，知道了，你想把你儿媳的工作调去伊犁，有困难。好，你坐一会儿。马力克打了一个电话，没过多久，有人敲门。马力克应了一声，一个魁梧的汉族干部进来了。马力克把那张介绍信递给来人，说，张局长，看看这个，伊犁有接收单位了，是地区医院。这位同志的儿媳在咱们市医院工作，家里有困难，符合政策的话你就给办手续吧。张局长说，好的，马市长。马力克说，好，那你去吧，等一会儿我叫秘书带着这位同志找你。张局长说了一声好，出去了。马力克看着坐在沙发上惊奇地望着他的瘦汉子，说，你的事，我已经给他们安排了。瘦汉子说，市长，非常感谢您。说着，瘦汉子流泪了。

那年秋天，马力克到地委开会。第三天下午，他接到了一个匿名电话，很愤怒。对方威胁说，如果不给他办那件事情，就要剁掉马力克的手臂。这个电话来了两次，说完就挂了。马力克让秘书查这个号码，结果是街头的一个公用电话。马力克想了一下午，想不起来是哪一件事，但是知道自己这几年是得罪人了。他没有吃晚饭，躺在床上，看着窗外朦胧的树林，心情复杂，脑子很乱。他没有给秘书打招呼，自己一个人出去了。他顺着小路，来到了老水磨后面的夜市，选了一个角落，坐在一家烤羊肉摊子前，要了十串烤羊肉，要了一瓶当地的酒，打开酒瓶子，端起来"吹"了一大口，咽下去，摇了摇头，把酒味吹走后，吃了一串烤肉。马力克喝到一半的时候，一个汉子挨着他，坐在了长条凳子上。马力克看了汉子一眼，微弱的灯光下，汉子满脸颓废和绝望，像地狱里最后一道恶门，弥漫着咬嚼生命的恐惧。汉子说，酒友，你认识我吗？马力克说，不认识。汉子说，那你看我干什么？马力克说，不知道，我今天的眼睛不是我自己的。汉子说，我是在天堂里掌管月亮的神灵，今天到你们的人间里散发光明来了。马力克说，光明是干什么的东西？汉子说，是盐的朋友。你睁不开眼睛的时候，光明帮助你。我这里有一个光明，你可以见识一下。汉子从衣兜里取出一只大酒杯，说，见过这个形状的光明吗？马力克说，没有。汉子说，问一下你那酒瓶里的酒，也许它知道。往往，不会说话的东西才是最最可爱的，因为它们不吃剩饭，它们是第一眼泉水的朋友。马力克说，我把酒倒在你的光明里，你自己问吧。马力克抓起酒瓶，在汉子的酒杯里倒了一满杯酒。汉子把酒杯送到鼻子前，闻了闻味道，端起来大口喝完，缓了一口气，说，其实，我的鼻子、嘴唇、舌头，都不是我自己的，只有牙齿是妈妈给的。天上的月亮，是我做出来的，只是人间不买账。你们的人间啊，到处是鲜花，是那些候鸟的祈祷灌溉了它们，但是你们不知道，风知道，雨知道，时间知道，但是它们都像石头一样，没有嘴巴。马力克又给汉子倒满了一杯酒。汉子端起来喝完，把酒杯装进衣兜里。马力克给了他一块馕和一串烤肉。汉子谢过后，说，其实，我是一个迷恋幻觉的人，不配吃这么好的东西。汉子说完就走了。

马力克的酒喝完了，但是心还没有静下来。他问烤肉师傅又要了一瓶酒。师傅说，客人，一瓶不多吗？马力克说，可以，一半叫刚才的那个人喝了。师傅给他拿了一瓶酒，说，那个人是我们这个夜市的幽灵，喝百家酒，转几圈，酒喝到眼睛里的时候就倒在屋里睡觉了。马力克说，看来是精神有问题。师傅说，他的名字叫达斯坦迷恋，早年爱上了一个叫米拉的混血美人，可是那姑娘没有把他当一回事。人家是富人家的闺秀，最后和家人一起出国了。于是达斯坦迷恋就成了现在这个样子了。马力克说，哦，可怜的人啊。师傅说，其实，也没有什么意思，过分地迷恋一个女人是不正常的。天上有多少颗星星，地上就有多少个美女，一个不行还会有另一个。盯着一只鸟不放，也不是过日子的男人。马力克说，是的，道理上是对的，现实上又是另一回事，可怜啊！

　　马力克打开瓶盖子，瓶口放进嘴里，又喝了一大口。几串烤肉吃完，酒瓶也空了。他付过钱，站起来，摇晃了一下，看着师傅，说，今天不好意思。酒，在瓶子……瓶子里，静悄悄地，进……进肚子里了，就玩人了。都是水，但是……水和水不一样了。我出丑了，请原谅！你的烤肉烤得好。炭火，是你自己的吗？这么香的炭火啊！再见，我走了。师傅笑了，说，再见，有空来玩，好客人。马力克走到夜市拐弯处，为了躲迎面来的一辆自行车，倒在右边的一处卖烤全羊的摊子上了。那个骑自行车的人，立马过来，把他扶了起来。马力克摇晃了几下，站稳，看了一眼骑自行车的人，说，哥们儿哎，夜市里，猴子屁股这么大的路，你也……你也骑自行车吗？那人愣了一下，感觉到马力克是喝多了，说，对不起，我以为是骆驼那么大的路呢，请原谅。马力克说，这不是沙漠，骆驼在沙漠里呢。正说着，卖烤全羊的商贩走过来了，说，客官，沙漠在哪里我不管，我的两只烤全羊翻地上了，谁给我赔偿？马力克转身找那个骑自行车的人，可人已经不见了。马力克说，刚才那个骑自行车的人，他喜欢翻在地上的烤全羊，你找他吧。烤全羊商贩说，那厮已经回家了，我把这幸运地倒在地上了的烤全羊给你包上。多了我不要，给两千块钱就行了。马力克说，不麻烦，男人嘛，出来玩，是要交学费的，是要上税的。但是，我身上没有这么多钱，我到宾馆去拿吧。烤全羊商贩说，那我和你一起去拿吧。马力克说，你在这里等着，我是说话算数的人，我去给你拿。烤全羊商贩说，我和你一起去，我也放心呀。马力克说，你去了，我的同事们看见了，我会不好意思。我是说话算数的人，请你相信我。烤全羊商贩瞪着眼睛说，我怎么能相信你呢？我只信我的妈妈，连爸爸都有可能是假的。马力克说，哦，你，你这个生意人，说话这么霸道。马力克的话音还没落，刚才那个卖羊肉串的师傅跑过来了，说，哎哎，热夏提烤全羊，没有见过钱吗？男人说话，男人不信，你是怎么混的？你让客人走，如果客人不来，明天早晨我给你钱，一晚上的利息我也给。热夏提烤全羊说，艾尼串串，你也太狂了，我什么样的人没有见过？就你是男人，我是蹲着尿尿的人吗？我和他一起去拿钱，这个话我说错了吗？艾尼串串说，我刚才听见了，人家有难处呀。再说了，答应赔你了，如果不赔，你能怎么样？你不要尿得太臭。热夏提烤全羊说，好吧，就你的歪嘴会说。这么多人都能做证，那我明天和你要钱。艾尼串串说，你这才像个男人。热夏提烤全羊说，你就信这个人？你看他模样，比烧火棍还黑，不可能是一个站着尿尿的人。听到这句话，马力克昂起头，凶恶地看了一眼热夏提烤全羊，上前一步，一头甩过去，打在了热夏提烤全羊的鼻梁上。热夏提烤全羊的鼻子顿时就流血了。艾尼串串转身抱住了马力克，说，好客人，动手动脚是可以的，动头不可以，头是尊贵的，不能乱来。热夏提烤全羊脱下外衣，擦自己脸上血的时候，维持秩序的警察过来了。警察前后看了几眼，说，什么情况？艾尼串串把情况讲了一下，说，没事了，我会处理好的。警察说，你会处理好？那我在这里是放驴的吗？这个酒鬼太狂了，打人。鼻子是最重要的地方，能打成这个样子吗？鼻子不出气，屁股又不好出气，人不就死了吗？艾尼串串说，人的哪个地方不重要呢？已经这样了，你就相信我吧，我摆平。警察说，你少啰唆，去吱喝你的串串去。每次出事你都搅和，想干什么？艾尼串串说，不敢，我这辈子玩好我的串串就行了。警察说，人我要带走。让热夏提烤全羊自己去医院看病，发票明天带来。马力克艰难地睁开醉眼，看着凶脸的警察，说，娃娃，你是公安局的还是派出所的？警察瞪了一眼马力克，说，你问什么你？给我的裤带娶老婆吗？跟我走！扰乱治安，打人鼻子，你就坐几天班房吧。马力克说，娃娃，你几岁了？警察的眼睛睁得更大了，说，醉鬼，你的舌头还要不要了？跟我走！马力克说，什么，你没有舌头？哦，你妈生你的时候，把你的舌头贪污了。警察气坏了，说，你这个醉鬼，欠收拾！立马从腰带里取出手铐，铐住了马力克的一只手。马力克说，娃娃就是娃娃呀！没有舌头、不会说话的娃娃。艾尼串串来到警察跟前，说，你这样铐客人不对，这人长得是没有样子，但是不像混混。刚才，他是在我的摊子上喝的。听口音，他不像是我们这里的人。热夏提烤全羊的那个损失，我负责赔上。这哥们儿不会说假话。警察说，你什么时候都是老把式，好人都让你做了。眼里还有没有法律了？该是谁的问题谁负责！

一年以后，公安局王局长在木斯市和马力克喝酒，说要他戒酒的事。马力克说，我知道，大家对我有意见。我年轻的时候，染上了这个恶习，现在，不好改了。市长这个位置，名字好听，活儿不好干。有笑着骂你的，有哭着说你好的，有暗地里泼脏水的，有造谣的，有用最好的词讨好你的，有打匿名电话的……这些事情，你都要知道，你都要面对。看吧，退休的时候，也许能戒了。

我上任三个月以后的一个周末，政府服务中心的司机夏克尔请我到他家吃饭。前两次，我都拒绝了，这次不去，就伤着他的执着了。夏克尔是一个善谈的人，会来事，什么时候看他，都是笑脸常在，就好像是笑着出生的人，在圈子里人缘好。吃完饭，夏克尔拿出好几样酒，要我选。我选了一瓶伊力王酒。夏克尔说，伊力王酒不错，但是他那瓶茅台也存了十年了。我说，这伊力王酒，劲儿大。第一杯酒从喉咙里下去，动脉、静脉都会竖起耳朵倾听酒虫子们的悄悄话。

风干羊肉炖得特香，盐到位，把羊肉骨头里的香味也拔出来了。第三杯酒以后，夏克尔笑着对我说，市长，我给您讲一讲马力克市长的几个故事，想念想念他。他是一个好人。他首先是一个真人，而后是市长，我们都喜欢他。领导、群众都喜欢他。有的领导批评他喝酒多，这个就没有办法了。据他自己说，他十六岁就学会喝酒了。我说，马力克市长平时和你们喝酒吗？夏克尔说，喝，外面不喝，都在家里，主要是在他自己的家里。每次都是请一个人，加上他，两个人，一瓶子喝完就结束。他来得快，大杯子分两次，半个小时就能结束。我说，那就是不张扬，怕人家说闲话。夏克尔说，是这样，他是一个独特的人。人家说他有点儿怪，我看不怪，我们司机都喜欢他。什么时候到他家里去，他都高兴，请我们喝几杯。有一次，他到我家来找我时，突然说，怎么没有围上围裙做饭？要向汉族男人学习，做饭，帮老婆洗衣服。要改变以前那种油瓶子倒了也不扶的习惯，什么都是老婆伺候，现在女人们难道不工作了吗？已经有小道消息了，以后男人不会做饭的，要被"修理"。我笑了，说，马力克市长这个人，的确好玩。

夏克尔说，那年秋天，是马力克市长上任的第二年，那天早晨我开着车准备到煤矿拉煤，在政府办公大楼前遇见了他。我停下车，下来向他问好。他说，我想坐你的车逛逛。我说，好啊，那咱们走吧。我以为他是在开玩笑，没想到他真上车了，坐在驾驶室里笑着要我开车。他说，他会开卡车，以前在家乡到煤矿拉过煤。我说，咱们上哪儿？他说，慢慢地上公路，向着太阳落山的方向开。我说，那个方向有好几条路，具体是哪个方向？他说，你先上来，拐进大公路的时候，车轮子就会告诉你的。我笑着上路了，拐进大公路走了一会儿，我放慢了车速，他明白了我的意思，说，秋天的时候，最好的地方是你出生的那个地方，那里的水、风、美食，是延续生命的长寿药。但是很多人不知道这个秘密。在秋天，在故乡的秋风里有一种味道，能让你回想起童年的美好和自由。花儿是花儿，石头也是花儿，所有的东西都是诗人沉醉的作品。这样的幸福是一日胜于百年的幸福。刚才看到你，我就想起了那年在家乡开车到煤矿拉煤的情景，就想回家乡了。回到家乡的时候，我给办公室打个电话，就说我带你出去了。我说，没事的，到煤矿拉煤，有的时候是要排几天队的。我们来到一个十字路口的时候，有一位汉子举手拦我们的车。我看了一眼马力克市长，他说，停下，问一问去哪里。我把车停在了路边，下车握住了拦车人伸过来的手。那人是一个皮货商，说有一车羊皮要拉到马力克市长的家乡去，是顺路。我说，货在什么地方？皮货商说，在路边农贸市场的仓库。我说，车上的那个人是我的领导。这是公家的车，我得问一下。我回头，上到车上，向马力克市长说了情况。他说，讲好价钱，装货吧，我们也是空车呀。我看了一眼马力克市长，意思是，拉就拉了，公家的车，收人家的钱，怎么弄？马力克市长说，拉上，钱你可以加油啊。于是我和那个皮货商讲好价钱，把他的货拉上了。吃午饭的时候，我们把车停在了蓝湖驿站，这里的大盘鸡有名，还有大盘鸡杂。走进大盘鸡店的时候，那个皮货商说他请客。我说，不行，我们领导在这里，我请你们。马力克市长说，都一样，先把鸡要上。我们要了一个大盘鸡和一个大盘鸡杂。老板说有热花卷，我们也要了一盘，就吃上了。马力克市长吃得很香。我说，领导，给您来二两伊犁的好酒怎么样？他说，算了，再说了，我认识的那个牌子，这孤独的驿站不会有。那个皮货商说，这里我很熟，什么样的好酒我都能找到，是什么牌子？我说，伊力老窖。皮货商说，老姜的铺子里有，我去搞几瓶。皮货商出去了，我向马力克市长说，您也该放松一下了，坐卡车是很累的，我看那个皮货商看着还顺眼，来几两，暖暖心骨。皮货商提着一袋酒回来了，是小瓶子的伊力老窖。皮货商要来酒杯，倒了三杯酒，说，今天我高兴，主要是顺。我刚来到公路上，就看见你们的车了，很顺。我叫木拉提，家住乌尔禾，外号皮货。不讲这个外号，人家找不到我。我们今天有缘分，不容易，我敬你们一杯。我说，我开车，不能沾酒。那天，他们两个人喝了两瓶。马力克市长很高兴，说，今后回家，午饭就在这里吃了。这家的大盘鸡的确很有味道。看来，这一带是水好。木拉提皮货说，鸡也好，都是山区里吃着蚂蚱长大的鸡。马力克市长看着木拉提皮货，端起酒杯说，说得好。在路上认识的朋友、在医院认识的朋友，都是不能忘记的朋友，我敬你一杯！木拉提皮货笑了，眼睛一亮，说，谢谢领导，我很高兴。你知识渊博，我长见识了。那天，木拉提皮货说，您刚才说了两种不能忘记的朋友，我很感动。我是一个没进过学校大门的人，喜欢听这样有筋骨的话，谢谢您。马力克市长说，那好，我多说几句，路上的朋友为什么重要呢？因为我们都在路上。在路上，我们本能地有求于对方，富翁和穷人，学者和樵夫，皇帝和乞讨的人，自古都在路上。在路上结识的朋友是肝脏朋友，因为我们互相搀扶着、安慰着走完了我们的路。这是非常了不起的。就说我吧，早晨出门，我没有出远门的计划，看到夏克尔，看到他的卡车，我突然有了回家乡一趟的念头，这不是我的意志，但是是我隐藏的精神渴望。人生，就是个厉害的东西，它默默地引领你的欲望，捆绑你的欲望。在今天的路上，我们在想象不到的情况下相识了，而且在这里喝酒、交流，成了朋友。为什么呢？因为我们在路上。在路上，一根烧火棍和那个孙悟空的金箍棒的价值是一样的。你有一碗水，我有一块馕，我们在那些风雨的天气里走过来了，这才是辉煌。这样的朋友能忘记吗？在医院里认识的朋友也是一样的，我们是为了保住生命上医院的。死亡，在我们的背后威胁我们，我们已经看得很清楚了。生命不再是美好、永恒的东西。那些病友为什么那么亲切呢？因为我们彼此见证了躲在我们眼神里的死亡，准确地说，我们发现了死亡，我们变得更实在了。因为在我们的生命里，有一个叫死亡的东西，垃圾一样腐臭着，在等待我们回到它的烂场里。于是，那些病友凝固在了我们的眼神里，成了我们记忆里的一部分。我们为什么看重朋友呢？因为朋友是圣人一样高洁的东西。给圣人不能讲的秘密，给爹娘不能讲的隐私，给老婆孩子不能讲的丑陋，是要给朋友讲的。天下一切男人的秘密，最后的归宿，都在他的那个知心朋友那里。生活是多么的甜蜜呀，再坏的男人，也是不孤独的，他们都有机会留下自己的亮点和污点，他们不是闭着眼睛告别这个世界。因而，一个懂事的男人，应该用一生来寻找自己的知心朋友，这是和生命一样重要的东西。那天，木拉提皮货激动了，站起来，给马力克市长敬了一杯。

夏克尔说，那天，的确是一个不能忘记的日子，我也没有想到能认识一个皮货商，马力克市长能讲这么多道理。

木拉提皮货激动了，说，今天真是太好了，认识你们是我的福气，我也想给你们多说两句。我是一个文盲，十岁的时候，爸爸出车祸死了；十一岁的时候，妈妈改嫁了。第二年，爷爷从和田赶过来，把我领走了。我爷爷是个打馕的师傅，我就跟着爷爷学打馕了。十八岁的时候，我回来找妈妈，妈妈安排我结婚了，我就在市场上开了一个馕店，生意不错，十几年下来，也挣了一笔钱。后来我开了一个肉店，情况一年比一年好。再后来，我转向批发了，也挣了一笔钱。几年后，我又转向皮货生意。皮货生意一年比一年好，主要是把皮货发往其他省市。我现在有两个儿子，都上学了。那个馕店和肉店，我租给别人了。在乌鲁木齐，我买了一套楼房，将来儿子们考上大学的话，我就搬到乌鲁木齐去住。我很高兴认识你们，我会去木斯市看望你们的。夏克尔说，那天，马力克市长也激动了，说，好，认识你极好，我就喜欢像你一样在艰苦环境中长大的人。你不容易呀，好在你坚强地走过来了，还在往上走。好，今天这个饭、这个酒，咱们吃得好也喝得好，谢谢你，以后你来找我，我要交你这个朋友。

你十二岁就学习打馕了，不容易，我佩服你。来，我敬你一杯。夏克尔说，马力克市长很动情，还邀请木拉提皮货到木斯市找他。那天，我们都高兴，木拉提皮货走的时候，不让我结账，说要我赐他一个记忆，他要在心里留下今天的时光。傍晚的时候，我们赶到了马力克市长的家乡，把木拉提皮货的货卸掉。我把马力克市长送到了他爷爷家里。后来，我才知道，马力克市长也是一个有着不寻常经历的坚强的男子汉，这是我们的努尔兰部长告诉我的。一个月以后，木拉提皮货到木斯市找我了，我们喝了一场酒，我把马力克市长的身份告诉了他，木拉提皮货呆住了，说，我长这么大，没有做过坏事，没有黑过人，没有做过对不起爷爷和妈妈的事情，看来，我遇上贵人了。木拉提皮货的好运来了。在马力克市长的建议下，木拉提皮货在开发区正在建的美食一条街上，建了一座三层小楼，不再做皮货生意，而是开饭馆了。我说，有意思，夏克尔，这么多故事，我明白了，老市长不是一般的人，他人离开了这个曾经工作的地方，但是好名声还在我们这里，了不起。明天下午下班的时候，咱们到木拉提皮货那里去一趟，我要见一下这个人。夏克尔说，好，好，我安排好。我说，不要安排，咱们自己去。

第二天下班的时候，我们来到了开发区的美食街。这是一条南北方向的长街。在这以前，副市长带我来过，好几个民族的美食都集聚在了这里。老板们摆在店前的各种美食，看着就让人有食欲，有维吾尔族人做的羊羔肉、烤肉串、发面包子、烤包子、烤全羊、面肺子、羊头肉和羊蹄子，有回族人做的糕点、油香、粉汤，有哈萨克族人做的马肠子和马肉。那天，和副市长来的时候，我没有注意木拉提皮货的这个抓饭王餐馆。我们来到他餐馆的时候，一个二十来岁的小伙子正在打窝窝馕。夏克尔走过去，问候过小师傅以后，说，你师傅在吗？小师傅说，在，里边请。说话间，木拉提皮货出现在我们面前，他好像是在我们问小师傅的时候瞧见我们了。他很友好，伸出双手，握着我的手，说，欢迎市长光临，感谢您尊贵的双脚把您带到这里来。我笑了，我的第一感觉是，这个木拉提，眉宇间闪烁着一种温暖的锐气，是一个很会做人做事的人。接着，他握住了夏克尔的手，说，感谢您，咱们上三楼吧。我走到馕坑前停下了，那个小师傅友好地向我们笑了笑，继续打他的馕。木拉提皮货笑着对我说，一楼是馕房，也出售点心和馓子；二楼是抓饭王；三楼是我们自己的住房。我老婆管账，我们雇了十个人，两个孩子在读书。

木拉提皮货把我们领到了三楼，我们坐进了他豪华的客厅里。饭桌上，已经摆满了水果和漂亮的窝窝馕。显然，夏克尔已做了安排。在客厅中央，挂着他和马力克市长的相片，木拉提皮货笑得很灿烂，马力克市长显得自由、轻松、自信，头发很短，蓝格衬衣非常合身，不像个市长，倒像一个搞体育的人。木拉提皮货说，这是我和马力克市长在这座楼建成的时候，就在这三楼照的相。市长您请坐，我去备茶。

木拉提皮货出去的时候，我看着夏克尔，说，你说说，这个木拉提，是一个什么样的人？夏克尔说，有福气的人。

我们正说着，木拉提皮货领着妻子塔吉尼莎上来了，后面跟了两个女服务员和一个端肉的汉子。塔吉尼莎向我们问候的时候，木拉提皮货把汉子端来的肉摆在了餐桌中央，塔吉尼莎微笑着给我们倒茶。大家喝茶的时候，木拉提皮货看着我说，我给夏克尔讲过几次，很想请市长您到家里吃一顿饭，他说您忙，没有时间。今天您能来我太高兴了，您请喝茶。我端起碗，又看了一眼木拉提皮货的脸。他的脸比一般人的脸要大，显得庄重，前额宽，眼神干净，脸上洋溢着发自内心的自豪。他的妻子塔吉尼莎坐在他身边，前额亮堂，贤惠的眼睛深情地欣赏着男人的成功和善良。我说，木拉提老板，生意怎么样？木拉提皮货说，市长，我不是老板，我是卖饭的，抓饭做得好。我从小吃苦，爷爷教会了我打馕和做抓饭。这抓饭是穷人饭，一碗吃饱了，可以干一天活儿。午饭和晚饭的钱就留在心里了。夏克尔笑了，说，这几年，我看你说话也像马力克市长了。木拉提皮货说，不不，我是什么人，我能学会马力克市长的皮毛吗？不能够啊。他是光，我是地里的野草啊。我说，木拉提，你的抓饭，一天可以卖出多少袋米？木拉提皮货说，我们只做四袋子，中午一过，就没有饭了。收拾餐具搞卫生，做第二天的准备。让大家休息好，第二天做的抓饭才有味道。夏克尔说，四袋子米，是一百公斤吧？木拉提皮货说，是的。我的想法是，必须要让一些顾客吃不上抓饭，第二天他们才会想念我们的抓饭。我们呢，也不能从早到晚都挣钱，这样，我们的脾性就乱了，对谁都没有好处。哈密瓜再甜，但那个瓜皮是要扔掉的。我说，说得好，我要向你学习。木拉提皮货站起来了，恭敬地说，不敢当，我们是在您的阳光下过日子的人。我说，你和我们的老市长马力克是朋友了，他对你也有一些帮助，你怎么看这个人？木拉提皮货说，他是一个在关键的时候给人盐巴的人。我的少年时代、青年时代，都是没有盐巴的。我是一个没有父爱、渴望父爱的人。当我和马力克市长相识以后，我的生活改变了。这个改变，不是我富有了，而是我从他的言语、关爱里感受到了父爱，他好像是我父亲的灵魂派来的使者。在我的灵魂、血液里填补了父爱。马力克市长在精神上把我引上了有爱、懂爱的光明路，我不再孤独了。说着，木拉提皮货流泪了，他的妻子塔吉尼莎也跟着丈夫流泪了。她掏出手绢，放在了她男人的手里。木拉提皮货低下头，身子开始微微颤抖，而后响起了激烈的喘气声。我在心里说了一句：老市长的关照是一个方面，而木拉提皮货自己也是一个心净、懂事的人，甚至他的妻子也是如此，这是他的一个福气。

周末下午，我把努尔兰部长请到家里，请他吃马肠子。和努尔兰部长吃饭，主要是想多方面了解一下马力克这个人，请他讲一些马力克的逸事。在家乡，只有在冬天的时候才吃马肠子，特别是在下雪的时候，慢火煮着，一块马肠子、一杯酒，可以说是一日等于一年。整个夜晚，可以把一生的话都讲完。三杯酒以后，努尔兰部长说，我们这个地方就是这样怪，这是一个驿站一样的城市，冬天吃的东西夏天也有。我说，听说马力克市长喜欢你，经常和你秘密地喝酒。努尔兰部长说，这也不是秘密，他喜欢喝酒，就是担心别人说他，就悄悄地和我碰杯。我陪他回过几次家乡，朋友们请他喝酒，他也是三五个人聚餐，吃完面，大杯酒来几杯就走人了。我说，我来到这个城市工作以后，听说了他的一些情况，我从他的身上学到了许多东西。你认为他有缺点吗？努尔兰部长说，有，他不注意穿戴。我说，这是缺点吗？努尔兰部长说，是的，一个市长，他的形象应该是全面的，衣服是崭新的，每天刮脸，要有市长的气质吧。我笑了，说，新鲜，有这样的说法吗？努尔兰部长说，这是我的说法，就像你，很注意自己衣着打扮。这不是为了自己，而是为了这个城市。我说，好了，咱说说别的吧，你把话题引到我的身上了，就不好往下说了。马力克市长有隐私吗？努尔兰部长说，有，但是他藏得很深。我说，你没有发现什么吗？努尔兰部长说，发现了，他想努力做一个好人。我笑了，说，有意思，这也是隐私吗？努尔兰部长说，我认为是的。比如说他的那个奶茶外号，就是一个游戏。乍看起来，他好像给我们留下了一个故事，一个廉洁的形象，许多人都说这是他的一个野心，想继续往上爬。实际上，在他退休之前，他也升了两级，非常不容易了。但是在本质上，这不是他的目的，他想留下自己的名声，让后来的人说他好。这个，比他升了两级还要重要。我研究过这个人，他有思想，有理论，热爱人民，珍惜他得到的那样一个机会。他自己说过，市长这个位置，是一个机会，是留下好名声的机会。我说，努尔兰部长，我不同意你的说法，这好像有点儿神话的味道了。努尔兰部长说，人人都应该有自己的想法。我给你讲一个他的故事。他来木斯市上任的第二年，主持召开了农村工作会议，主要内容是规划乡村道路和住房建设。会开了两天，第二天下午快结束的时候，一个乡长在吃午饭的时候喝多了，在会场上坐不住，大吐了一场，影响很坏。会开不下去了，他站起来，抓起麦克风，说，这是哪个部门、哪个乡镇的人？坐在他身边的副市长说，是八乡的乡长库德来提。他说，开这么重要的会，你喝酒，不尊重我们的这个会，不尊重政府，你还有脸做这个乡长吗？我要向书记建议，撤你的职务，给你一段时间好好喝个够。基层的工作做不好，乡村建设搞不上去，没钱办事，都是像你这样的醉鬼把钱喝光了！对这事，许多人的意见是处理得好，把那些醉酒来开会的人的气焰打下去了。

不久，我回了一趟家乡。我带着羊肉和伊力老窖，来到了马力克市长的家。退休后，他活得自在、潇洒，很多人都羡慕他。

马力克市长见到我说，见到你很高兴。怎么样，木斯市好吗？我说，好。马力克市长说，人民好吗？我说，好。马力克市长说，邻居好吗？我说，好。马力克市长说，这就好，人民好，邻居好，就是说，你好我也好。在任何时候，只要人民好了，邻居平安了，我们就平安了。我笑了，说，您过得好自在啊！听他们说，您退休后组织了一个"爱心爸爸"活动，专门资助那些孤儿读书。马力克市长说，就当是积德吧，当年我也是一个孤儿。人没有事干不行啊。在木斯市的那个木拉提皮货给我来电话了，说你去看他了，他很高兴。他还说，我的阳光又照耀他了。那时候我帮助他，也是因为他是孤儿，没有幸福的少年时代。他父亲走得早，全靠他自己，不容易。我说，他是一个勤奋的人。马力克市长说，我看上的不是他的勤奋。勤奋的人多了，我欣赏他的脾性，这就够了。我说，哦，是这样。您说话，总是和一般的人不一样。马力克市长说，那个努尔兰部长怎么样，听说他也退休了。我说，退了，有时候我们在一起吃饭，也喝二两。马力克市长说，和他要少喝酒。我说，怎么讲？马力克市长说，他是属于那种能一起吃饭但不能一起喝酒的朋友。他接着说，你是一个干净的人，我所有的话，都在这个词里面。每次你来看我，你的眼神是干净的，托人给我带东西，也是看在我的岁数和一些经验上来尊敬我。不像别的领导，要我在上面领导那里帮他们说话。这些，我很清楚。我支持、欣赏你的工作方法和生活态度。今天也是一个机会，我就多卖弄一些所谓的经验吧。其实活着，为了正事，也需要一种狡猾和算计。做好一个市长的前提是，你必须是一个成熟、善良、成功的人，起码，你的心要有这个愿望。但这个学费有的时候是昂贵的，有的时候金子要给垃圾让步。这里的麻烦是，中间衔接缰绳的那个人，他不知道金子的价值和那些垃圾的价值。他把那些垃圾看错了，认为那是可以炼成财宝的好东西。金子在河边、在戈壁滩、在花园、在洁白的人心里。要是你不懂那是金子，这没有用。你的学费再昂贵，你还是打不开那扇门，看不见那个秘密。那么，另一个学费是什么呢？是时间，这才是沉重的学费。时间为什么躲在背后看热闹呢？它是想让你真正地发现和感悟。有些东西，已经在你的手里了，但是你看不见它。一生颓废、尴尬、丑陋地寻找的那个东西，往往已经在你身边了，你却看不见它。当最智慧的时间从你的身边走过，倾听了你的苦痛、学费、欲望和干净程度以后，它就赐你启示。你会慢慢地发现那些老脸、新脸，那些你曾崇拜的舌头和眼睛，是不是那么回事。学习人生，学习当市长，要积累经验，消化经验，把一些经验挂在墙上，在黄昏的时候欣赏它，在黎明的时候揪掉它身上的肿瘤。这个时候，你最大的骄傲是，你已经能在一块块漂亮的肉堆里看清那些肿瘤了。你胜利了，只是时间不说话。时间为什么不善言语了？它怕把死亡的秘密泄露给我们，就把舌头锁进牙齿里了。人的好玩就在于，死亡进门了，躺在床上看热闹的时候，人们却看不出来死亡的到来，当最后一刻出现在眼睫毛的时候，才开始忏悔，可这个时候就来不及了。死亡是吝啬的，它不给你那么多时间，你的真爱真恨，都留在舌头下面了。我笑了，说，你以前没有说过这样的话，昨天没有喝多吧？我是不是酒送得多了？马力克市长说，酒没有喝多，倒是送得多了。一高兴，藏在我肠子里的贼言、贼心都出来了。我再给你讲一下成功。成功是一个人有脸，而后有很多马、牛、羊，喂养宠物，给游天下的野鸽子扔食。有钱，但是必须有脸；没有脸，那些钱就发臭了。成功有的时候没有眼睛，它在路口等你的时候，你看不见它，就跟不上它的影子，一生和它玩捉迷藏。等到你发现成功就在你的影子里，在你的心里，或是变成了你的一只手、一条腿的时候，你已经不想念成功了，你的心、理念、欲望，都疲软了。这些事情，都是隐藏的贼心。

我们谈了很长时间，我有一种很深刻的感受：以前，我为什么没有向马力克市长请教呢？他讲的那些事情，那种独特古怪的想法，我是万万想不到的。我暗自下定了决心，要经常和这个人交流。

回到木斯市，我给马力克市长打了一个电话，我说，这一次，在他那里，我学到了很多东西。希望他能来木斯市住一段时间，看看曾经工作过的地方。他说，我会去的，再过一段时间，我要去乌鲁木齐参加同学聚会，路过的时候，我去看你。但是，我讲的那些事，你不要当学问、经验，都是剩饭、剩菜，是拿不到台面上的。和你讲那些话，是因为你还欣赏我，愿意听我讲。你可以在吃好喝好、睡好玩好的时候，回想起没有腿的人和在孤儿院梦想母爱、父爱而憔悴的孩子们。对于你，对于你的仕途，这是良药。在这样的日月里，麻烦的是，我们会忘记那些没了水的河床。因而，要做一个真男人。要想有作为，必须培养你眼睛里面人家看不见的眼睛，让它悄悄地窥视那些脏里的净和净里的脏，没有话语权的人的呐喊，有杯没有酒的流浪汉的辛酸，看清那些垃圾的成分。其实，这很重要，学会这些，你就成长、成熟了，你就会懂什么时候让舌头沉默，学会这些，什么时候让舌头说话，这都是经验。但是，这样的话，不是可以给任何人讲的。我希望我们能保持联系，我特别喜欢你送我的那些纯正的伊力老窖。我笑了，说，一定。

秋天的时候，马力克市长来了。他说，不要声张，我这个年龄，经不起被很多人围着了，就咱俩吃饭说话，最舒服。餐厅也不去了，就在房间。没有办法，我让服务员把酒菜送到了房间。马力克市长说，我这个年龄，应该是不沾酒的年龄了，可是扔不掉，决心还是不够，嘴脸越老越不要脸，先喝着吧，哪一天咽不下去了，自然就停下来了。我说，少喝，心热，高兴就行了。马力克市长说，全世界的话都好说，事不好做呀。这么美妙的味道，在你不要脸的鼻子下面飘着，你能控制住不贪嘴吗？不可能的。当你张不开嘴的时候，酒杯就自己休息了，时候未到呀！酒菜上来了，漂亮的羊羔肉，像油画里的美女，看着让人心动。第三杯酒以后，马力克市长看着窗外的橡树，说，你喜欢什么品种的树？我说，白杨树。马力克市长说，讲讲。我说，大地上，有许多种树，我就喜欢白杨树。在年轻的时候，和姑娘谈恋爱，都在家乡路边、河边、公园里的白杨树后面遮羞，怕人家瞧见。那时候，都是直径一米多的白杨树，一棵挨着一棵，都成了树墙了。躲在后面，可以放心地和姑娘交心。可是那个时代，东西便宜，人心贵。瞄准一个姑娘，买好电影票，一年里请几十场电影，晚上送姑娘回家，那白杨树下，也讨不到个亲嘴的便宜。想到这些，我就喜欢那些白杨树，主要是在那些树的年轮里有我的记忆。那些油画一样醉人的年代已经刻在我的心里了。马力克市长说，哦，是这样。你现在的老婆，是那个年代你挚爱的姑娘吗？我说，是的。马力克市长说，多好，这叫全善，不容易。就像在最好的一个黎明，大地的一切好鸟都飞过来，落在你头上了；像河水，一直流着，没有停下。

现在你又当市长了，你是一直有水喝的人，多好。你的福气，是从恋爱时代开始的，要珍惜。我继续说，后来喜欢白杨树，是因为它长得挺拔，像听话的孩子，长得漂亮、秀丽，有脊梁，看着让人舒心。马力克市长说，我喜欢橡树，但是我不喜欢秋天。这个话，我只给我的妻子讲过，她理解我为什么这样讲。我喜欢橡树，是因为在爷爷乡下的果园里有二十多棵橡树。爷爷说，当年是他的爷爷种下的，那些漂亮的枝叶，伸展开来，非常好看。这种树很贵，好几次，有人出高价买，爷爷都不卖，说，留给孙子了，是我给他的遗产。我十岁的时候，爸爸去世了，爷爷就把我带到了乡下，供我继续读书。我十八岁的时候考上了大学。我在爷爷身边生活了八年，我的少年记忆是和我爷爷的影子在一起的。那么我为什么不喜欢秋天呢？每当秋天到来，树叶凄凉地飘落，我就很伤心，我就会怀念我的爸爸。我觉得自己很不幸，小小年纪，就没有父爱了。我渴望父爱，就像总是处在一种饥饿的状态。有一些事，我以后会告诉你的。少年时代、青年时代没有父亲的人，像是古老的村落中被丢弃的旧屋，非常可怜。常常是，那些恶狗贼猫，都躲在这个旧屋里，吞噬你的颓废和可怜。我的想法就是这样，秋风，是大地对恶的报复。混乱中，树叶吃亏了，它们成熟后，刚刚开始欣赏蓝天的奥秘的时候，开始和那些神仙的眼睛一样可爱的星星说悄悄话的时候，秋风把它们从树枝上吹下来了。它们在我的旧屋里发霉腐烂，回忆曾经的灿烂。没有父爱的汉子就像这些被抛弃的秋叶，非常可怜。孤儿是非常可怜的。当然，没有父爱，我也长大了，有了妻儿。我没有赶上飞毯，但是我也没有失去光明、温暖。那我还唠叨什么呢？兄弟呀你听好，一个孤儿，无论他将来吃草还是吃金子，他的精神和神智都是不健全的。没有孤儿愿意承认这一点，当走出低谷、雾霾、瘴气的时候，他们都会炫耀自己的坚强。哼，坚强，没有人能说清楚这种坚强的代价，没有。当你的朋友、同学，笑着、闹着跟在爸爸的后面，逛街、吃烤羊肉，整夜整夜地在河边钓鱼野餐，瞌睡的时候躺在爸爸温暖的怀里做梦，醒来的时候早餐已经备好，那是什么感觉？你就是最后和月亮是哥们儿的那个人，你眼睛里面的光，还是不那么亮；该昂起头来对视那双眼睛的时候，你还是有点儿蔫，像午后的茄子，硬不起来。马力克市长停下了，我端起酒杯，把杯子送到他的酒杯那里，碰了一下。酒杯清脆地响了一声，像脾气率直的城市姑娘的吻声一样。我想好了，一定要抽时间多回家乡，把马力克市长的经历，也就是他的成长史搞清楚。我说，老市长，敬您一杯。您慢慢喝，我干了。马力克市长说，你敬了，我就要喝掉。老人们不是常说，客人比绵羊还要老实吗？我笑了，放下酒杯，说，老市长，我很喜欢和您喝酒说话。我总想问您一些事情，今天没有旁人，您赐我一些经验吧，学费我会按时交。老市长，我想问件事情：现在人人脑子里都是钱，钱到底是个什么东西呢？马力克市长说，人脑子里不都是糨糊、酸奶、奶酪之类的东西吗？怎么是钱了？我笑了，说，我说想的是钱。马力克市长说，哦，那你就应该这样说。钱这个东西，在维吾尔语中最早叫"坦格尔"，就是片片儿的意思，是由金属制作的，现在是纸币了。钱自己本身没有什么，主要是印得好，漂亮。那么钱是什么呢？民间说，有钱的人，鬼话是正话；没钱的人，不会说话。还说，再丑陋，还是要让有钱人的小子说话。还有，钱是男人的翅膀，等等。说法不少。老百姓说，钱的另一角是拴在心脏里的。这就够了。我知道你问我的意思，钱这个东西，没有眼睛，有耳朵。它们喜欢人的时候，找不到人，风糟践它们。它们在树上、葡萄架上、馕坑边，在巫师的烟囱里，在说书人的眉毛里，在诗人的气场里，在渔夫的鱼钩里，在厨师的炉灶里，在马车夫的鞭子里，在民歌的旋律里。它们哭的时候，我们看不见它们的眼泪。它们的眼泪是雨的朋友，那些善良的鸽子，用舌头接住它们的眼泪，送到上天的雨奶奶那里，不让它们出丑。我说，多好，老市长啊，您和鸽子说过话吗？马力克市长说，这是很平常的事情。我养的鸽子，野鸽子，流浪的鸽子，我都和它们悄悄地说过。我说，老市长，是钱看不见我们呢，还是我们看不见钱？马力克市长说，在关键的时候，钱是和人对着干的。我们需要它们的时候，我们看不见它们，实际上是它们看不见我们；当我们不需要它们的时候，它们来了，在我们的耳边轻轻地歌唱，这时候我们已经没有欲望了，我们也看不见它们了，只剩下崇拜相片了。从人类学会玩钱的那一天起，钱始终是一种象征，因为它没头没尾，像河水，永远也流不完。象征是一种宽慰，在宽慰中，流淌着的金水也是看不见的。那能激动我们心灵的东西是什么呢？是煤油灯和那口忠诚的黑锅。古老的村庄，播种旋律的候鸟，吟唱金曲的暖风，传播神话的黑夜，召唤月亮的篝火，传承民歌的金嘴，人与人之间的关爱，眉毛下面的眼睛，才是世代的真金。我说，为什么人人都喜欢钱呢？马力克市长说，因为钱是热性的东西。我说，那么，凉性的东西是什么呢？马力克市长说，是闷头吃饭，与谁都不交流。没有朋友，自己的东西自己吃。我说，老市长，说得好。那么朋友是什么？马力克市长说，一起折腾，狗肉穿肠过的人。为了彼此的利益，为了掩盖彼此的卑鄙，欺骗给了粮食的手，欺骗给了温暖的心，那不是朋友。你丢了眼睛的时候，朋友是探照灯；当你狂妄的时候，是拉你一把的人。有些事情，给爸爸不能讲，妈妈也不能讲，姨妈奶奶、哥哥姐姐、妹妹小姨子、爷爷奶奶，都不能讲，你会觉得你的秘密和丑陋，只能给一个人讲，这个人就是你的肝脏朋友。他们不告密，没有野心脏心。就是你死了，他们也不贩卖你的丑行，也不贪污你的荣誉。当你把一把救命的钥匙交给他代为保存，这个朋友不会踩在你的死亡簿上，贪污这把钥匙。他们比一般的君子要高一等。简单地说，朋友是你的另一个灵魂。我说，老市长，您有这样的朋友吗？马力克市长说，没有，我有一个君子等级的朋友，还靠得住。嘴紧，脖子硬，吃饭不让人，也行。

　　最后一杯酒喝完，我沉默了。我有了一个想法，通过老市长的朋友，也通过与他合不来、对他有意见、反对他的人，秘密地了解一下马力克市长的身世，很想知道他孤独的少年时代和他的成长经历。马力克市长说，当一个市长不容易，你要自己找事干，要让人们富起来，满足他们各方面的需要。

光吃饱肚子不是最终目的，最终目的是人们要有善心，要想好事，懂得帮助邻居；要爱护泉水，能找到自己的期盼。青年人的期盼是什么？中年人的期盼是什么？老年人的期盼又是什么呢？都是问题。要把他们的心团结在一起。要想一个城市五年以后、十年以后的事业。这才是真智慧。要有一个目标，不能跟着时间上山下山，没有自己的主见。不能在享乐的温床上放弃自己的智慧。引导群众，要办成一件好事，要宣扬一种精神，让群众谋划自己的生活，要做出一种榜样，得到群众认可。这不容易。石榴熟了，嬉笑着进果园，摘它几个，很容易。但是这个石榴成熟的过程是非常艰难的，不是所有的进程都像成熟的石榴那样亮丽。我在这个城市做过市长，知道群众怎样评价我。我也得罪了一些人，有些是我的朋友，有些是我老领导的亲戚，有些是我好朋友的朋友，就像那个著名的阿凡提所说的那样，是朋友的朋友的朋友，汤水的汤水的汤水。我的孩子，他们对我最有意见，因为我没有给他们办事。我不忍心这样做，我要脸。自古，谁不追求财富呢？老辈人说，好事来得要有路子，来得要有道道。我儿子对我意见最大，说，人家当上市长，家里的鸽子、老鼠、蚊子、虱子都上天了，下来的时候不是老虎就是豹子了。你不关心我们，你的朋友对你也有意见，没有意思。谁像你？你这么清高，这么红艳艳，将来退休了，剩饭人家也不请你。我说，是的，你说的是你的心里话。如果有一天，你当上市长了，你可以按照你的心意去做。我不行，你是在肉缸里长大的，我是孤儿，不一样。这个道理，你现在不懂，如果你真的当上市长了，为你的贪欲和朋友的利益做事了，最后你成了监狱的朋友了的时候，会想起我的这些话的。你以为，市长这个位置是给你们贪利益的位置吗？不是。有的人那样做了，就辉煌了吗？也可能他们一辈子没事，捞了，风光了，但是他们的良心知道，他们是卑劣的。群众看得很清楚，群众看不起他们。那些依附那种市长的人，突然成富豪了，开始狂妄了，开始像百年前的劣绅一样欺人，把人当牲口了。这些人的嘴脸，老百姓不知道吗？老百姓知道了，他就跑不了。你会说，都捞成金山了，还跑什么？不是的，老百姓的诅咒，是会一代代地留下来的，他们的子嗣在精神上躲不过辱骂，这才是真刀子。众人的诅咒，才是他们脚下的火焰山。儿子说，你说得再好，但你养的猫都没有老鼠吃。我说，都是有良心的猫。我笑了，说，老市长，您说得好。马力克市长说，生活是很简单的事情，三顿饭，几件衣服，可是很多人把这个搞乱了。你在这个位子上，要特别注意，脏的金子、银子，是看不见的病毒；人风光了以后是牢房的朋友。

送走马力克市长，我利用这个机会回了一趟家乡，也了解了许多情况。我在木斯市工作了八年以后，工作调到地委了，也经常能和马力克市长在一起喝酒闲聊了。2010年的时候，马力克市长大病了一场，是心脏病。他的朋友们说，现在的时代，七十岁，不老啊，活到八十九十岁的人，麦草一样多着呢。那天，我到医院看他，精神不像从前了，从眼睛里，已经看不出任何事情了。那种自信、朝气、可爱的神态，已经看不见了。整个面容，像燃尽了的篝火、炭灰，看着让人可怜。有人说，是酒把他搞成这样了，喝了一辈子，一碗面、一把花生米，也能喝几天。但是他的朋友却说，喝不喝，是他的私事。病是躲不掉的，人人都是要死的。

每当周五的时候，我就带上马力克市长喜欢的水果去看他。八月底，塔格勒苹果熟了的时候，我就给他送这个品种的苹果，样子好看。照上阳光的部分，紫红色，叶子挡住了的地方，青绿色，两种颜色交错在一起，非常漂亮。一口咬下去，肉味甘甜。在他能喝酒的时候，我们喝酒长聊，他给我讲过他喜欢塔格勒苹果，原因是当年在他爷爷那里生活的时候，爷爷的果园里几乎都是这种苹果。那种甘甜的味道，留在了他的心里。

十一月的西风吹过来的时候，马力克市长的病恶化了，但他不同意上医院。长子艾代尔几次叫来救护车，准备强行送他去医院的时候，他都不同意。有几次，艾代尔的朋友们强行抬着他出门的时候，他抓着儿子的手，缓慢地说，你要是我儿子，就把我送到屋子里去。我要死在自己的屋子里，我要把灵魂留在爷爷给我置办的这个宅院。我自己知道，我活完了。艾代尔没词了，把他送回屋了。

听到市长病危的消息，我跑去看他的时候，他睡着了。他的妻子茹贤古丽坐在床头上，抓着他的手，默默地流泪。她比市长小五岁，退休前是食品公司的职员，是一个老实、本分的女人。艾代尔把他妈妈扶起来，搀到对面的沙发上，说，妈妈，不要哭，爸爸会好起来的。我坐在市长跟前，抓住了他的手。他的手冰凉，死亡已经给他的手打过招呼了。

艾代尔说，已经睡了三个小时了。我点了点头，没有说话。此刻，我已经看到了死亡放出的恶光，在马力克市长曾经风光过的脸庞上，吞噬他的善良和爱。

半个小时以后，马力克市长睁开了眼睛，看到我，抓住我的手，看了我一眼，闭上了眼睛。过了几分钟，他又睁开眼睛，说，死亡已经爬进我的耳朵、眼睛里了，给我说了几次了。死亡说，你是个好人，所以我没有强迫你，你自己准备好了吗？我不能等太长的时间，我也要交差，准备好了就咳一声，我也忙。马力克市长说，谢谢，我在等一个人，今天不来明天就来，再给我一点儿时间吧。死亡说，好吧，准备好了，就咳一声。我说，老市长，您会好起来的。马力克市长说，我在人间的份子已经享用完了，该到另一个世界交差了。生命，玩的就是时间。你比我小，但是心智比我成熟，因为你有一个完整的、健全的、有笑容的、有梦想的童年、少年和青年时代，所以你比我有智慧。我的一生都在寻找：一是在精神上寻找我的父亲、父爱，骨子里我是孤独的。这种悲惨，你是感觉不到的。二是寻找真正的男子汉气概。这两方面，对我很重要。第一个，我没有找到，所以我是一个情绪化的人。我没有链条，我是自己的螺丝钉。生活中，这是一件很麻烦的事情。第二个，我找到了。这是我的不幸，也是生活恩赐我的一个美好。在死亡飞过来要收走我的灵魂的时候，我已经有了我终生信任的男子汉，你是一个，还有我的几个朋友。这应该是我们两人的幸福。有的时候，你是锅，我是勺子；有的时候我是锅了，你分配给我的肉我放心。

我谢谢你，因为你懂那些玫瑰是用腐臭的流浪水浇育出来的。我说，谢谢老哥，您是我的榜样。马力克市长说，不，我不是，我是那个时代的孤儿，你是这个时代的宠儿，我们不一样，但是我喜欢你的智慧，懂得理解和宽容的智慧。说完，马力克市长静下来了，看着窗外葡萄架上的鸽子，嘴唇动了一下，但是我们没有听到他说的话。过了一会儿，马力克市长慢慢地说，人和候鸟是一样的，鸟在天上飞，心在大地；人在大地行走，心在天上。我留下了我的脾性和时间。马力克市长说完，喘了口气，停下了。我的手指滑向了他的脉搏。他的耳朵、眼睛里的那个死亡在静静地倾听他生命最后的心跳。

我们一夜没睡⋯⋯

晨曦从白杨树后面的空隙里飘过来，开始照耀窗外的葡萄架。茹贤古丽从沙发上站起来，来到窗前，打开了窗户。干净的风吹进来了，带来了滋润心肺的味道。黎明的彩光，通过葡萄架上面碧绿的藤条照射进来，照亮了躺在床上与死亡争夺生命的马力克市长沧桑、灰暗、无望的脸庞。刹那间，我感觉到马力克市长的脉搏停下来了。我看了一眼艾代尔，他把父亲的右手放下了，眼泪从他疲惫的眼睛里淌了出来。艾代尔走过去，抱住了妈妈。茹贤古丽说，你爸爸走了吗？艾代尔点了点头，说，妈妈，咱们报丧吧。

亲戚、朋友们都来了。下葬的时间定在了下午。艾代尔说，墓地在一个月前就准备好了。院子里，响起了凄凉的哭声。院子里和巷子里，都站满了人，三五人，七八人，簇拥在一起，哀悼马力克市长。

卡马力硬汉走过来，见过艾代尔以后，抓住了我的手，说，听说，老人家是在黎明的时候走的？我说，是的，我一直在他的身边。没有什么痛苦，还给我说了许多话。卡马力硬汉说，都这样，死亡是我们大家的朋友，我们都会去找它，只是有个早晚的问题。一个人死了，所有的一切都完了。亲友们关心的是，他是一个怎样的人，对人有过帮助没有，有过善心没有，剩下的事情，会和遗体一起进入墓穴。

下午，送葬的卡车早早就准备好了。时间到了，灵柩被强壮的小伙子们抬上了卡车。我和卡马力硬汉上了同一辆面包车。灵车缓慢地启动了，传来了留在宅院里的女人们的哭泣声。左右邻巷的汉子们都上车了，他们悄声说话，颂扬马力克市长的好名声。一位老人说，要记住这个汉子，我们现在走的这条路，以前是土路，是这个汉子给我们铺上了柏油路，这样的事情，他做得多了。那个买买提兄弟俩，那年考上大学的时候，学费和生活费也都是他出的。买买提兄弟俩从小就是孤儿，他们遇上好人了。主要是，我们的马力克汉子也是孤儿。常言说，孤儿是孤儿的救星，不容易。愿他的灵魂安息。

我看了一眼身后的车辆，好几辆客车后面跟了许多各种小车，很壮观，基本上都是马力克市长的朋友和从木斯市赶来的朋友。路两旁的行人，看到殡车，都停了下来。路右边渠沟里的秋水忽然涨了，从近处的巷子和远处的田野里带来了许多精美的树叶，在水面舞蹈。在风的助力下，树叶竖起叶尖，忧伤地旋转，护送马力克市长的灵魂，在那片古老的坟地，找到自己的归宿。渠边的白杨树，也看到了马力克市长的灵魂。那些痛苦的树叶，飘落在巷路上和渠水里，和水一起，和那些从各方飘来的树叶们一起，护送马力克市长欣慰的灵魂。从巷子的尽头飘来的各种树叶，宅院里的苹果树叶、梨树叶，那些玫瑰花瓣，飘在送葬队伍的上空，像古老的歌曲，深沉地哀唱马力克市长一生没有唱完的心曲。灵车来到丁字路口的时候，缓慢地朝右拐，向着日出方向的坟地前行。

马力克市长的灵魂开始回忆主人的从前和悲欢。马力克四岁的时候，父亲死了。关于死因，说法很多。有的说是得了一场怪病，不停地打嗝，送到上海治疗，也没有治好，一年后，就死了；有的说，马力克的父亲在生病以前遭遇了一场车祸，真正的死因，是在车祸中心脏受了重伤；有的说，他的父亲是酒精中毒，常年大杯喝酒，把肾脏、脾脏、心脏都喝伤了，最后一口气没有接上来就走了。和许多上了年纪的人们交谈过以后，我认为，马力克的父亲的死，的确是一个秘密。马力克第二天醒来要爸爸，他妈妈就说，不哭，爸爸到天国去了，几天后就会回来的。几天后，马力克哭着要爸爸，他妈妈就说，不要急，爸爸好几个月以后才能回来。马力克说，妈妈，天国是什么地方？他妈妈说，天国有好多漂亮的花朵、好多漂亮的地毯。那些地毯会飞，可以坐在飞毯上上天，摘许多星星回来。几个月以后，他爸爸还是没有回来。马力克又哭，他妈妈说，不哭，乖孩子，我也想你爸爸了。天国在很远很远的地方，没有几年的时间是回不来的。等吧，等你长大了，进学校读书后，你爸爸就回来了。

马力克七岁的时候，他妈妈把他送到了学校。有一个叫肖开提的同学，和他很要好，放学的时候，经常带他到自己家里玩。那天，马力克到肖开提家里玩的时候，问肖开提，朋友，你知道那个叫天国的地方在哪里吗？肖开提说，知道，奶奶给我讲过，在太阳落山的方向。你要去吗？奶奶说那地方可远了。马力克说，我想去找我爸爸。肖开提说，走，咱们到我奶奶那里问一下，天国有多远。肖开提的奶奶正在葡萄架下的板床上做针线活儿。肖开提领着马力克，来到葡萄架下，说，奶奶，天国有多远？肖开提的奶奶笑着说，好远好远。肖开提说，我的朋友马力克想去天国找他的爸爸，一天能走到吗？奶奶放下手里的活儿，把马力克拉过来，用温暖的手擦了擦他的前额，把他抱在怀里，在他的前额上亲了一口，说，你是一个多么懂事的好孩子啊，好好读书，和肖开提好好交朋友，但是你现在不能去天国找你爸爸。天国太远了，比天还远。你先好好读书，长大了，你就会坐上飞机，到天国找你爸爸了。马力克看着肖开提的奶奶，伤心地说，我太想爸爸了。人家都有爸爸，也不到天国里去，就我的爸爸去了不回来。肖开提的奶奶眼睛一热，流泪了。后来，肖开提的奶奶经常关心他。她要肖开提过年过节都把马力克请来，给他做好吃的，抚慰他受伤的心灵。特别是马力克在暑假的时候独自一人出走后，肖开提的奶奶找到马力克的家，和他母亲长谈，想办法一起关心他。

暑假的第一个星期，马力克在书包里准备了两个馕，一个是给自己吃的，一个是给爸爸吃的。他背着妈妈，偷偷地出门了。自从肖开提告诉他，天国在太阳落山的方向以后，他心里一直谋划着把爸爸找回来。他想通过自己的努力，让妈妈高兴一下，是他把爸爸找回来的。为了看清太阳落山的方向，他是下午出门的。他从巷子里出来，朝左拐，上了大路，看着太阳落山的方向，开始赶路了。走了一个小时后，累了，靠着白杨树，长长地喘了一口气，开始休息。路上行人不多，偶尔有拉煤的马车和拉麦草的毛驴车经过。马力克的注意力一直在天上。出门的时候，他就想好了，如果天黑了还走不到天国，他就在路边的渠沟里睡一天，第二天继续往前走，向大人问路，一定要找到爸爸。

　　马力克坐起来，小心地迈过渠沟，继续赶路，走了好长时间以后，又累了，坐下休息了一会儿。他感到饿了，吃了一块馕，坐起来又继续赶路。黄昏的时候，他来到了河边，前面没有路了。他有点儿怕了，一个人睡在河边，晚上狼来了怎么办？他靠在河边的白杨树上，看着无声地流向太阳落山方向的河水，想，如果有船，我坐在船里，和水一起走，一定能走到天国。他这样想着，靠着白杨树睡着了。不知道过了多长时间，醒来的时候，他睡在了一位老大爷的怀里。老大爷给他盖上了自己的大衣。老大爷说，孩子，醒了？你怎么一个人睡在这里了？马力克说，我要到天国找我爸爸。老大爷停了一会儿，说，你们家的人知道你去天国的事吗？马力克说，不知道，妈妈不让我去，说长大了才能找到爸爸。

老大爷说，哦，是这样，你妈妈说得对呀，孩子是找不到天国的。你长大了，到了我这样大的年龄，有白胡子了，你才能找到天国。你上学了吗？马力克说，上了，一年级。老大爷说，这多好，上学的孩子都是好孩子，是听话的孩子。你应该告诉你妈妈，这会儿，你妈妈可能正在找你呢。找不到你，你妈妈哭了，怎么办？马力克说，我一定要找到爸爸，明天再走一天，我就能走到太阳落山的那个地方了，就能找到爸爸了。我同学肖开提的奶奶说，天国就在太阳落山的那个地方。老大爷说，孩子，你们家住在哪里？马力克说，在车马店跟前的巷子里。老大爷说，哪个车马店？马力克说，就是那个巴扎跟前的车马店。老大爷说，好，我知道了，现在已经是半夜了，我明天送你回家吧。等一会儿和我一起回家。这里冷，天亮前都有野狗出没，你不能睡在这里。马力克说，爷爷，您能帮我到天国去找我爸爸吗？老大爷说，孩子，这事，咱们以后再说吧。你长大了就知道了，那是很远很远的地方，先回去找你妈妈吧。你妈妈这会儿都不知道哭成什么样了。

后来，也就是在十几岁的时候，马力克才知道这个老爷爷叫泰来提老鱼。泰来提老鱼，从爷爷辈开始就在这条河里捕鱼，爷爷的外号，一代代地留给了他们。

后来，马力克的母亲改嫁，马力克的爷爷把他领走了。他在乡下读完了初中和高中。这期间，在他的要求下，爷爷在暑假的时候，曾两次带着他来看过泰来提老鱼。老人身体还是那样硬朗，每天半夜到河边收鱼线，把一条条十多公斤的大鲤鱼放在毛驴车上，连夜拉到城里西大桥下面的鱼市里出售。白天的时候，老人和村里的另外几个人合伙，备好几条小船，在河里用大网拉鱼。在马力克和爷爷去看他的时候，他给马力克讲过去捕鱼的故事，说，那时候，河里挤满了鱼，我们一网下去，都是十多公斤的大鱼，拉不动，拉几网，网就破了。而现在，没有那么多鱼了。现在是人多了，鱼少了，只能往河中央下大鱼钩了。

那天黑夜，泰来提老鱼带着马力克开始沿着河岸收他的鱼线。每根鱼线上都有两个鱼钩，两个鱼钩上挂着两条大鱼，十多根鱼线上的二十多条大鱼，都被装进麻袋里，放在了毛驴车上。马力克跟在泰来提老鱼身边听他使唤，帮他往麻袋里装鱼。泰来提老鱼收拾完鱼线，就把一车鱼拉到了河边的渔村。这个渔村最早是稻村，现在也是稻子有名。百年前，水性好的汉子们，开始下河捕鱼，后来一部分人开始以捕鱼为生，城里人就开始叫这儿为渔村了。泰来提老鱼的家在村子中央。他们赶到村里，走进院子的时候，家狗友好地叫了几声，跑出来，站在了泰来提老鱼的身边。

泰来提老鱼领着马力克走进了屋子。泰来提老鱼的妻子塔吉古丽，早已计算好了男人回家的时间，浓香的抓饭已经做好了。塔吉古丽看到马力克，说，哎哎哎，这小天使是从哪儿来的？泰来提老鱼说，你没有看明白吗？我这把年纪了，这不是把外面的娃娃领回来了吗？塔吉古丽说，给你十个头，你也不敢啊。泰来提老鱼说，我现在变了。每天吃一个鱼头，胆子大了。塔吉古丽说，你就是每天吃十只老虎的肉，也不敢往家里领半只母苍蝇啊。这个小宝贝是什么情况？泰来提老鱼说，我捡的，名字叫马力克。我想好了，留下来，咱们自己收养，你看怎么样？塔吉古丽说，你又糊弄我了，这孩子是你爷爷给你留下的流浪狗吗？到底是怎么回事？泰来提老鱼把情况说了一遍，说，吃完早饭，进城卖完鱼，我就把孩子交给他妈妈。塔吉古丽走过来，摸了摸马力克的头，在他冰凉的脸上亲了一口，说，多漂亮的孩子啊，真可怜。给他妈妈送几条鱼吧。泰来提老鱼说，准备好了，有一条十多公斤的青黄鱼，一块儿给带过去。

那天，马力克和泰来提老鱼一起吃过抓饭，睡了一个多小时，就和泰来提老鱼进城了。他们在西大桥鱼市把一毛驴车鱼批发了以后，来到了马力克的家里。他们进屋的时候，只有马力克的姨妈在。姨妈抱住马力克，哭了起来，说，你妈妈昨天晚上就出去找你了，一夜没有回来。你是怎么回事，孩子？我们都快疯了。泰来提老鱼把事情讲了一遍，临走前，说，看好孩子，给孩子讲清楚，小孩子是不能去天国找人的，长大了，就知道天国在哪里了，现在要好好读书，好好听话。马力克的姨妈说，千万颗红心感谢您，大叔，千万次感谢您。泰来提老鱼把准备好的那条青黄鱼留给了马力克，说，让妈妈回来给你做鱼，快快长大，长大了，你就会知道天国在哪里了。

马力克市长后来回忆说，那天，姨妈派人找我妈妈去了。我妈妈晚上才回来，见到我，抱着我大声哭。我很害怕，以前没有见过妈妈这样伤心。我妈妈说，孩子，你这是干什么？去天国找爸爸，你要告诉我呀！我们应该一起去呀。如果找不到你，我还怎么活呀！

　　这件事，马力克的爷爷是三天后才知道的。他从村里赶过来，抱着马力克，把脸贴在马力克的脸上，颤抖着，哭得抬不起头来。晚上吃完晚饭，爷爷给他讲故事，讲了木马的故事、小箱子的故事、两条狗的故事。最后，爷爷把他抱到怀里，说，孩子，今后记住，无论什么时候想起天国，你就来找我。到村里去，我就是你的天国，我们全家人是你的天国，我们全村是你的天国。马力克说，爷爷，我知道了，我再也不去找天国了。

　　马力克长大成人的时候，一切都明白了。自己的成长经历使他逐渐看清了人生看不见、抓不住的残酷一面。在那些猜测父亲形象的长夜，哭的时候，只有眼泪，没有声音。但他不想把自己的痛苦泼在亲人们的灵魂上自我安慰。他长大了，懂事了，在妈妈和爷爷的教育下，学会了享用一生的自强自立，还有妈妈教育他的道理：求人不如求自己的双手。

　　马力克大学毕业参加工作的第一年，泰来提老鱼用完了在这个人世的份额，到温暖的土壤里找亲人去了。一周以后，他才听到这个消息。马力克接上爷爷，到河边的渔村看塔吉古丽奶奶去了。塔吉古丽奶奶说，谢谢你，孩子，你那个爷爷还常常说起你呢，说你是一个灵敏的孩子，将来一定会有出息的。马力克说，愿爷爷安息的地方就是天国，是我曾经天真地寻找的那个天国。在邻居孩子阿里木的带领下，他们来到坟墓，坐下来，悼念泰来提老鱼。坐在荒凉的墓地上，可以看见河水静流。马力克想起了当年的那个夜晚，泰来提老鱼叫醒他，把他带回家，吃好睡好，把他送回家的往事。长大以后，他多次想过，如果那天不是泰来提爷爷发现了自己，半夜里他一定会被狼或是野狗吃掉的，那后果，不敢想象。爷爷也给他讲过这事，一个人死了，永远闭上眼睛了，痛苦的是他的亲人们，这才是我们一生的悲伤。

那天，回家的路上，爷爷对马力克说，你现在长大了，读了书，有了学问，我们很高兴。为什么你有了学问我们高兴呢？一个有学问的人，他会弄明白从前是怎么回事，现在的人们应该怎样生活，将来的生活会是怎样的，就会考虑自己的子嗣应该怎样适应未来。这些事情都需要学问。学问，是温暖自己的事情，是给自己挣饭吃的手艺。有了学问以后，家里的锅、柴火、米、油、茶、盐、勺子，都会团结在一起，为主人贡献自己。这才是学问的秘密。当你自己好了，你就会同情那些没有锅，没有茶、盐的人。学问会在你的良心上撒盐，要你出来说话，出来做事，和众多的朋友一起拾柴火，发现柴火。你过得再好，那不是你的生活，因为你搞不懂是什么东西使你的生活这样好。是那些看不见的手，在你的背后支撑你，因为他们也需要你的双手。手和手是陌生的，人心不是；眼睛看不见的东西，人心是能看得见的。要搞懂这个秘密。你吃得再好，也不会弄清五谷的秘密。胃是你自己的，大肠排出去的东西也是你的，那些学费，你要吗？许多道理都在这里面。你手里的苹果，是你的，你虽然吃了它的果肉，但是它的籽儿不是你的，是土地的。这里的秘密是，要弄清楚，你手中的东西是你的，也不是你的；也可能一会儿是你的，又有一会儿又不是你的。河流是谁的？河里的鱼是谁的？风是谁的？雨是谁的？春花和秋叶是谁的？谁抓住了就是谁的吗？河水是永恒的，雨水是亘古的存在，春花秋叶是古老的诱惑。我们的生命，有那么多时间和它们折腾争宠吗？有些事情，你要站着想；有些事情，要躺着想；有些事情，要在煤油灯下想；有的时候，不要经常在果园里想，到荒野里去闻闻旋风的味道，你会发现死亡。死亡跟在每一个人后面，计算我们的气数。有的死亡跟得紧，有的跟得远，因为死亡的脾性不一样：有的死亡外向，急性子，突然跑过来掐脖子；另一些死亡内向，像最后的老牛，慢腾腾地过来，打开账本，不直说，要你自己加减，非常麻烦。当你知道一个叫死亡的残酷和黑暗在等待着每一个生命的时候，你就会懂"一朝有恩，回拜九朝"的道理。我们今天来跪拜泰来提先生的亡灵，就是践行这个人性的回报。

泰来提老鱼过世的第三年，马力克的爷爷也过完了自己的日子，享年九十岁。那是一个星期天，爷爷临走前留下的最后一句话是：告诉可爱的马力克，作为遗产，也就是我要留给他的财产，是一百头牛和二百只羊，遗书里已经写好了。你们告诉他，我永远是他的天国。

马力克连夜赶到了村子，大哭一场，怀念爷爷对他的养育之恩。邻村的汉子们都参加了爷爷的葬礼。墓地在坡上的林子里，是古老的榆树林。树林以西，是茫茫的旱田。在漫长的历史年代，各个村落的壮士们开垦旱田，收获纯天然小麦，延续生命。青年人扛着灵柩，爬过小坡，来到了树林里。

爷爷家族的墓位于榆树林的中央地带，丧葬人士早已做好了准备。人们从灵柩里抱出老人，缓慢地把他放进墓穴。用许多手们备好的大号土块堵住了墓穴口，把爷爷九十个春秋的生命欢乐，精神体验和追求，物质追求和生活态度，都装进了小小的墓穴。许多坎土曼和铁锹开始埋葬爷爷在尘世的记忆和形象。

村子已经入睡了，只有墓地的煤油灯在燃烧，在寂静的墓地，照亮爷爷的从前，还有那些神秘、迷人的故事。马力克不会忘记，自从和爷爷一起生活以后，在无数个夜晚，在煤油灯下，听爷爷讲自己的从前，讲村里的故事。煤油灯燃烧着，像大地的灯塔，象征温暖的生命和未来的希望。

星星下的长夜缓慢地消失了。晨曦从村头那片白杨树的后面缓慢地照耀村庄，渐渐地照亮了亲切、温暖的墓地，沉睡的榆树睁开了眼睛。邻村走食的鸽子们飞过来了，落在爷爷的坟头上，啄食那些亲切的苞谷，享受日光的沐浴。

…………

运载马力克市长灵柩的卡车来到了农贸市场上面的公墓。

艾代尔的朋友多，汉子们手接手，把马力克市长的遗体送进了墓穴。帮忙的朋友们围在墓坑边，开始往墓坑填土。一个汉子说，死亡这件事，人人都跑不了。有的人吃好喝好了，最后牙齿没有了，才安然地死了，这是喜丧。有的人一生的几朵花儿的一朵半朵还没有开完，就离开了这个人世，凄惨。这都是天意。死亡不管大小，统统往里收。现在看来，活着，就是要帮别人做好事，能留下的，也就这个东西了。

你看马力克奶茶，死得多风光，半个城市的人都来了。这墓地，活人比死人还多。这就是幸福。幸福不仅仅是活着的时候，也是死了的时候，多少人给你面子，那叫永生。

在马力克市长去世后的一个周末，他的长子艾代尔来了，说，我妈妈说，有时间的时候，请您到我们家去一趟。我没有问是什么事情。第二天下午，我给艾代尔打了个招呼，去见了茹贤古丽大姐。

艾代尔把我请进客厅的时候，茹贤古丽大姐从单人沙发上坐起来，说，你好，你请坐。我问候过大姐以后，坐在正对面的双人沙发上了。艾代尔给我倒了一杯茶水，出去了。屋子里的气氛有点儿不对。我看了一眼大姐，在她的前额上，弥漫着一种不安。大姐说，有点儿事，我就直说了。开始，想自己把它吞了算了，但是不行，晚上睡不着觉。不说出来，心里不舒服。好在你是娃他爸的挚友，他生前也很欣赏你，说你是这个年龄人中罕见的君子。我是说，你是自家人，就不怕出丑。三天前，有一个汉子来过家里，自称名字叫开赛江，给我送来了五万块钱，说，他曾经是娃他爸的部下，那年他儿子考大学，家里有困难，就和娃他爸借了五万块钱，这钱一直没有还上，今天是特意来还钱的。听到那个叫开赛江的人这样说，我有点儿摸不着头脑了。因为我不知道有这么一回事，担心这个钱以后会出事，就没有收。你知道这件事情吗？听到这里，我也是长长地出了一口气，原来是这样。这件事，我是知道的，马力克市长给我讲过，说，这个开赛江，是一个本分人，以前给他开过车，人老实，嘴巴紧，从来不说碎话。开赛江的儿子考上了大学，因家里有四个孩子，手头紧，他就给开赛江借了五万块钱。我把这些情况告诉了茹贤古丽大姐。大姐有点儿窘迫，说，哦，是这样啊，娃他爸从来没有给我说过这件事情。现在我就放心了，你说，不明不白的钱，我敢收吗？我说，您现在可以放心地收了。开赛江那个人，我认识，我会告诉他的。记得那年马力克市长给他说过，这钱，将来你能轻松地还上，那就是我借给你了；如果不好还，就算是我捐给你儿子读大学了。这五万块钱，不要成了你的一个负担。茹贤古丽大姐说，哦，是这样啊，说过这样的话啊，那就算了，就按照娃他爸当年的意思，算是我们资助开赛江的儿子读大学吧，也是好事。娃他爸走了，在人间留下一个他的好事吧。我同意了大姐的意见，几天后联系开赛江，把大姐的意思告诉了他。

周末的时候，艾代尔给我打电话，他说中午请我吃风干羊肉，是一个叫萨迪克烤包子的汉子开的。我知道这个地方，市长曾多次请我在那里吃过饭。喝家子们（方言：喜欢喝酒的人）都喜欢到那里消费，垫肚子的东西是小菜、面条，下酒的东西是风干羊肉。

艾代尔已经在餐馆里等我了。见到我，他站起来，给我让座，而后坐在我对面，说，很高兴能和您一起吃饭。我想和您喝上几杯。您是我爸爸的肝脏朋友，和您一起喝酒，是不礼貌的，但是我很想和您喝上几杯。我说，谢谢你。那咱就来几杯。艾代尔要了两份小面，而后要了五斤风干羊肉，一盘萝卜片，一盘花生米，一盘奶疙瘩。吃完面，我们开喝了。我说，风干羊肉多了，吃不完。艾代尔说，能吃完，一半是骨头，现在的羊喜欢长骨头了。我笑了。几杯酒以后，艾代尔的话多了，与平时比，成两个人了。他说，我可以这样说，您是我爸爸的心腹，现在看来，我们不知道的事情，我妈妈不知道的事情，您都知道。我是说，这是您的幸福。我说，你这话是什么意思？你不会是让我荡秋千吧？我以前也玩过这种把戏。一个人，怎么能把另一个人的秘密，比他的亲人还知道得清楚呢？艾代尔说，这就是本事。一个父亲，给自己的亲人不说，给朋友说，就说明这个朋友是非常重要的、有智慧的。我说，你说得过了。智慧这个东西，不是随便可以给人的。智慧是奇缺的东西。从你的说法，我就可以知道，你爸爸灵魂里的东西你还是没有学会。我自愿跟随你爸爸，和他做朋友，向他学习工作经验、做人经验、交友经验、社会经验。我就知道，一个父亲的秘密，在人性、隐私、诡秘、颓废、丑陋、野心的角度，他不可能把所有的这些，毫无保留地留给他的妻子，或是儿女。这里，最好的人选是他的挚友、肝脏朋友。同样地，一个母亲的秘密也是这样，她也有属于自己的哲学世界，自古，这就是人性道德弱点里的一个麻烦，是另一种看不见的学费。话又说回来，企图照亮这个灰暗，撕破那片遮羞布，推倒这个城墙，暴晒隐私，是一种砸锅的买卖。我们的祖先留下的俗语说，不要让爹窥见娘的丑行，就是这个道理。艾代尔说，道理，一般的情况下，都是一种亲切、甜蜜的游戏，真正需要的时候，那个罐子里是找不到东西的。我的意思是，我的爸爸，曾经是当过市长的人，他一定还有一些我们不知道的财富。您是他的血脉朋友，一定知道一些秘密。我说，我不知道，你的爸爸是一个没有秘密的人，没有什么财富。

时间过得很快，又一个春天来了。我们院子里的丁香树也开花了。我喜欢那种紫色的碎花瓣，亲切，像童年的记忆，像奶奶晚年讲的神话故事。故事套故事，许多精彩的细节，像那些花瓣一样飘舞，在我的血管里滋养我的神经，一生陪伴我，鼓励我的梦想。

马力克市长的妻子茹贤古丽大姐，偶尔也来电话问候我，请我有时间到她家里做客。几个月后，我选了一个日子，来到了马力克市长的墓地。在路口，买了一小袋玉米。本来，我想和艾代尔一起来，但最终还是我自己一个人来了。我正在往墓上撒玉米的时候，一个肥胖的人走过来和我打了个招呼，问，您也是家人吗？我说，我是朋友。他说，在墓主人下葬的第二天，一个汉子给了我一笔钱，要我个把月来巡视、打扫一次，我答应了。从那以后，我就隔几月来一次。我问，那是一个什么样的人呢，您问过他的名字吗？他说，问过，那人说自己叫开赛江，曾经是墓主人的属下，是一个很魁梧的人，和我一样高。

那人走了。从巷子的方向飞来了许多鸽子，落在了马力克市长的墓上。

# 酒　哥

　　酒哥叫泰来提太太，外号是那个叫多力坤眉毛的哥们儿给起的。多力坤眉毛是连眉，眉毛像牙刷一样粗硬，是圈子里的老大尤里瓦斯大杯给起的。尤里瓦斯的外号又是谁起的呢？这事就不方便往下说了。泰来提太太脚小，走路像裹脚女人一样别扭，多力坤眉毛就给他起了这么一个外号。"太太"这个词，在维吾尔语里是小脚女人的代名词。酒哥在酒圈子里有威信，外围的人都叫他酒鬼，没有一句好话。他们说，那么大岁数了，还不悔过。酒哥的回应是，傻子才悔过呢。他们懂什么，连猫的智慧也没有。这人间一是肉，二是酒，灵魂是你的，生命不是，你还装什么？

　　酒哥有好多年不骑自行车了。黑老婆说，算了吧，我心疼，已经丢了十八辆了，是个吉利数字，你就摇晃着吧，反正咱们家的人已经没有脸了。这年头公家什么事都奖励了，你这样舍命牺牲嘴脸、贪酒的人，公家怎么也不奖励一下呢？酒哥就发脾气，满脸怒气，说，你，你是我的敌人吗？你背叛了我的眼睛！在酒桌子上，酒哥急了，也这样骂朋友。如果是和客人喝酒，就瞪眼发怒说，你！你！喝得还舒服吗？

剩下的脏话都省略了。时间长了，圈内圈外的人都知道他这句骂人的话了。

　　酒哥在板板巷有自己的宅院。板板巷是有名的板材市场，拉大锯的行家都在这个巷子里。当年，那一亩地是五百元买下的，是妈妈给他的私房钱。五个孩子中，他是唯一的男孩子，是家里的宝贝。后来他自己盖了几间房子，就有了自己的一处好窝了。那个年代，有辆自行车很不容易，也是一种炫耀。第二辆新车丢了以后，他就开始买人家屁股底下剩下的二手车了。第一辆是在电影院后面的酒巷里滋润的时候，让人推走的。那次喝酒的由头是他买了辆崭新的"永久"牌自行车，要"洗一洗"。那个年代这种自行车就是现在的轿车，骑一辆崭新的"永久"牌闪亮飞舞，回头率也是很高的。街口的小伙子们会说，好像是上海造的，太美啦！第二辆新车是在农贸市场后面的烤肉摊上喝酒的时候，让人推走的。那天，酒哥咬住多力坤眉毛不放，说他今天刮脸了，要"洗一洗"。最后，当他从臭熏熏的棚子酒吧里摇晃着出来的时候，发现自行车不见了。半年后，他从电影院前的"沙石大厦"买了第一辆剩饭一样发霉的自行车，没有铃铛，链盒也没有，链条经常夹裤腿。从那以后，他就没有骑过新车。那个所谓的"沙石大厦"是一个小广场，地面铺的是沙石，防下雨的时候泥泞。那个时代，下雪下雨都是要开大会放喇叭的。没有活动的夏天，那里是喝酒人的天下，五个一群十个一伙，喝热了唱民歌，天塌下来了都没有他们的事。后来，他的自行车丢的地方就多了，在"沙石大厦"丢过，河边闹酒的时候丢过……非常窝囊，以前他喝上一瓶两瓶还能骑着自行车走，后来只能推着走了。大概有十几辆自行车就是这样丢的。他摇晃着回家的时候，迷糊着回黑老婆的话，说，你问车干什么？我回来就行了！你，你不要背叛我的眼睛！十几辆自行车"牺牲"以后，他就徒步了。朋友问他，不再买了？他说，我的屁股没有福气，我要血液循环了。从那以后，酒哥碎步走路的姿势更耐看了。多力坤眉毛说，这鬼，个子像骆驼的朋友一样，脚是娃娃的脚板，怪了。

酒哥在农贸市场后面的酒巷喝好后，叫了一辆"马的"，回家了。车夫是老汉，开始不拉他，说，不喜欢拉酒鬼。酒哥慢悠悠地说，前辈，这是你的马在说话吗？躺在地上起不来的人才叫酒鬼。你读过书吗？千万不要相信一加一等于二的小聪明，一加一等于四，等于四十，等于四百、四千，等于四万、四千万的事情，你是想不到的。你作践自己干什么？生活就是这样，没有腐烂和肮脏，你能挣到钱吗？酒哥一上车，不一会儿就开始炫耀他的呼噜了，路人好奇地回头望，看到他蜷缩在车上的姿势，就笑。认识车夫的汉子也开玩笑说，哥们儿，你车上的呼噜卖吗？有的说，发财了呀朋友，那家伙腕上的手表一定是上海牌的！

车夫来到板板巷口的馕房前，把车停下了。他叫了一声，酒哥的呼噜没有停下。他抓住酒哥的肩膀，摇了摇，说，哎，一加一等于三，到你的巷口了。你的门牌号码是几加几？酒哥醒了，抬起头，醉眼盯着车夫，说，前面有白杨树的那个大门。车夫说，这路边都是白杨树，我怎么知道是哪一个院门？给钱，你自己找吧。酒哥慢慢地下车，掏出一把钱，说，你自己拿吧。车夫抽出一张十块钱的钞票，说，看好，十块。酒哥说，你以为我有眼睛吗？有眼睛就不坐你的车了。车夫说，我就是不喜欢拉喝酒的人。酒哥说，前辈，记住，你、我喜欢的东西永远不在我们的身边，你以为我就是我自己吗？车夫瞪了一眼酒哥，赶着车走了。

　　酒哥摇晃着走了几步，路边的娃娃们跟在后面，开始起哄了：酒鬼来啦，快割耳朵！酒鬼来啦，快割耳朵！酒哥停下了，转身，他看不见那些臊他的娃娃们，因为看不清人了，就黏糊着说，孩子们，刀下留情。再过几年，我就喝不动啦。正说着，酒哥的邻居艾尼风筝来了，把娃娃们赶走了。他说，泰来提太太，都这样了，快回家呀！酒哥说，现在就是这个问题，我的家在哪里？艾尼风筝说，喝成这样了，自己的家也不知道了吗？酒哥说，这个问题先放下，你先带我回家。明天我给你买放风筝的尼龙线。艾尼风筝说，走，我领你回家。给我买尼龙线的钱，你留着明天继续摇晃吧。艾尼风筝把酒哥送回家了。酒哥的黑老婆跑过来，眼睛变成了黑洞洞，她冲着艾尼风筝说，你怎么又把他弄醉了？艾尼风筝说，我今天是积德，从巷口把我的好邻居救回来了，再见。酒哥的黑老婆扶着男人的时候，说，好好的人间，怎么会有酒这个东西呢？

　　有一次我和酒哥到乌鲁木齐开会。会后，朋友们在大湾的一个马肠子饭馆里给我们送行。那是阿勒泰人开的正宗的马肠子饭馆。三杯酒后，酒哥就不是他自己了。他给请我们喝酒的乌拉因敬酒，说，只有你才是真男人，我们都是这个世界的过客，最后那个黑坑叫死亡。活着的时候玩不够，到了那个世界，就不好交代了。我说，下午要赶飞机，少喝一点儿，回家我请你吃烤全羊。酒哥说，亚夏尔，你嫩呀，明天是我们的东西吗？下午飞机掉下来，我们就是天山深处狗熊们在节日里的食物了。我说，你的舌头太黑暗了，你在乞求这样的后果吗？酒哥说，我们没有资格谈后果。我们不是酒瓶的奴隶，我们是酒杯的朋友。

乌拉因把我们送到了机场。酒哥的眼睛已经是卡通片了。办登机牌的时候，他的身份证找不到了。我搜遍了他的全身，他变成了一个塑料人，说不清楚放哪儿了，哼哼着说，兄弟，你就是我的身份证！我找到了机场派出所。所长说，有他的照片吗？我说没有。所长说，办不成。有照片，我们出证明，盖好章子，可以登机。酒哥睁不开眼睛，说，我，比如说我自己，我请所长喝一杯，所长就是我的身份证！所长说，这会儿你有酒杯吗？酒哥说，男人的嘴就是酒杯！所长说，酒，你是喝到肚子里了，怎么你的头醉了呢？酒哥说，头叛变了。头和心好长时间都不在一个被窝里了。让我登机吧，现在我自己也不是我自己的。自从来到乌鲁木齐，我的心就不在我的肚子里。所长说，肚子里有酒就行了。酒哥说，肚子早就和我闹翻了。我急了，说，哥，那你就聊着，我登机了，你明天再好好找找身份证。所长说，你还是把他送到客运站吧，不可能登机了。我拨通了乌拉因的电话。他已经上高速公路了，又返回来接了酒哥。我说，务必送到班车上，须等车出站。乌拉因说，放心，我把酒哥捆在座位靠背上，他梦见那些酒杯就到家了。酒哥上车的时候，哼哼着说，你去上那个不男不女的飞机吧，掉天山了，我去救你。乌拉因说，酒哥，这飞机还有个男女之说吗？酒哥说，飞机那么伟大，没有吗？苍蝇都有个公母呢！

夜班车是清早到酒哥家的。酒哥的手机一直关机。到了中午，我不知道已打了多少次了，还是那个阴阳极不分明的声音：您拨打的电话已关机。我有点儿毛了，肚子里面好像有虫子，开始搅腾我亲爱的大肠小肠。我忍不住了，拨通了酒哥家里的电话，是黑嫂子接的。她说，好兄弟呀，不是你带着去了那个叫什么乌鲁木齐的地方吗？黑嫂子的那个声音，像毒辣的朝天椒，刺伤了我的神经。我更紧张了，酒哥要是躺在夜班车，一口气缓不过来，我就什么东西都不是了。以前有过这样的事情。几个哥们儿开着私家车出游，酒后驾车，出车祸老大死了，那几个哥们儿至今抬不起头来。下午的时候，酒哥的手机突然打通了，电话里，酒哥精神焕发，说，班车一大早就到了，我去羊蹄子市场喝奶茶啃骨头啦！没喊你，我想你可能还睡着呢！我说，为什么不开机？酒哥说，不开机自由啊，你黑嫂子一个小时打一次电话监督、遥控我，我受得了吗？对了，兄弟，昨天下午我去飞机场了吗？我满肚子怒气，说，没有，你的野老婆去了！

第二天，酒哥跑过来了，说，有点儿小麻烦，要我给他出一个主意。他说，我在旅行包里藏了一条项链，早晨找不到了，那是孝敬你野嫂子的东西。我说，什么意思？酒哥说，我可以断定是你黑嫂子的黑手干的。我说，你肯定？他说，我观察了一下，她的贼眉毛里有事。我说，你也是，带在身边嘛！酒哥说，我怕喝晕了扔了。我说，我能有什么办法呢？你找一下点子公司怎么样？酒哥拉着脸说，美国的吗？我说，我不是也没有办法嘛，找个有烤全羊的酒馆，润润嗓子，一起商量。

我们来到了西大桥北面的美食一条街。这是公家起的名字，民间的叫法是急救地。酒瘾上来，心肺往上跳的汉子们，一盘花生米，几个烤包子，就能解决问题。酒哥走在前面，走进了一家烤全羊店。我们人还没有坐好，他向微笑着迎上来的老板伸出手指，并在一起，指头左右翻翻，表示给他上肥肉。这是他特有的手势，这一带烤全羊店里的老板都熟悉他的这个手语。老板一笑，说，麻达没有（新疆方言：没问题），请上座，而后朝后堂大喊：男人的男人来啦，心脏有火的大男人来了呀！上肥肉、肥骨头、肥茶！老板不问我们要什么酒，他知道酒哥的牌子，老牌的伊力大曲。几杯酒后，酒哥说，舌头热了吧！我说，把烟给我点上。酒哥给我点了一根烟，说，你就狂着吧，落到我手里的时候，你就不是坐着给我说话了。我说，你给黑嫂子说那项链是我的，寄放在你的包里了，她就没话了。酒哥说，咳！我越喝越糊涂了！原来，就这么简单的一句话。

晚饭后，酒哥狗脸一沉，眼睛像旧社会地主的皮鞭一样打在了黑老婆的眼睛上，大叫一声：把东西交出来！酒哥的黑老婆说，你怎么了？又喝多了？酒哥说，少啰唆！你要背叛我的眼睛吗？酒哥的黑老婆说，什么事，你说呀？酒哥说，项链，是亚夏尔寄放在我包里的，他没有带包！你现在就给他打电话！酒哥的黑老婆说，都是一个沙漠里的狐狸，能问出什么呢？你这个年龄了，还在我的心上撒盐。酒哥说，你是我的敌人吗？没有我的盐，你能活到现在吗？

酒哥成功地把项链收回来了。

第二年春天，板板巷成了永远的历史。一个老板买下了大家的院子，钱给得好，百分之八十的人家都搬进了楼房。

酒哥非常高兴能住楼房。他问我住几楼好，我说三楼。他就选了三楼。酒哥的黑老婆开始不愿住楼房，说，厕所和吃饭的地方是挨着的，怎么过日子？人家说，方便的声音全房子都能听到。酒哥说，那可是最舒服的声音啊！这楼房里，我看半夜上厕所最方便，咱们搬吧。酒哥的黑老婆叨叨着，不情愿地搬进了楼房，第二天早晨醒来，第一句话是：这楼房简直是个笼子啊！但是很快，酒哥的黑老婆发现，这楼房是可以管住男人的好房子。既然厕所在房里，平时就把门扣死，不让他出去喝酒。她开始闹了，造声势，要酒哥戒酒。她说，你喝了一辈子，头上长角了吗？现在咱们住楼房了，以后找不到家就得睡渠沟了。酒哥说，杂杂的事情，渠沟才是做梦的好地方。男人嘛，睡哪里不好！酒哥的黑老婆说，是啊，你是有经验的！酒哥立马翻脸，说，你，你要背叛我的眼睛吗？

搬家的第二天，酒哥喝晕了。他走进了一楼的尤里瓦斯的家。他坐在沙发上，慢慢地睁开眼睛，说，找我有事吗？

尤里瓦斯笑了，说，我的好邻居啊，我送你上楼吧。尤里瓦斯把酒哥交给他的黑老婆，走了。酒哥摇晃着走到沙发前面，半个屁股坐在沙发上，他抓住黑老婆的手，说，冰糖一样的阿丽雅，我想你了！酒哥黑老婆的眼珠子看不见了，稀疏的眉毛飞起来了，说，老酒鬼，老实交代，阿丽雅是你第几个臭瓜皮！酒哥闭着眼，说，阿丽雅，你不是我的瓜皮，你是我的摇篮，你是我的血脉，你是我的小河流水，你是我的清泉，你是我眼睛的好朋友。下面，我希望你能梦见一对戒指。酒哥的黑老婆说，酒鬼，你等着，明天我要把你从窗户扔出去，疯狗也不会看你一眼。酒哥已经躺在沙发上了，迷迷糊糊地说，其实，酒是活着的死亡，是离坟墓最近的路，但那是一日等于百年的滋润，在千年的时空里遨游人间绚烂的神仙王国。感谢酒，那些谷子的灵魂，在我们的血脉里燃烧，把我们的嘴脸暴露给人间的生灵们，让我们变得另类，让我们没有脸面。

　　第二天中午的时候，酒哥才起床。他装成满脸傻气，傻乎乎地说，金老婆，昨天我是怎么回家的？有人送我回家吗？酒哥的黑老婆流浪狗似的叫开了，说，一个叫阿丽雅的女人把你送回来了。酒哥说，是昨晚你梦里的事吗？酒哥的黑老婆说，是你不要脸的灵魂里的事！酒哥变脸了，说，冰糖老婆，我是养你给你送终的人，客气一点儿！酒哥的黑老婆说，老酒鬼，我还早着呢，你的日子差不多了。弄不好我还要照顾你的小孽种呢！酒哥笑了，好老婆，谢谢你了，多么伟大的境界啊，民间的榜样啊！酒哥的黑老婆说，呀呀，太恶心了，我还是上医院吧。酒哥说，给我带点儿戒酒药，我要洗刷灵魂。酒哥的黑老婆说，你不是灵魂上的问题，心不坏，主要是嘴贪，舌头脏。酒哥说，你不是说我皮带松吗？酒哥的黑老婆说，对了，你还死不要脸，脸皮像手鼓一样厚。

酒哥的黑老婆没有停止闹腾，想让他彻底戒酒。酒哥老实了几天，第四天又喝上了。从那以后，酒哥的黑老婆就不让他独自出门了，还把他的工资卡也收了，但他可以保留密码。取钱的时候，两个人一起去，他插卡，酒哥黑老婆的眼睛回避，他迅速地按密码，取多少钱的权力在他黑老婆身上。这样，两人的关系不像从前那样和谐了。酒哥说，搬楼房后，这黑老婆和我离心了，敢顶撞我了。酒哥的黑老婆说，我是为你好，马尿把身子喝坏了，那还叫活着吗？酒哥的黑老婆越说越来劲儿了，需要独自出去办事，就开始把酒哥锁在屋里了。

中午，酒哥的黑老婆把饭做好，把酒哥关在家里，出去参加婚宴了。酒哥躺在沙发上看了一会儿电视，烦了，坐起来，来到窗前，打开窗户，伸出头看街上的风景。看着街上自由来往的人群，他肚子里面的酒虫开始爬到胸口，咀嚼他的神经了。熟悉的、醇香的酒味开始折磨他的神经了。酒哥闭上眼，想了想，回头从厨房拿出水桶，从纸箱里拨拉出搬家的时候用的麻绳，绑在水桶把上，掏出五十块钱放在水桶里，从杂物柜子里找出油笔，在纸条上写上阿拉克（维吾尔语：酒）和花生的字样，丢在水桶里，把水桶从窗户上放下去，喊一楼门面房小商店的老板肖开提。几个好奇的人围过来了，而后肖开提出来了，抓出水桶里的钱和纸条，笑了，昂头看酒哥，笑嘻嘻地说，酒哥，马上办，花生我赠送。酒哥在拉水桶的时候，肖开提笑着喊了一声：酒哥，儿子娃娃！酒哥把酒和花生拉上来，坐在沙发上，打开酒瓶，嘴对着瓶口，憋着气把半瓶子酒吸进肚子里了。他把酒瓶放在茶几上，吃了一粒花生米，长长地出了一口气，说，这个酒呀，怎么说它呢？是什么人发明了这么个精灵呢？我得把这半瓶子救命药处理好，黑老婆看见了，就来灾难了。他把半瓶酒放回水桶里，把水桶从窗户上放下去，喊了一声肖开提。肖开提从店里跑出来，昂头，眼睛里面的意思是：灌完啦？酒哥喊道，黑魔鬼马上就回来了，给我存着。

下午，酒哥的黑老婆回来了。她发现屋子里酒气弥漫，脸一沉，稀疏的眉毛立起来了，嘴巴还没有张开，怒气从鼻子里面冒了出来：你喝酒了？酒哥说，哪儿来的酒！酒哥的黑老婆说，你再这样，我就回姐姐的家过。酒哥说，去你妹妹的家多好，我喜欢她做的抓饭。酒哥的黑老婆说，你等着，等我把酒瓶找出来。酒哥的黑老婆甩掉手包，开始找酒瓶。酒哥乐悠悠地说，你找，找到了，我奖励你一个金手镯。酒哥的黑老婆说，等我把酒瓶找出来，我再和你算账！酒哥心里说了一句：我的黑珍珠，你永远也找不到。酒哥的黑老婆倒腾了半天，没有找到酒瓶，反倒拨拉出了几张相片。有一张是酒哥和一个美女的合影。酒哥的黑老婆满脸怒气，说，老贼，这是和哪个臭虫照的？酒哥接过照片，说，嘴越来越脏了！人家是记者，采访我酒文化方面的学问呢！酒哥的黑老婆说，还酒文化呢！尿文化吧！你这老狐狸，就是傻子也能看出这是脏照片！为什么只有你们两个人？酒哥来劲儿了，说，哎，黑珍珠，照相的人不是人吗？

周末，我的同学艾则孜麻雀来了。"麻雀"这个外号是我起的，寓意是贬他话多，像女人的碎嘴。中午我在河边景点请艾则孜麻雀吃饭，特邀酒哥参加。他兴奋了，说，都是什么鸟参加？我说，就我们三人。酒哥笑了，说，兄弟，你有时间没有放血了，男人嘛，要经常花点儿钱才好。钱花不完，死了，女人拿去嫁男人，那就是悲剧的爷爷了。你那个麻雀同学，我和他喝过，是一个好喝家，可惜的是，话多，像媒婆的嘴，作践自己的舌头。他出生的时候，一定是身子里少什么元素了。

河边景点是一个浪漫的去处，树多，都是上百年的白杨树，沉稳地立在大地上，享受太阳的温暖。西域河在二十多米深的地方流淌，一直流向遥远的天际，唤醒客人们的记忆。

我们提前来到了景点。老板阿里木南瓜带着他的点菜美女来了。我说，不点了，老规矩，先上半份面，烤肉、手抓肉、大豆、花生你看着上，不要浪费。人浪费食物的时候，魔鬼就诅咒我们的贪婪。阿里木南瓜说，诗人了呀你！我说，现在连南瓜都涨价了，钱要紧啊！大家都笑了。阿里木南瓜说，那你们天天来，我的南瓜免费。酒哥说，免费的南瓜有味道吗？阿里木南瓜说，那就看你的舌头争不争气了。大家又笑了。阿里木南瓜是个大肚子，比他做抓饭的锅还大，他的哥们儿就给他送了这么个外号。最早，叫大肚子，叫一个读过大学的朋友给改了，说，文明一点儿嘛，肚子多难听啊，快生育的女人也是大肚子呀，咱们艺术一点儿，就叫南瓜吧！

吃完面，上手抓肉的时候，阿里木南瓜又过来了，说，玩什么牌子？我说，酒哥说话。酒哥说，伊力大曲。你习惯一种牌子了，你就是人家的奴隶了。玩酒的人就这么贱。酒上来了，我把阿里木南瓜抓住，说，不要走，我是冲着你来的，酒肉哪个旮旯角里都有，朋友就你一个，坐到我跟前来。艾则孜麻雀一直在观察阿里木南瓜，说，老板，碎肉面太好了，是你自己和的面吗？大家都笑了。阿里木南瓜迟疑了一下，舌头上还是来了个争气的词，说，盐是我给调的。酒哥笑了，说，兄弟，你的舌头有福气啊！艾则孜麻雀迅速把话接过去说，肚子好的人，舌头自然享福。阿里木南瓜不知道艾则孜麻雀的外号，停了一会儿，头靠过来，小声地问我说，这吃剩饭的哥们儿是什么外号？我小声地咕噜了一句：麻雀。酒哥把话接过去了，看着我，说，兄弟，这酒瓶摆在这里是看的吗？我抓起酒瓶开始倒酒了。我说，怎么个喝法？酒哥说，走两个杯子。一人一杯的话，话没有说完，头就晕了。我倒了两杯酒，一杯放到了艾则孜麻雀的前面，一杯递给了酒哥。酒哥说，你说话呀，我先来是什么意思？我说，您是前辈，我得孝敬您呀！酒哥说，你花钱，我洗澡吗？阿里木南瓜抓住机会咬了酒哥一句。人老了，身子脏得快！大家又大笑起来。酒哥说，是啊，坐月子的人是有经验的！大家狂笑起来。酒哥的"坐月子的人"拐着弯弯暗射阿里木南瓜的大肚子。我说，那好，我讲几句，艾则孜是我的好同学，今天来看我们，高兴，自然是要贪几杯的。祝大家胃口好，今天要喝到耳朵自己说话为止。酒哥笑着说，今天又成泥巴了。艾则孜麻雀看到我举杯了，说，谢谢老同学，又见面了，能常常喝着才是好日子。阿里木南瓜说，翅膀贪硬的小玩意儿，落脚的地方都有好酒好肉。阿里木南瓜说，您还没喝就醉了，那可是能让您吃好喝好的金子。艾则孜麻雀说，金子都储存在你肚子里了，你是舍不得蹲坑呀！酒哥说，哎哎，兄弟们，这玩笑太露了，最好不要掀窗帘子，隐秘一点儿嘛！艾则孜麻雀说，酒哥，不急，老板还没有脱衣服呢！大家又是狂笑。酒哥看着我说，老兄，举杯，我嗓子都快冒火了，先喝几杯。我和艾则孜麻雀碰了一下，把酒喝了。一个小时的时间里，干了两瓶酒。酒哥说，是不是太快了？没人通知今天是世界末日什么的吧！我说，慢了烧不起来呀！艾则孜麻雀说，酒轮到我了，我说一句话，感谢我的朋友亚夏尔，天下最善良的东西是友谊，朋友是第二个生命。酒哥瞪了一眼艾则孜麻雀，说，兄弟，你错了，友谊是没有眼睛的温暖，你见过二十四小时的太阳吗？太阳也有累的时候。友谊是廉价的石榴，友谊永远不属于男人，一个男人有四十条心，他能有友谊吗？那友谊不累吗？现在，天下最善良的东西是酒。酒进肚子了，你的脑子就是天堂，这才是最神奇的。艾则孜麻雀说，没有友谊怎么会有酒呢？酒哥说，酒不是这样认为的，在看不见的地方，它们各自都有自己的小灶。艾则孜麻雀说，是小小的婴儿锅吗？大家都笑了。艾则孜麻雀用"小小的"这个妙喻影射酒哥的小脚。阿里木南瓜说，那也一定是小翅膀洗澡的蚂蚁锅了。大家都笑了。阿里木南瓜成功地借用"小翅膀"的隐喻咬住了艾则孜麻雀的外号。我说，好，这才叫笑话。

酒哥晕了，趴在桌子上，睁一只眼闭一只眼，说，你们都不懂，酒的尊严和男人的尊严是在一个天平上的，我说的男人是骨子里骨髓丰满的男人。不懂酒的人看不出来，喝到耳朵自己说话的时候，酒的启示是决定性的，十年、二十年你没有悟懂的道理，立马在你的神经上亮堂了。阿里木南瓜说，好！这可以说是酒哥的哲学了。艾则孜麻雀说，喝酒的人哪儿来的哲学呀！我们这些人是歧路上的臭虫，哪有那么多的道理呢？我说，酒哥还是有见地的，不妨称之为酒后的小智慧。酒哥说，什么，我？我是小智慧？你，兄弟，你要背叛我的眼睛吗？我说，酒哥，今天的世界是你的，你说什么就是什么。

黄昏像古老的诗歌一样飘过来的时候，大家基本上已经把眼睛喝出去了。那些醉态各异的眼睛们，开始在手抓肉的骨架上舞蹈。河岸上艾草和苜蓿的苦香味飘过来了，飘落在剩菜上，诱惑那些找不到主人的眼睛们。栖落在白杨树和沙枣树上的候鸟们开始歌唱，它们歌唱太阳给它们的温暖。酒哥说，有翅膀的朋友们开始嚷嚷了，咱们也撤吧。我说，好，听酒哥的。艾则孜麻雀说，不是说要喝到耳朵自己说话为止吗？我说，老同学，再喝，咱们的屁股就说话啦。艾则孜麻雀说，你的太太哥哥也是泥巴了。我们撤了。被黑夜埋葬的剩菜，开始讨好飞落在酒桌上的候鸟。每一天的星星都不一样，今天的星星像月亮。送酒哥回家，是我前世的债务。阿里木南瓜的面包车把我们送到了酒哥的楼房前。剩下的时间我就是苦力了。三楼，背酒哥爬楼梯，那感觉是几百年前筑惠远城墙的滋味，八十多公斤的酒哥，压在身上，爬一层楼喘一口气，给酒哥说一句话，也是试探他的状况。他趴在我身上喘不过气来，我就是牲口、魔鬼、屠夫了。爬到三楼的时候，我看见酒哥的屋门早早地敞开了，像一张亲切的帆，拯救落水的可怜虫。显然，酒哥的黑老婆听到了我沉重的脚步声。我向酒哥的黑老婆打了个招呼，艰难地进屋，把酒哥放在了沙发上。酒哥倒在沙发上，不动了。我说，嫂子，酒哥喝多了，我给你送回来了。酒哥的黑老婆拉着嗓子说，还活着吗？我说，嫂子，这样说不吉利。正说着，酒哥的呼噜响起来了，那声音弥漫着一种恐怖的邪调。酒哥的黑老婆说，有气就好。我说，你给他喝点儿凉茶吧。酒哥的黑老婆说，不用，不是时候，他半夜爬起来自己喝。你今天可是陪着你这新疆著名的酒哥喝好了。你看，他废人似的躺着，多美。我说，嫂子，我刚才是路过，看见酒哥躺在白杨树下的乘凉凳上了，我就给你背上来了。酒哥的黑老婆说，哦，这样说来，你是积小德了。那么，你明天能帮我积一大德吗？我说，嫂子，看你说的，我活着就是为了积德呀！这二十多年来，不都是我送酒哥回家吗？嫂子说，那是，你是积德专业户嘛！我笑了，说，那就我们明天再说吧。酒哥的黑老婆说，明天天塌了咋办？我说，那你说吧。酒哥的黑老婆说，是这样，社区里这几天来了一个和田的郎中，找他看病的人有很多。据说，那郎中有秘方。这几天我就在想，你带着你的宝贝酒哥号号脉，你提前和那郎中秘密地谈一下，让他狠狠地吓唬一下酒哥，意思就是如果不戒酒，只能活几个月。这样，让酒哥彻底戒酒。事成了，我负责你一年的酒钱。我笑了，说，好办法，给我的酒钱，你留着给酒哥补身子用吧。这些年，我也有过让酒哥扔酒的建议，他不干。以前，送他回家，像旅游一样舒服，现在爬楼，我就成苦役犯了。酒哥的脾性，你是知道的，像精神病人一样固执，脑子钢板一样全封闭，什么风都吹不进去。这个德我积了。酒哥黑老婆的眼泪流出来了，说，好兄弟，这不仅是救你酒哥，也是救我啊！

　　第二天，我找到了那个郎中。他租用了临街的一个门面。要排队，一百多号人在等他号脉。百分之九十以上是妇女，好像男人们没病似的。我找到了郎中的徒弟，一个高大的、精瘦的小伙子，说有要事商量，能约一下医生吗？小伙子说，要等到下午吃饭前，这些病人都是发了号的。

　　下午，我约见了郎中。是一个不到五十岁的汉子，额头亮堂，眼睛里排列着月亮背面的经验。他听完我的来意，沉稳地说，好，明天黎明前你把人带来。

　　第二天黎明前，我和酒哥来到了郎中的诊所。路上，酒哥懒洋洋地说，你也是，有心的话，你请我喝一顿酒多好，没有听说过请着看郎中的。

　　诊所前，已经有二十多个妇女在排队了。渴望的眼神，盯着诊所的门，等待召见。郎中见到我，说，你们在里屋等一会儿。里屋是抓药房，苦涩清香的草药味混杂在一起，刺激鼻腔。郎中的徒弟给我们让座，是长桌前的长条板凳。酒哥坐下后，盯着塑料罐罐里的草药，眼神里露出怀疑、蔑视的神态。

郎中很快进来了，他开始给酒哥号脉。我以前也看过中医，人家是用三根指头轻压手腕诊断，这位却是用五根指头抓手腕诊断，我是第一次见识，心想这郎中肚子里还是有货。郎中号过脉，问酒哥说，您现在的饭量怎么样？酒哥说，很好，一顿可以吃两顿的饭，抓饭、包子、生肉、熟肉都可以。我差点儿笑出声来，立马瞪了酒哥一眼。郎中说，您抽烟吗？酒哥说，不。郎中又问，您喝酒吗？酒哥装作没听见，扭头看那些药罐，装愣。郎中说，先生，您喝酒吗？我伸出手，假装抓他的肩膀，用大拇指摁了他一下。酒哥说，偶尔。郎中说，您的情况不好，肝上的问题严重，肾也有很大的问题，我给您开点儿药，主要靠饮食治疗，不能吃辣的，以甜食为主；不能喝酒，要放弃您喝酒的习惯。如果不注意，会有生命危险。我说，医生，有这么严重吗？郎中说，非常严重。如果不注意，这位先生明年春天就下不了床。酒哥盯着郎中说，您是说，明年春天就死人吗？郎中说，刚才我是客气了，酒是肝脏的直接敌人，如果您不节制，今年冬天您就进坟墓了。酒哥的眼神变了，我用大拇指又使劲儿地摁了他一下。酒哥说，也好，到时候我请您吃我的葬礼饭。郎中坐起来，到那些罐罐前，开始给酒哥抓药了。郎中抓好药，出去看病了。郎中的徒弟把药包好，交给了我。我说，多少钱？徒弟出去问过师傅，说，二百。我付了钱，领着酒哥出来，谢过郎中，走出了诊所。

过了马路，酒哥说，什么郎中？几包草，还二百！二百块，我可以喝三天！今天让这个流浪的江湖骗子给玩了！都是你，你太嫩了。我说，人家是知名的郎中，我打听过。酒哥说，你也信这种卖嘴皮子的人吗？应该是病人往和田跑，他跑出来干什么？高人能往外跑吗？骗人呀！我说，你先吃吃他的药，咱们再说吧。酒哥说，要是吃死了呢？我说，死了怕什么，我继续和你的灵魂喝酒啊！酒哥不说了，脸色有点儿不正常了。我说，找个有好吃的早餐的地方，咱们填肚子吧。酒哥说，不行，我要到大医院检查。如果不是这么回事，我烧他的诊所，撕他的嘴。我放慢了脚步，我知道酒哥的性子，一旦事情败露了，那就是麻烦他爷爷了。我说，你总是这样，疑心大。酒哥说，我一定要检查一遍，把这个吃货赶出这个城市。走，上大医院。我说，那这样吧，你回家用早餐，我和我的那个老乡海来提医生联系一下。看病的事情，我负责到底。酒哥说，好，电话联系。

送走酒哥，我在十字路口的阿布拉江抓饭王吃了一碗抓饭，抓饭吃到一半，想到了一个办法。我回了一趟家，把"小漂亮"翻出来，到医院找海来提医生。

我在海来提医生的办公室等了半个小时，看病的人走后，我关好门，笑着把"小漂亮"放在了他面前。我说，一个小纪念。海来提看着漂亮的玉坠，说，你这个老乡，几个月没见你了，突然给这么个小宝贝，是贿赂吗？我说，拟贿赂。海来提医生笑了，说，先说事。我把刚刚诞生的诡计倒给了他。海来提医生说，这事是开玩笑的吗？你头大啊！我说，你是治病救人，我是诡计救人。你是正道，我是邪道，目的都是善道呀！海来提医生说，你这是狗毛炒韭菜的谬论。我说，你做个诊断结果，我吓住酒哥后，收回来，撕了，不就流水一样没事了吗？海来提医生说，有那么简单吗？你是不是要砸我的锅呀？我说，我长这么大，还没有踩死过一只蚂蚁呢！海来提医生第二次抓住了玉坠，开始欣赏质地了。过了一会儿，他说，好，你把泰来提领来，我按你的意思说，一个小时后，把诊断书给我拿来，我要亲自烧毁。

我一个电话把酒哥叫过来了。他的气色更难看了。我们见到海来提医生的时候，酒哥说，兄弟，你给我看看，早晨那个流氓郎中简直是刽子手！我会有那么严重的病吗？海来提医生把听诊器放在他的胸前，停了好长时间，又把听诊器挪到酒哥的背上，停了好长时间，说，酒哥，你的毛病不小啊，刚才亚夏尔给我说了，看来那个和田郎中不一般，我佩服。你的病不轻，要静养，胡椒、花椒、辣子、姜皮子、大蒜、大葱、洋葱，只要是有辣味的东西，都不能吃。不能再拿生命去潇洒了。我知道你好酒，但是你的肝脏、心脏，已经拉警报了。那个和田郎中的年龄有多大？酒哥说，谁知道呢，弄不好是亚夏尔的贼哥们儿。我说，我好心关心你，倒成了黑心贼了。海来提医生说，民间有高手啊！那我给你出个诊断书，你到上海或是北京再检查一下。你喝了五十多年了吧？我什么时候见你都是旋风里的礼帽似的旋转着，能不出问题吗？我看你是真正的铁人啊！酒哥说，现在是蔫人了。海来提医生说，诊断书你还要吗？酒哥说，能卖钱吗？海来提医生说，回家让嫂子报呀。酒哥说，能让那个老敌人知道吗？我吃你的药，还是用那个流氓郎中的杂草？海来提医生说，中药没有副作用，加上饮食治疗，还是有希望的。酒哥看着我说，咱们走吧。我怎么这么倒霉！

我们起身的时候，海来提医生和酒哥握手再见，说，酒哥，该洗手了。酒这个东西，你划一根火柴丢进去，是燃烧的呀。肠胃是毛巾一样的软肉肉，受得了吗？你喝一次，你的胃就咒你一次，只是你听不见。你恶心的时候，那是胃在咬嚼你的灵魂。酒哥说，医生老了，都吓人了。海来提医生和我握手的时候，把那个我侮辱他的"小漂亮"留在了我手里。他笑着说，尊严在灵魂里面，我们看不见它。能看得见的好东西，往往是尊严的敌人。我脸红了，把手里的"小漂亮"放进了口袋里。酒哥说，海来提医生，你怎么成诗人了？我说，他是业余诗人，写好了晚上念给老婆听。酒哥说，我听一个哲学家说过，正常的人，把脑袋里的螺丝拧掉两颗就成诗人了。海来提医生说，我的脑袋里早就没有螺丝钉了，螺丝钉都在老婆手里。

酒哥棉花一样飘回家了，几天没有打电话。周末的时候，酒哥的黑老婆来电话感谢我，说，我们成功了，你酒哥戒酒了。我不是太相信，电话约他出来潇洒几瓶，他说，看来，我的时代结束了，我只能回忆从前的酒杯了。

半年过去了，酒哥真的怕了，不沾酒了。我害怕他闲着，会闷出真病，给了他一个建议。他说，你早说呀，好事，我干。酒哥的黑老婆高兴了，把家里的钱拿出来，给他租了一间五十平方米的门面房，开起了书店。酒哥自己起了个名儿，叫"最后的书屋"。我问他是什么意思，他说，意思说出来还有意思吗？营业证是我给他跑的，书也是我从出版社的朋友那里给进的。酒哥说，这书的买卖原来是羊尾巴油一样温暖的事啊！书卖不完的话，什么时候都还能退，真是个不用脑袋的买卖呀。而且天天读书，书里的世界也不烦人啊！

冬天的时候，同学艾则孜麻雀带了一箱马肠子来看我了。到酒馆喝酒的时候，我们路过酒哥的书店。我把酒哥开书店的事情告诉了他，说，酒哥彻底戒了，学好了，他的黑老婆也成白仙女了。艾则孜麻雀说，可惜了，人间少了一个好喝家。话说回来，酒鬼开书店，读书人认吗？我说，他忏悔了嘛！艾则孜麻雀说，忏悔，就用他那张酒嘴？从小屁股干净的人，才能说忏悔。我说，反正，能多活几年了。艾则孜麻雀说，对了，我想起来了，你在这里等我一会儿，我去一下商店。我见过一样东西，当时就想着要买了送给酒哥留念，两杯酒的工夫我就回来。艾则孜麻雀像旋风一样不见了。我接了一个电话，话还没有讲完，他又像旋风一样地回来了，手里提了一个精致的纸袋。我说，买的什么？艾则孜麻雀说，等一会儿你就知道了。过了马路，他看见酒哥书店的牌子，说，怎么样，我没有说错吧？这"最后的书屋"是什么意思？老贼心不死啊！我们走进书店的时候，酒哥迎了过来，以前的硬脾气不见了，他说，这是艾则孜兄来了呀，稀客，请坐。艾则孜麻雀说，酒哥你发财了啊！酒哥说，什么呀，亚夏尔把我的翅膀捆在了这里。他用"翅膀"一词，影射他的"麻雀"外号，咬了他一口。艾则孜麻雀说，他是为了让你少跑路啊！大家都笑了。艾则孜麻雀说，酒哥，听说你戒酒了？酒哥说，不由我呀，身边满是"敌人"，家里一个甜蜜的"敌人"，外面一个像"狐狸"一样的肝脏朋友，我还能继续举杯吃香喝辣吗？我说，我自信鄙人是酒哥肚子里面的朋友。酒哥说，现在的麻烦就是肚子里面的朋友出问题！对了，代我向你的那个狐狸郎中问好。我笑了，说，他现在可是发了。艾则孜麻雀说，酒哥，你曾说过，不喝酒的男人不是男人。你现在感觉如何？酒哥说，你以为我现在还有感觉吗？你酒哥的时代已经结束了，废人我现在是没有盐巴的蒸馍馍。艾则孜麻雀说，酒哥，我送你一件礼物，留个纪念吧。艾则孜麻雀把纸袋送到酒哥手里，说，我们走后你再打开看吧！

酒哥送走我们，回去坐好，打开了纸袋，一看，是一双精致的绣花小鞋。酒哥笑了，说，这小麻雀，和我玩这个！怪了，这年头还有这种太太鞋吗？

# 永远的斯迪克金子

　　斯迪克金子关机又关机了，晚上的酒就缺他一人了。"关机"是他的第二个外号，是哥们儿贴在他身上的另一个标签。退休后，他的规律是上午手机开机，一个小时左右就关机了，下午永远不开机，怕和酒肉朋友们一起喝酒，主要是他那姿色全无的老婆茹贤大姐看得紧。到他家里去叫，他那没了眉毛、疯癫的老婆茹贤大姐，从门缝里瞪着野猫一样的眼睛，永远是那一句老话：我也在找他呢，没有看见！茹贤大姐的样子，和让人抽走了肾脏的人没有什么两样，满脸仇恨，像世界末日来了。有一天，我们喝小酒的时候，我说，大姐好像变态了，那天我看见她用买肉的钱给一条流浪狗擦鼻子呢，你把她休了算了！斯迪克金子关机说，老婆老了，就像亲戚一样了，离不开了。我说，你那老婆当着我们的面骂你，你还不够吗？斯迪克金子关机说，我今年七十五岁了，能和你五十岁的尕贼比吗？在老婆跟前，我永远没有哲学，混饱肚子就行了。

　　我老婆反对我和斯迪克金子关机混，说和他鬼混喝马尿（她永远不说喝酒），就是折寿；说我是一个怪异的人，不吃洋葱，怕吃醋。朋友在年龄上没有对等的，都是走路没有方向的糊涂老贼。这个事我也说不清楚，我的哥们儿都是上了年纪的，酒喝得少，话说得多。话多是好事，那里面都是金钱、血泪换来的经验。我直接受益的方面是，下班回到家里，没进门，先把手机关了。开着手机最大的麻烦是，回到家里吃过饭了，那些老忽悠小忽悠们打电话请喝酒，说是民国时期藏在旱田坡千佛洞地窖里的好酒。结果是清醒地去，回来的时候喝得像个病人似的。老婆和我大吵过两次。酒醒了，我就不买账，说昨天我什么都不知道，昨天那个人不是我，是我的影子。老婆说要和我离婚。我说，什么叫结婚离婚，都是玩钱的事。我是用钱把你买来的，你哪里都不能去，你一辈子都是照亮我的夜灯。老婆还是不好哄，一天比一天硬，我就装蔫，只承认喝酒的事，给女孩子打电话的事，就是天山塌下来了，也不承认。我发誓说，如果我今后胆敢有第三次这种让你讨厌的事情，我就自己跳西域河，不活了。老婆不让我说不吉利的话，我就说，我不会选太深的地方，到浅洼的地方蹦跶一下就行了。后来，我就老实了，不敢乱来了。多年的社会经验告诉我，男人不忠，可以让一个本分的老婆放弃原则，盲目地复仇。家庭破裂不影响延续生命，但娃娃们遭受的精神创伤，能让人一辈子悔恨。

斯迪克金子关机唯一嘴巴上饶人的就一件事：他把赛然棉花大米的秘密告诉我的时候，我曾为他的沉默感到震惊，这都不像他自己了。他是一个不宽容的人，但是在这件事情上，他变成斯迪克金子关机了。我无数次问过原因，他不说话。我一张口，他就说农贸市场的马肠子最好吃，咱们喝酒吧。

赛然棉花大米最早在口岸做大米生意，外号就是"大米"。没有外号，你喊一声赛然，好几个赛然就笑着扭头。后来，他忽悠客户，把朋友的大批皮棉卖了，跑到国外了。那是一笔巨款。朋友追到哈萨克斯坦，他跑俄罗斯；朋友追到俄罗斯，他跑法国了，在那里做了整容手术，改名叫阿布拉耶夫。百年前定居阿拉木图的人讲究在名字后面加个"耶夫"。他回到阿拉木图，生活了十年，后来又回国了，在口岸投资建了几家市场。只有一人知道他的底细，此人叫阿里甫通气，是俄语翻译，是个民间的探子。他把这个秘密告诉了斯迪克金子关机。斯迪克金子关机满脸惊恐，说，兄弟，做翻译的人，自古有好几个耳朵。这个秘密，你要永远把它尿到塔克拉玛干沙漠里去，鬼也不要讲，这是玩命的事。一旦那个阿布拉耶夫知道了，他会雇人挖我们的眼睛。我刚才什么也没有听见。我是聋子，我是瞎子，我没有看见你；我是傻子，我不认识你。幸福是什么？是学会装糊涂。斯迪克金子关机在肚子里锁住了这个秘密。

我今天破例没有关机。晚上，尼加提喝多了，走丢了，我这手机是给他留的。今天聚酒的原因是，尼加提理发、刮胡子了，他请客。我们是变着法子馋酒贪杯。大家都喝多了，开始心热嘴脏了。拍屁股走人的时候，有人唱情歌，那是青年时代没有尝到的酸葡萄，和肚里的蛐蛐、虫虫一起，挠他的心痒，只有唱出来，那些虫子们才能闭上眼睛。有人骂斯迪克金子关机，说越老越贼，死关机，不赏脸。下楼的时候，请客的汉子尼加提找不见了，我让哥们儿在周围的车马店里找找，他喜欢那样简陋的地方，主要是有洋炉子，烧无烟煤，烤起来舒服，温暖可以渗透肉体的各个部位，包括所有的穴位。更主要的是，他喜欢和车夫们闲聊，听他们说事。但是尼加提不在车马店里，因为寒冷，我们都撤了，回家哄老婆了。第二天传来的消息是，尼加提从雅间出来，上厕所"唱歌"了。从厕所出来后，他又找不到楼梯了。在他像疯牛一样转圈圈的时候，一位大肚子厨师把他引到后堂的副楼梯，送出了小楼。尼加提长长地喘了一口气，转身，面对厨师准备再"唱一首"的时候，厨师说，你要干什么？尼加提反应过来了，寒冷使他稍微清醒了，说，师傅，自己的东西看一下，不行吗？厨师说，自己的东西你也看吗？这么冷的天，冻坏了怎么办？回家去看吧！尼加提说，我是想看一下它还在不在！厨师说，放心，只要你人在，它就丢不了。

午夜时分，手机响了。我从枕头下面摸出温热的手机，打开小手电筒，睡眼蒙眬地瞧了一眼，是斯迪克金子关机的电话。我闭着睡眼听电话，心想，这老贼怎么这个时间还没有睡呢？突然，手机中传来了撕裂的、凄凉的哭泣声，他的长子帕如克哭着说，哥，我爸爸死了！我吃了一惊，睁开了眼睛，眼前出现了斯迪克金子关机倔强、奸猾而又睿智的形象。我说，兄弟，你在说什么？这是怎么回事？帕如克哭着说，我爸爸突然死了。我说，你等着，我立马就到。天气还是那样地冷，等了好长时间，我才等到一辆车。来到斯迪克金子关机家里的时候，没有人哭泣，只有他的四个儿子和他留养的长孙阿不力孜在客厅一角默默地跪坐着。按照习俗，他们要把哭声留在清晨。吊唁的人来安慰的时候，没有哭声是不行的。他的儿子们，脸色苍白，眼神飘移，一一和我握手后，把父亲突然死亡的经过哭述了一遍。我的注意力在斯迪克金子关机的长孙阿不力孜的身上，他呆呆地坐在地毯上，默默地流泪。因为我知道斯迪克金子关机的近况。这些天，他的老婆带着孙女到乡下参加一个亲戚的婚礼去了，他和阿不力孜一起过。阿不力孜是看护他的伴儿，也是最知情的人。阿不力孜对我说，下午我们是在外面吃的饭，回到家天就黑了。我又回自己家洗了一个澡，回来发现爷爷躺在地毯上不动。以前，他常这样逗我玩。我就拉了他几下，发现情况不对，就给爸爸打了电话，然后把爷爷送医院了。我问帕如克，医生怎么说？帕如克悲伤地说，医生说已经没救了。我说，没有说是什么病吗？帕如克说，没有。我顿时腿脚都软了，脑子里一片空白，找不到说辞了。屋子里静下来了，空气也凝固了，像一个巨大的墓穴，吞噬着所有人的精神锁链。

在帕如克的带领下，我走进了斯迪克金子关机的卧室。尸体已经用大白布盖住了，墙上挂着他的画像，是油画家热西提大师为他画的油画。在众多不看好他行为脾性的人群里，大师是他唯一的精神朋友。我走到床头停了下来，帕如克明白了我的意思，掀开了盖在父亲身上的大白布。斯迪克金子关机安详地躺在床上，前额光亮，眉宇间仍旧暗藏神秘的脉络。我这位说不完话的大哥，就这样永远地休息了。我看着他极为复杂的脸，开始冥想。他生前常常祈求老天能赐他一个轻松、瞬间的死亡，说常年卧床不起，麻烦家人。死不了，那才是真正的地狱。我默默地流下了眼泪，我不相信这是真的，这么漫长的生命，一个复杂的灵魂就这样完结了？回到客厅，跪坐在地毯上，我仍旧不能控制自己地自问：生命是什么？生命应该是一条非常结实的绳子，这个绳子为什么说断就断了呢？它应该有一个被风吹雨淋慢慢腐朽的过程，有一个生命的警告期呀！帕如克说，已经派车去接妈妈了。我没有说话，但是我的潜意识说话了：这个年龄的老人，要永远相伴在一起，一方丢下一方单独活动，代价不是时间，而是生命。我说，从现在开始就报丧吧，有人问，就说是脑溢血，你们几个要统一口径。我比较反感的是，儿子们为什么不和医生要个死因呢？

葬礼结束了，我们把斯迪克金子关机埋在了最好的公墓里。说好，是因为有水有树，是一个园林似的墓群，但是墓地非常不好搞，找了几个熟人，把肠子的肠子的肠子也拉出来了，才得到了一块墓地。人活着和死了，都离不开土地的支持。不会说话的黄土，亘古养育了会说话的人类，而人类却很少买账。根据我自己的说法，我还是比较了解斯迪克金子关机肚子里的肚子、肠子里的肠子的。大哥走后，我认为我们这个地方少了一道风景。很多人唾弃他走过的脚印，但是在我的灵魂认知里，斯迪克金子关机是让人在泣声中认识利益和正道的汉子。对人对事，他见血见肉地抨击，是这个城市里难得的声音。冰天雪地里，大巴车缓慢地启动了，人们开始小声地评论斯迪克金子关机，我身后传来了一句评语：总的来说，我们已故的这位哥们儿是个很怪异的汉子，我现有的词汇，不够形容他的脾性。坐在我前面的一位老哥，小胡子还没有全白，像哈密瓜的皮纹，灰白交杂，看上去很亲切。老哥长叹一声，说，好人坏人都有一死，但是坏人都是死在冬天里的。我没有说话，因为这地方上的人都是靠规俗活人的，只要对方有胡子，你就是有天大的智慧，也要闭嘴献笑。我曾经和斯迪克金子关机争辩过，这地方的风气是有胡子的人没有热情，有热情的人没有胡子。他曾经说，胡子是时间，热情是贪婪，它们都是一路货。此刻，我有点儿忍不住了，说，这位大哥，得罪了。我嘴上没毛，但是听了你刚才的话，心痒，嘴热，也想说几句。我长这么大，老哥朋友也不少，有学识的君子小人也认识几大卡车，古籍和现在的作家们写的书也啃过几本，但就是没有听说过"坏人都是死在冬天里的"的说法。老哥你是人间大学的奇才呢，还是天上学府的神仙？这位大哥转过身，瞪了我一眼，说，你是什么人？我说，我是有鼻子有耳朵有眼睛的人。大哥说，你还小，到了我这个年龄，你再来找我吧。我说，到那时候，你在某一个冬天里突然死了，我怎么办？大哥又一次转过身子，说，你是谁家的孩子？我说，我是人家的孩子。大哥说，你问问全车的人，这个斯迪克金子关机，这一生说过一句人话吗？他冬天不死，还在天堂一样的夏天死吗？我说，既然他是这样一个恶劣的人，你为什么还要参加他的葬礼呢？大哥说，你还小，到了我这个年龄，你就知道了。我说，我这一生，永远不想知道你肚子里面的那些虫子。一个人生命结束的时候，另一个人应当为他的灵魂祈祷。其实，这是保佑我们自己，我们自己也基本上不是什么东西，我们的屁股有多脏，我们的心知道，那月亮上面还有斑点呢！坐在第一排的一位银须老人说话了，无聊，今天是什么日子，百事以善为先，有你们这样议论亡灵的吗？我们都蔫了，没人敢说话了。

我总觉得斯迪克金子关机还活在我们中间，这种自我安慰的情绪开始蛊惑我的判断，我开始怀疑他的死不是正常的。尼加提说，你不要太神秘了，盲目地怀疑，会让你失去正确的判断。斯迪克金子关机活到七十五岁，够本了！剩下的时间，让我们怀念他的过去吧。如果我们都在一个时间段里死了，或者是糊涂后在人间蒸发了，谁怀念谁呢？我说，他的死太神秘了！好好的一个人，说死就死了。死亡应该是这样的：感冒了，引起其他的病；住院后，又发现了另一个或多个疾病光顾；请名医开刀，钱花光了，医生说没治了，抬回去好好照顾吧，想吃什么就给什么。于是，亲友来探望，做最后的诀别；又拖几天后，在一个黄昏闭眼了，于是亲人们号哭，这才叫死亡啊！尼加提说，死神不是我们的哥们儿，他是不打招呼的。回到家里，躺在床上，我开始回忆和斯迪克金子关机有关的那些往事。

我十七岁的时候就和斯迪克金子关机是朋友了。他是我的酒师傅，喝酒是他教我的，那时候他还没有金子这个外号。后来，他有了一次出国的机会，回来后，金子牌照也有了。

他最小的兄弟海拉提在阿拉木图，当年是和他父亲出国的。准备回国时的麻烦是，不允许带大额现金出境，于是弟弟海拉提建议他套上两排金牙过境，省事，回去后弄下来可以卖钱。我们得到斯迪克金子关机回国的消息后到口岸接他，大家看到他满口的金牙，有的吃惊，有的大笑，有的瞪眼不说话。在餐馆吃饭的时候，尼加提说，恭喜你的金牙，在这座城市里你是第一个，你的嘴巴有福啊！斯迪克金子关机说，不是我的，是帮朋友带过来的。我说，大哥积德的办法就是多，牙齿的位置也没有空着。斯迪克金子关机说，牙齿是好东西，主人怎么用，它都不烦。一个男人，要利用好一切器官。尼加提说，这样也好，斯迪克一直没有个像样的绰号，这次算是这满嘴的金牙成全了他，我们就叫他斯迪克金牙吧。我说，金牙有点儿太直接了，叫金子吧，好听。一周后，大哥把金牙弄下来，卖了，然而这个外号，伴随了斯迪克金子关机一生。

躺在床上，我脑子里还是那个问题，大哥的死是非常神秘的。一个人，怎么能像鸭子、鸽子一样说死就没命了呢？在我的肚肚肠肠里，我开始搜索和大哥有过过节和仇视他的人。

那年，他和海米提医生算是破纪录了。城里从七岁到七十岁的人，都记住了他们的大名和那些私密，深仇已经记在心里了。海米提医生是我们城里的神医，全城人民都知道他的名字，绝对的"一把刀"，拯救过许多即将逝去的生命。一个传遍人间角落、令人称奇的病例是，一家工厂的车工阿克江违规操作，事故中自己的"好东西"被割落了。领导包好那血淋淋的"宝贝"，和人一起送到了医院。海米提医生及时抢救，在最有效的时间里，把阿克江的"宝贝"接上了。这件事传到民间后，有的人信，有的人认为是一个极好听的段子，认为那东西割落了，就不可能缝制。那是肉呀，不是裤衩和裙子。我也是不太信，在一次婚宴上还问过海米提医生。他严肃地说，有过这个病例，只是那个叫阿克江的小伙子野心太大了，来找过我几次，带了很多钱，要我给他把那东西再搞长一点儿，这可能吗？到哪儿去找材料？

后来，就发生了大哥和他的战争，我认为错在大哥。我说过，他是因嫉妒而变态，就有了那个装订成册的文件。大哥搞了一个十页的材料，把海米提医生的私密晒在了全城的旮旯角里。那时候我和他吵过，你有什么权力丑化海米提医生呢？碍你什么事了？大哥说，他收穷人的钱，不害臊吗？他过着奢靡的生活，不怕受到惩罚吗？我说，那些穷人是你的亲戚吗？大哥说，这就是你的幼稚了，只有吃剩饭的人才这样说话。兄弟，请记住，我是在替人道的河流说话，我们都离不开这条河，让它干净地流淌，是一切有良心的灵魂需要做的事。活着不敢说话，让嘴像屁股一样看不到阳光，死神靠过来的时候，祈求原谅自己的过错。我不和这样的人斗争，我对得起粮食、烤肉和好酒吗？我能对得起养育我们的太阳吗？我说，那你为什么不把你的那些材料送到公家人的手里呢？大哥说，没有那么容易，我要在民间把海米提医生搞臭。一个贪婪的人，无论医术多么高明，如果没有爱心，是自豪不起来的。我知道好几个穷人的情况，就是因为这个财迷向人家要红包，人家把家里的牲口都卖了，有的把院子的一半卖了，我们就空嘴可怜这些人吗？我们把他们隐秘的故事讲给大家听，把他们的命运揭示给人们看，让群众知道，这个海米提医生不是电视上吹捧得那么伟大，这对穷人有好处。有钱的人没有麻烦，没有钱的人从麻烦里爬不出来。我一个所谓的混饭吃的知识分子，沉默地混日子，不说话，我是人吗？连那些酒瓶子也会诅咒我的。大哥给我看过他的材料，写得认真毒辣，评论的语言像毒汁，一语中的。材料列举了海米提医生拥有的财产，把他妻子养宠物狗的事也扯了进去。词汇库里一切毒辣的语言都用上了。那些材料被散发到了海米提医生居住的社区和城里主要的街巷。人们迅速议论开了。天哪，一个吃皇粮的医生，怎么有五处别墅、两辆高级轿车和一家出租车公司呢？怎么会有这么多钱呢？海米提医生看过材料，准备告斯迪克金子关机的时候，他的朋友们制止了他，说，你不能上当，你一告，那金子关机的目的就达到了。他要把这事扩大，在法院里让你说清你财产的来路，这一招是很毒的，因为你是人民的医生，你是不能收红包的。

　　出事的那天晚上，大哥是和他的朋友阿里木前后一起喝的酒，由头是他给阿里木前后翻译了一份遗嘱，是将维吾尔文翻译成汉文（以下简称"维译汉"），并要了五百元钱稿费。阿里木前后不干，大哥说，那你找别人，我不伺候。阿里木前后说，我们是朋友，是一辈子的朋友。大哥说，我们是嘴上的朋友，不是心里的朋友。我要稿费，是精神需要，不是钱的甜蜜。完事之后，我请客，等于是我胜利了，我比你行。"前后"是阿里木的外号，是大哥给起的，意思是前面和后面一样，是一种侮辱性的外号。他们心里斗、嘴里斗、窝里斗，一生都不是密友。在当地，能胜任维译汉的人只有大哥一人，这也是他自傲、清高的潜在资本。同行们、他的同学们都服他这一点，五十年前学的汉语知识，至今仍旧没有遗忘、丢弃。有一年，从北京来了一位朋友，是个文化人，对诗歌有研究。我们两杯酒喝完，大哥就和北京的朋友炫耀上了。他迅速地影响了北京的朋友，和他缠绕在酒的味道里。我给他们斟酒，当大哥忽悠北京朋友的时候，我偷着笑。大哥是一个忽悠人的高手。他开始给客人诵读林则徐被发配至新疆时留下的诗词，并且将其译成维吾尔语，解释精彩的韵句，而后给客人读李白和苏东坡的诗，介绍这些诗人的作品被译成维吾尔文的情况。第三杯酒喝干后，大哥昂起头，高傲神秘地说，我正在写一篇论文，已经写了五年了，主要是研究李白的诗歌成就，重点是论证李白的西域背景和奔放的诗歌风格。我的北京朋友说，你的这位大哥很幽默，一沾酒，嘴巴就是外星人的了。大哥紧跟着拱手说，不敢当，不敢当！他的目的实现了，他要的就是这个效果。在一切具备可以自我标榜、炫耀的地方，他可以释放自己全部的智慧，看场合包装自己。本族同胞在场，他就吹嘘自己的历史知识；如果有高人在场，纠正他的半瓶子晃荡，他就胡编历史典故，叫嚷着在什么什么汉语古籍文献里读过，以堵人家的嘴。因为懂汉语的人少，能读古文的人就更稀缺。汉族朋友们在场，他就诵读著名诗人的大作，都是他当年读大学的时候勤奋积累的资本。他用汉语写状子以及翻译的稿费标准都很高，因为当地没有人能替代他。另一个隐秘的需要是钱。在晚年，钱对他很重要，因为老婆不给他任何零用钱，怕他买酒喝。刚退休那几年他还可以自己掌管工资卡，后来大醉了几次，老婆就把卡没收了，不给零用钱了，他就靠稿费喝酒。市面上有几处打印店里有他的手机号，有活儿了，他就过去，夏天每天都能挣个几百元。冬天活儿少，他就花夏天背着老婆存下的钱。那时候他自己存钱，藏在短裤里的小兜里。他专买那种有兜的短裤，把钱藏好，拉链拉好，安慰他的欲望和小野心。没过多长时间，他老婆发现了这个秘密，于是他就开始把稿费交给我，要我保管。我给他办了一张银行卡，密码是他的生日。他存钱、取钱手机里都会来信息，账目分明。他很喜欢，说我是他晚年的拐杖，而且是有思想的拐杖。后来，他老婆干脆不让他出去了，出去买菜，把门锁上，不让他乱动，但是他跳窗喝，喝完又爬进去，躺在炕上看电视。他老婆回来一看，男人又是满身酒气，就不管制他了，但是绝对不给钱。那天阿里木前后同意付稿费五百元，但是大哥说，先交钱，后翻译。阿里木前后用眼睛骂了大哥一句，把崭新的五张百元的钞票递给了他，说，你死后，我一定要给你的头上枕一麻袋钱。大哥说，谢谢，这样我就可以在那个世界里不做噩梦了。他们二人不是可以见心的朋友，但又互相离不开，圈子里和外围看热闹的眼睛们都不理解他们的这种玩法。我曾回答一些老人们，说他们二人一个嘴臭，一个心臭，都互相离不开。十年前，阿里木前后请我和大哥到家里喝酒吃马肠子，那是一个神话一样寒冷的冬天，路边的积雪高出屋顶。这个季节酒和马肠子是最好的东西。大哥喝酒很特别，不像我们吃过饭再喝，而是饭前一大杯四两，全身发热，用他的话说，那是开血管的酒，而后只吃几口饭，就开始侃，换小杯，喝到最后，越喝越清醒，一出口就是经典，就是没有人邀请也要读诗。在一种高度热情的氛围里，把精神泡在朦胧的温泉里，遨游在酒海的波涛中，享受沉醉的甜蜜。那天我们喝到午夜，都喝好了，我建议走人，可是阿里木前后不干，要我们住下。天晚了不是理由，他还没有喝好，要我们继续陪他喝。一个小时后，他却突然要我们走人，说我们不能住，他现在就要睡觉。我没有说话，也不好说什么。大哥说，你这不是玩我们吗？这么晚了，外面开始下雪了，一下雪野狗就出来跑骚，我不敢回去。你睡你的，我们继续喝。阿里木前后说，你们有没有耳朵？没有听见吗？我要睡觉！站起来，一、二、三，往外走！我站起来，拉了一把大哥，走出了阿里木前后的屋子。大哥一路上骂，说阿里木前后是牲口的爷爷，是人渣。从那以后，他们不说话了，整整五年没有来往。大哥第二天说我们被侮辱了，我倒没有什么，只是大哥觉得阿里木前后在愚弄他。五年后，我请客，吃烤全羊，一瓶酒喝完后，我说了几句民间几百年以后也可以说的客套话，让他们握手和好了。但他们心里的虫子还在，没有繁殖是真，但没有死亡也是真。今天，我把阿里木前后约到了那天他和大哥喝酒的酒吧。我们以前也常在这里喝酒，大哥说这里是我们的急救中心，进去就能喝，花生、大豆下酒，最香。我等不及了，提前喝了一两，在窗口边等他。

柜台前已经有好几个人了，一前一后，都在举杯，喝酒的神态各异。有的面部表情平静、祥和，好像在喝蜂蜜水；有的面色灰暗悲伤，喝得很痛苦，脸上的皱纹像看不见的匕首，默默地刺向他们脆弱的神经。喝完后，有的喝矿泉水；有的吃花生米；有的摘下帽子扇风，用于驱散嘴里的酒气。简陋的酒吧，弥漫着呛人的臭气。

阿里木前后来了后，我们走进酒吧。我开始擦桌子。桌子像喝醉了似的摇晃着，响声像濒死的老人发出的最后的意愿，可怜而苍凉。这是给有时间的喝家们准备的桌子。我要了一瓶酒，给两个大杯子斟满，说，哥，咱们慢慢喝，你给我讲一讲斯迪克金子关机那天晚上的情况。阿里木前后喝了一口，长长地吐了一口气，说，人是看不见自己的脸的，我也一样，自己的毛病说不清楚。斯迪克金子关机已经去了，议论死人，是要倒霉的，因为亡人在闭眼的那一刹那，已经开始忏悔了。不能继续鞭打悔过之灵魂的影子，这是最起码的常识。只是，我给你讲，我一生对这个朋友最大的意见是，他给我起了个非常要命的外号。我是一个男人，他能这样侮辱我吗？这外号是比姓名还重要的东西，会一代代传下去的。我这辈子没有做什么缺德的事啊！我儿子叫穆塔里夫·阿里木，成长起来的后人们会问，这个穆塔里夫是哪个阿里木的儿子？老辈们会说，就是那个阿里木前后的儿子！于是人家就解释这外号，这多难听啊！这天下有这样的外号吗？你的这个大哥呀，愿他的灵魂得到安宁，但他是一个非常狠毒的人！那天他憋着气，一口气喝了四两，放下杯子说，谁发明了酒？真是天才！应该给他奖励一切时间，让他活在一切时间里。我说，那个时代就少你。他说，你虽然是喜欢吃岳母饭的人，但你不笨。如果我活在那个时代，我会让那个伟大的发明家活在一切时代。人自称是完美的、伟大的、万物之灵，他们这样吹嘘的时候，死亡听不见，于是死亡固执地描绘自己的路线图，永远没有和谐。吃饱肚子须走人。那张床，那口锅，那件换洗裤衩，那个出土的核桃木做的木盆，是你的，是我的，但最终它们属于那些还没有出生的人们。人降临凡世，一切早已准备就绪，那么这些人活着还有什么意思呢？是死亡成就了我们，是悲痛唤醒了我们，不然，我们永远没有结论。听了阿里木前后的话，我开始思考，从他们告别时的情况看，阿里木前后没有什么嫌疑。如果他做得隐秘，那又是另一回事了。他对大哥的反感、仇视是刻骨的，但是我没有发现任何破绽。阿里木前后自己喝了一口酒，要了两个鸡蛋，自己剥了一个，说，吃鸡蛋吧，你应该知道人是多么的丑陋，吃这从鸡屁股里出来的东西，多可怜。人死了就是死了，何况你的这个斯迪克金子关机哥是个怪人。你查他的死因，有意思吗？我说，我们是朋友，我喝过他的酒，尝过他的盐，我要对得起那些无数个神奇的夜晚。

我突然想起了波拉提太太，他现在出狱了，会是他做的手脚吗？他也是一个值得怀疑的人。大哥和波拉提太太的矛盾也曾是一场血与火的战斗，这是波拉提太太亲口告诉我的。他们是光屁股时的朋友，但是没有玩到最后。青年时，他们二人看上了同一个美女，因为家庭条件的原因，那美女最终睡进了波拉提太太的怀里。大哥看不上他的另一个原因是，大哥是大学毕业，波拉提太太高中毕业就参加了工作，但是他比大哥早五年当上了领导，这也是大哥睡不好觉的原因之一。大哥常骂他是全世界一流的太太！就那么个水平，自己的死亡判决书也不会念，还是科长呢！"太太"这个外号，也是大哥起的。波拉提太太当上科长后，春天一到，就开始穿丝绸衬衫，暗红、深绿、深黑色的丝绸长袖和短袖，一天一个颜色，格外鲜亮。那个年代，丝绸是奢侈品，一般的人搞不来这种衣裳，大哥就怀疑他占公家的便宜，加上男人一般不穿丝绸衣裳。这高贵的料子，是女人的专利。男人穿上了，人家就说这男人是脊背痒痒的人。于是，在一次聚酒的周末，大哥就调侃他那天穿的暗红色的绸衫，把暗红色比喻成男人的女梦、太太们的幸福，就给他起了"太太"这个外号。从那以后，波拉提太太只要有机会就骂他，说大哥是在地狱里出生的狗崽子，不是人。表面上，他们很客气，而在对方不在的场合，就互相辱骂，最后，这种变态的仇视，发展成了一场二人无法和好的内乱。在大哥自己看来，他是胜者，他笑到了最后。而这一切的一切背后，像尼加提所说的那样，缘由是三十年前的那个美人。那年，传出了要提拔波拉提太太当处长的消息后，大哥坐不住了。他证实这个消息是一个很可靠的传言后，开始频繁地喝酒，有时候要我陪他。我们就去农贸市场的乳鸽店大喝一场，大杯喝，不吃东西。有时候我看不下去了，给他喂乳鸽小腿肉，安慰他。大哥说，这就是人生？波拉提太太的知识不如我的一半，他给我洗脚我都看不上。在圈子里，这不是抽我的脸吗？这真是袖子变成了领子啊！于是，大哥写了一份检举信，把波拉提太太的处长梦烧了。大哥写检举信之类的东西是有经验、有传统的。在他潜意识里隐藏的那些匕首一样的词汇，最后帮助他实现了自己的目的。他对我说，如果波拉提太太当上处长了，一是我必须离开这个城市，移民他乡，精神崩溃，食用廉价的食品惨度余生；二是去自杀。生命对我是一种侮辱。结束生命，我才对得起我胸脯上的男人毛毛。而后，大哥把他知道的一切都写在了纸上，署上自己的名字，送到了纪检部门。我曾建议他不要署名，他不干，说，我有这个勇气。他不是一个干净的人，我骄傲我能和他斗争。处长这个位置，是一种责任，而波拉提太太的行为，会玷污这个光荣的名词。大哥成功了，纪检部门下来查的时候，大哥又补充了许多情况，一切都被亮在了正午的阳光下。最后的句号是波拉提太太被判刑，坐牢了。在牢里，波拉提太太对来看他的尼加提说，我不怪任何人，我佩服斯迪克金子关机，他表面上是个疯子，但他的灵魂是高尚的。我知道自己活得很脏、很贪，愚昧的人是我，也可能像斯迪克金子关机所说的那样，是那些柔软的丝绸衬衫害了我。尼加提说，不，衬衫是无罪的，是你的灵魂害了你自己，自己的灭亡是最快的灭亡。波拉提太太出狱后，在自己居住的小区里开了一个小卖部，也经营电话业务、卖酒，很热闹。我去看他的时候，他解释说，我是在卖酒，但这是为我自己喝酒打掩护。我的晚年没有酒，怎么打发剩下的那些日子呢？我现在脸皮厚了，发现日子是非常甜蜜的东西。我说，斯迪克金子关机死了，你知道吗？波拉提太太说，我没有在第一时间得到消息，不然我是会去送葬的。据说死得很突然，是脑溢血。其实，他是很健康的，身体比我好。我偷偷地观察他说话时的表情，我说，大哥的死很不正常，警察在查，据说他当天晚上是和阿里木前后在一起喝的酒。说完，我偷偷地看了一眼他的反应。波拉提太太平静地说，在监狱里我想了很多，最好的生活是平静的一日三餐。斯迪克金子关机是有智慧的人，他懂这一点。如果有人害他，我想这个人不会是阿里木前后。在本质上，他和斯迪克金子关机是一个笼子里的鸟，他们多数时间里嘴不和，但在看不见的地方，他们的灵魂是拴在同一条绳子上的。我没有说话，心想，但愿是这样。

我曾问过大哥，为什么要和那些人过不去呢？总是生活在麻烦和紧张的人际关系里？大哥说，我和所有的人都是朋友，比如说那个波拉提太太，也是从青年时和我一起长大的朋友。你知道一起长大的意思吗？这是两个人共同的福气。但是后来他脏了，吞噬了自己最干净的时代。错在我吗？是我制造了紧张情绪吗？不是，是他丢失了童年记忆。一个汉子，忘记了自己成长路上的光荣和梦想，最后他的灵魂会被贪婪包围，当他放声痛哭的时候，他自己就不是他自己，这叫代价。我说，你是不给人机会。人人都有毛病和脏的地方，我们是在毛病中完善、成长的呀！大哥说，一个要当官的人，不应该有这样的不光彩和不体面。处长代表权力，也代表荣誉，我不允许任何人践踏这种荣誉。

雅里坤岳父也是大哥的一个仇人。大哥是朋友多、仇人也多的一个人。他另一个让人厌恶的习性是看不起人。一般的人评价他清高，实际上他骨子里的东西是傲和霸气。他努力让人看不见他的这个隐秘，实际上在他的血液、情绪里，左右他意识的罗盘就是这个自傲。阿里木前后骂过他，说，你能什么？你有长生不老的令箭吗？你不就是懂汉语吗？我不是你的老婆，你不要太傲！雅里坤岳父是大哥的朋友，"岳父"是大哥给起的外号。圈子里的人们都为这个外号高兴。大哥用这个致命的外号给他们出了口气，把他的臭威风踢进了垃圾坑里。那年的古尔邦节在漫天大雪的冬天，据老人们说，是五十年来没有出现过的白面一样亲切的大雪，堆在路上，越出屋顶，吸引一群群家鸽在神秘的雪堆上舞蹈。古尔邦节的第二天，是到朋友家拜访的日子。雅里坤岳父总是走在前面，进屋坐上座，喝第一杯酒，而且家家都是他说话，给我们讲故事，夸他的岳父，冷落了大哥。我们知道，他岳父尤努斯给雅里坤建了一处别墅，买了一辆好车，于是在他的心里，这老爷子变成神仙。大哥说，雅里坤哥们儿，你的神经没有出问题吧？你躺下、起来、走路、尿尿，怎么老是我岳父我岳父呢？你没有自己的爸爸吗？雅里坤说，我怎么能没有爸爸呢？我爸爸是受众人尊敬的医生。你可能忘了，因为你记性不好，总是和好医生们过不去，脑子里面有水。大哥说，你越来越像走狗了，我们今后就叫你"雅里坤岳父"吧。这个外号，会永远把你捆在下水道里，让你缓慢地腐烂。雅里坤岳父急了，抓起桌子上的茶碗扔了过来。大哥躲得快，茶碗打在了铁皮炉的烟筒上，把烟筒打掉了。大哥跳起来给了他一头，这是民间古老的打法。如果顶在鼻梁上，小命就没有了。那些年，当地小伙子们争强打架，大都玩的是头上的功夫。雅里坤岳父倒地了，大哥的头顶在了他的嘴上。他的嘴流血了，门牙掉了两颗。大哥准备再往前冲的时候，我抓住了他的手，说，这是过节，在人家的家里这样不害臊吗？大哥说，雅里坤岳父，你记住，今后你再敢吹捧你的岳父，我就把你的舌头揪下来喂街上的狗！我把手帕递给了雅里坤岳父，叫他擦嘴上的血。雅里坤岳父说，总有一天，我把你的黑心掏出来喂狗！我说，哥们儿，算了，这斯迪克金子关机的能量你还不知道吗？他生下来就是流氓。你就是再长两只手，也打不过他，回家上炕睡觉吧！

　　那么，会不会是雅里坤岳父下的毒手？

　　所有的人都有嫌疑，但都没有证据。我找斯迪克金子关机的老婆茹贤大姐长谈了一次，她的孩子们同意我的建议，把大哥挖出来，做一个鉴定。茹贤大姐不干，说，让我们平静地生活吧。凡人的邪恶是没有眼睛的虱子，复仇是诅咒自己的饭碗。我不愿意仇生仇，我只祈求我的孩子们在阳光下过自己的安稳日子。结束了吧，兄弟，真相不是在一切时间里都那么可爱。

从那以后，我就开始独自喝酒，没有酒伴儿了。我不想叫阿里木前后，他致命的一个缺点就是爱说死人的坏话。人死了以后，要尊重他的亡灵。大哥死后，我和阿里木前后喝过一场，他满嘴都是贬损大哥的话，没有意思。就是狗死了，也是要为它的亡灵祈祷的，人为什么一生不能宽容他人呢？周末，我走出院子，没有方向，风和大哥的灵魂把我带到了农贸市场最后一盘老水磨后面的酒吧，实际上是穷人的酒吧，简陋，空气里是酒和屁的味道，一点火就可以燃烧。醉倒在墙边的两个可怜人在酣睡，靠墙角躺着的那位屁股都快露出来了，苍蝇在那上面醉醺醺地歌唱。满脸脏胡子的穷老板太来提走过来，把一件破衣服盖在了他的身上，骂了一句，又回到了摇晃的破柜台。我要了四两酒，倒在两个杯子里，一杯放在对面。我举起一杯酒，说，大哥，这是你最喜欢的地方，你在那边好吗？你走了，你可以重新开始，我还活着，活着就要继续喝啊！喝不动了，我就去天国找你。突然，一个声音说话了，兄弟，喝好，先把人间混好，我这里有你睡的地方。我说，大哥，我认出你的声音了。斯迪克金子关机的灵魂说，谢谢，喝好，兄弟，替我吃一个羊头。我怀念老水磨的风景，那里是我肉体和记忆的仓库。不要忘了给在酒吧里可怜的穷人们买酒。在这个哺育了古老城市的老水磨前，尊重生命，就是尊重、理解颓废。我说，我非常想念你，你的声音是我最大的安慰。你走得很突然，我在调查你的死因。斯迪克金子关机的灵魂说，不要，什么也不要做，我把秘密告诉你：那天下午我和阿里木前后喝了一瓶，有点儿喝多了。和他分开后，我在回家的路上吃了一碗馄饨，买了两个熟鸡蛋，打算晚上胃酸的时候垫垫肚子，还给孙子买了十个烤包子。每当老婆不在家的时候，我就提前准备这些东西。回到家里，孙子正在看电视，他说要回他爸爸那里吃晚饭，他爸爸来过电话。孙子走了，我躺在炕上看电视，后来睡着了。我做了一个梦，梦里老婆在骂我：老不死的，老酒鬼，不要脸，七十五岁了还喝，孙子都一群了还喝，你还是人吗？老婆的手指飞了过来，我一惊，大叫了一声，睁开了眼睛，刹那间灯光照在我的眼里，我浑身一颤，一口气接不上，死了。兄弟，你不要难过，其实我死得干净，在梦里死了，如果在现实里老婆这样残酷无情地骂我，我不丢人吗？如果病着，或是卧床等死，或是糊涂了、傻了，人家不看我的热闹吗？最好的死是到了年龄突然离开世界，轻松、干净地死，不麻烦任何人。我很知足，我这一辈子，吃了、喝了、玩了、闹了、折腾了、忽悠了、得罪了，人间不欠我什么了。再见，兄弟，我走了。好好活着，好好等待死亡，好事你忘了它，坏事你及时忏悔。死亡过来打招呼的时候，你就没有遗憾了。

　　斯迪克金子关机的灵魂走了，我举起酒杯，哭着把酒喝完。我擦了一把眼泪，给穷酒友们买了一瓶酒，外加隔壁烤肉店里的四十串烤肉和五个馕。之后我回到座位，看着脏兮兮的窗户，傻子一样发呆。太来提老板端着两杯酒走过来，说，哥们儿，敬你一杯。那个魔鬼斯迪克金子关机，上次死了就真的走了吗？他可是比石头还要坚强的人啊！我说，灵魂还在，他的灵魂刚才来过了。太来提老板睁大眼睛说，喝酒的人死了会有灵魂吗？我说，有的。太来提老板说，这我就放心了。